El Comité de la Muerte

El Comité de la Muerte

Noah Gordon

Traducción de Jesús Pardo

rocabolsillo

Título original: *The Death Commitee*

© 1969, Noah Gordon

Primera edición en este formato: octubre de 2019

© de la traducción: Jesús Pardo
© de esta edición: 2019, Roca Editorial de Libros, S.L.
Av. Marquès de l'Argentera 17, pral.
08003 Barcelona
actualidad@rocaeditorial.com
www.rocabolsillo.com

© del diseño de cubierta: Ignacio Ballesteros

Impreso por LIBERDÚPLEX, S. L. U.
Sant Llorenç d'Hortons (Barcelona)

ISBN: 978-84-16859-72-6
Depósito legal: B. 19204-2019
Código IBIC: FV

RB59726

Índice

LIBRO TERCERO
Primavera y verano,
se cierra el círculo

De nuevo, a Lorraine;
la muchacha con quien me casé
y la mujer en que se convirtió.

Una persona
da dinero
al médico.
Quizá
se cure.
Quizá no se cure.

El Talmud
Tratado Kezubot: 105

Un residente
entra por un extremo
de un túnel,
algo ocurre
en su interior
y
gradualmente,
al cabo de
seis o siete
años más,
vuelve a salir
convertido en cirujano.

Medical World News
16 de junio de 1967

Prólogo

Cuando Spurgeon Robinson había pasado treinta y seis horas en ambulancias y otras treinta y seis descansando, sin parar, durante tres semanas, el conductor, Meyerson, ya le había puesto nervioso desde hacía tiempo y se sentía como aturdido por tanta sangre y desconcertado por los traumas. Su trabajo no le gustaba en absoluto. A veces conseguía escapar de la realidad con ayuda de la imaginación, y esta vez ya había conseguido convencerse a sí mismo de que no estaba en una ambulancia, sino nada menos que en una nave espacial. Tampoco él era interno de hospital, sino el primer negro en órbita. El quejido de la sirena era la estela del cohete, convertida en sonido. Pero Maish Meyerson, el muy patán, rehusaba cooperar haciendo de piloto.

—*Webrfahrbrent* —gruñó al conductor de un terco Chrysler descapotable, haciendo a la ambulancia dar una vuelta en torno a él.

En una ciudad como Nueva York podrían perderse buscando el edificio en construcción adonde habían sido llamados, pero en Boston no había todavía muchos edificios realmente altos. A causa de la pintura roja que cubría el desnudo acero, la estructura esquelética apuñalaba el cielo gris como un dedo ensangrentado.

Parecía llamarles a la escena misma del accidente. Spurgeon cerró de golpe la portezuela en el momento en que cesó el quejido de la sirena. Mientras, un grupo de hombres rodeaban a la figura yacente.

Se agachó. La mitad intacta de la cabeza le dijo que el paciente era un hombre joven. Tenía los ojos cerrados. Un levísimo goteo le caía del carnoso lóbulo de una oreja.

—A alguien se le cayó una tuerca desde el tercer piso —dijo un sujeto tripudo, el capataz, en respuesta a una pregunta no hecha.

Spurgeon separó con los dedos el pelo apelmazado y bajo la carne lacerada se movió un fragmento de hueso, suelto y cortante como una cáscara de huevo rota. Era probablemente fluido cerebroespinal lo que goteaba de la oreja, pensó. Resultaba inútil hacer nada allí, con el pobre hombre tendido en el suelo, por lo que se limitó a coger un trozo de gasa esterilizada y aplicarlo sobre la herida, donde enseguida se enrojeció.

La bragueta del caído estaba abierta, con el pene al descubierto. El capataz tripudo se dio cuenta de la mirada de Spurgeon.

—Estaba orinando —dijo.

Spurgeon se imaginó la escena. El trabajador aliviando apremiantemente su vejiga y sintiéndose más y más satisfecho al «bautizar» el edificio mismo que estaba ayudando a levantar; la tuerca, entretanto, cayendo, cayendo, con certera puntería, como si Dios estuviera irritado por aquellos pequeños y sucios actos humanos.

El capataz mordisqueó su puro sin encender y miró al herido.

—Se llama Paul Connors. No hago más que decirles a estos imbéciles que se pongan el casco metálico. ¿Cree usted que morirá?

—Aún no se puede decir —respondió Spurgeon.

Abrió un párpado cerrado y vio que la pupila estaba dilatada. El pulso era muy irregular.

El gordo capataz le miró con recelo.

—¿Es usted médico?

¿Negro?

—Sí.

—¿Va a darle algo para aliviarle el dolor?

—No siente dolor.

Ayudó a Maish a sacar la camilla y en ella depositaron a Paul Connors, luego lo metieron en la ambulancia.

—¡Eh! —gritó el capataz, mientras Spurgeon cerraba la portezuela—. ¡Voy con ustedes!

—Es antirreglamentario —mintió Spurgeon.

—Lo he hecho en otras ocasiones —dijo el otro, indeciso—. ¿De qué hospital son ustedes?

—Del Hospital General del condado.

Tiró de la portezuela, que se cerró de golpe. En el asiento delantero, Meyerson puso el motor en marcha. La ambulancia se estremeció y arrancó. El paciente jadeaba de manera anhelante y suave, y Spurgeon le puso en la boca el tubo de aire otofaríngeo de goma negra de modo que la lengua no se lo obstruyese, y conectó acto seguido el respirador. Puso la máscara en el rostro del paciente y la presión positiva de oxígeno comenzó a penetrar a golpes rápidos y breves, haciendo un ruido como el de un niño pequeño que eructa. La sirena emitió un leve quejido y de nuevo estalló la gruesa y espesa cinta de sonido electrónico. Los neumáticos de la ambulancia raspaban sonoramente el pavimento. Spurgeon se puso a pensar en cómo se podría orquestar musicalmente el incidente. Tambores, cuernos, flautas. Se podrían usar todos los instrumentos.

«Casi todos», pensó, ajustando el fluir del oxígeno.

Sólo que sin violines.

Dormitando, con la cabeza sepultada entre los brazos, Adam Silverstone estaba apoyado contra la dura superficie del escritorio de la oficina del médico adjunto y soñaba que era la cama de hojas secas y crujientemente curvas, resultado de largas acumulaciones otoñales pasadas, en que había yacido en otros tiempos, de muchacho, con la mirada fija en un tranquilo estanque, en pleno bosque. Aquello había sido a finales de la primavera del año en que cumplió los catorce, mal año para él, porque su padre había cogido por entonces la costumbre de responder a las indignadas maldiciones italianas de su abuela con beodos insultos en yiddish de invención propia. Él, para huir de Myron Silberstein tanto como de la vieja *vecchia*, había salido un buen día a la carretera y andado durante tres horas, sin destino, parando coches con la mano, alejándose del humo y el polvo de Pittsburgh y de todo cuanto representaba, hasta que un motorista le dejó junto a la carretera, en un trecho flanqueado a ambos lados por un bosque. Más tarde, había tratado media docena de veces de encontrar de nuevo aquel lugar, pero jamás consiguió recordar el sitio exacto, o quizá fuese que cuando volvió a él, el bosque había sido ya violado por un tractor y engendrado casas. No es que el sitio tuviera nada de particular; el bosque era ralo y con muchos claros, lleno de árboles caídos, el insignificante arroyo nunca había visto una trucha, y el estanque no pasaba de ser un charco hondo y límpido. Pero el agua estaba fresca y relucía al sol. Adam se había echado al borde mismo, sobre las hojas, husmeando los olores del frío moho del bosque y comenzando a sentir hambre, consciente de que pronto tendría que volver por donde había venido, parando coches, pero indiferente a todo, echado y mirando los pequeños insectos que proliferaban sobre el agua. ¿Qué había experimentado en esa media hora hasta que la insistente humedad primaveral le llegó a través de las hojas secas, obligándole a abandonar aquel sitio, temblando, para pasarse el resto de su vida soñando con él?

Era la paz, había pensado, años más tarde.

La paz, turbada ahora por el teléfono, que él, aún adormilado, se llevó al oído.

—¿Adam? Soy Spurgeon.

—Ya —respondió, bostezando.

—Es posible que tengamos un donador de riñones, amigo.

Estaba empezando a despertarse.

—¿Sí?

—Acabo de traer a un paciente. Fractura grave, en el cráneo, con grave lesión cerebral. En este momento, Meomartino está ayudando a Harold Poole en la neurocirugía. Me dijo que te llamara para decirte que el ECG no acusaba actividad eléctrica en absoluto.

Ya estaba totalmente despierto.

—¿Qué tipo de sangre tiene el paciente? —preguntó.

—AB.

—La de Susan Garland también es AB. O sea, que sus riñones se los lleva Susan Garland.

—Ah, Meomartino dice que te diga que la madre del paciente está en la sala de espera. Se apellida Connors.

—¡Al diablo!

La tarea de conseguir permiso legal para trasplantes le correspondía al médico adjunto y al jefe de servicio de cirugía. Adam había notado que Meomartino, el encargado, tenía cosas urgentes que hacer siempre que había que lidiar con parientes de moribundos.

—Ya voy —dijo.

La señora Connors estaba con el cura de la parroquia, apenas preocupada por el hecho de que su hijo hubiese recibido la extremaunción. Era una mujer agotada por la vida.

—No me diga esas cosas —dijo, con los ojos muy abiertos y una trémula sonrisa, como si pudiese convencerle a él de que estaba en un error—. No puede ser —insistió—, no puede estar muriéndose mi Paullie.

Técnicamente tenía razón —pensó Adam— porque para entonces, a efectos prácticos, su hijo estaba ya muerto. La Compañía Edison, de Boston, le ayudaba a seguir respirando. En cuanto le desconectaran el respirador eléctrico tardaría veinte minutos en morirse definitivamente.

Nunca se las arreglaba para decirles que lo sentía, le parecía inadecuado.

La mujer comenzó a llorar desconsoladamente.

Adam esperó el largo intervalo que transcurrió hasta que hubo recobrado cierto control sobre sí misma, y luego, con la mayor suavidad posible, le expuso el caso de Susan Garland.

—¿Comprende lo que le digo de la muchachita? También ella morirá si no le damos el riñón de otra persona.

—¡Pobre! —exclamó ella.

No aclaraba si se refería a su hijo o a la chica.

—Entonces, ¿nos firma el permiso?

—Ya está bastante destrozado el pobre, pero si así se salva el hijo de otra madre…

—Eso esperamos —dijo Adam.

Conseguido el permiso, le dio las gracias y se fue corriendo.

—Nuestro Señor dio todo su cuerpo por usted y por mí —oyó decir al cura mientras se alejaba—, y también por Paul, desde luego.

—Yo nunca dije que fuera la Virgen María, padre —dijo la mujer.

Deprimido, sentía que le reanimaría algo ver el reverso de la medalla.

En la habitación 308, Bonita Garland, la madre de Susan, estaba sentada en una silla haciendo calceta. Como de costumbre, cuando la muchacha acostada le vio acercarse se arropó hasta el cuello, tapándose los pechos, pequeños y cubiertos ya por el camisón, con un ademán que él deliberadamente fingió no notar. La muchacha estaba reclinada sobre dos almohadas, leyendo *Mad**—, lo que en cierto modo le alivió. Semanas antes, durante una larga noche insomne, cuando Susan estaba uncida a la ruidosa máquina dialítica que periódicamente liberaba su sangre de los venenos que se le acumulaban a causa de su riñón enfermo, Adam la había visto hojear *Seventeen*** y le había tomado el pelo por leer tal revista cuando apenas había cumplido los catorce años.

—Quería cerciorarme de que llegaré a cumplirlos —dijo ella, volviendo una página.

Ahora, portador de buenas noticias, Adam se detuvo a los pies de la cama.

—Hola, bonita —la saludó.

La muchacha estaba ahora muy interesada en conjuntos musicales ingleses, afición en la que Adam se prostituía a sí mismo sin el menor escrúpulo.

—Conozco a una chica —prosiguió— que dice que me parezco a un sujeto que siempre aparece fotografiado en la portada de esa revista. ¿Cómo se llama?

—Alfred E. Neumann, ¿no?

—Sí, eso.

—Pero tú eres mucho más guapo.

Ladeó la cabeza para mirarle, y él vio que tenía círculos oscuros que daban más profundidad a sus ojos y que su rostro estaba

---

* Revista satírica norteamericana. *(N. del T.)*
** Revista juvenil. Literalmente «diecisiete», se refiere a la edad de los lectores a los que va dirigida; de aquí la broma que se permite Adam. *(N. del T.)*

más delgado, con surcos de dolor en torno a la nariz. La primera vez que había visto aquel rostro era vibrante y pícaro. Pero ahora, aunque las pecas contrastaban fuertemente con la piel amarillenta, aquel rostro prometía gran belleza adulta.

—Gracias —dijo—, es mejor que tengas cuidado y no me piropees. A lo mejor viene Howard y me pega.

Howard era su novio. Los padres de ambos les tenían prohibido formalizar el noviazgo, le había confiado a Adam una noche, pero ellos lo habían formalizado por sí y ante sí. A veces, Susan le leía fragmentos de las cartas de Howard.

Adam se daba cuenta de que estaba tratando de darle celos con Howard, y esto le conmovía y le halagaba.

—Viene a verme este fin de semana.

—¿Por qué no le dices que venga el fin de semana siguiente?

La muchacha le miró, alerta, con el recelo instintivo e invisible del enfermo crónico.

—¿Porqué?

—Pues porque podrás darle buenas noticias. Te hemos encontrado riñón.

—¡Dios mío!

Los ojos de Bonita Garland exultaban. Dejó la labor y se puso a mirar a su hija.

—No lo quiero —dijo Susan.

Sus dedos finos doblaron las cubiertas de la revista.

—¿Por qué no? —preguntó Adam.

—No sabes lo que estás diciendo, Susan —dijo su madre—, con la de tiempo que llevamos esperando esto.

—Me he acostumbrado a las cosas como son ahora. Sé lo que puedo esperar.

—No, no lo sabes —protestó Adam con suavidad. Apartó las manos de la muchacha de la revista y las cogió entre las suyas—. Si no te operamos, empeorarás. Empeorarás mucho. Después de que estés operada las cosas irán mucho mejor. Ya no tendrás dolores de cabeza. No tendrás que pasar las noches enganchada a esa condenada máquina. Después de algún tiempo podrás volver al colegio. Podrás ir a los bailes con Howard.

Ella cerró los ojos.

—¿Me prometes que no me pasará nada?

¡Santo Dios! Adam vio a su madre sonreír con dolorida comprensión, hacerle un ademán.

—Naturalmente —dijo él.

Bonita Garland se acercó a su hija y la cogió en sus brazos.

—Cariño, todo irá a las mil maravillas. Ya verás.

—Mamá…

Bonita apretó la cabeza de su hija contra su pecho y se puso a acunarla.

—Susan, guapa —dijo—, ¡Dios mío, y qué suerte tenemos!

—Mamá, estoy asustada.

—No seas tonta. Ya has oído que el doctor Silverstone te ha dado su palabra.

Adam salió de la estancia y fue escaleras abajo. Ninguna de las dos había preguntado de quién era el riñón. Se dijo que la próxima vez que las viera estarían avergonzadas de esto.

Fuera, en la calle, aún había tráfico, pero menos. El aire soplaba del mar y se cernía sobre la zona más sucia de la ciudad, llevando consigo una rica mezcla de olores, en su mayor parte desagradables. Adam sentía ganas de nadar o de hacer el amor prolongadamente, de dedicarse a alguna actividad física que requiriera gran energía, algo que aliviara el peso que le impulsaba hacia el asfalto. Si no fuera porque era hijo de un borracho, se habría metido en algún bar, pero lo que hizo fue cruzar la calle y entrar en Maxie's, donde se tomó un guiso de almejas en lata y dos tazas de café. Nada hubiera podido dar sabor al guiso, y el café sabía a primer beso de chica fea, nada del otro jueves, pero confortante.

El jefe de servicio de cirugía, Meomartino, había establecido las líneas de comunicación entre la sala de operaciones y el pariente más cercano del donante. Realmente había que reconocer que el sistema funcionaba bien, se dijo Adam Silverstone con desgana, al tiempo que se limpiaba las uñas.

El cirujano Robinson estaba apostado a la puerta de la sala de operaciones número tres.

Arriba, en el despacho quirúrgico del primer piso, otro interno llamado Jack Moylan esperaba con la señora Connors. En el bolsillo de Moylan había un papel que daba permiso para la autopsia. Él se sentó con el auricular del teléfono pegado a la oreja, escuchando a ver si llegaba algún ruido por la línea silenciosa. Al otro extremo del hilo un residente de primer curso llamado Mike Schneider estaba sentado ante una mesa, en el pasillo, junto a la entrada de la sala de operaciones.

A tres metros de distancia de donde Spurgeon estaba vigilando y esperando, Paul Connors yacía sobre una mesa. Hacía más de veinticuatro horas que había ingresado en el hospital, pero el respirador todavía respiraba por él. Meomartino ya le había preparado, colocándole una hoja de plástico esterilizado sobre la zona abdominal.

Junto a él, el doctor Kender, segundo jefe de Cirugía, hablaba en voz baja con el doctor Arthur Williamson del Departamento de Medicina.

Al mismo tiempo, en la sala de operaciones contigua, la número cuatro, Adam Silverstone, ya reluciente de limpio y envuelto en un batín blanco, se dirigía hacia la mesa de operaciones en que yacía Susan Garland. La muchacha, tranquilizada con calmantes, le miraba adormilada, incapaz de reconocer su rostro, cubierto con la máscara quirúrgica.

—Hola, guapa —dijo él.

—Ah, eres tú.

—¿Cómo te encuentras?

—Todo el mundo envuelto en sábanas. ¡Qué raro parece!

La muchacha sonrió y cerró los ojos.

A las siete cincuenta y cinco, en la sala de operaciones número tres, el doctor Kender y el doctor Williamson pusieron los electrodos de un electroencefalógrafo en el cráneo de Paul Connors.

Como la noche anterior, la aguja del ECG trazó una línea recta sobre el papel, confirmando que la mente de Connors ya no estaba viva. Dos veces en veinticuatro horas había registrado ausencia de actividad eléctrica en el cerebro del paciente. Sus pupilas estaban muy dilatadas y tampoco se encontraron reflejos periféricos.

A las siete cincuenta y nueve, el doctor Kender desconectó el respirador. Casi inmediatamente Paul Connors dejó de respirar.

A las ocho dieciséis, el doctor Williamson comprobó el pulso del paciente y, al no percibirlo, le declaró muerto.

Inmediatamente el cirujano Spurgeon Robinson abrió la puerta que daba al pasillo.

—En este mismo momento —comunicó a Mike Schneider.

—Muerto —dijo Schneider al teléfono.

Aguardaron en silencio. Schneider escuchó atentamente un momento y luego se apartó del teléfono.

—Lo firmó —dijo.

Spurgeon volvió a la sala de operaciones número tres e hizo a Meomartino un ademán de asentimiento. Mientras el doctor Kender observaba, el jefe de servicio de Cirugía cogió un escalpelo e hizo la incisión transversal que le iba a permitir extraer el riñón al cadáver.

Meomartino trabajaba con gran esmero. Se dio cuenta de que su nefrectomía era limpia y certera porque el doctor Kender le sonreía en aprobador silencio. Estaba acostumbrado a operar observado por los ojos expertos de los veteranos, los cuales nunca le ponían nervioso.

A pesar de todo su aplomo, vaciló un instante al levantar la vista y ver al doctor Longwood sentado en la galería.

¿Era la sombra? ¿O sería que, viéndole observarle, le pareció descubrir bajo los ojos del viejo los indicios oscuros y fofos del envenenamiento urémico?

El doctor Kender carraspeó y Meomartino volvió a inclinarse sobre el cadáver.

Tardó dieciséis minutos en extraer el riñón, que le pareció en buen estado, con una sola arteria bien definida. Mientras buscaba en el abdomen con los dedos enguantados para cerciorarse de que no había ningún tumor oculto, el equipo de comunicaciones, cuyos miembros estaban ahora bien lavados y dispuestos a empezar el trabajo, se hizo cargo del riñón liberado y lo uncieron a un sistema de perfusión que inyectó en el órgano fluidos fríos como el hielo.

Ante sus ojos, la gran alubia roja de carne se blanqueó al quedarse sin sangre, y el frío la encogió.

En una bandeja, llevaron el riñón a la sala de operaciones número cuatro. Adam Silverstone hizo de ayudante del doctor Kender, que lo trasplantó al cuerpo de la muchacha y extrajo luego los dos riñones destrozados y arrugados, que llevaban mucho tiempo sin funcionar. Al soltar uno de ellos de los fórceps, dejándolo caer en la toalla, Adam se dio cuenta de nuevo de que ahora la única esperanza de vida de Susan Garland era la arteria que encauzaba su flujo sanguíneo al riñón de Paul Connors. El órgano trasplantado estaba ya sonrosándose saludablemente, reanimado por el flujo de la sangre joven.

Menos de media hora después de comenzar la operación de trasplante, Adam cerró la incisión abdominal. Ayudó al asistente a transportar a Susan Garland a la estancia esterilizada donde se restablecería, y, por lo tanto, fue él el último que entró en el cuarto de los cirujanos bisoños. Robinson y Schneider ya se habían quitado la ropa verde de la sala de operaciones y, nuevamente de blanco, habían vuelto a las salas del hospital. Meomartino estaba en ropa interior.

—Parece que salió bien —dijo Meomartino.

Adam cruzó los dedos en ademán de esperanza.

—¿Viste a Longwood?

—No. ¿Estaba allí el viejo?

Meomartino asintió.

Adam abrió el armario metálico que contenía su ropa blanca y comenzó a quitarse las botas negras antiestáticas de la sala de operaciones.

—No sé, la verdad, por qué querría verlo —dijo Meomartino al cabo de un momento.

—Uno de estos días tendremos que darle también a él un riñón. Si tenemos la suerte de encontrar un donante con sangre B negativa.

—Pues no va a ser fácil. Los B negativos son raros.

Adam se encogió de hombros.

—Yo diría que el próximo trasplante se hará a la señora Bergstrom —comentó.

—No estés tan seguro.

Una de las cosas más irritantes de la amistad que unía al médico adjunto y al jefe de servicio era que cuando uno de ambos recibía información que aún no había llegado a oídos del otro, el afortunado encontraba difícil resistir a la tentación de dar la impresión de que Dios mismo le contaba todos los secretos. Adam arrolló las prendas verdes y las tiró al cesto de la ropa sucia, que estaba, lleno, en un rincón.

—¿Y qué demonios quieres decir con eso? La señora Bergstrom recibirá el riñón de su hermana gemela, ¿no es eso?

—Es que su hermana no está muy segura de que sea su deber dárselo.

—¡Vaya por Dios!

Sacó las prendas blancas del armario y se puso los pantalones, que le parecieron sucios.

Se dijo que al día siguiente tendría que conseguir otros nuevos.

Cuando salió Meomartino, Adam estaba ya atándose los cordones de los zapatos. Le apetecía un cigarrillo, pero el pequeño monstruo electrónico que tenía en el bolsillo de la solapa resonó con un suave gruñido, y cuando telefoneó a ver qué pasaba se enteró de que el padre de Susan le estaba esperando, de modo que fue inmediatamente a verle.

Arthur Garland estaba entrando en los cuarenta, pero ya se le notaba gordo, con ojos azules inseguros y el pelo, ralo, de un castaño rojizo.

Era representante de artículos de cuero, le pareció recordar a Adam.

—No quería irme sin hablar con usted.

—Yo soy aquí uno de tantos. Sería mejor que hablase con el doctor Kender.

—Acabo de hablar con el doctor Kender. Me dijo que todo ha ido lo bien que cabía esperar.

Adam asintió.

—Bonnie, mi mujer, insistió en que le viera a usted. Me dijo que ha sido usted muy comprensivo. Quería darle las gracias.

—No es necesario. ¿Cómo está su esposa?

—La mandé a casa. Esto ha sido muy duro para ella, y el doctor Kender dice que no podrá ver a Susan hasta dentro de un par de días.

—Cuanto menos contacto tenga ahora con la gente, incluso con la gente querida, tanto menos probable es que coja alguna infección. Los medicamentos que estamos usando para impedir que su cuerpo rechace el riñón nuevo debilitan también su resistencia física.

—Comprendo —dijo Garland—. Dígame, doctor Silverstone, ¿le parece a usted que todo va bien?

Adam estaba seguro de que Garland ya había hecho la misma pregunta al doctor Kender. Frente a un hombre que lo que necesitaba era un signo cabalístico garantizador de que todo iba a las mil maravillas, Adam se dio claramente cuenta de su propia impotencia.

—La operación quirúrgica fue bien —dijo—. El riñón era bueno y esto nos da una gran ventaja.

—¿Y qué hay que hacer ahora?

—Vigilarla.

Garland asintió.

—Un pequeño obsequio como muestra de gratitud. —Sacó una cartera del bolsillo—. Es de piel de caimán, un artículo de mi empresa.

Adam se sintió confuso.

—Di otro también al doctor Kender. No tenga la osadía de darme las gracias. Ustedes me están devolviendo a mi hija.

Los ojos azules, acosados, se volvieron relucientes, crecieron, se desbordaron.

Avergonzado, Adam apartó la vista, fijándola en la pared.

—Señor Garland, está usted muy cansado. Si me lo permite, le recetaré un calmante y se va usted a casa.

—Sí, por favor —dijo el hombre, sonándose las narices—. ¿Tiene usted hijos?

Adam movió negativamente la cabeza.

—Es una experiencia que no debiera usted perderse. ¿Sabía que a Susan la adoptamos?

—Sí.

—A Bonnie le costó mucho convencerme. Cinco años. Estaba avergonzado. Pero finalmente la acogimos. Tenía seis semanas…

Garland cogió su receta, comenzó a decir algo más, pero movió la cabeza y se fue.

El trasplante se había efectuado un viernes. El miércoles siguiente Adam se decía que la cosa iba ya por buen camino.

La tensión de Susan Garland era todavía alta, pero el riñón le funcionaba como si se lo hubieran diseñado a la medida.

—Nunca pensé que el corazón se me iba a parar sólo porque alguien pide un orinal —le dijo Bonita Garland.

Aún pasaría algún tiempo para que su hija se sintiese perfectamente.

La incisión le molestaba, y los medicamentos que habían impedido a su sistema rechazar el riñón la habían debilitado. Se sentía deprimida. Respondía con irritación a preguntas llenas de buena voluntad, y de noche lloraba. El jueves recibió la visita de Howard y se reanimó; resultó ser un muchachito delgado y sumamente tímido.

Lo que dio a Adam la idea fue el efecto que había producido en ella la visita de Howard.

—¿Cuál es su locutor de radio favorito?

—Me parece que J. J. Johnson —dijo su madre.

—¿Y por qué no le telefonea y le pide que dedique a Susan algunos números en su programa del sábado por la noche? Podríamos invitar a Howard a visitarla. No podrá bailar con él ni bajarse de la cama, pero en estas circunstancias el chico podría resultar un buen sustitutivo.

—Debiera ser usted psiquiatra —comentó la señora Garland.

—¿Una fiesta para mí sola? —exclamó Susan cuando le contaron la idea—. Tengo que lavarme el pelo; está muy sucio.

Su estado de ánimo cambió tan radicalmente que comenzó a entusiasmarse. Silverstone encargó por teléfono un ramillete de flores y se gastó en rosas un dinero que tenía apartado para otras cosas. Luego puso en una tarjeta:

«Que te diviertas, guapa.»

El viernes, su moral era alta, pero iba bajando a medida que se acercaba la tarde. Cuando Adam llegó para la visita supo que se había quejado a la enfermera de varias cosas.

—¿Qué te pasa, guapa?

—Me duele.

—¿Qué?

—Todo. El estómago.

—Era de esperar. Después de todo, has sufrido una operación muy seria.

Sabía que era fácil caer en la trampa del mimo excesivo.

Examinó la herida quirúrgica, que no tenía nada de particular.

Su pulso era un poco más rápido, pero cuando le tomó la tensión sonrió satisfecho.

—Normal. Por primera vez. ¿Te gustaron las manzanas?

—Mucho —sonrió ella.

—Ahora duérmete un poco, para que mañana por la noche lo pases bien en tu fiesta particular.

Ella asintió y Adam se marchó a toda prisa.

Seis horas más tarde, la enfermera del piso, al entrar en el cuarto de Susan con medicinas, comprobó que la muchacha había muerto, víctima de una hemorragia interna, durante la noche, mientras dormía.

—El doctor Longwood quiere que se discuta el caso Garland en la próxima reunión del Comité de la Muerte —dijo Meomartino, al día siguiente, cuando estaban los dos comiendo.

—No me parece que esto sea justo —comentó algo contrariado Adam.

Estaban sentados, con Spurgeon Robinson, a una mesa junto a la pared. Adam trataba de comer el terrible cocido que servía el hospital todos los sábados. Spurgeon comía el suyo con apatía, mientras Meomartino lo consumía vorazmente.

«¿Quién habrá inventado eso de que los ricos tienen el estómago delicado?», se preguntaba Adam.

—¿Y por qué?

—Pues porque los trasplantes de riñón están empezando ahora y son experimentales. ¿Cómo vamos a echar la culpa a nadie de una muerte así, en un tipo de operaciones sobre el que aún tenemos tan poco control?

—Estas operaciones ya no son experimentales —dijo Meomartino, tranquilo, secándose la boca—. Están siendo realizadas en hospitales del país entero, y con éxito. Si nos empeñamos en hacer una operación, clínicamente no tenemos más remedio que asumir la responsabilidad.

A él le era fácil hablar así, se dijo Adam; el único papel de Meomartino en este caso había consistido en extraer el riñón al cadáver.

—¿Tenía buen aspecto cuando la viste anoche? —preguntó Spurgeon Robinson.

Adam asintió y miró hoscamente al interno. Luego se obligó a sí mismo a calmarse.

Spurgeon, al contrario que Meomartino, no tenía complejos que lidiar.

—No creo que el doctor Longwood deba presidir esta vez —dijo Robinson—; no está bien de salud y preside las Reuniones de Mortalidad como si fueran la Inquisición, y él Torquemada.

Meomartino sonrió.

—Su salud no tiene absolutamente nada que ver con esto. El viejo siempre ha dirigido las reuniones de la misma manera.

En ellas era fácil acabar para siempre con las esperanzas profesionales de cualquiera, pensó Adam. Dejó el tenedor y echó hacia atrás la silla.

—Dime una cosa —dijo a Meomartino, sintiéndose con ganas de pelea—: tú eres el único de este servicio que cuando hablas del doctor Longwood le llamas «el viejo». ¿No te parece poco respetuoso?

Meomartino sonrió.

—Al contrario; lo que pasa, sencillamente, es que me parece una expresión de afecto —respondió sin alzar la voz.

Y siguió comiendo con el mismo entusiasmo de antes.

Aquella noche, antes de salir del hospital, Adam se acordó del ramillete de rosas.

—¿Flores? Sí, llegaron, doctor Silverstone —dijo la enfermera—. Las mandé llevar a casa de los Garland. Es lo que solemos hacer.

«Que te diviertas, guapa.»

«Por lo menos podríamos haberles evitado eso», pensó.

—¿Hicimos bien, doctor?

—Sí, sí.

Subió al cuartito del sexto piso y se sentó a fumar cuatro cigarrillos seguidos, sin el menor entusiasmo. Se puso a morderse las uñas, lo que le sorprendió cuando se dio cuenta de lo que hacía, porque era una costumbre que él creía haber abandonado hacía tiempo.

Pensó en su padre, de quien no sabía nada desde hacía algún tiempo. Iba ya a telefonearle a Pittsburgh, pero decidió, con alivio, dejarle en paz.

Al cabo de largo rato salió del cuarto y bajó las escaleras. Al salir a la calle, vio que Maxie's estaba cerrado y a oscuras. Las farolas, como balas luminosas, abrían un camino de luz por entre la oscuridad, interrumpido algo más allá, donde los niños habían roto a pedradas la bombilla.

Se puso a andar.

Luego comenzó a correr.

Al llegar a la esquina, sintió que la acera de cemento le raspaba los pies.

Dio la vuelta a la esquina.

En la avenida, empezó a correr más deprisa.

Un coche pasó ruidosamente junto a él; sonó el claxon, y una mujer gritó algo y rio. Adam sintió en el pecho una leve sensación y corrió más y más, a pesar del dolor que notaba en el costado derecho.

Dio la vuelta a la esquina.

Pasó por el patio de las ambulancias. Vacío. La verdosa sombra metálica de la gran luz que iluminaba la entrada vacilaba a la brisa nocturna, telegrafiando sombras móviles a todo lo largo del patio.

Más allá de la plataforma de carga y descarga del almacén contiguo, un vagabundo —entrevisto oscuramente como mera forma, bulto, fantasma, su padre— apuraba las últimas gotas de una botella y luego la tiraba al vacío, contra él, que corría, agitando ahora los brazos, perseguido por un dolor de espalda y el sonido cortante del cristal roto.

Dio la vuelta a la esquina.

Hacia la parte más oscura de la cara oculta de la luna. Más allá de las casas negras del suburbio vacío del otro lado de la calle, misericordiosamente dormido.

Más allá del coche aparcado, donde las formas entrelazadas no interrumpieron su ritmo, aunque la chica miró, a través del cristal, por encima del hombro de su amante, a la forma espectral que corría calle adelante.

Más allá de la calleja, el ruido de sus pies asustó a algo que estaba vivo y era pequeño, garras que rasgaron la tierra apisonada al pasar él corriendo hacia el túnel.

Dio la vuelta a la esquina.

De nuevo las farolas. Los pulmones le quemaban, incapaces de respirar, la cabeza echada hacia atrás, el dolor cortante del pecho, esforzándose por romper la cinta aunque nadie gritaba a su lado… Llegó a Maxie's, se detuvo y vaciló.

«Santo Dios.»

Apuró aire, tragó aire, sabía que iba a encontrarse mal, eructó sonoramente y luego se dijo que no.

Se sentía húmedo en los sobacos y entre las piernas. Su rostro estaba húmedo. Idiota. Jadeando, se apoyó contra la ventana de Maxie's, que crujió peligrosamente; y se inclinó sobre ella hasta que las nalgas se apoyaron sobre el alféizar de madera pintada de rojo en que descansaba el cristal.

El alféizar le escocía. Al diablo todo, la ropa blanca estaba ya sucia.

Echó hacia atrás la cabeza y miró al cielo sin estrellas.

«No tenían derecho a rezarme a mí —se dijo—. ¿Por qué no te piden promesas a ti?»

Dejó caer unos pocos grados la trayectoria de sus ojos y sintió la presencia del edificio, sólo un poco más bajo que el cielo; vio el viejo ladrillo rojo oscurecido por la suciedad y el humo de la ciudad de que vivía rodeado, y percibió la estúpida paciencia de la fachada llena de cicatrices.

Recordó la primera vez que había visto el hospital, apenas hacía unos meses, y, sin embargo, eran ya miles de años.

LIBRO PRIMERO
El verano

1

Adam Silverstone

Las estrellas se habían ido escondiendo lentamente en el cielo blanquecino. Cuando el asmático camión salió del portazgo de Massachusetts, marchando roncamente por los desiertos suburbios, la larga hilera de farolas que bordeaba el río relucieron dos veces para hundirse luego en la oscuridad. El día se acercaba caluroso, pero la pérdida de la hilera de luces daba un frescor engañoso y triste al amanecer.

Adam miró por el polvoriento parabrisas. Boston se iba acercando a él, y pensaba que aquélla era la ciudad que había forjado a su padre, rompiéndole y pisoteándole luego en el polvo.

«Eso a mí no me lo harás», les dijo a los edificios que pasaban a su lado, al cielo, al río.

—Pues no parece una ciudad muy dura —dijo.

El conductor del camión le miró con sorpresa. La conversación de ambos había ido desenmarañándose en zigzag y terminando en un silencio fatigado de trece kilómetros, entre Hartford y Worcester, como consecuencia de un desacuerdo tenso, breve, sobre la Sociedad John Birch*. Ahora, el otro le dijo algo poco claro, cuyo significado se perdió a causa del persistente ronquido del motor del camión.

Adam movió la cabeza.

—Dispense, no le oí bien.

—¿Pues qué le pasa? ¿Está sordo?

—Un poco, pero sólo del oído izquierdo.

---

* Sociedad patriotera, de tendencia fascista. *(N. del T.)*

El otro frunció el entrecejo, husmeando sorna.

—Le pregunté si tiene ya trabajo en Boston.

Adam asintió.

—¿Y qué tipo de trabajo?

—Soy cirujano.

El conductor le miró con desagrado, ya seguro de que sus peores sospechas se confirmaban.

—Sí, so vagabundo. Y yo soy astronauta.

Adam abrió la boca para darle una explicación, pero luego lo pensó mejor y se dijo que al diablo con aquel sujeto; la volvió a cerrar y concentró su atención en el paisaje. Emergiendo de entre la oscuridad, al otro lado del río Charles, se veían espiras blancas indudablemente de Harvard. Por allí cerca estaría el colegio universitario de Radcliffe y también estaría allí Gaby Pender, durmiendo como una gata perezosa, pensó, preguntándose cuánto tiempo pasaría para que se decidiese a llamarla. ¿Se acordaría de él? Le vino vagamente a la memoria una frase inesperada: algo sobre cuántas veces tiene necesidad el hombre de ver a una mujer; una es suficiente, pero la segunda vez lo confirma.

Dentro de su cabeza, la pequeña computadora le dijo quién era el autor de estos versos. Como de costumbre, su gran memoria para cosas no médicas le llenaba de descontento y no de orgullo. Malgastador de palabras, parecía oír decir a su padre. «Adamo Roberto Silverstone —se dijo—, mira lo útil que es la memoria cuando tratas de recordar algo de la *Cirugía anatómica*, de Thorek, o de la *Obstrucción intestinal*, de Wangensteen.»

Poco después el hombre dio media vuelta al volante y el camión salió a trompicones del Paseo de Storrow para subir por una cuesta. De pronto, se vieron ante las ventanas iluminadas de un almacén: camiones, coches, gente, un distrito mercantil. El conductor hizo bajar el camión por una calle empedrada de adoquines, junto a una casa de comidas cuya muestra de neón aún lucía, y luego por otra, también adoquinada, parando ante BENJ. MORETTI E HIJOS, HORTALIZAS. En respuesta al claxon salió de allí un hombre que les miró desde la plataforma de carga y descarga. Grandote y un poco calvo, con una camisa blanca, les miró con el aire de los patólogos del hospital de Georgia donde Adam había hecho sus prácticas como interno y el primer curso como residente. «Eh, paisan.»

—¿Qué traes?

El conductor eructó con un ruido como de alfombra que se desgarra.

—Melones, melocotones.

El hombre de blanco asintió y desapareció.

—Se acabó el trayecto, amigo.

El conductor abrió la portezuela y bajó pesadamente del camión.

Adam buscó detrás del asiento, sacó la maleta usada y se unió al otro, en tierra.

—¿Puedo ayudarle a descargar?

El conductor frunció el entrecejo y le miró con recelo.

—Ellos se encargan de eso —dijo, señalando con la cabeza hacia el almacén—. Si lo que quieres es trabajo, ve y díselo a ellos.

Él se había ofrecido por mera gratitud, pero vio, con alivio, que era innecesario.

—Gracias por el viaje —dijo.

—De nada.

Fue con la maleta hacia la casa de comidas; pesaba mucho. Adam era pequeño, estevado, demasiado grande para el jockey, pero no lo suficiente para otros deportes, excepto, quizás, el buceo, que, por lo que a él se refería, había dejado de ser deporte cinco años antes. A veces, como en aquel momento, Adam lamentaba no ser más parecido a los hermanos de su madre, altos y fuertes. Le repugnaba estar a la merced de alguien o de algo, aunque fuese una maleta.

Dentro, se percibían olores a comida, muy agradables, y reinaba un ambiente ruidoso y loco: charlas y risas, el ruido sordo de los cacharros llegaba desde la ventanilla que daba a la cocina, y el sonido fuerte de las tazas de café contra el mostrador blanco de mármol, y de cosas que se retorcían, crujientes, en la parrilla. «Cosas caras», se dijo.

—Un café, solo.

—Diez centavos —dijo la muchacha de pelo amarillento.

Estaba muy bien desarrollada, y sus carnes eran firmes, pero la piel parecía pálida y lechosa; tendría problemas de obesidad antes de los treinta años. Vestida de blanco, bajo su pecho izquierdo manchas de roja mermelada contrastaban como estigmas. El café se desbordó de la taza al acercárselo la chica, que aceptó hoscamente su monedita y le volvió la espalda con un insultante movimiento de caderas.

Al diablo.

El café estaba muy caliente y Adam lo bebió despacio, atreviéndose de vez en cuando a tomar un buen sorbo y sintiéndose victorioso al comprobar que no le había quemado la lengua. La pared que había al fondo más allá del mostrador, estaba cubierta de cristal. Mirándole, frente a él, había un sujeto mal vestido, con aire de vagabundo, sin afeitar, con el pelo revuelto, cubierto con una camisa de faena azul sucia y muy usada. Cuando terminó el café se levantó, cogió la maleta y se fue al retrete. Miró los grifos y los abrió: tanto del que decía «caliente» como del que decía «frío» salía agua fresca, circunstancia que no le produjo sorpresa alguna. Volvió al comedor, con la maleta, y pidió a la chica una taza de agua muy caliente.

—¿Para sopa o para té?

—No, para agua.

Ella, con aire de paciente irritación, dejó de hacerle caso y Adam, finalmente, se rindió y pidió té. Cuando lo hubo pagado y sacado del agua el saquito lo tiró sobre el mostrador y fue con la taza de agua caliente al retrete de caballeros. El suelo estaba cubierto de varias capas de arena y de algo que, a juzgar por el olor, parecía orina reseca. Puso la taza en el borde del sucio lavabo y, dejando la maleta en equilibrio sobre el radiador, la abrió y sacó las cosas de aseo. Recogiendo agua fría con la mano y añadiendo agua caliente de la taza consiguió enjabonarse la barba y empaparse la cara con agua lo bastante caliente para suavizar las cerdas. Cuando terminó de afeitarse, el rostro que le miraba desde el espejo moteado tenía un aspecto más civilizado. Era el doctor Silverstone. Ojos oscuros. Nariz que él prefería calificar de romana, no realmente grande, pero acentuada por su poca altura. Boca ancha como una cínica hendidura en el rostro fino. La cara era innegablemente clara de tez, a pesar de lo tostado que se había puesto, y estaba coronada por una cabellera castaña y revuelta. Un color poco apetecible. Pesado. Sacó un cepillo de la maleta y se disciplinó un poco el pelo. Aquel color le había hecho sentirse siempre levemente culpable. «Los niños deberían ser del color de la aceituna, no del limón o de la sémola», había oído decir a su madre una vez. Él era de color sémola, un término medio entre su padre rubio y su madre italiana.

Su madre había sido una mujer de ojos negros, de párpados increíblemente pesados, los ojos eróticos de un santo terrenal. Adam apenas recordaba ya su rostro, pero para ver de nuevo aquellos ojos no tenía más que cerrar los suyos. Cuando su padre volvía de noche a casa borracho —apóstata Myron Silberstein, ahogándose en la *strega** que había adoptado junto con algunas frases italianas para mostrar la democracia que presidía su vida matrimonial, reverberante de alcohólicos gritos de socorro (*O puttana nera!, O troia scura!, O donna!, Oi, Nafkeh!*)**— el niño yacía despierto en la oscuridad, temblando ante el ruido enfermizo de los puños de su padre contra la carne de su madre, la bofetada de la palma de ella contra el rostro masculino, ruidos que con frecuencia tomaban otro carácter muy distinto, cálidos y frenéticos, líquidos y urgentes, mientras él yacía rígido, odiando la noche.

Cuando estaba empezando la escuela secundaria y su madre llevaba ya cuatro años muerta, Adam, habiendo descubierto la historia de Gregor Johann Mendel y los guisantes, se puso a reconstruir su propio esquema hereditario, esperando, sin confesarlo, que su cabello y sus ojos oscuros fueran genéticamente imposibles, que el pelo rubio de su padre le perteneciera a él por derecho propio, y que quizá, después de todo, fuese hijo bastardo, producto de la bella madre muerta y un macho desconocido poseedor de todas las nobles virtudes que tan evidentemente le faltaban al hombre a quien él llamaba papá.

Pero los libros de biología le dijeron que la mezcla de luz lunar y sombra suele dar por resultado sémola.

Qué le vamos a hacer.

---

* Licor italiano. *Strega* quiere decir «bruja». *(N. del T.)*
** «¡Oh puta negra!, ¡Oh furcia oscura!, ¡Oh mujer!, ¡Oh mujer!» El último epíteto está en yiddish y viene de la raíz hebraica *Nekváj*, que significa «mujer». *(N. del T.)*

En cualquier caso, para entonces él ya se sentía unido a Myron Silberstein por lazos de cariño, tanto como de odio.

Para demostrarlo, so tonto, le dijo al rostro que le miraba desde el espejo, reúne doscientos dólares y luego déjale que te los pida y te los quite y te deje sin un centavo. ¿Qué era lo que había relucido en los ojos de su padre cuando sus manos, aquellas manos de portero de violinista hebreo, con polvillo de carbón incrustado en los nudillos, se cerraron sobre su dinero?

¿Amor? ¿Orgullo? ¿La promesa de la mejor sorpresa de la vida, una borrachera inesperada? ¿Buscaba el viejo aún los goces del amor? Era dudoso. La impotencia a mediana edad es corriente en los alcohólicos. Tarde o temprano, ciertas cadenas nos atan a todos, incluso a Myron Silberstein.

Sólo una persona, la abuela, su *vecchia*, había conseguido achantar a su padre. Rosella Biombetti había sido una mujercita pequeña, del sur de Italia, con el cabello blanco recogido en un moño, y todo lo demás, por supuesto, negro: zapatos, medias, vestido, pañolón, incluso, a veces, el genio, como de luto por el mundo entero. Había hoyos en su rostro oliváceo, dejados allí desde los cuatro años, en la aldea de Petruno, y todos y cada uno de los ocho hijos de su padre habían tenido *vaiolo*, la temida viruela. La enfermedad no mataba a nadie, pero dejó llenos de señales a siete de los niños y destruyó al octavo, llamado Muzi, cuya mente se diluyó por completo en la fiebre, dejándole convertido en una cosa que acabó volviéndose hombre viejo, en la parte oriental de Pittsburgh, Pensilvania, y pasándose el día jugando con cucharas y tapones de botella, siempre envuelto en un jersey harapiento, incluso cuando el infierno de julio hacía hervir la avenida de Larimer.

En cierta ocasión, Adam había preguntado a la abuela por qué era así su tío abuelo.

—L'*Arlecchino* —dijo ella.

No tardó en enterarse de que el Arlequín era el temor interno que había perseguido a la abuela durante toda su vida, el mal universal, una herencia de la Europa de diez siglos atrás. ¿Muere un niño a causa del súbito ataque de una enfermedad inesperada? Se le llevó el Arlequín, que persigue a los niños. ¿Se vuelve una mujer esquizofrénica? El demoníaco amante delgado y diabólicamente bello, la ha seducido y ha raptado su alma. ¿Se encoge un brazo por la parálisis, va muriéndose un hombre poco a poco bajo el peso de la tuberculosis? El Arlequín está chupándole la vida a su víctima, saboreando su viva esencia como un caramelo.

Al tratar de echar de casa al Arlequín, la vieja le había convertido en un miembro de la familia. Cuando las primas de Adam se hicieron mujeres y florecieron y comenzaron a hacer experimentos con lápices de labios y sostenes corniveletos, la vieja les gritaba que iban a atraer al Arlequín, amigo de robar virgos por la noche. Poco a poco, escuchando a la *vecchia* año tras año, Adam fue acopiando detalles. El Arlequín llevaba pantalones y chaqueta de remiendos multicolores, y era invisible, excepto cuando había luna llena, que le convertía el vestido en un reluciente traje de luces. Era mudo, pero su presencia se notaba por el tintineo de las campanillas y abalorios de su gorro de bufón. Llevaba una espada mágica de madera, una especie de porra de farsante que usaba a modo de varita mágica.

El muchacho pensaba a veces que sería una maravillosa aventura ser el Arlequín, tan deliciosa y omnipotentemente malo. Cuando cumplió los once años y tuvo sus primeros sueños húmedos en torno a la lujuriante Lucy Sangano, que tenía ya trece, Adam, una víspera de Todos los Santos, decidió convertirse en Arlequín. Mientras los otros niños corrían de puerta en puerta en busca de aguinaldos, él fue deambulando, en la oscuridad súbitamente propicia, e imaginándose bellas escenas en las que le era permitido golpear las nalgas tiernas y jóvenes de Lucy Sangano con su espada de madera, ordenándole silenciosamente: «Enséñamelo todo».

Rosella expulsaba el mal de ojo de cuatro maneras, de las que sólo dos, asperjar agua bendita e ir todos los días a misa, le parecían inocentes a Adam. Su costumbre de untar los pestillos de las puertas con ajo era muy molesta porque dejaba las manos pegajosas, y el olor cortante le ponía en ridículo en el colegio, por más que él, personal y secretamente, encontrase agradables los últimos efluvios en la palma sudorosa de la mano cuando, de noche, se la llevaba a las ventanillas de la nariz.

La más poderosa defensa contra el Arlequín consistía en pasar los dos dedos del medio bajo el pulgar, extendiendo el índice y el meñique para simular los cuernos del demonio, escupiendo sin saliva por entre ellos y diciendo a continuación las palabras de rigor: afuera, mal de ojo, *scutta mal occhio, pu pu pu*. Rosella hacía este rito varias veces al día, lo que también le ponía nervioso a Adam; para algunos de los amigos de Adam, este signo con los dedos era secreto e indicaba otra cosa, una expresión despectiva de incredulidad, resumida con una palabra rápida y poco grata. Los no iniciados encontraban graciosísimo ver a la abuela de Adamo Silverstone hacer su signo secreto y salaz. Esto le costó su primer puñetazo en la nariz y mucho resentimiento.

Su joven alma estaba dividida entre las pías supersticiones de la vieja y el padre, que todos los días de Yom Kippur* cuidaba de no emborracharse y con tan fausto motivo se iba de pesca. La superstición y la religión de la vieja tenían sus atractivos pero mucho de lo que decía era verdaderamente estúpido. La mayor parte del día Adam votaba silenciosamente a favor de su padre, quizá porque buscaba en aquel hombre algo que le permitiera admirarle.

Y, a pesar de todo, cuando, a los ochenta años, teniendo él quince, la vieja enfermó y comenzó a decaer, Adam estuvo angustiado por ella. Cuando el Packard largo y negro del doctor Calabrese comenzó a parar, con creciente regularidad, ante la casa de pisos proletarios de la avenida de Larimer, el muchacho rezaba por ella. Cuando murió, una mañana, con una coqueta sonrisa en los labios, lloró, dándose cuenta por fin de la verdadera identidad del Arlequín. Ya no quiso hacer más el papel de bufón enamorado que era la muerte; en su lugar decidió que algún día tendría un coche largo y nuevo como el del doctor Calabrese, y combatiría al Arlequín con todas sus armas.

Adam se despidió de la vieja en el funeral más fastuoso que podía ofrecer la casa de seguros de la muerta, «Los hijos de Italia», pero nunca se separó completamente de él. Años más tarde, cuando ya era todo un médico y todo un cirujano y había hecho

---

* La conmemoración hebrea del «Día de la Expiación». (*N. del T.*)

y visto cosas con que ella jamás soñara en Petruro o incluso en Pittsburgh, su reacción instintiva ante la desgracia seguía siendo una búsqueda inconsciente e instantánea del Arlequín. Si tenía una mano en el bolsillo, involuntariamente los dedos se ponían en forma de cuerno. Su padre y su abuela habían dejado en él un conflicto interno interminable: tonterías, se burlaba el hombre de ciencia, mientras el muchachito estaba murmurando: *scutta mal occhio, pu pu pu.*

Ahora, en el retrete de caballeros de la casa de comidas, metió de nuevo sus cosas de aseo en la maleta, y, como una torpona ave acuática, levantando primero una pierna y luego la otra a modo de precaución contra el repulsivo peligro del sucio suelo, fue quitándose los pantalones de algodón y la camisa azul de faena. La camisa y el traje que sacó de la maleta estaban algo arrugados, pero presentables. La corbata ya no tenía tan buen aspecto como dieciocho meses antes, cuando todavía era seminueva, comprada de segunda mano a un estudiante de tercer curso que se entrampaba jugando al póquer. Los zapatos oscuros con que sustituyó los de gimnasia que llevaba puestos conservaban aún cierto brillo.

Al salir de nuevo al comedor, se dio cuenta de que la vaca de detrás del mostrador le miraba como preguntándose si no se habrían visto antes.

Fuera, hacía más sol. Un taxi zumbaba una suave canción mecánica junto a la cuneta; el taxista, perdido en la contemplación de un boleto de apuestas de las carreras de caballos, soñaba el eterno sueño de la riqueza inesperada. Adam le preguntó si el Hospital General del condado de Suffolk estaba muy lejos.

—¿El hospital del condado? Desde luego.

—¿Cómo se puede ir hasta allí?

El taxista le sonrió:

—A patita y andando. Cruzando la ciudad entera. Es demasiado temprano para los autobuses y no hay ninguna boca de metro cerca.

Dejó a un lado el boleto, seguro de contar con un cliente.

¿Cuánto tendría en la cartera? Desde luego, menos de diez dólares. Ocho, nueve. Y faltaba un mes para cobrar el sueldo.

—¿Me lleva por un dólar?

Una mirada de asco.

Recogió la maleta y fue calle abajo, llegando hasta BENJ. MO-RETTI E HIJOS, HORTALIZAS. Entonces el taxi pasó junto a él y se detuvo.

—Siéntese atrás —le indicó el taxista—, es mi trayecto habitual. Si me para alguien, usted se baja. Por un dólar.

Subió, agradecido. El taxi iba por las calles a poca velocidad, y Adam, asomado a la ventana abierta, se imaginaba la clase de hospital que le esperaba. Las calles eran viejas y tristes, flanqueadas por casas de pisos miserables, con escalones rotos y cubos de basura desbordantes, vecindario de gente pobre, apiñada en un derroche de pobreza. Sería un hospital cuyos bancos clínicos se llenaban todas las mañanas de enfermos y tullidos, víctimas de una de las trampas que la sociedad se ha tendido a sí misma.

«Es duro —dijo silenciosamente a las víctimas que dormían detrás de las ventanas ciegas, mientras el taxi seguía su camino—. Pero para mí, bien; un hospital donde quizás aprenderé algo de cirugía.»

El complejo del hospital se levantaba como un monolito en la mañana perlina, con grandes farolas de aparcamiento aún encendidas y amarillas en torno a la plaza desierta del patio de ambulancias.

La entrada interior era sombría y anticuada. Un viejo de mejillas arrugadas y fofas y pelo absurdamente negro estaba sentado en la portería. Adam miró la carta que había recibido del administrador cuatro semanas antes y luego preguntó por el jefe del servicio de Cirugía, doctor Meomartino.

«Ah, italianos —pensó—; estamos por todas partes.»

El otro consultó una lista.

—Cuarto servicio de cirugía. A lo mejor está dormido —dijo, dubitativo—. ¿Quiere que le llame?

—No, por Dios.

Le dio las gracias y salió. Al otro lado de la calle una luz relucía aún a la entrada de una cafetería, y Adam fue hacia allá. En el mostrador, un hombre pequeño y oscuro añadía agua a la fuente del café; pero la puerta estaba cerrada y el hombrecillo ni miró siquiera cuando Adam la golpeó. Volvió al hospital y preguntó al hombre del pelo teñido por dónde se iba al cuarto servicio de cirugía.

—Baje por este pasillo, todo derecho, más allá de la clínica de urgencia, y luego suba al piso siguiente. Sala Quincy. No tiene pérdida.

Al acercarse a Urgencias se le pasó por la imaginación la idea de ofrecer sus servicios. Menos mal que la desechó sin más, antes incluso de entrar en la gran sala y no ver en ella un solo paciente. Un interno, en una silla, leía. Una enfermera estaba sentada en el otro extremo del cuarto, haciendo calceta, medio dormida. En una litera, en la esquina, yacía un ayudante dormido como un oso, con la boca ligeramente abierta.

Subió al piso de arriba, hacia la sala Quincy, pasando por las estancias silenciosas. Sólo vio a un interno rubio y delgaducho, cuyo cuello abierto caía contra la barbilla cubierta de acné como bandera en día sin viento.

Excepto por las luces nocturnas, la sala estaba a oscuras. Los pacientes yacían en hileras, algunos como bultos, pero otros inquietos, y poseídos, en el sueño, por los diablos.

«Habéis sido llamado, ¡Oh, Sueño!, el amigo del dolor, pero sólo los felices os han llamado así. Southey», dijo el ordenador*.

De una de las camas le llegó el ruido de una mujer que lloraba. Se detuvo.

—¿Qué le pasa? —preguntó, con suavidad, al rostro escondido.

—Tengo mucho miedo.

—No hay ningún motivo.

«Sal de aquí —se dijo a sí mismo, furioso—; a lo mejor hay motivos sobrados.»

—¿Quién es usted?

—Soy médico.

La mujer inclinó la cabeza.

—También Jesús lo era.

Esto le dio la oportunidad de alejarse.

En el cuarto de las enfermeras dio con una veterana acostumbrada a ver médicos nuevos. Le dio café y panecillos frescos y du-

---

* Robert Southey, poeta e historiador inglés (1774-1843). *(N. del T.)*

ros y mantequilla de la cocina, todo ello deliciosamente gratis.

—Todo lo que quiera, doctor; este condado es rico. Me llamo Rhoda Novak —de pronto se echó a reír, y añadió—: Pues tiene suerte de que esta noche no estuviese de servicio Helen Fultz; ésa no da ni los buenos días.

Se fue antes de que Adam terminase de comer los panecillos. Quería otro más, pero se sintió agradecido por lo que se le había dado. Un hombrón con el uniforme verde de quirófano entró en el cuarto y suspiró al ocultar una silla con su enorme trasero. Por debajo del gorro del uniforme quirúrgico le salía el pelo rojizo, y a pesar de su tamaño tenía el rostro suave y sin formar, como de niño. Saludó a Adam con un movimiento de cabeza, e iba a acercarse a la cafetera cuando sonó el aparatito de avisos que llevaba en la solapa.

—¡Ah! —exclamó.

Se dirigió hacia el teléfono y llamó, dijo unas pocas palabras y salió corriendo.

Adam dejó los posos del café y fue detrás del hombrón de verde, bajando por una laberíntica serie de pasillos, hasta llegar a la zona de cirugía.

En el hospital de Georgia la cirugía era limpia, brillantemente luminosa, libre de obstáculos. Esta luz era, en el mejor de los casos, incierta. Los pasillos parecían depósitos de muebles sobrantes, como camillas, estanterías y piezas sueltas de maquinaria; durante las horas de mayor actividad probablemente ponían también aquí a los pacientes antes y después de la operación. Las puertas de las salas de operaciones estaban gastadísimas a ambos lados, donde habían chocado y raspado los bordes de innumerables camas, dejando al descubierto capa tras capa de madera terciada, como calculadoras de tiempo o anillos arbóreos.

Había una escalera y Adam subió por ella, hasta el observatorio anatómico, que estaba a oscuras y empapado de un jadeo extraño y sonoro. Era el jadeo del aparato intercomunicador, que había sido conectado y dejado demasiado alto. Incapaz de dar con la luz, Adam fue tanteando hasta un asiento de primera fila, donde se dejó caer. A través del cristal veía al hombre echado en la mesa, como de cuarenta años, casi calvo y con aire de animal arrinconado, y evidentemente dolorido, que miraba a la enfermera preparar los instrumentos. Tenía los ojos como empañados: probablemente había recibido un calmante antes de venir aquí, sin duda escopolamina.

Pocos minutos después, entró, limpio y enguantado, el hombrón que había estado tomando café en la cocina.

—Doctor —dijo la enfermera.

El gordo asintió sin interés y comenzó a anestesiar. Sus dedos como salchichas juguetearon con el brazo izquierdo hasta encontrar sin la menor dificultad la vena antecubital, sirviéndose entonces del catéter intravenoso. Luego enrolló el otro brazo con una correa y comenzó a tomar la tensión.

—Con esto sí que no contábamos —advirtió la enfermera.

—Y podíamos haber prescindido de él perfectamente —dijo el gordo.

Administró el relajador muscular con una dosis de pentotal, luego entubó la tráquea del paciente y pasó la tarea de respirar de éste a un ventilador.

Entró el interno, el sujeto delgado y alto que Adam había visto ya. Ni el anestesista ni la enfermera parecieron darse cuenta de su presencia. Comenzó a preparar el abdomen, limpiándolo con antisépticos. Adam observaba con interés, deseoso de ver cómo se hacían las cosas. Parecía que el interno ponía en práctica una solución sencilla. En el hospital de Georgia tenían que lavar primero con éter, luego con alcohol, y después, por tercera vez, con betadina.

—Ya habrá notado usted lo bien que está afeitado, señor Peterson —dijo el interno—. A su lado, el culo de un niño es una selva virgen.

—Richard, ya sé que eres buen barbero —respondió el gordo.

El llamado Richard terminó de lavar el vientre y comenzó a cubrir al paciente con telas esterilizadas, dejando al descubierto nueve decímetros cuadrados de carne, enmarcados en un campo de tela.

Entró un cirujano. Meomartino, el encargado del servicio de Cirugía, se dijo Adam, pero no estaba seguro del todo, porque nadie le había saludado. Era un hombre corpulento, con la nariz aquilina rota y una antigua cicatriz, casi invisible, en la mejilla. Bostezó y se estiró, con un súbito escalofrío.

—Estaba teniendo unos sueños maravillosos —dijo—. ¿Qué tal va la úlcera perforada? ¿Sangra el paciente?

—Creo que no, Rafe —respondió el gordo—. Los latidos cardíacos son noventa y seis, y la respiración, treinta.

—¿Y la tensión?

—Máxima once y mínima diez.

—Pues vamos. Te apuesto a que es como una quemadura de cigarrillo.

Adam le vio coger el bisturí que le tendía la enfermera y practicar acertadamente la incisión paramedial, cortando a propósito la carne de modo que se formasen dos labios donde antes había habido un vientre fofo. Meomartino cortó la piel y el tejido subcutáneo graso y amarillo. Adam vio con interés que al interno le habían enseñado a contener la hemorragia con esponjas en lugar de pinzas, usando al mismo tiempo la presión de la esponja para ampliar el margen de la herida, de modo que se pusiese al descubierto el reluciente envoltorio gris de la aponeurosis.

«Esto está muy bien —pensó—; nunca se me había ocurrido hacerlo de esta manera. —Por primera vez sintió una punzada de felicidad—. Aquí hay cosas que aprender.»

Meomartino había hecho la incisión lenta y cuidadosamente, pero ahora cortó la aponeurosis rápida y limpiamente. Hacerlo así, de un solo golpe, sin cortar el músculo recto que está justo debajo, significaba que este hombre tenía que haberlo hecho bien muchas veces; esto Adam lo veía perfectamente. Durante un estúpido momento se permitió sentir cierto resentimiento por la facilidad y pericia de aquel detalle. Casi se puso en pie para ver mejor, pero el animal del interno movía la cabeza y los hombros entre él y el campo operatorio, reduciéndole la zona de visibilidad.

Se retrepó en el asiento y cerró los ojos en la oscuridad. Veía mentalmente lo que estaría haciendo ahora el cirujano: levantaría la aponeurosis y la inclinaría con el borde cortante del bisturí, apartándola luego con el borde romo, de manera que quedase, al descubierto la intersección media del recto. Luego levantaría el músculo y efectuaría una retracción lateral para dirigirlo por el peritoneo y penetrar en la cavidad abdominal.

En la cavidad abdominal. Para una persona como él, que quería dedicarse a la cirugía general, donde se presentan tantos casos abdominales, ésa era la frase clave.

—Bueno, ahora es tu turno, Richard, ahí lo tienes —dijo el cirujano un momento después.

«Su voz es grave, y su inglés, un poco demasiado preciso —pensó Adam—, como un segundo lenguaje, aprendido.»

—Tiene que ser precisamente a través de la pared anterior del duodeno, ¿qué hacemos ahora?

—¿Dar puntadas?

—¿Y después?

—¿Vagotomía?

—Richard, hijo, por Dios, no acabo de creerlo. Ser tan joven y tan brillante y tener casi razón, hijo mío. Una vagotomía y un procedimiento de drenaje. Entonces sí que se curaría como Dios manda. Vamos, una pica en Flandes.

Después de este diálogo trabajaron en silencio y Adam sonreía a sus espaldas, en la oscuridad, sintiendo como suyo propio el disgusto del interno, igual que él mismo lo había sentido tantas veces en situaciones parecidas. Hacía calor en el anfiteatro, que era del color de una matriz. Se adormiló y tuvo de nuevo una vieja pesadilla: dos hornos que había tenido que alimentar de combustible durante sus veladas de primer curso, hasta acabar odiando aquellas bocas sonrosadas y abiertas, siempre hambrientas de más y más carbón, más del que él podía darles de un solo golpe.

Sentado en el oscuro anfiteatro, gimió entre sueños; luego, se despertó sobresaltado, sintiéndose rígido y desgraciado, momentáneamente inseguro de por qué había cambiado tanto su estado de ánimo. Y de pronto recordó, se relamió los labios y sonrió; era aquella condenada pesadilla. Hacía mucho tiempo que no la tenía. Debíase, sin duda, al hospital nuevo, a la situación insólita en que se encontraba.

Más abajo, a sus pies, el equipo de cirugía seguía trabajando.

—Ayúdame a cerrar el vientre, Richard —dijo el médico adjunto—. Yo hago las suturas y tú los ligamentos. A ver si queda como a mí me gusta, bien tirante.

—Se lo voy a dejar tan tirante como el de su primer amor

—contestó Richard, hablando a Meomartino, pero mirando a la enfermera, que no dio muestras de haber oído.

—Más tirante todavía, doctor —insistió Meomartino.

Cuando, por fin, asintió, satisfecho, y se apartó de la mesa de operaciones, Adam corrió escaleras abajo, para cogerle antes de que saliese de allí.

—Doctor Meomartino.

El jefe del servicio de Cirugía se detuvo. Era más bajo de lo que le había parecido a vista de pájaro. «Debiera de haber sido hijo de mi madre», pensó Adam, ilógicamente, al acercarse a él. Pero no era italiano, decidió; quizás español. Color de aceituna, ojos oscuros, piel atezada a pesar de la palidez, habitual en los hospitales, el pelo, bajo el gorro de quirófano, oscuro de humedad, pero casi completamente gris. «Este individuo es más viejo que yo», pensó.

—Soy Adam Silverstone —dijo, jadeando suavemente—. Soy el nuevo médico adjunto.

Mientras los ojos escrutadores le disecaban, una mano que parecía un tarugo de madera asió la suya.

—Llega usted con un día de anticipación, y me doy cuenta de que va a ser un rival serio —dijo Meomartino con una leve sonrisa.

—Vine como pude, haciendo autostop. Salí un día antes por precaución y luego resultó que no me hizo falta.

—Ya. ¿Y tiene dónde vivir?

—Aquí. La carta dice que el hospital facilita un cuarto.

—De ordinario el médico adjunto lo usa sólo las noches que está de servicio. Yo prefiero vivir fuera. Usted y yo estaríamos demasiado disponibles aquí.

—Pues yo no tendré más remedio que estarlo.

Meomartino asintió, sin aparentar sorpresa.

—No tengo atribuciones para asignarle un cuarto, pero le encontraré uno donde podrá caerse muerto lo que queda de noche.

El ascensor era lento y viejo. EN CASO DE EMERGENCIA DÉ TRES TIMBRAZOS, aconsejaba un letrero junto al timbre. Adam se dijo que estar a merced de aquel monstruo lento y crujiente en caso de emergencia sería más que arriesgado.

Llegó por fin y les subió al sexto piso. El corredor era muy angosto y oscuro. El número del cuarto era 613, lo que, se dijo Adam, no podía ser un augurio. El techo estaba ladeado, porque el cuarto se hallaba debajo del alero del viejo edificio. Las persianas estaban bajadas. A la luz incierta vio una aterradora grieta en una de las paredes, que le parecieron de color de excremento. Bajo la grieta y frente a las dos camas había una silla de madera flanqueada por un escritorio y una mesa, ambos de color mostaza. Sobre una de las camas yacía un hombre vestido de blanco, con el *New England Journal of Medicine* abierto sobre el pecho y abandonado a favor del sueño.

—Harvey Miller. Un préstamo que nos ha hecho esa institución de fantasía que hay al otro lado de la ciudad* —dijo Meomartino sin molestarse en bajar la voz—. No es un mal hombre** para este lugar.

Su tono de voz creaba un vacío en torno a él. Bostezando hizo un ademán y fue hacia la puerta.

En el cuarto, el aire era pesado. Adam fue a la ventana y levantó unos centímetros la persiana, que inmediatamente comenzó a agitarse; la levantó un poco más y se quedó quieta. El que estaba sobre la cama se movió ligeramente, pero sin llegar a despertarse.

Cogió el *New England Journal* que yacía sobre Harvey Miller y se echó. Trató de recordar el rostro de Gaby Pender, pero se dio cuenta de que no le era posible juntar sus diversas partes, recordaba sólo una tez muy oscura y un lunar maravilloso que tenía en el rostro, y también que el conjunto pertenecía a una chica que le había gustado mucho. El colchón era fino y tenía bultos, un desecho de las salas del hospital sin duda. En alas del aire, procedente de la ventana abierta del piso de abajo, llegó un sonido de dolor, más que un gemido pero menos que un grito. Harvey Miller se acarició la ingle entre sueños, ignorante aún de que su retiro había sido violado.

—Alice —dijo, con absoluta claridad.

Adam pasó las hojas de los anuncios por palabras de la revista, imaginándose un mundo futuro que le ofrecería todos los

* Alusión a la Universidad de Harvard. *(N. del T.)*
** En castellano en el original. *(N. del T.)*

lujos de la vida que él nunca había disfrutado por falta de dinero, además de permitirle seguir dándoselo en suficiente cantidad a la mano abierta de Myron Silberstein, que, de esta forma, dejaría de constituir una amenaza a su supervivencia.

Pasó ciertos anuncios sin leerlos, o los leyó despectivamente: invitaciones a solicitantes de estudios posdoctorales, gastos pagados, pero sin sueldo o apenas sin sueldo; avisos de becas de siete mil dólares al año; cátedras con sueldos de hasta diez mil dólares; descripciones falsamente atractivas de clientelas médicas a la venta por poco dinero en Chicago, Los Ángeles, Boston, Nueva York, Filadelfia, donde había médicos acreditados listos para atar de pies y manos al principiante y mandarle, de mendigo, a las compañías de seguros a trabajar a destajo a seis dólares la hora.

De vez en cuando, un anuncio le interesaba hasta el punto de leerlo varias veces:

CLÍNICA MULTIESPECIALISTA DE DIEZ HOMBRES

Empresa necesita cirujano general. Situada en el norte de Michigan, en el centro de zona de caza y pesca. Clínica recién edificada y plan de reparto de beneficios. Sueldo inicial: veinte mil dólares. A los dos años, participación en la propiedad. Beneficios de la propiedad oscilan entre treinta y cincuenta mil dólares. Dirección F-213, *New Eng. J. Med. B-2t.*

Adam se dijo que un año después él necesitaría una región muy apartada del agobiante ambiente médico de los hospitales docentes, lejos de la competencia estatuida. Lo ideal sería ponerse en contacto con un cirujano achacoso o entrado en años, en algún lugar remoto, dispuesto a beneficiarse poco a poco de la transferencia gradual de su clientela a un asociado más joven. Este tipo de acuerdo podría producir desde el principio cosa de treinta y cinco mil dólares, y posiblemente, hacia el final, hasta setenta y cinco mil.

En las raras ocasiones en que se había parado a analizar sus ideas sobre la medicina, llegaba a la conclusión de que lo que él quería era ser curandero y, al tiempo, capitalista; Jesucristo y al tiempo cambista, todo junto. Bueno, ¿y por qué no? La gente que puede pagar sus cuentas enferma exactamente igual que los pobres. Nadie le había pedido a él que hiciese voto de pobreza. Ya había tenido bastante pobreza sin necesidad de votos.

2

Spurgeon Robinson

«¡*N*iño!», susurró la madre de Spurgeon, con voz como una pluma.

«Spurgeon, niño», volvió a decir, alzando la voz, más pesada, un pajarito que llenaba el cuarto con sus aleteos.

Los ojos del niño estaban cerrados, pero, así y todo, la veía. Se inclinaba sobre su cama como un melocotonero cargado de fruta; su cuerpo estaba envuelto en la bata de franela sin pelusa, todo él curvas maduras y llanuras duras; y los dedos de sus pies bajo las piernas que parecían troncos de árboles viejos, eran nudosos como raíces. Se sentía avergonzado de que mamá le hubiera visto de esta manera, porque bajo la manta fina, y por culpa de sus sueños, se le había erigido el pene. «Quizá —pensó—, si finjo dormir se irá», pero en aquel instante concreto el sueño se volvió imposible a causa de un golpe metálico y fino, la reanimación del mecanismo del despertador. El reloj chilló; era un sonido familiar, casi consolador, que llevaba años despertándole fielmente, y también esta vez, aunque no tardó un instante en recordar que ahora era ya un hombre hecho y derecho, con todas sus consecuencias.

El doctor Robinson recordó.

Y dónde… una miseria de hospital, en Boston. Su primer día como interno.

En el retrete, al final del pasillo, había alguien, de puntillas ante el espejo moteado, rascándose la barbilla con una máquina de afeitar.

—Buenos días. Soy Spurgeon Robinson.

El muchacho blanco se secó cuidadosamente con la toalla y

luego alargó una buena mano de cirujano, fuerte, pero amistosa.

—Adam Silverstone —dijo—. No me faltan más que tres toques y estoy afeitado.

—No hay prisa —le tranquilizó Spurgeon, aunque sabían ambos que sí la había.

En el cuarto de baño, con suelo de madera, la pintura de las paredes estaba desportillándose. Sobre la puerta de una de las dos garitas, un filántropo había escrito: «Rita Leary es una enfermera que lo hace como una conejita. ASpinwall 7-9910.» Era la única lectura que había en todo el cuarto y la leyó rápidamente, echando instintivamente una ojeada para ver si el muchacho blanco le había visto.

—¿Qué tal el médico adjunto? —preguntó, con indiferencia.

La hoja de afeitar, a punto de asestar el golpe, se detuvo a dos centímetros de la mejilla.

—A veces me cae bien, pero a veces no puedo ni verle —respondió Silverstone.

Spurgeon asintió y decidió que lo mejor era cerrar el pico y dejarle que terminara de afeitarse. «La espera le exponía a llegar tarde el primer día de su estancia allí», pensó. Colgó su bata y se quitó los calzoncillos y se metió bajo la ducha, sin atreverse a rendirse a su prolongado placer, pero incapaz de resistir, después de la larga noche de calor veraniego que se había concentrado en su cuarto, bajo el tejado.

Cuando salió, Silverstone se había ido.

Spurgeon se afeitó con gran esmero, pero rápidamente, inclinado como un tenso signo de admiración sobre el anticuado lavabo; en el primer día de su estancia en un hospital nuevo había que establecer precedentes. «Uno de ellos —pensó— es no ser el último en llegar al despacho del médico adjunto para comenzar las visitas matinales.»

En su cuarto, se puso la ropa blanca, rígida a fuerza de almidón, los calcetines blancos y los zapatos, que él mismo había limpiado la noche anterior. Le quedaban sólo unos pocos minutos. «El desayuno —se dijo tristemente— ya no es posible.» El ascensor era lento; con un programa de trabajo tan apretado, iba a tardar mucho tiempo en acostumbrarse a este ritmo tan lento. El despacho del adjunto, en el segundo piso, estaba lleno de jóvenes vestidos de blanco, sentados unos, en pie otros, algunos tratando de aparentar aburrimiento, y unos pocos de éstos consiguiéndolo.

El médico adjunto estaba sentado ante su mesa, leyendo *Surgery*. Era Silverstone, notó Spurgeon con cierto embarazo. «Un comediante o un filósofo», pensó, y se sintió irritado consigo mismo por su torpeza al preguntar a un desconocido lo que opinaba sobre un jefe a quien aún no conocía. Notó que la mirada de Silverstone iba observando uno a uno todos los rostros del cuarto. «Santo Dios, que no me desconcierte»; era la plegaria que llevaba años diciendo siempre que aguardaba un examen.

Siguió allí, descansando ya sobre un pie, ya sobre el otro. Finalmente, llegó el último, un residente de primer curso, con seis minutos de retraso, la primera vez que le ocurría.

—¿Cómo se llama usted? —preguntó Silverstone.

—Potter, doctor. Stanley Potter.

Silverstone le miró sin pestañear. Los nuevos esperaban una señal, una revelación, un aviso.

—Doctor Potter, nos ha tenido usted esperando. Y ahora tenemos que hacer esperar a los pacientes y a las enfermeras.

El otro asintió, sonriendo, lleno de embarazo.

—¿Me comprende usted?

—Sí.

—Esto es un deber clínico y educativo, no un espectáculo para sus diversiones de adolescente, al que se va tarde o cuando a uno se le antoja. Si tiene usted intención de seguir aquí, tendrá que actuar y pensar como un cirujano.

Potter sonrió, desconcertado.

—¿Me comprende usted?

—Sí.

—Muy bien. —Silverstone miró a su alrededor—. ¿Me comprenden todos ustedes?

Varios de los nuevos asintieron, casi felices, cambiándose entre sí miradas secretas altamente significativas, pues habían averiguado lo que querían.

«Es un déspota», se decían unos a otros con los ojos.

Y

Silverstone iba el primero, seguido por una larga fila de residentes e internos. Se detenía solamente ante determinadas camas, charlando un momento con el paciente, hablando concisamente de sus historiales clínicos, haciendo una pregunta o dos con voz adormilada, casi indiferente, y siguiendo adelante. El grupo dio la vuelta al perímetro de la espaciosa estancia.

En una de las camas yacía una mujer de color, cuyo pelo rojo estaba teñido. Se le quedó mirando como si viese algo a través de él cuando Silverstone se paró a su lado y se vio rodeada de una pared silenciosa de jóvenes vestidos de blanco.

—Buenos días —dijo Silverstone.

«Se parece mucho a media docena de prostitutas del viejo barrio nativo», pensó Spurgeon.

—Es… —Silverstone comprobó el nombre— la señorita Gertrude Soames —leyó un momento—. Gertrude ha estado ya en este hospital otras veces a causa de ciertos síntomas que pueden ser atribuidos a que ha tenido cirrosis hepática, probablemente debida a lo de siempre. Parece que aquí hay algo palpable.

Apartó la sábana y levantó la bata de tosco algodón, dejando al descubierto unos muslos delgados que terminaban en un triste mechón y una tripa con dos antiguas cicatrices. Tanteó el abdomen, primero con las puntas de los dedos de una mano y luego con las dos, mientras ella miraba ahora personalmente a Spurgeon, a quien la pobre recordó a un perro que quiere morder pero no se atreve.

—Justo aquí —dijo Silverstone, tomando la mano de Spurgeon y colocándola.

Gertrude Soames miró a Spurgeon Robinson.

«Eres como yo —decían sus ojos—. Ayúdame.»

Él apartó la mirada, pero sus ojos quizá decían: «No puedo ayudarte».

—¿Lo nota? —preguntó Silverstone.

Él asintió.

—Gertrude, vamos a tener que recurrir a una cosa que se llama biopsia hepática —dijo el médico adjunto, con optimismo.

Ella movió negativamente la cabeza.

—Desde luego que sí.

—No —dijo ella.

—Si usted no nos deja, no podemos hacer nada. Tendrá que firmar un papel. Pero a su hígado le pasa algo y no podremos ayudarla sin hacer antes un examen.

Ella volvió a guardar silencio.

—No es más que una aguja. Hincamos una aguja y la sacamos y en la punta habrá un poquitín de hígado, no mucho, el suficiente para poder hacer el examen.

—¿Y duele?

—Duele un poco, pero no hay otra solución. Hay que hacerlo.

—Yo no soy su conejillo de Indias.

—Aquí no queremos conejillos de Indias. Lo que queremos es ayudarla a usted. ¿Se da cuenta de lo que pasará si no nos deja? —preguntó, con suavidad.

—De la forma que lo dice, claro que me la doy.

El rostro de ella seguía petrificado, pero sus ojos mate relucieron de pronto y se le saltaron las lágrimas, que corrieron mejillas abajo, hacia la boca. Silverstone cogió un pañuelo de papel del estante de la cama y le enjugó la cara, pero ella apartó la cabeza.

Silverstone volvió a bajar la bata y ajustó la sábana.

—Pues piénselo un rato —dijo, acariciándole la rodilla y prosiguiendo la visita.

En el departamento de hombres de la sala había un individuo tan corpulento que parecía desbordarse de la cama; estaba recostado sobre tres almohadas y les veía acercarse a él con expresión de recelo.

—El señor Stratton es conductor de camiones por cuenta de una empresa de refrescos embotellados —dijo Silverstone, mirando el historial del paciente—. Hace un par de semanas se le cayó del camión un cajón de madera y le dio en la rodilla derecha.

Apartó la sábana y mostró la pierna del paciente, robusta, pero de aspecto malsano, con una herida ulcerada muy fea de unos diez centímetros de diámetro.

—¿Siente fría la pierna, señor Stratton?

—Sí, constantemente.

—Hemos probado con antibióticos y emplastos, pero la pierna no se cura y ha perdido color —dijo Silverstone. Se volvió al residente a quien había criticado por llegar tarde—. Doctor Potter, ¿qué le parece a usted?

Potter volvió a sonreír, con aire deprimido, pero no dijo nada.

—¿Doctor Robinson?

—Un arteriograma.

—Muy bien. ¿Dónde inyectaría usted la sustancia de contraste?

—En la arteria femoral —dijo Spurgeon.

—¿Qué? ¿Es que tienen que operarme?

—No estamos hablando de operaciones, o por lo menos todavía no —respondió Silverstone—. Si tiene fría la pierna, es porque la sangre no circula como debiera. De lo que ahora se trata es de averiguar el motivo. Vamos a inyectar cierta tintura en una arteria de su ingle y luego tomaremos unas fotos.

El señor Stratton enrojeció.

—Eso no lo aguanto —dijo.

—¿Qué quiere decir?

—¿Por qué no siguen como hacía el doctor Perlman hasta ahora?

—Porque el doctor Perlman lo intentó y no le salió bien.

—Inténtelo un poco más.

Se produjo un breve silencio.

—¿Dónde está el doctor Perlman? —dijo el hombre—. Quiero hablar con el doctor Perlman.

—El doctor Perlman ya no es aquí médico adjunto —repuso Silverstone—. Tengo entendido que ahora es el capitán Perlman y está camino de Vietnam. Yo soy el doctor Silverstone, el nuevo adjunto.

—Ni siquiera era capaz de aguantar inyecciones cuando estaba en la marina mercante —dijo el otro.

Se oyó una risita en el extremo del grupo que rodeaba la cama. Silverstone se volvió y miró fríamente hacia allá.

—Parece que tiene gracia que un hombre de mi corpulencia tenga miedo, demonios —dijo Stratton—, pero creedme que gracia no tiene ninguna, y al primero que me ponga la mano encima lo voy a dejar en el sitio.

Silverstone puso la mano, como sin darse cuenta, en el pecho del paciente. Los dos se miraron. Inesperadamente, al señor Stratton se le humedecieron los ojos.

Nadie rio. «Su rostro —pensó, perplejo, Spurgeon— tiene

la misma expresión de temor que el de la prostituta del otro lado de la sala; tan parecidos son ambos que se diría que son hermanos.»

Esta vez, Silverstone no buscó pañuelos de papel.

—Y ahora va a escucharme —dijo, como quien habla con un niño travieso—. No puede perder el tiempo. Si nos crea usted problemas, los que sean, cuando tratamos de examinarle, le dejaremos para que se las arregle como pueda. Y le advierto que de eso de dejarnos en el sitio, nada. No podrá dejar en el sitio ni a una hormiga. Se quedará sin pierna, o será usted quien se quede en el sitio. ¿Me comprende?

—Carniceros —murmuró el señor Stratton.

Silverstone dio media vuelta y se alejó, seguido obedientemente por catorce sombras vestidas de blanco.

Se congregaron en el anfiteatro quirúrgico para celebrar la Conferencia de Mortalidad.

—¿Qué diablos quiere decir eso de Conferencia de Mortalidad? —murmuró Jack Moylan, el interno que estaba junto a Spurgeon, después de mirar el programa mimeografiado del primer día.

Spurgeon lo sabía. También celebraban conferencias de mortalidad en Nueva York, aunque él, por ser estudiante, no había podido asistir a ellas.

—Es una reunión en la que se ponen en evidencia los errores de cada uno —dijo.

Moylan pareció sorprendido.

—Acabarás llamándolo el Comité de la Muerte, como todos. Todo el personal de cirugía se reúne para pasar revista a las muertes que se han producido y decidir si hubiera sido posible impedirlas; y, si es así, por qué no se impidieron. Es una manera de continuar la educación y el control quirúrgico. Una especie de control de responsabilidades, para tenernos siempre alerta.

—¡Santo Dios! —exclamó el otro.

Estaban sentados en las hileras de asientos, en grada, tomando café o Pepsi-Cola en vasos de cartón. Una de las enfermeras pasaba bandejas de galletas. Delante de todos Silverstone y Meomartino, sentados a ambos extremos de una mesita, hojeaban los historiales. Por razones administrativas y docentes, los empleados del hospital estaban divididos en dos grupos, el equipo azul y el equipo rojo. Los casos que dependían del equipo rojo eran examinados por Meomartino, mientras que los del equipo azul los supervisaba Silverstone. Junto a un asiento vacío, al comienzo de la primera fila, el segundo jefe de los servicios de cirugía, doctor Bester Caesar Kender («Cuando hay jaleo basta llamar a Kender»), ex coronel de aviación muy aficionado a los cigarros puros, que había ganado fama como especialista en cirugía renal y era autor de innovaciones en el trasplante de riñones, estaba contando un chiste verde al doctor Joel Sack, jefe de los servicios de Patología. Eran ambos un curioso contraste humano: Kender era alto, hirsuto, de tez colorada, y el acento suave y lento del condado patatero de Maine todavía se notaba en su manera de hablar, mientras Sack era calvo y de aire refitolero, como un mono enfurruñado.

Sentados juntos, estaban los dos chinos del equipo, el doctor Lewis Chin, nacido en Boston y cirujano visitante, y el doctor Harry Lee, de cara de luna, residente ya en su tercer año, de Formosa; como para hacer de contrapeso, había también dos mujeres: la doctora Miriam Parkhurst, también visitante, y la doctora Helena Manning, muchacha fría y segura de sí misma, residente desde hacía un año.

Todos se levantaron cuando entró en la estancia el jefe de Cirugía, Spurgeon derramándose Coca-Cola en la pernera de su bella vestimenta blanca.

El doctor Longwood saludó con un movimiento de cabeza y todos se sentaron obedientemente.

—Caballeros —dijo.

»Doy la bienvenida a los recién llegados al Hospital General del condado de Suffolk.

»Éste es un hospital municipal muy lleno de trabajo, donde hay muchísimo quehacer y exige a cambio muchísima dedicación.

»Nos gusta hacer las cosas bien y esperamos que todos ustedes harán cuanto puedan por conseguirlo.

»La reunión que está a punto de comenzar se llama Conferencia de Mortalidad. Es la parte de la semana que más importancia tiene para el desarrollo profesional de ustedes. Una vez que salen de la sala de operaciones, la cirugía realizada se convierte en cosa pasada. En esta reunión, sus errores y los míos serán sacados a la superficie y examinados con minuciosidad por sus compañeros. Lo que ocurre aquí es, quizá, más importante que lo que ocurre en la sala de operaciones, por lo que se refiere a convertirles a ustedes en verdaderos cirujanos.

Cogió unas galletas, se repantigó en un asiento de primera fila e hizo una señal a Meomartino:

—Empiece usted, doctor.

Al leer el jefe del servicio de Cirugía los detalles, se vio con claridad que el primer caso era corriente: un hombre de cincuenta y nueve años con carcinoma grave del hígado que no había buscado curación hasta que era demasiado tarde.

—¿Prevenible o inevitable? —preguntó el doctor Longwood, limpiándose las migas.

Todos los veteranos votaron «inevitable», y el jefe se mostró de acuerdo.

—Demasiado tarde —dijo—, lo que indica la necesidad de diagnosticar a tiempo.

El segundo caso era una mujer que había muerto de un ataque cardíaco mientras estaba siendo tratada en el hospital por lesiones gástricas. No había tenido anteriormente ninguna enfermedad cardíaca y la autopsia había revelado que sus lesiones no eran serias. De nuevo los cirujanos consideraron que la muerte había sido inevitable.

—De acuerdo —dijo el doctor Longwood—, pero quiero advertir que de no haber fallecido de un ataque cardíaco la habríamos tratado equivocadamente. Debiera haber sido abierta y explorada. Un artículo interesante publicado hace dos meses en *Lancet* subrayaba que el porcentaje de supervivencia de cinco años en casos de tumores gástricos tratados médicamente, sean o no serios, es del diez por ciento. Cuando el paciente es explorado para averiguar qué es exactamente lo que tiene, el porcentaje de supervivencia de cinco años aumenta, hasta llegar a un cincuenta o setenta por ciento.

«Esto es una clase —pensó Spurgeon, calmándose y comenzando a pasarlo bien—; no es más que una clase.»

El doctor Longwood presentó a la doctora Elizabeth Hawkins y al doctor Louis Solomon. Spurgeon notó un ligero cambio en el ambiente, y se fijó en el doctor Kender, el experto en riñones, que se había inclinado hacia delante, jugueteando nerviosamente con algo en su manaza.

—Tengo mucho gusto en que los doctores Hawkins y Solomon hayan aceptado nuestra invitación y estén ahora aquí con nosotros —dijo el doctor Longwood—. Son residentes del servicio Pediátrico, donde estaban acabando su internado al ocurrir el fallecimiento que vamos a examinar a continuación.

Adam Silverstone leyó los datos del caso de la niña de cinco años Beth-Ann Meyer, que había sufrido treinta por ciento de quemaduras en el cuerpo al ser escaldada con agua hirviendo. Después de dos injertos cutáneos en la sala de pediatría del hospital, una noche, a las tres, había vomitado, atascándosele algo de comida en la garganta. Un residente de anestesia había tardado dieciséis minutos en llegar, y cuando acudió la niña había muerto.

—No hay excusa alguna que justifique la tardanza del anestesista en llegar al lugar del incidente —dijo el doctor Longwood—, pero, dígame… —los ojos fríos se fijaron en la doctora Hawkins y luego en el doctor Solomon—, ¿por qué no hicieron ustedes una traqueotomía?

—Ocurrió con gran rapidez —respondió la muchacha.

—No teníamos instrumentos adecuados —arguyó el doctor Solomon.

El doctor Kender mostró, entre el índice y el pulgar, el objeto que tenía en la mano.

—¿Saben ustedes lo que es esto? —dijo.

El doctor Solomon carraspeó.

—Una navaja de bolsillo.

—Siempre llevo una encima —dijo el experto en riñones, sin alzar la voz—. Con ella podría abrir en canal una garganta en un tranvía.

Ninguno de los dos residentes pediátricos contestó. Spurgeon no conseguía apartar los ojos del pálido rostro de la muchacha.

«Están arrinconándoles —pensó—; lo que están diciéndoles es: Ustedes mataron a esa niña, ustedes.»

El doctor Longwood miró al doctor Kender.

—Prevenible —dijo éste, a través del puro.

Al doctor Sack.

—Prevenible.

Al doctor Paul Sullivan, cirujano externo.

—Prevenible.

A la doctora Parkhurst.

—Prevenible.

Spurgeon permanecía inmóvil mientras la palabra iba rodando, como una piedra helada, en torno al perímetro de la estancia, incapaz ya de mirar a los dos residentes pediátricos.

«Dios —dijo—, que no me ocurra esto nunca a mí.»

Le asignaron a la sala Quincy, con Silverstone, y los dos fueron allí juntos. Era una hora de mucho ajetreo para las enfermeras, la hora de tareas como cambiar vendajes y tomar temperaturas, servir zumo de frutas y traer y llevar orinales, entregar píldoras y completar historiales. Estuvieron un rato en el pasillo, mientras el residente miraba las notas que había tomado durante las visitas matinales y Spurgeon observaba a dos enfermeras estudiantes, haciendo camas y riendo como locas; finalmente, el doctor Silverstone levantó la vista.

«Y habló el Señor —pensó Spurgeon—, y dijo…»

—Harold Krebs, operación de prostatectomía, habitación 304, necesita dos unidades de sangre. Comenzar una intravenosa para Abraham Batson en la 310. Y luego recoger los instrumentos y poner un catéter central venoso Roger Cort, 308.

Una vieja delgada y de pelo ralo con la insignia de jefa de enfermeras en el gorro, estaba en el archivo de los historiales clínicos. Spurgeon pasó junto a ella murmurando excusas, y descolgó el teléfono.

—¿Tiene el número del banco de sangre? —le preguntó.

Sin mirarle, la mujer le pasó la guía de teléfonos.

Marcó el número, pero comunicaba.

Una enfermera morena, muy guapa y con buen tipo, envuelta en un uniforme de nailon, entró y se puso a escribir un recado en la pizarra: «Doctor Levine, por favor, llame a W. Ayland 872-8694».

Marcó el número de nuevo.

—¡Maldita sea!

—¿Necesita algo, doctor? —preguntó la enfermera joven.

—Estoy tratando de hablar con el banco de sangre.

—Es el peor número de todo el hospital. La mayor parte de los internos lo que hacen es ir ellos y recoger la sangre personalmente. La persona por quien hay que preguntar allí se llama Betty Callaway.

Le dio las gracias y se fue corriendo. Volvió a pasar junto a la jefa de las enfermeras y colgó de nuevo el teléfono. «La vieja bruja blanca —pensó—, debiera habérmelo dicho. La verdad —se dijo, deprimido—, ni siquiera sé encontrar el dichoso banco de sangre.»

Se inclinó de nuevo y miró el nombre de la vieja.

—Señorita Fultz —dijo.

Ella siguió escribiendo, como si nada.

—¿Puede decirme por dónde se va al banco de sangre?

—Sótano —respondió ella, sin levantar la vista.

Lo encontró después de preguntar tres veces más y encargó la sangre que necesitaba a Betty Callaway, esperando impaciente mientras ésta buscaba el tipo de sangre de Harold Krebs. Volviendo a subir en el lento ascensor, se maldijo a sí mismo por no haber tomado al principio la precaución de darse una vuelta por el hospital, enterándose bien de dónde estaba todo.

Tal y como estaban pasando las cosas, a Spurgeon no le hubiera sorprendido ver que el paciente de la 304 tenía venas invisibles, pero Harold Krebs resultó ser un hombre con sistema venoso bueno y bien definido, apto para la introducción de catéteres, de modo que la transfusión se llevó a cabo sin dificultad.

—Ahora, la intravenosa para la 310. —Pero ¿dónde se guardaban las intravenosas? «No puedo preguntárselo a la señorita Fultz —pensó, y entonces cambió súbitamente de idea—: ¿por qué dejarme asustar por esa vieja bruja?»

—Armario del pasillo —respondió ella, aún sin levantar la vista.

«Vieja bruja, usted me va a mirar —se dijo Spurgeon—; no es más que piel negra, no hace daño a los ojos.»

Cogió las intravenosas y, naturalmente, Abraham Batson, el de la 310, resultó ser lo que él había esperado encontrar en la 304, o sea un viejecito reseco, con venas como pelos y marcas de inyecciones dejadas por otros que, como él, habían intentado la empresa y fallado. Hicieron falta ocho punzadas extra, con acompañamiento de gemidos, miradas y gruñidos, y sólo entonces volvió a verse en libertad.

«Santo cielo, los instrumentos.»

—Señorita Fultz —dijo.

Esta vez le miró. Se sintió furioso por el desprecio que vio en sus ojos, que eran de un azul desvaído.

—¿Dónde están las herramientas de cortar?

—Tercera puerta a la izquierda.

Encontró lo que buscaba y vio a Silverstone en el lado femenino de la sala.

—Menos mal, iba a dar la voz de alarma —dijo el residente.

—Pasé la mayor parte del tiempo extraviándome.

—Como yo.

Fueron juntos a la habitación 308.

Roger Cort tenía carcinoma intestinal. «Fijándose bien —pensó Spurgeon— podía ya ver al ángel cogido al hombro derecho de Cort.»

—¿Has hecho esta operación alguna vez?

—No.

—Pues fíjate bien. La próxima vez serás tú quien la haga.

Estuvo atento mientras Silverstone esterilizaba el tobillo e inyectaba novocaína, poniéndose luego guantes esterilizados y practicando una incisión anterior diminuta en el maléolo medial. Dio dos puntadas, una arriba y otra abajo, introdujo la cánula, y en unos pocos segundos ya estaba goteando glucosa en la sangre de Roger Cort. Silverstone lo hacía parecer todo fácil. «Seré capaz de hacer esto», pensó Spurgeon.

—¿Y ahora qué se le ofrece al señor? —le dijo.

—Pues café —respondió Silverstone, y fueron a tomarlo.

Lo sirvió la guapa y morena enfermera.

—¿Qué les parece nuestra sala? —preguntó.

—¿Qué le pasa a su jefa? —preguntó el médico adjunto— . No ha hecho más que gruñirme toda la mañana.

La muchacha se echó a reír.

Es ya una especie de tradición en el hospital. No habla con los médicos más que cuando le son simpáticos, y se lo son poquísimos. Algunos de los que vienen de visita la conocen desde hace treinta años, pero ella sigue sin dedicarles más que gruñidos.

—Menuda herencia me ha tocado —dijo Silverstone, deprimido.

«Por lo menos —pensó Spurgeon— no es mi color lo que le cae antipático.» Por alguna razón, esta idea le tranquilizó. Terminó el café y se fue, dejando allí a Silverstone. Cambió algunos vendajes sin tener que preguntar a la señorita Fultz dónde estaban las cosas. «Lo mejor será que me dedique a explorar este lugar», pensó, preguntándose de pronto lo que haría si se produjera un caso de ataque cardíaco. No sabía dónde estaba el desfibrilador, ni el resucitador. Una enfermera corría pasillo abajo.

—¿Puede decirme dónde se guarda el material número 99? —preguntó.

Ella se paró como si hubiera chocado contra una pared de cristal.

—¿No tiene nada del 99? —preguntó.

—No —repuso él.

—¿Espera algún caso de urgencia, doctor?

—No.

—Bueno, tengo a una mujer que está vomitando hasta los intestinos —dijo la chica, indignada, y se alejó corriendo.

—Sí, señora —dijo Spurgeon, pero ella no le oyó, ya se había ido.

Exhalando un suspiro se lanzó a la busca, como un explorador en una tierra extranjera y desconocida.

A las ocho de la tarde, treinta y seis horas después del comienzo de su carrera de interno, Spurgeon abrió la puerta de su cuarto, en el sexto piso, y se estremeció al recibir de sopetón la ola de calor que salió a su encuentro.

—Santo cielo —dijo, en voz baja.

Sólo había dormido allí unas horas la noche anterior, porque los internos son los primeros en ser llamados, mientras que a los residentes sólo se les molesta en casos de cierta gravedad. Ocho o nueve veces había tenido que despertarse para prescribir medicamentos que darían a los pacientes el sueño que a él, el interno, le era negado.

Dejó el saco de papel que llevaba y abrió la ventana de par en par. Se quitó los zapatos, sin desatárselos, y la ropa blanca de trabajo y se arrancó la camiseta empapada en sudor. Extrajo del saco una caja con seis latas de cerveza y, desgarrando el aluminio del tapón, bebió la tercera parte del contenido de la primera de un solo y largo trago. Luego, suspirando, fue al armario y sacó la guitarra.

Sentado en la cama, terminó la primera lata de cerveza y comenzó a desflorar las cuerdas, cantando, en voz baja, la parte de tenor de un madrigal:

Una rosa en mi jardín,
tiene una espina cortante,
y yo en ella me herí
dos veces a media tarde.
Y me apresuro a pedir,
mientras me corre la sangre,
mientras me corre la sangre:
Límpiasela
a la rosa
de la tarde.

«Al diablo —se dijo con tristeza—, el ambiente de este sitio no está bien.»

Lo que sus composiciones necesitaban siempre era un auditorio que le admirara, una chica esbelta que le dijera con la mirada: «Qué listo eres, Spurgeon», la leve presión llena de promesas de una rodilla junto a él, a su lado, en la banqueta del piano, y muchos hombres invitándole a copas, como si él fuera Duke Ellington, y pidiéndole que tocara esto o aquello o lo de más allá.

«Eso me lo he perdido», se confesó.

—Culpa tuya, tío Calvin —dijo, en voz alta.

El tío Calvin había pensado sin duda que Spurgeon acabaría tocando el piano en algún tugurio de Harlem, matándose por un mendrugo, o por menos incluso. Sonrió y abrió otra lata, y bebió a la salud de su padrastro, cuyo dinero había hecho de él todo un médico, a pesar de la negativa de Spurgeon a prepararse para heredar el negocio que el viejo había sudado toda una vida por sacar adelante. Y luego bebió a su propia salud, nadando en su propio sudor en aquel cuarto diminuto y sofocante.

—Tío Calvin —confesó, en voz alta—, la verdad es que esto no es realmente lo que yo considero éxito.

Fue a la ventana y miró las luces que estaban empezando a cobrar vida a medida que la ciudad iba oscureciéndose. «Por allá abajo tengo que perderme yo —se dijo—. Por allá abajo tiene que haber algún apartamento agradable, y quizás incluso algún piano de segunda mano.»

—Malditos —dijo, a la ciudad.

Había pasado tres días en el Hotel Statler respondiendo anuncios de apartamentos en el *Herald* y el *Globe*. Los agentes de pisos siempre reaccionaban afablemente por teléfono cuando les llamaba el doctor Robinson, pero cuando iba a verles personalmente el apartamento siempre acababa de ser alquilado.

—¿Sabe usted quién era Crispus Attucks? —le preguntó al último de todos.

—¿Quién? —preguntó, a su vez, el otro, nervioso.

—Pues era un hombre de color, como yo. Fue el primer norteamericano que murió en nuestra dichosa revolución.

El otro había asentido con regocijo, y sonrió con alivio al verle irse.

«Tiene que haber casas bonitas donde nos admitan», se dijo.

«Bueno —pensó—, a lo mejor había estado buscando apartamentos demasiado buenos.» La cosa era que él tenía dinero para ir a un buen sitio. Iba a recibir todos los meses un cheque del tío Calvin, aun cuando le había explicado que ahora recibiría un sueldo del hospital. Discutieron largo y tendido, hasta que Spurgeon, por fin comprendió que todos los terceros jueves de cada mes, al firmar el dichoso cheque, el tío Calvin daría dos cosas: dinero, que le importaba porque no siempre lo había tenido; y amor, la cosa más milagrosa de su vida.

«Tío —pensó Spurgeon con ternura—, ¿por qué no habré podido llamarle padre?»

Hubo una época que recordaba como se recuerda una pesadilla, en la que él y su madre habían sido negros pobres, antes de que ella se casara con Calvin y se volvieran negros ricos. Él dormía entonces en su cuna, junto a la cama de su madre, en un indecente cuartucho de la calle 172 Oeste. El papel de la pared era de un marrón desvaído, con manchas de humedad en torno al borde superior de una de las paredes, dejadas allí mucho antes cuando alguien, en el piso de arriba, había desbordado la bañera o roto una tubería. Él siempre se acordaba de aquellas manchas como si fueran huellas de lágrimas, porque, cuando lloraba, su madre las señalaba y le decía que si no dejaba de llorar, sus mejillas tendrían marcas iguales que las de la pared. Se acordaba de una mecedora renqueante con el asiento de tartán gastado, de la cocinilla de gas que funcionaba tan mal que el agua tardaba eternidades en hervir, de la mesita de jugar a las cartas en la que no podía dejarse nada de comer de un día para otro porque de las paredes salían animales hambrientos.

Se acordaba de todo aquello sólo cuando no le quedaba más remedio. Él prefería acordarse de mamá, de lo guapa que había sido de joven.

Cuando era pequeño, su madre le solía dejar todos los días con la señora Simpson, que vivía en el piso de abajo, de tres habitaciones, y tenía tres hijos y un cheque de beneficencia pública en lugar de marido o de trabajo. Mamá no recibía cheques. Siendo él niño, trabajó de camarera en una serie de restaurantes, y este trabajo había acabado por estropearle los pies y engordarle las piernas. Aun así era guapísima. Le había dado a luz siendo aún jovencita, y más arriba de las piernas estropeadas su cuerpo había madurado, sin dejar de ser esbelto y duro.

Mamá a veces lloraba durmiendo y siempre estaba untando con desinfectante el anillo del retrete que compartían con los Henderson y los Catlett. A veces, de noche, después de rezar, Spurgeon murmuraba el nombre de su madre una y otra vez en la oscuridad: Roe-Ellen Robinson…, Roe-Ellen Robinson…

Cuando era pequeño y ella le oía murmurar su nombre le dejaba meterse en su cama. Le rodeaba con sus brazos y le apretaba hasta hacerle gritar, y le arañaba la espalda y le cantaba canciones:

¡El río es hondo y ancho, aleluya,
leche y miel en la otra orilla…!

Y le decía lo bien que lo iban a pasar ellos dos cuando llegasen a la tierra de la leche y la miel, y él entonces apoyaba la cabeza en su pecho grande y suave y se dormía feliz, feliz, feliz.

Fue a un colegio vecino, un viejo edificio de ladrillo rojo, con ventanas que se rompían más rápidamente de lo que el Ayuntamiento daba abasto para arreglarlas, un patio de recreo situado fuera y, dentro, un olor que apestaba, compuesto más que otra cosa de hedor a gas de carbón y a cuerpos no acostumbrados a los baños y el agua caliente. Cuando empezó el primer grado, su madre le dijo que aprendiese bien a leer y escribir porque su padre había sido un gran lector, siempre con la nariz metida en un libro. En vista de ello, Spurgeon aprendió a leer y llegó a gustarle. Cuando pasó a grados superiores, el cuarto y el sexto, resultaba más difícil leer en la escuela porque solía haber siempre algún jaleo, pero para entonces él ya había aprendido a ir a la biblioteca pública y llevaba libros a casa para leer.

Tenía dos buenos amigos. Tommy White, que era negrísimo, y Fats McKenna, de un amarillo claro y muy flaco, motivo por el cual le habían puesto de apodo *Fats**. Al principio, lo que más le había gustado en ellos era precisamente los apodos, pero luego llegaron a hacerse amigos de verdad. A los tres les agradaba una chica llamada Fay Hartnett, que cantaba como «Satchmo» y hacía ruidos con los labios como una trompeta loca. Solían merodear por los alrededores de la calle 171 Oeste, jugando a la pelota y metiéndose con los chicos blancos y sus maestros. De vez en cuando, para robar alguna cosa, dos de ellos llamaban la atención del tendero, mientras el otro se hacía con el botín, que de ordi-

* *Fats* quiere decir literalmente «grasas», pero, como apodo, equivale a «gordinflón». *(N. del T.)*

nario era comestible. Tres sábados por la noche habían tumbado a borrachos, pero de verdad; Tommy y Spurgeon se cogían a los brazos del borracho, juntándoselos a la espalda, mientras Fats, que se creía una especie de Sugar Ray Robinson, se encargaba del resto.

Seguían con interés el desarrollo del cuerpo de Fay Hartnett, y una noche, en el tejado de la casa de pisos de Fats, la chica les enseñó a hacer una cosa que le habían enseñado a ella los chicos mayores. Los tres se jactaron a los cuatro vientos de lo que habían hecho, y un par de noches después Fay volvió a hacerles el mismo favor, junto con un grupo más numeroso de amigos y conocidos suyos. Dos meses más tarde Fay dejó de ir a la escuela, y de vez en cuando la veían por la calle y se reían, porque su estómago estaba hinchándose como si se hubiera tragado una pelota de jugar al baloncesto y alguien estuviera inflándola de aire. Spurgeon no se sentía ni culpable ni responsable; la primera vez a él le había tocado el segundo y la segunda vez el séptimo o el octavo, bien al fin de la cola. Y además, ¿quién sabía cuántas otras juergas habría habido sin ser él invitado? Pero a veces sentía no oír a Fay cantar como Louis Armstrong.

No se imaginaba a su mamá haciendo aquello que solía hacer Fay, abriéndose de piernas y agitándose, toda húmeda y excitada, y, sin embargo, en el fondo de su corazón, él pensaba que probablemente sí que lo hacía, por lo menos de vez en cuando. Roe-Ellen siempre tenía muchos amigos, y a veces pagaba a la señora Simpson para que dejara que Spurgeon durmiera en su apartamento, con sus dos hijos, Petey y Ted. Un hombre sobre todo, Elroy Grant, grandote y guapo, que tenía una lavandería en la avenida de Ámsterdam, hacía la corte a mamá. Olía a whisky fuerte y no hacía el menor caso de Spurgeon, que no le podía ver. Siempre iba por ahí con muchas mujeres; un día, Spurgeon encontró a Roe-Ellen llorando en la cama, y cuando preguntó a la señora Simpson lo que le pasaba, ella le dijo que Elroy se había casado con una viuda que tenía un bar en Borough Hall, había cerrado la lavandería y se había mudado a Brooklyn. Mamá anduvo varias semanas como un alma en pena, pero acabó pasándosele, y un día anunció que Spur tendría que portarse con sensatez y ser un hombre, porque ella se había inscrito en un curso de taquimecanografía nocturno y tendría que pasar cuatro noches a la semana en la Escuela Superior Patrick Henry, en Broadway. Las noches que no tenía que ir al curso las pasaba siempre en casa, y para Spurgeon era como estar de vacaciones.

Roe-Ellen asistió a aquellas clases dos años seguidos, y cuando hubo terminado el curso sabía escribir a máquina a setenta y dos palabras por minuto y tomar taquigrafía a cien palabras por minuto, según el método de Gregg. Pensaba que le iba a costar mucho encontrar un buen empleo, pero a las dos semanas de empezar la búsqueda la contrataron como secretaria en la compañía de seguros American Eagle. Todas las noches volvía a casa llena de entusiasmo y contaba nuevas maravillas: el ascensor tan rápido, las chicas tan estupendas que había en el equipo de secretarias, las pocas horas de trabajo, lo magnífico que era poder descansar las piernas mientras trabajaba.

Un día, volvió a casa con aire asustado.

—Guapo, hoy vi al presidente.

—¿A Eisenhower?

—No, a Calvin J. Priest, presidente de la compañía de seguros American Eagle. Spur, guapo, ¡es de color!

Eso era absurdo.

—Tienes que haber visto mal, mamá. A lo mejor, lo que pasa es que es blanco, pero oscuro.

—Te digo, Spur, que es tan negro como tú. Y si Calvin J. Priest puede llegar a ser tan importante, nada menos que presidente de la compañía de seguros American Eagle, ¿por qué no va a poder también subir Spurgeon Robinson? Hijo, hijo, vamos a acabar viendo la tierra de la miel y la leche, te lo prometo.

—Te creo, mamá.

El vehículo que les llevó a la tierra prometida fue, naturalmente, el tío Calvin.

Cuando llegó a ser hombre, Spurgeon ya conocía a Calvin Priest, cómo había sido después, y también antes de entrar en sus vidas. Esto se debía a que Calvin era un hombre muy comunicativo, que usaba la voz para establecer contacto con la gente, acercándose a Roe-Ellen y a su hijo con palabras que eran como manos. Los pedazos dispersos de su vida fueron siendo recogidos y juntados por Spurgeon a lo largo de mucho tiempo, en el transcurso de muchas conversaciones, después de escuchar sus constantes recuerdos e historias inconexas, hasta que, por fin, comenzó a emerger la verdadera historia de aquel hombre, su padrastro.

Había nacido el 3 de septiembre de 1907, en medio de una tormenta tropical, en la ciudad rural de Justin, Georgia, tierra de melocotones. La inicial media de su nombre era abreviatura de Justin, el apellido del fundador de la comunidad, en cuya casa había sido esclava y criada la abuela materna de Calvin, Sarah.

El último superviviente de la familia Justin, Osborne Justin (fiscal, secretario del Ayuntamiento, bromista inveterado y heredero, encima, de una serie de funciones y deberes tradicionales), había ofrecido a la vieja Sarah diez dólares a condición de que su hija llamase a su hijo Judas, pero la vieja era demasiado orgullosa y demasiado lista para aceptar. Lo que hizo fue dar al niño el nombre de la familia del hombre blanco, a pesar de que, según la leyenda local, sus relaciones en los días de su juventud habían sido algo más íntimas de lo que es normal entre la esclava joven y el hijo del amo, o quizá fuera por eso por lo que lo hizo. Además ella sabía perfectamente que la tradición exigía que, en cualquier caso, el viejo blanco hiciera un regalo al niño como reconocimiento a aquella deferencia por su apellido.

Calvin creció y se educó como un negro campesino. Mientras vivió en Georgia la gente siempre le llamó haciendo énfasis en el segundo nombre: Calvin Justin Priest, y quizá fuera este vínculo con la clase alta y agüero de grandezas futuras lo que le permitió recibir una educación más extensa. Era religioso y le gustaba el ambiente dramático de las plegarias en común, hasta el punto de que durante mucho tiempo pensó en hacerse predicador. Su niñez fue feliz, a pesar de que sus padres murieron en la epidemia de gripe que, procedente de las ciudades, barrió el campo, tardía pero implacablemente, en 1919. Tres años más tarde, Sarah comprendió que, aunque Dios le había concedido una vida larga y rica en experiencias, el fin se acercaba. Dictó una carta al joven Calvin, que la transcribió con dificultad y la envió a Chicago, el lugar de las oportunidades y la libertad. En ella, la vieja ofrecía el dinero de su entierro, ciento setenta dólares, a unos antiguos vecinos apellidados Haskins si accedían a tener al nieto en su casa y tratarle como a un hijo. Estaba segura de que Osborne Justin correría con los gastos de su entierro: era una última oportunidad de gastarle una buena broma a sus propias expensas.

La respuesta llegó en forma de una tarjeta postal barata en la que alguien había escrito a lápiz:

ENBIA AL CHICO

Cuando volvió a Georgia, Calvin ya era todo un hombre.

Moses Haskins resultó ser un matón repulsivo, que pegaba a Calvin y a sus propios hijos con periódica imparcialidad, por lo que el chico se escapó de la casa antes de un año de vivir con los Haskins. Se dedicó a vender el *Chicago American* y a limpiar zapatos; luego, atribuyéndose más edad de la que realmente tenía, entró a trabajar en una casa de envasado de carne. El trabajo era durísimo (¿quién hubiera pensado que los animales muertos pesaban tanto?), y al principio se dijo que no aguantaría mucho tiempo allí, pero su cuerpo fue fortaleciéndose, y, además, el sueldo era bueno. A pesar de todo, dos años más tarde, cuando se le presentó la oportunidad de trabajar de peón en un circo o carnaval itinerante, aunque por menos dinero, la aprovechó con entusiasmo. Viajó por el país con el espectáculo, absorbiéndolo todo: la gloria, las alturas y los valles remotos, las distintas clases de gente. Hizo un poco de todo, generalmente trabajos que requerían una espalda robusta, como empaquetar la carpa del circo, subir y bajar las tiendas de campaña, alimentar y abrevar a los desgraciados animales: unos pocos gatos sarnosos, unos cuantos monos, una jauría de perros amaestrados, un oso viejo, y un águila con las alas recortadas y encadenada a una percha, con las plumas blancas de la cola colgando lacias. El águila acabó sus días en Chillicothe, Ohio.

Cuando Calvin llevaba ya diez meses en el circo, este carnaval puso proa al Sur. El día que llegaron a Atlanta ayudó a levantar las tiendas y luego dijo al capataz que tenía que ausentarse por unos días. Cogió un autobús y no bajó de él hasta que llegaron a Justin.

Sarah había muerto varios años antes, y Calvin ya la había llorado, pero quería ver dónde estaba enterrada. No consiguió localizar la tumba, y cuando aquella noche fue a ver al predicador, el viejo estaba de mal humor porque se había pasado el día entero cosechando melocotones, pero acabó cogiendo una linterna y yendo con Calvin a buscar la tumba que era pequeña, no tenía nombre alguno y estaba en el rincón de los pobres.

Al día siguiente, Calvin contrató a un hombre para que le ayudase. No había sitio libre junto a la tumba de su madre, pero sí un poco más allá, y allí fue donde llevaron a la abuela. La caja en que estaba enterrada se deshizo al levantarla, pero, así y todo, no estaba tan mal después de dos años de coexistir con la húmeda y roja arcilla. Aquella tarde Calvin oyó al predicador espetar sus bellas frases bíblicas contra el cielo oscuro. En algún lugar, muy arriba, un pájaro revoloteaba orgullosamente. «Un águila», se dijo Calvin; pero era completamente distinta del ave cautiva del circo, ya muerta. Ésta se movía libremente por el aire, que era suyo, y, observándola, Calvin se echó a llorar. Se dio cuenta de que, al relegar a la vieja negra a su tumba de pobres, Osborne Justin, fiscal, secretario del Ayuntamiento, bromista inveterado y heredero de ciertos cometidos tradicionales, había sido el último en reír. Calvin dejó dinero al predicador para pagar la lápida y volvió a coger el autobús, reintegrándose al circo. A partir de entonces se llamó sencillamente Calvin J. Priest.

Cuando la economía americana se vino abajo, Calvin tenía veintidós años. Había visto el país entero, las ciudades gigantescas y las pequeñas villas campesinas, y llegado a la conclusión de que lo amaba apasionadamente. Sabía que era un país que realmente no le pertenecía a él, pero sus mil setecientos dólares sí que le pertenecían, y los tenía muy bien guardaditos en el calcetín marrón.

La Bolsa se derrumbó cuando el circo ambulante comenzaba su gira por el Sur, y a medida que iban a la quiebra empresas y compañías la profundidad de la depresión saltaba a la vista incluso en el hecho de que a cada función acudía menos público, hasta que, en Memphis, Tennessee, el espectáculo no tuvo más que once espectadores, y fue también a la quiebra.

Calvin se consiguió una habitación en dicha ciudad y pasó el otoño tratando de pensar qué haría. Al principio se limitó a vagabundear. Había sido un verano seco, y él pasaba los días pescando con un tenedor y un saco de arpillera, arte que le había enseñado un gañán de Misuri. Iba al lecho seco del río y abría la corteza de barro agrietado hasta llegar al fondo húmedo y fangoso, donde como joyas cebadas, se refugiaban los bagres hasta la llegada de las lluvias invernales. Los cosechaba como si fueran patatas y volvía a casa con el saco lleno de bagres, ayudaba a su patrona a despellejarlos y limpiarlos y toda la pensión cantaba hosannas a su pericia con la caña y el anzuelo. Por la noche yacía en la cama y leía en los periódicos noticias de hombres blancos que habían sido millonarios y ahora se tiraban por las ventanas de los rascacielos, mientras él se llevaba la mano al bolsillo y acariciaba su dinero, como un hombre se toca el sexo distraídamente, mientras pensaba si le convendría o no ir al Norte.

La patrona tenía una hija alocada llamada Lena, de ojos como charcos blancos en el rostro oscuro y el pelo estirado y la boca caliente; Lena jugaba con su cuerpo, y una noche se acostó con la chica en el cuarto, tratando de hacer el amor sobre el colchón donde tenía escondido el dinero, pero el ruido de alguien que lloraba les distraía.

Calvin preguntó a la chica quién lloraba y ella le dijo que su madre.

Cuando le preguntó por qué, Lena le explicó que el Banco blanco donde su madre tenía el dinero del entierro acababa de quebrar, y ahora la pobre mujer derramaba lágrimas por el funeral que ya no iba a tener.

Cuando se fue la chica, Calvin se puso a pensar en la vieja Sarah y en el dinero del entierro que solía llevar cogido con alfileres a la ropa interior. Se acordó de la miserable tumba de Justin, en Georgia.

A la mañana siguiente fue a dar una vuelta por Memphis. Luego, después de comer, salió de la ciudad y cruzó los suburbios hasta llegar a campo abierto. Después de cinco días de búsqueda se decidió por dos acres de tierra pobre, entre un bosquecillo de pinos y la orilla de un río cubierta de maleza. Le costaron seis billetes de cien dólares y le temblaban las manos al pagar el dinero y recoger el título de propiedad, pero nada hubiera podido detener sus planes, porque lo había pensado muy bien y sabía que era una cosa que tenía que hacer, fuera como fuese.

Le costó otros veintiún dólares con cincuenta centavos aprestar un gran letrero en blanco y negro, que decía: CEMENTERIO SOMBRAFLOR. Sacó el nombre del Libro de Job, que había sido el favorito de Sarah: «Brota como una flor y se marchita; huye como una sombra sin pararse».

Encontró a su patrona en la cocina de la pensión, hirviendo un gran puchero lleno de ropa, con los ojos rojos y lagrimeando entre el vapor de lejía. Había una jarra de leche cremosa. Calvin se sentó y bebió tres vasos sin decir nada, luego puso una moneda de níquel sobre la mesa para pagarlos y comenzó a hablar. Le habló de los planes que tenía sobre Sombraflor, las preciosas tumbas, más espaciosas que las de los blancos, los pájaros canoros entre los pinos, e incluso los enormes peces que había en el río, aunque no los había visto, pero daba por supuesto que tendría que haberlos.

—No sigas, muchacho —dijo ella—, mi dinero del entierro ha desaparecido.

—Tiene que tener algo de dinero, tiene usted pupilos.

—Eso no es dinero que pueda gastarse así como así, ni siquiera para mi entierro.

—Bueno, veamos —dijo él, tocando la moneda que había dejado caer sobre la mesa—, tiene usted esto.

—¿Una moneda de níquel? ¿Vas a darme una tumba por una moneda de níquel?

—Le diré —respondió—; usted va y me da una moneda de níquel todas y cada una de las semanas de lo que le quede de vida y la tumba es suya.

—Pero, hombre —replicó la mujer—, ¿y si me muero dentro de tres semanas?

—Pues saldría yo perdiendo.

—¿Y si no me muero nunca?

Él sonrió.

—Pues entonces los dos seríamos muy felices, amiga. Pero todo el mundo acaba muriéndose tarde o temprano, ¿no es cierto?

—Pues claro que lo es —respondió ella.

Le vendió tres tumbas, una para cada una de sus hijas.

—¿Tiene amigos que hayan perdido el dinero del entierro con las quiebras de los Bancos?

—Sí que los tengo. ¿Una tumba por una moneda de níquel? Hasta a mí me cuesta creerlo.

—Pues deme sus nombres e iré a verles —dijo Calvin.

Y así fue como comenzó la compañía de seguros American Eagle.

Spurgeon recordaba el día en que mamá trajo a Calvin a casa. Estaba sentado en el cuarto haciendo los deberes cuando oyó la llave de la cerradura, y se dijo que tendría que ser mamá. Se levantó para ir a saludarla y al abrirse la puerta vio que había también un hombre, no alto, medio calvo, con gafas con montura de plata, ojos oscuros e inquisitivos que le miraban a la cara, sopesándole, juzgándole, y, evidentemente, aprobándole, porque le sonrió y le cogió la mano apretándosela con seguridad y firmeza.

—Soy Calvin Priest.

—¿El presidente?

—¿Cómo? Ah, ya —rio él—, sí.

Miró despacio la habitación, observando el techo manchado de humedad, el papel de pared viejo, los muebles rotos y baratos.

—No puedes seguir viviendo aquí —le dijo a su madre.

A su madre, la voz se le atragantó en la garganta.

—No se haga ideas falsas sobre mí, señor Priest —murmuró—. Yo no soy más que una chica de color como tantas otras, ni siquiera soy una verdadera secretaria. Yo lo que he sido casi toda mi vida es camarera.

—Eres una dama —dijo él.

Siempre que Roe-Ellen contaba esto, una y otra y otra y otra vez, durante el resto de su vida, aseguraba y requeteaseguraba que lo que había dicho era: «Eres mi dama», como Don Quijote a Dulcinea.

Ni Spurgeon ni Calvin se molestaban en contradecirla.

A la semana siguiente ya les había instalado en el apartamento de Riverdale. Su madre tuvo que haberle contado a Calvin muchas cosas sobre ellos. Cuando llegaron vieron sobre la mesa del comedor una botella de champaña en una cubeta llena de hielo, y al lado un plato con miel.

—¿De modo que por fin triunfamos, mamá? —preguntó Spurgeon.

Roe-Ellen no le supo contestar, pero Calvin le acarició la lanosa cabeza.

—Cruzaste el río, compadre —dijo.

Se casaron una semana después y se fueron a pasar un mes de luna de miel en las Islas Vírgenes. Una mujer gorda y alegre llamada Bessie McCoy se quedó con Spurgeon. Se pasaba el día entero haciendo crucigramas, y guisaba grandes banquetes, y le dejaba en paz cuando le preguntaba palabras extrañas que no sabía.

Cuando los recién casados volvieron, Calvin dedicó varias semanas a la tarea de escoger un buen colegio para él, decidiéndose finalmente por el de Horace Mann, colegio liberal preuniversitario que no estaba lejos del apartamento de Riverdale, y después de los exámenes y trámites iniciales Spurgeon fue admitido, lo que fue para él un gran alivio.

Sus relaciones con Calvin eran buenas, pero una vez le preguntó a su padrastro por qué no hacía más por ayudar a los demás de su raza.

—Pero, Spurgeon, ¿qué quieres que haga? Si coges todo el dinero que tengo y lo repartes entre todos los hermanos de una sola casa de pisos de Harlem, todos ellos acabarán, tarde o temprano, por quedarse como antes. Tienes que darte cuenta de que los hombres son todos iguales. Acuérdate de lo que te digo, muchacho: todos iguales. Sea cual sea el color de su piel, lo único que los divide es que unos son perezosos y haraganes, y otros quieren trabajar.

—No puedes decirlo en serio —dijo Spurgeon, molesto.

—¡Claro que lo digo en serio! Nadie les ayudará si ellos no se ayudan a sí mismos.

—Pero ¿cómo van a ayudarse a sí mismos sin educación ni oportunidades?

—Pues yo acerté, ¿no?

—Sí, pero tú eres una excepción. Para los demás tú eres un monstruo, ¿no te das cuenta?

Con su torponería juvenil había tratado de hacerle un cumplido, pero la amarga desesperación que temblaba en su voz le sonó a Calvin a desprecio. Durante meses, a pesar de los esfuerzos de ambos, se levantó entre ellos un leve muro de cristal. Aquel verano, teniendo Spur ya dieciséis años, se escapó y se puso a trabajar en un barco, diciéndose a sí mismo que lo que él quería era averiguar lo que había sido su padre, el marino muerto, pero en realidad de lo que se trataba era de ponerse a sí mismo a prueba contra la leyenda de la independencia conquistada por su padrastro desde tan temprano. Cuando regresó, en el otoño, él y Calvin consiguieron volver a su antigua amistad. El viejo calor seguía allí, y ni uno ni otro osaron arriesgarse a perderlo de nuevo reanudando la conversación sobre su raza. Finalmente, la raíz misma de la discusión murió en la mente del muchacho, que llegó a pensar de los habitantes de sitios como la avenida de Ámsterdam lo mismo que pensaba de los blancos.

Eran «la gente esa».

Al final, su vida con Calvin llegó a sumirle en confusiones. En Riverdale, negro de piel pero haciendo vida de blanco, Spurgeon no sabía lo que era ni lo que iba a ser de él. Ahora se daba cuenta del orgullo racial que le producía a Calvin su presencia, porque ni los Justin de Justin, en Georgia, habían tenido jamás un médico en la familia. Pero años después de irse de Riverdale, Spur pensaba inmediatamente en la casa de apartamentos con el portero blanco siempre que oía las payasadas de Godfrey Cambridge sobre los negros ricos, que, cuando alguien les dice que hay un negrazo cerca, se vuelven a mirar y dan gritos, llenos de angustia, preguntando: ¿Dónde? ¿Dónde? ¿Dónde?

El pequeño cuarto, bajo el tejado del hospital, era insoportablemente caluroso y estaba muy alejado de la avenida de Ámsterdam y del confort climatizado de Riverdale. Se levantó y miró por la ventana; el sexto piso del hospital tenía una repisa. Justo debajo, el tejado del quinto piso salía hasta tres metros. Spurgeon, después de pensarlo un momento, cogió una almohada y una manta y las tiró por la ventana; luego, con la guitarra y las latas de cerveza, saltó por el alféizar.

Fuera, se notaba una leve brisa salina, y Spurgeon se echó a su gusto sobre el tejado, con la almohada contra la pared. A sus pies se extendían las fantásticas luces de la ciudad, y a la derecha comenzaba una zona de gran oscuridad que era el océano Atlántico, y allá, a lo lejos, con una luz constante y amarilla, el faro.

Por la ventana abierta del cuarto contiguo oyó a Adam Silverstone abrir la puerta entrar y luego salir. Oyó el ruido de la moneda en el teléfono del pasillo y luego la voz de Silverstone, que preguntaba a alguien si podía hablar con Gabrielle.

«No estoy escuchando —pensó—. ¿Qué voy a hacerle? ¿Tirarme del tejado?»

—Oiga. ¿Gaby? Adam. Adam Silverstone. ¿Recuerdas? El de Atlanta...

Rio.

—Ya te dije que vendría. Ahora soy residente en el hospital del condado...

—¿Eh? No, nada, ya sabes lo que me cuesta escribir. De verdad, no escribo nunca a nadie...

—También yo. Fue maravilloso. He pensado mucho en ti.

Parecía muy joven, se dijo Spurgeon, y sin el aplomo que tenía como médico. Bebió un poco de cerveza, pensando en la vida que tenía que haber pasado aquel blanco. «Judío —se dijo—, ese apellido es judío. Probablemente unos padres complacientes: bicicleta nueva, clases de baile, iglesia. Casa colonial. Adam, al cuarto oscuro, no se dicen esas palabras; bueno, tráela para que la conozcamos...»

—Oye, me gustaría verte. ¿Qué te parece mañana por la tarde...?

—Ah —respondió, con voz mate, mientras Spurgeon, escuchando, sonreía comprensivo.

—No. Para entonces tengo que estar aquí. Treinta y seis horas de servicio y luego treinta y seis libres. Así. Y las dos primeras rachas que me toquen libre tendré que pasarlas viendo la forma de agenciarme unos ochavos…

—Bueno, ya nos veremos —dijo él—; yo soy paciente. Te llamaré la semana que viene. Sé buena.

Se oyó el ruido del teléfono al colgarlo Adam y sus pasos lentos que volvían al cuarto.

«Este blanco no sabe manejarse. Por muy médico adjunto que sea, su primer día en este sitio fue probablemente tan duro como el mío», pensó Spurgeon.

—¡Eh! —le llamó.

Tuvo que volverle a llamar para que Adam le oyera y se asomara a la ventana.

Adam vio a Robinson sentado en el tejado con las rodillas cruzadas, como un Buda negro, y le sonrió.

—Anda, sal, hay cerveza.

Salió y Spurgeon le tendió una lata. Se sentó a su lado y bebió, suspirando y cerrando los ojos.

—Fue un buen comienzo —dijo Spurgeon.

—Pues sí. Tardaremos lo nuestro en llegar a conocer este sitio. Lo menos que podían haber hecho era organizar un viaje colectivo de inspección.

—He oído decir que cuando muere más gente en los hospitales es en la primera semana de julio, cuando llegan los nuevos internos y residentes. Mucha más gente que en cualquier otra época.

—No me extrañaría en absoluto —dijo Adam.

Bebió otro trago y movió la cabeza.

—Esa señorita Fultz…

—Pues mira que el Silverstone ese…

—¿Qué opinas del médico adjunto? —preguntó Silverstone, con suavidad.

—A veces me cae bien y a veces no.

De pronto ambos se dieron cuenta de que estaban riendo.

—Me gusta tu manera de tratar a los pacientes —dijo Spurgeon—. Te defiendes estupendamente.

—Llevo mucho tiempo defendiéndome —dijo Silverstone.

—Stratton nos dejó administrarle el arteriograma. No ha vuelto a armar jaleo.

—La chica esa de color, Gertrude Soames, firmó esta tarde el documento de salida del hospital —dijo Adam—. Se está suicidando.

—A lo mejor es que no tiene ganas de vivir, amigo —observó Spur en voz baja.

Quedaban dos latas de cerveza. Le tendió una a Adam y se quedó con la última.

—Un poco caliente estará —se excusó.

—Es buena cerveza. La última vez que probé cerveza era Bax.

—No la conozco.

—Sabe a agua de jabón y a pies de caballo. Allá, en el Sur, se bebe mucho.

—No hablas como la gente del Sur.

—Soy de Pensilvania. Pitt, Colegio Médico de Jefferson. ¿Y tú?

—De Nueva York. ¿Dónde hiciste tú el internado?

—En el General de Filadelfia. La primera parte de la residencia la hice en el Quirúrgico de Atlanta.

—¿En la clínica de Hostvogel? —preguntó Spurgeon, impresionado, aunque no quería impresionarse—. Y ¿viste mucho al gran hombre?

—Yo era el residente de Hostvogel.

Spurgeon silbó sin ruido.

—¿Y qué fue lo que te trajo aquí? ¿El programa de trasplante de riñones?

—No, voy a dedicarme a cirugía general. Eso de los trasplantes no es más que un detalle de conjunto —sonrió—. Ser residente de Hostvogel no es tan gran cosa como parece. Al gran hombre le gusta operar. Sus colaboradores apenas tenían oportunidad de coger el bisturí.

—Santo Dios.

—No es por ruindad. Es que si hay que cortar, insiste en ser él quien lo haga. A lo mejor, por eso es tan gran cirujano.

—¿Es realmente un gran cirujano? ¿Tan bueno como dicen?

—Es estupendo, sí —respondió Silverstone—. Es tan bueno, que nota pulsos que se le escapan a todos los demás por la sencilla razón de que no existen. Y las estadísticas fueron inventadas para su uso exclusivo. Recuerdo una reunión de una sociedad médica en la que Hostvogel declaró que, gracias a una técnica quirúrgica de su invención, sólo tres de cada mil prostatectomías salían mal, y un viejo veterano, que había usado el método en cuestión, se levantó y gruñó: «Sí, y las tres son pacientes míos». Sonrió. Tiene gran fama, es pésimo maestro, y, después de pasarme allí el tiempo sin hacer casi otra cosa que mirar, me dije: al diablo, y me vine aquí para aprender cirugía en vez de retórica. Longwood no brilla tanto como Hostvogel, pero es un maestro fantástico.

—Pues a mí me dejó asustado en la Conferencia de Mortalidad.

—Pues no creas que sea cosa de broma. Ese residente chino, Lee, me dijo que la tradición en este hospital se remonta a hace años, cuando el predecesor de Longwood, Paul Harrelman, estaba luchando por el puesto de jefe de servicio contra Kurt Dorland. Era en el comité donde competían, pidiendo justificaciones de técnica. Finalmente, quien se llevó el puesto fue Harrelman, y Dorland fue a Chicago, donde se hizo famoso, como sabes. Pero habían demostrado que el Comité de la Muerte puede ser usado para obligar a la gente a operar como Dios manda. —Silverstone movió la cabeza—. No es un grupo de damas de la caridad, créeme, yo no esperaba una cosa así.

Spurgeon se encogió de hombros.

—Tampoco es único. Hasta sin alguien como Longwood que insista en ello, en muchos sitios no son solamente los nuevos los que tienen que ponerse firmes. Los viejos profesionales también se tiran los trastos a la cabeza. —Miró a Silverstone con expresión de curiosidad—. Hablas como si te cogiese de nuevas. ¿No teníais Conferencia de Mortalidad en la tierra de los melocotones, con el viejo Hostvogel?

—Sí, claro. De vez en cuando hacen alguna autopsia por puro trámite, para enseñar. Un sujeto llamado Sam Mayes, el segundo de a bordo de Hostvogel, se sentaba con dos o tres de los médicos, hablaba del hijo de Jerry Winter, que había sido admitido en el Colegio Médico de Florida, se metía un poco con la gente de Washington que quiere socializar la medicina y hacía algún comentario sobre el bonito trasero de alguna nueva enfermera. Luego bostezaban y uno decía: «Lástima de ese pobre hombre, muerte inevitable, claro, no cabe duda», y todos asentían y se iban a casa y retozaban con sus mujeres.

Estuvieron un momento en silencio.

—Yo creo que es mejor como lo hacen aquí —dijo por fin Spurgeon—; es más incómodo, o, mejor dicho, le pone a uno los pelos de punta, pero por lo menos nos tiene a todos en vilo. Probablemente es una garantía de que no acabaremos volviéndonos como la gente está empezando a pensar que somos los médicos.

—¿Cómo?

—Ya sabes: gente de Cadillac, gente gorda, ricachones.

—Al diablo con la gente; que les aspen.

—No es tan fácil.

—¿Qué saben ellos de medicina? Tengo veintiséis años. Hasta ahora he sido pobre como las ratas. Personalmente, tengo ganas de comprarme el Cadillac más largo, más caro, más lujoso que haya en el mercado. Y muchas otras cosas encima, cosas materiales, quiero decir. Pienso ganar todo el dinero que pueda practicando la cirugía.

Spurgeon le miró.

—Pues si es eso lo que quieres, no tienes por qué seguir mucho tiempo de residente. Ya has hecho el internado. Mañana mismo puedes lanzarte al mundo y ganar dinero.

Adam movió la cabeza, sonriendo.

—Eso es lo malo. Podría ganar dinero, pero no mucho dinero. Lo que da dinero de verdad es el certificado del hospital. Eso se tarda en conseguirlo. Por eso estoy perdiendo el tiempo. Para mí, el año que viene será la mejor tortura posible, los últimos instantes antes del orgasmo.

Spurgeon no pudo menos que sonreír ante la comparación.

—Pues si te tienes que enfrentar con el Comité de la Muerte unas pocas veces, acabarás en un monasterio.

Volvieron a beber. Adam señaló con la lata a la guitarra.

—¿Sabes tocar?

Spur la cogió y rasgueó las cuerdas tocando el principio de «Ay, me gustaría estar en la tierra del algodón…».

Adam sonrió.

—Mentiroso.

A varias manzanas de distancia sonó una sirena de ambulancia, más y más fuerte, hasta que casi se cernía sobre ellos.

Cuando comenzó a bajar Spurgeon rio.

—Hoy mismo estuve hablando con un conductor de ambulancia, un simpático estafador con la típica barriga del bebedor de cerveza, llamado Meyerson, Morris Meyerson. «Llámame Maish», dice.

»Bueno, pues, el mes pasado, Meyerson tuvo que salir de madrugada a recoger a aquel sujeto de Dorchester. Parece ser que el paciente sufre de insomnio y una noche no podía dormir. El gotear de un caño en la cocina estaba volviéndole loco, de modo que bajó de la cama y fue a cerrarlo.

Eructó.

—Perdona —dijo—, pues verás ahora lo que pasó.

»Es de esos que duermen sólo con la chaqueta del pijama, sin pantalones, ¿me entiendes? Bueno, pues baja al sótano a por una tuerca o algo así, y en el sótano es donde duerme su gato, un gato macho, grande, ruin. Al volver a la cocina se le olvida cerrar la puerta del sótano, y está bajo la pila, de rodillas, cerrando el agua, sin pantalones, recuerda, y entonces el gato viene sin hacer ruido, ve ese extraño objeto y… la mano negra se levantó, los dedos se volvieron garras y saltaron.

»Bueno, claro está, en esos casos uno da un salto y es lo que hizo este sujeto, y se dio con la cabeza en la pila. Su mujer se despertó a causa del estruendo, bajó corriendo de la cama y al encontrarle en el suelo llamó al hospital. Era poca cosa, y cuando Meyerson y el interno llegaron el hombre ya había recobrado el conocimiento. Estaban sacándole de la casa cuando Meyerson le preguntó qué le había ocurrido, y el otro se lo dijo. Maish se echó a reír de tal manera que soltó la camilla y el tío cayó al suelo y se rompió la cadera. Ahora ha puesto pleito al hospital.

Más que la anécdota, fue lo cansados que estaban lo que les soltó. Rompieron a reír, llorando, y se hubieran tirado al suelo de no haber estado tan cerca del borde del tejado. El regocijo súbito, inesperado, provenía del fondo mismo de sus vientres, como resortes que se sueltan como consecuencia de la tremenda tensión acumulada durante las treinta y seis horas pasadas. Con las mejillas húmedas, Adam dio una patada en el aire y su pie tocó una de las latas vacías, que rodó sobre el alquitrán y desapareció por el borde.

Cayó.

Y cayó.

Y finalmente rebotó contra el cemento del patio. Aguardaron en silencio y recobraron la respiración al mismo tiempo.

—Lo mejor es que mire a ver —murmuró Adam.

—No, déjame a mí. Camuflaje natural.

Se acercó cuidadosamente y asomó la cabeza por el borde del tejado.

—¿Qué ves?

—Una lata de cerveza, nada más —respondió.

Tenía la mejilla pegada al borde del tejado y la uralita estaba aún caliente del sol diurno. La cabeza le daba vueltas a causa de la fatiga, el regocijo y la cantidad de cerveza ingerida. «Después de todo, a lo mejor este sitio me va bien», se dijo.

Aquella misma noche, más tarde, se sintió algo menos optimista. Hacía más calor, la oscuridad estaba surcada por relámpagos de calor, pero no por lluvia. Spur yacía desnudo en la cama, echando de menos Manhattan. Cuando en la habitación contigua cesaron los movimientos y se sintió seguro de que Silverstone se había dormido, cogió la guitarra y tocó bajo en la oscuridad, al principio tanteando, pero luego improvisando en serio, la melodía anónima y larga que nunca había oído hasta entonces, pero que le decía lo que sentía en aquel preciso momento: una mezcla de soledad y esperanza. Tocó así durante diez minutos.

—Eh —oyó decir a Silverstone—, ¿cómo se llama eso?

No contestó.

—Oye, Robinson —llamó Silverstone—, tocas estupendamente. Repítelo, ¿quieres?

Siguió inmóvil y silencioso. No podría seguir tocando aunque quisiera. «En este sitio —pensó— no se puede estar solo pero acústicamente es bueno.» De vez en cuando refulgía un relámpago trayendo consigo gruñidos de trueno. Dos veces más se oyeron sirenas de ambulancia. «Fantástico sonido para una composición musical —pensó—. Se podría imitar con cuernos.»

Finalmente, sin darse cuenta de ello, fue hundiéndose en el sueño.

3

Harland Longwood

A comienzos de agosto, cuando sus abogados ultimaron los detalles del fideicomiso irrevocable, Harland Longwood telefoneó a Gilbert Greene, presidente del comité directivo del hospital, y le pidió que fuera a su despacho a revisar las cláusulas de su testamento, del que nombraba albacea a Greene.

El fideicomiso le parecía bien pensado. La renta de sus valores bastaría para dotar una nueva cátedra para Kender en el Colegio Médico. El sueldo de Longwood como jefe de Cirugía era más que suficiente para sus necesidades inmediatas, pero tenía la aversión propia de un aristócrata de Nueva Inglaterra a echar mano del capital.

El grueso de su fortuna no formaría parte del fideicomiso hasta después de su muerte, cuando se formaría un comité facultativo de asesores para invertirla en beneficio de la Escuela médica.

—Espero que se tardará aún mucho tiempo en nombrar ese comité —dijo Greene, después de leer los documentos.

Esta frase era lo más parecido a una expresión de afecto que había oído Longwood de labios del banquero.

—Gracias, Gilbert —dijo—. ¿Quieres una copa?

—Un poco de coñac.

El doctor Longwood abrió la licorera portátil que tenía detrás de su mesa de trabajo y escanció el coñac de una de las viejas garrafas azules. Sólo un vaso, nada para él.

Le gustaba mucho aquella licorera portátil, de bella caoba oscura y plata vieja. La había comprado una tarde, en una subasta de antigüedades en la calle de Newbury, dos horas después de haber votado a favor del nombramiento de Bester Kender como miembro del hospital. Kender ya se había ganado cierta fama en Cleveland, como innovador de la técnica del trasplante, y, aquella tarde, Harland Longwood se había dado cuenta de nuevo de que a su alrededor estaban surgiendo hombres más jóvenes y brillantes. Pagó algo más de lo que realmente valía aquel pequeño bar antiguo, en parte porque sabía que a Frances le gustaría y, en parte también, porque se dijo, con cierto humor negro, que si los jóvenes invasores acababan echándole a un lado, siempre podría dedicarse a llenar las botellas de su licor favorito y anestesiarse a solas tarde tras tarde.

Y ahora, diez años después, seguía siendo jefe de Cirugía, se recordó a sí mismo, no sin cierta satisfacción. Kender había atraído en torno a sí a otros jóvenes genios, pero cada uno de ellos iluminaba solamente un campo reducido de actividad. Seguía siendo él, el viejo cirujano general, el encargado de reunir todas las piezas y dirigir el servicio de Cirugía del hospital.

Greene husmeó, tomó un sorbo, se frotó el coñac contra el paladar y tragó despacio.

—Es una donación generosa, Harland.

Longwood se encogió de hombros. Ambos sentían gran lealtad al hospital y al Colegio Médico. Aunque Greene no era médico, su padre lo había sido, y él fue nombrado miembro del comité directivo automáticamente, en cuanto su posición en el mundo de la Banca le convirtió en persona influyente. Longwood sabía que en el testamento de Gilbert había cláusulas que serían más ventajosas para el hospital que las suyas incluso.

—¿Y de verdad no crees que tu lealtad a este sitio no ha perjudicado a los otros herederos? —preguntó Greene—. Veo que los otros legados son de diez mil dólares cada uno, a la señora Marjorie Snyder, del Centro Newton, y otro a la señora Meomartino, de Back Bay.

—La señora Snyder es una vieja amiga —dijo Longwood.

Greene, que conocía a Harland Longwood de toda la vida y también creía conocer a todos sus viejos amigos, asintió con la ausencia de sorpresa del hombre que ha leído muchos testamentos raros.

—Tiene una buena pensión anual y ni necesita ni desea ayuda económica mía. La señora Meomartino es mi sobrina Elizabeth, la hija de Florence —añadió, recordando que, en cierta época, Gilbert había estado enamorado de Florence.

—¿Con quién se casó?

—Con uno de nuestros encargados del servicio de Cirugía. Tiene dinero, es de familia rica.

—Seguro que le he visto alguna vez —dijo Greene, a desgana.

Longwood había notado que a Gilbert le desagradaba confesarse incapaz de identificar a la gente joven del hospital, como si fuera una organización pequeña e íntima.

—No hay nadie más —dijo el doctor Longwood—. Por eso quiero dotar la cátedra de Kender lo antes posible. Es urgente.

—La Cátedra Harland Mason Longwood de Cirugía —dijo Greene, saboreando el nombre como había saboreado el coñac.

—No, la Cátedra Frances Sears Longwood —corrigió el doctor Longwood.

Greene asintió.

—Eso está muy bien. A Frances le hubiera gustado.

—No estoy yo tan seguro; pienso que le habría intimidado —dijo—; yo querría que tú y los otros comprendieseis que esto no va a reducir los gastos del departamento, Gilbert. No es ése el motivo del legado, en absoluto. Quiero utilizar de otra manera los fondos que quedarán libres.

—¿De qué manera? —preguntó Gilbert, cauto.

—Para pagar un nuevo curso de instrucción quirúrgica, eso lo primero. No preparamos bien a nuestra gente. Creo que lo mejor es empezar, y lo antes posible.

Gilbert asintió, pensativo.

—A mí me parece bien. ¿Tienes ya candidato?

—No, la verdad. Tenemos a Meomartino, pero no sé si le interesará. Y luego está un chico nuevo, Silverstone, que acaba de venir al hospital y parece excelente. No hay necesidad de escoger ahora. Eso es cuestión del departamento. Nosotros lo que tenemos que hacer es vigilar y dejar que el comité seleccionador nos presente al mejor candidato para julio próximo.

Gilbert se levantó para irse.

—¿Y qué tal estás tú, Harland? —preguntó, al darle la mano.

—Yo, bien; cuando esté mal, te lo diré —respondió, a sabiendas de que Gilbert recibía informes sobre su estado de salud.

El presidente del comité directivo asintió. Vaciló un momento.

—El otro día estaba pensando en esas tardes que solíamos pasar juntos en la finca —dijo—. Lo pasábamos bien, Harland, bien de verdad.

—Sí —dijo el doctor Longwood, asombrado.

«Tengo que tener peor aspecto del que creía —pensó—, para que Gilbert se me muestre tan emotivo.»

Cuando Greene se hubo ido, se dejó caer en la silla y se puso a pensar en las tardes de verano en que, siendo joven y aún cirujano visitante, hacía sus visitas de la tarde y luego se ponía a la cabeza de tres coches llenos de gente (empleados y médicos del hospital y, a veces, alguno de los administradores), e iban todos a la finca de Weston, donde jugaban al fútbol y lo pasaban en grande, en un prado inclinado y duro, hasta que llegaba la hora de la cena y comían salchichas de Francfort, alubias cocidas y pan negro que les había preparado Frances.

Fue después de una de esas bellas tardes de sábado cuando Frances cayó enferma. Inmediatamente se dio cuenta de que era el apéndice. Había tiempo sobrado para llevarla al hospital.

—¿Me lo vas a quitar tú? —había preguntado ella sonriente a pesar del dolor y la náusea, porque realmente tenía mucha gracia verse convertida en paciente de su marido.

Él movió negativamente la cabeza.

—No Harrelman. Pero yo estaré allí, querida.

No quería operarla él, ni siquiera tratándose de una apendicectomía.

En el hospital la había puesto en manos del joven interno portorriqueño llamado Ramírez.

—Mi mujer es alérgica a la penicilina —le había dicho Longwood, por si ella se olvidaba de advertirlo.

Repitió esto dos veces más y luego corrió a buscar a Harrelman. Más tarde descubrió que el muchacho casi no entendía el inglés. No había examinado el historial médico de Frances porque no sabía interrogarla ni hubiera entendido sus respuestas. Evidentemente, lo único que comprendió de su advertencia fue la palabra «penicilina» y, consciente de su deber, le había administrado cuatrocientas mil unidades intramuscularmente. Antes incluso de que Harland hubiera conseguido dar con Harrelman, ya Frances había sufrido un shock anafiláctico y estaba muerta.

Aunque sus amigos habían tratado de impedirle asistir a la Conferencia de Mortalidad, él acudió por su propia voluntad, insistiendo en que se buscara un intérprete para que el doctor Ramírez comprendiese todo cuanto se iba a decir allí. Bajo la mirada vigilante y analítica de Harrelman, Longwood había tratado al muchacho con consideración y moderación, pero con implacable minuciosidad. Un mes después de que el comité declarase la muerte evitable, el doctor Ramírez dimitió y se volvió a su isla. El doctor Harrelman invitó entonces a Harland a comer y le convenció de que aceptara la dirección del departamento cuando él se retirara.

Para esto tuvo que renunciar a su clientela particular pero nunca se arrepintió de ello. Modificó todo lo posible su modo de vida. El otoño siguiente vendió la finca, rehusando un beneficio de cinco mil dólares que le ofrecía un contable de Worcester llamado Rosenfeld para vendérsela a un abogado de Framingham apellidado Bancroft. Rosenfeld y su mujer parecían simpáticos, y él nunca reveló a ninguno de sus amigos la oferta que le habían hecho. Sabía que Frances se habría enfadado mucho con él por esto, pero la verdad era que no podía acostumbrarse a la idea de que la finca que su mujer había querido tanto pasase a manos de gente tan diferente a como había sido ella.

Movió la cabeza y, después de una pequeña lucha consigo mismo, volvió a poner en su sitio la botella de coñac.

Nunca le había gustado mucho beber, pero últimamente había empezado a tomar coñac, razonando que el contenido alcohólico del coñac estaba casi completamente metabolizado y, por lo tanto, podía ser considerado como una especie de medicamento.

Cuando aparecieron los primeros síntomas, él sospechó que tenía una inflamación prostática. Contaba sesenta y un años, justo la edad en que es probable que esto se produzca.

La perspectiva de tener que someterse a una prostatectomía era irritante; quería decir que tendría que dejar de trabajar precisamente cuando estaba empezando un proyecto que llevaba años preparando: la redacción de un nuevo texto de cirugía general.

Pero no tardó en resultar evidente que aquello no tenía nada que ver con la próstata.

—¿Has tenido la garganta irritada recientemente? —le había preguntado Arthur Williamson al pedirle Harland que le examinara.

Esta pregunta era precisamente la que había esperado, y por eso le irritó.

—Sí, no duró más que un día. Hará dos semanas.

—¿Mandaste hacer un cultivo?

—No.

—¿Tomaste un antibiótico?

—No eran estreptococos.

Williamson se le había quedado mirando.

—¿Y cómo lo sabes?

Pero los dos sospechaban que sí lo eran, y sabían también, sin motivo o razón, con una curiosa resignación, antes incluso de proceder al examen, que la infección le había dañado el riñón. Inmediatamente, Williamson lo había entregado a Kender.

Le habían puesto una desviación arteriovenosa en una vena y una arteria de la pierna.

Desde el principio Longwood se había portado como un pésimo paciente, luchando emotivamente contra el aparato renal desde el momento mismo en que le conectaron el tubo a la desviación. El aparato era ruidoso e impersonal, y durante la sesión de limpieza de sangre, que requería catorce horas, Harland tenía que yacer inquieto en la cama y sufría violentos dolores de cabeza, tratando inútilmente de trabajar con sus fichas, en las que había acumulado el material para el primer capítulo de su libro.

—Con frecuencia los riñones se restablecen y vuelven a funcionar después de unas pocas sesiones con este aparato —le había dicho Kender, optimista.

Pero hubo que realizar el obsceno rito con el aparato dos veces a la semana durante todo un mes, y entonces resultó evidente que sus riñones no reaccionaban y que sólo el aparato le iba a conservar la vida.

Le impusieron sesiones fijas, todos los lunes y jueves por la tarde, a las ocho y media.

Se liberó de todos los horarios quirúrgicos. Llegó a pensar en dimitir, y luego, desapasionadamente, decidió, o mejor dicho, esperó, que él era demasiado importante como administrador y maestro. En vista de ello continuó con su rutina diaria.

Pero el jueves de la séptima semana que pasaba con el aparato, sin premeditación o deliberación en absoluto, sencillamente dejó de ir al laboratorio. Mandó recado de que pusieran en su lugar a otro paciente.

Pensó que quizá Kender intentara convencerle de que tenía que volver a usar el aparato, pero al día siguiente el urólogo no hizo el menor esfuerzo por ponerse en contacto con él.

Dos noches más tarde notó que se le habían hinchado los tobillos, con edema. Yació despierto casi la noche entera y luego, por la mañana, por primera vez en muchos años, llamó a su secretaria y le dijo que aquel día no iría a trabajar.

Un par de píldoras le permitieron dormir hasta las dos. Se despertó nervioso e irritable, se preparó un poco de sopa en conserva que en realidad no le apetecía, luego tomó una dosis extra de grano y medio y volvió a echarse a dormir hasta las cinco y media.

Por falta de algo mejor, se duchó, se afeitó y se medio vistió. Después, se sentó en el cuarto de estar, casi a oscuras, sin molestarse en encender la lámpara. Al poco rato se dirigió al armario del pasillo y bajó de detrás de la balda una botella de Château Mouton-Rotschild de 1955 que le había dado tres años antes un paciente agradecido, aconsejándole que la guardara para celebrar algo. La descorchó con muy poca dificultad y se sirvió un vaso; luego volvió al cuarto de estar y se sentó allí a oscuras, bebiendo el vino cálido y espeso.

Estaba pensando con gran lucidez. Seguir así no conducía a nada ni valía la pena. No era realmente el dolor, sino más bien lo indigno de la situación.

Los somníferos eran realmente muy suaves y haría falta tomar un buen puñado de ellos, pero en la botella había de sobra.

Trató de imaginarse ocasiones en que su presencia pudiera ser necesaria.

Liz tenía a Meomartino y a su hijo, y Dios sabía que él nunca había sido capaz de ayudar a Liz a resolver sus problemas.

Marge Snyder le echaría de menos, pero los dos llevaban años dándose mutuamente muy poco. Ella había perdido a su marido poco antes de la muerte de Frances, y los dos habían sido amantes en el período de máxima necesidad humana, pero la cosa ya había terminado hacía mucho tiempo. Ella le echaría de menos solamente como se echa de menos a un viejo amigo, y tenía su propia y ordenada vida, en la que la ausencia de él no dejaría ningún vacío.

En el hospital quizá su muerte dejara un vacío, pero, aunque Kender preferiría seguir siendo especialista en trasplantes, tendría que asumir, por ser su obligación, el puesto de cirujano en jefe, y Longwood sabía perfectamente que haría el papel muy bien, brillantemente incluso.

Sólo quedaba, pues, el libro.

Fue a su despacho y miró los dos viejos archivos llenos de historiales clínicos y los montones de fichas que tenía sobre la mesa.

¿Sería realmente la gran aportación que él imaginaba?

¿O no sería, después de todo, más que una simple tentación a abandonarse a un último estertor de una vanidad que en otros tiempos fue vital, a un deseo de que futuros estudiantes consultaran a Longwood, en vez de a Mosely o a Dragstedt?

Cogió el frasco de las píldoras y se lo metió en el bolsillo.

Se sirvió retadoramente otro vaso de vino y salió del apartamento. Sacó el coche y, en la oscuridad temprana y nubosa, se dirigió hacia Harvard Square, pensando, quizá, meterse en algún cine, pero ponían una vieja película de Humphrey Bogart, de modo que siguió adelante, cruzando la plaza y diciéndose que ahora Frances no la reconocería, llena como estaba de pies descalzos, barbas y muslos al descubierto.

Dio la vuelta al patio y aparcó no lejos de la capilla de Appleton. Sin saber por qué, bajó del coche y entró en la capilla, que estaba silenciosa y vacía; justo lo que la religión había sido siempre para él.

No tardó en oír pasos:

—¿Puedo serle útil en algo?

Longwood no sabía si aquel joven cortés era o no el capellán, pero vio que no era mayor que un interno del hospital.

—No, muchas gracias —respondió.

Volvió a salir y subió al coche. Esta vez sabía adónde iba. Fue a Weston, y cuando hubo llegado a la finca sacó el coche de la carretera para aparcarlo donde se dominara el prado en que tantas veces había jugado al balón.

Apenas se veía en la oscuridad, pero parecía no haber cambiado nada. A pocos pasos del coche vio la vieja haya gris y plata y se alegró de que siguiese en pie.

Con gran sorpresa, sintió en la vejiga la presión antes familiar, apremiante.

«A lo mejor es por el vino», pensó, con creciente emoción.

Bajó y fue a un lugar a mitad de camino entre el coche y el gran árbol. Frente a la vieja tapia de piedra se deslizó la cremallera y concentró sus esfuerzos.

Al cabo de un largo rato salieron dos gotas, que cayeron, como de un grifo mal cerrado.

Aparecieron faros que se acercaban, y Longwood se echó hacia atrás violentamente, cerrándose los pantalones como un muchacho a quien sorprende una puerta inesperadamente abierta. El coche pasó raudo junto a él, que seguía allí, temblando. Soy un idiota, un idiota —se dijo, irritado—. Tratando de mear en plena oscuridad, en un parterre de lirios de los valles que él mismo había plantado un cuarto de siglo antes.

Una gota de lluvia le besó fríamente en la frente.

Se preguntó si, cuando llegara el momento, el Comité de la Muerte decidiría que el fracaso de Harland Longwood había sido evitable o inevitable.

Si gracias a alguna especie de reencarnación pudiera él mismo presidir la reunión, insistiría en echarle toda la culpa al doctor Longwood, pensó.

Por tantas decisiones equivocadas.

Horrorizado, lo vio con perfecta claridad.

Toda la vida era una Conferencia de Mortalidad.

El historial clínico comenzó con el primer momento de existencia consciente y responsable.

Y, tarde o temprano, al principio poco a poco y luego con sorprendente rapidez, llegaba el momento en que la historia terminaba para uno. Y él ahora se veía las caras con el total de su propia e imperfecta actuación.

Tan vulnerable, tan terriblemente vulnerable.

Caballeros, examinemos el caso Longwood.

¿Evitable o inevitable?

Cuando volvió al coche la lluvia caía ya persistentemente, como vertida desde el cielo por sus músculos pélvicos.

Dio la vuelta al coche y sus faros iluminaron el letrero que había al fin de la calzada; entonces vio que los Bancroft habían vendido la finca a una familia apellidada Feldstein.

Ojalá los Feldstein fueran tan simpáticos como los Rosenfeld.

Un momento más tarde comenzó a reír, y no tardó en reír tanto que tuvo que parar el coche a un lado de la carretera.

«Oh, Frances —le dijo—, ¿cómo es posible que, sin saberlo haya podido convertirme en un viejo estúpido en mal funcionamiento?»

Haciendo memoria, aún se sentía por dentro como el joven que se había arrodillado desnudo ante ella la primera vez que hicieron el amor juntos.

«Y después de rezar toda la vida ante un santuario como aquél —pensó—, no puedo empezar a creer de pronto en un Dios salvador simplemente porque me vea necesitado de salvación.»

Ni tampoco, se dijo con aterradora claridad, era capaz, después de haber luchado toda su vida contra la muerte, de ayudarse ahora a sí mismo a morir.

Cuando llegó Longwood al hospital, Kender estaba todavía en el laboratorio de urología, examinando Rayos X con el joven Silverstone.

—Me gustaría volver al aparato —dijo.

Kender levantó la vista de la foto.

—Está ocupado lo que queda de noche —dijo—. No te lo puedo dejar hasta mañana.

—¿A qué hora?

—A eso de las diez. Cuando termines, quiero que te hagas una transfusión de sangre.

Era una orden, no una petición. Kender estaba hablando a un paciente.

—Creemos que el aparato no es una solución permanente para ti —estaba diciéndole Kender—. Vamos a ver la forma de conseguirte otro riñón.

—Ya sé lo difícil que es escoger donadores de riñones —dijo Longwood, con sequedad—. No quiero privilegios.

El doctor Kender sonrió.

—No vas a tener ninguno. Tu caso fue seleccionado por su valor docente por el Comité de Trasplantes, pero tienes un tipo de sangre poco corriente y, como es natural, es posible que tardemos algo en encontrar un cadáver adecuado. Entretanto, tendrás que ser más formal y venir al aparato dos veces a la semana.

El doctor Longwood asintió.

—Buenas noches —dijo.

Fuera, las puertas cerradas neutralizaban el rumor de las máquinas y reinaba el silencio. Había llegado ya casi al ascensor cuando oyó abrirse una puerta y ruido de pasos apresurados.

Se volvió y vio que era Silverstone.

—Dejó usted esto en la mesa del doctor Kender —dijo Adam, mostrándole el frasco de píldoras somníferas.

Longwood buscó en los ojos del joven un atisbo de piedad, pero no vio más que un interés atento. «Dios —pensó—, éste quizá llegue a cirujano.»

—Gracias —dijo, cogiendo el frasco—. ¡Qué descuido el mío!

4

Adam Silverstone

Los turnos de trabajo de treinta y seis horas hacían que los días y las noches se juntasen curiosamente, por así decirlo, de modo que durante períodos de exceso de trabajo, si no miraba a la ventana, a veces Silverstone no estaba seguro de si fuera había sol o luna.

Encontró que el Hospital General del condado de Suffolk era lo que él había estado buscando desde hacía tiempo sin saberlo.

Era un hospital viejo, no tan limpio como cabría desear; la sucia pobreza de los pacientes le ponía nervioso, la administración escatimaba dinero de mil antipáticas maneras, como, por ejemplo, no dando ropa blanca a los médicos con suficiente frecuencia. Pero se practicaba un interesantísimo tipo de cirugía universitaria. En un solo mes allí, Adam había operado más casos de más interesante variedad que en medio año en Georgia.

Había sentido una sensación deprimente al oír por primera vez que Rafe Meomartino estaba casado con una sobrina del Viejo, pero tuvo que admitir que las buenas operaciones se repartían imparcialmente entre ellos dos. Se dio cuenta de que existía una inexplicable frialdad entre Meomartino y Longwood, y acabó pensando que lo más probable era que el parentesco le resultase perjudicial a Rafe.

La única parte incómoda de su existencia era cuando se encontraba en el sexto piso, que, en un momento de distracción y estupidez, había sido convertido por él mismo en un lugar frío y solitario.

Lo peor del episodio del jabón era que, en realidad, a él le caía simpático Spurgeon Robinson.

Una mañana, había entrado en el cuarto de baño mientras el interno se afeitaba, y se pusieron a hablar de béisbol mientras él se desnudaba y se duchaba.

—¡Demonio! —murmuró.

—¿Qué pasa?

—No tengo jabón.

—Toma el mío.

Adam había mirado el jabón blanco que Robinson tenía en la mano, moviendo la cabeza y diciendo:

—No, gracias.

Se estiró bajo el agua caliente y unos pocos minutos más tarde —¿por distracción?— recogió de la bandeja un pedacito plateado de jabón usado frotándose el cuerpo con él.

Robinson echó, al salir, una ojeada a la ducha.

—Ah, veo que por fin encontraste jabón —observó.

—Sí —contestó Adam, sintiéndose súbitamente incómodo.

—Ése es el pedazo con que me lavé ayer el culo negro que Dios me ha dado —dijo entonces Spur, afablemente.

El dinero no era ya motivo de preocupación. Se dedicó a trabajar de noche gracias al capote que le había echado el rechoncho anestesista residente, a quien las enfermeras de la sala de operaciones llamaban «gigantico verde», y que a él siempre le había parecido un gordinflas, pero cuyo nombre había resultado ser sencillamente Norman Pomerantz. Un día, Pomerantz entró en el cuarto del personal y, sirviéndose una taza de café, preguntó si alguien quería hacerse cargo varias veces a la semana, de la clínica de urgencia de un hospital situado al oeste de Boston.

—Me da igual donde esté —dijo Adam, antes de que nadie tuviera tiempo de contestar—. Si me pagan, voy.

Pomerantz se echó a reír.

—Está en Woodborough, y te pagan con dinero del seguro de hospitalización.

De modo que renunció a dormir y no quedó nada descontento del negocio que había hecho. La primera noche que tuvo libre en el Hospital General del condado de Suffolk cogió el tren elevado hasta la plaza del Parque y, allí, el autobús hasta Woodborough, que resultó ser una villa industrial barroca de Nueva Inglaterra convertida recientemente en un extenso y populoso suburbio de gente que trabajaba en Boston e iba allá a dormir. El hospital era bueno, pero pequeño, y el trabajo, poco interesante: chichones, bultos, heridas; la operación más complicada que tuvo que hacer fue una fractura de muñeca. Pero el dinero le venía de perlas. La segunda vez que cogió el autobús de Boston se dijo, casi con miedo, que ya era solvente. Claro es que lo suyo le costaba, pues llevaba sesenta horas sin dormir: treinta y seis al pie del cañón en el Hospital General del condado y otras veinticuatro en Woodborough, pero la súbita sensación de opulencia lo justificaba. Cuando volvió a su cuarto del hospital durmió ocho horas seguidas y luego se despertó sintiéndose ligero de cabeza, ágil de lengua y extrañamente rico.

Iba en autobús a Woodborough siempre que tenía tiempo libre. A medida que su cuerpo iba fatigándose más y más, Adam se habituaba a robar pequeños momentos de descanso: en camillas, sentado en el cuarto del personal, una vez incluso apoyándose un momento contra la pared del pasillo, y aquellos momentos de sueño eran para él como para un niño saborear un caramelo.

Se sentía más solo incluso que de costumbre. Una noche, echado en la cama, escuchaba a Spurgeon Robinson tocar una especie de guitarra cuya existencia él nunca había sospechado. Adam pensaba que aquella música le enseñaba mucho sobre el carácter del interno. Un rato después se levantó, bajó a la calle y fue a una tienda a comprar una caja de seis latas de cerveza. Robinson abrió la puerta al oírle llamar y estuvo un momento mirándole sin decir nada.

—¿Estás ocupado? —preguntó Adam.

—No, entra.

—Pensé que podríamos ir al tejado a tomar un trago.

—Fenómeno.

El perfecto anfitrión abrió la ventana y cogió el paquete, dejando que Adam pasara primero sobre el alféizar.

Bebieron y charlaron de varias cosas y, de pronto, se quedaron sin saber de qué hablar. Se sentían incómodos, y Adam eructó y frunció el entrecejo.

—Al demonio —dijo—. Perdona, tú y yo no podemos estar así, enfadados como un par de niños pequeños. Somos profesionales. Hay gente enferma que depende de nuestras posibilidades de comunicación.

—Me enfado y me voy de la lengua —dijo Spurgeon.

—Pero tienes razón. No me gusta usar el jabón de cualquiera.

—Pues yo el tuyo ni regalado —sonrió Spurgeon.

—Pero cuanto más pienso en aquello, tanto más evidente me parece que no por eso rehusé tu jabón —dijo Adam, en voz baja.

Spurgeon se limitó a mirarle.

—Nunca he conocido lo que se dice bien a una persona de color. Cuando era pequeño, en nuestro barrio de Pittsburgh pandillas de chicos negros venían a pegarse con nosotros. Hasta ahora ésa es la parte más importante de mis contactos interraciales.

Spurgeon seguía sin decir nada. Silverstone cogió otra lata de cerveza.

—¿Has conocido tú a muchos blancos?

—En estos doce años últimos me han tenido sitiado.

Los dos miraron hacia los tejados vecinos.

Robinson alargó algo y Adam lo cogió, pensando que sería una lata de cerveza, pero resultó que era una mano.

Que él estrechó.

Con su primer cheque devolvió el adelanto que, a cuenta del sueldo, había recibido del hospital el día de su llegada, y cuando le fue entregado el segundo cheque fue a un Banco y abrió una cuenta de ahorros. En Pittsburgh tenía aún al viejo, callado por el momento, pero dispuesto sin el menor género de dudas a darle un sablazo en cualquier momento. Adam se prometió resistir: toda mi fortuna para salvarle de una catástrofe, pero ni un centavo para alcohol. Aunque no retiró el dinero ni comenzó a buscar un coche de segunda mano, sentía por primera vez en su vida el deseo de derrochar. Quería tener su propio coche para aparcarlo y forcejear con alguien, por ejemplo con Gaby Pender.

Seis semanas ya y aún no la había visto. Había hablado con

ella por teléfono varias veces, pero sin invitarla a salir con él, sintiéndose como impelido hacia Woodborough, para poder aumentar su tesoro.

Cuando por fin salieran, se decía Adam, podría gastar dinero sin escatimar nada.

Pero al otro extremo de la línea telefónica ella estaba comenzando a mosquearse y cada vez que la llamaba se le mostraba más fría, por lo cual acabó por contarle lo que hacía con su tiempo libre.

—Pero te vas a morir de fatiga —le dijo horrorizada.

—Estoy ya casi a punto de trabajar menos.

—Prométeme que descansarás el próximo fin de semana.

—Bueno, pero sólo si sales conmigo el domingo por la tarde.

—No; es para que duermas.

—Después de verte.

—Bueno, de acuerdo —dijo ella, al cabo de un momento.

«Parece contenta de rendirse», pensó él, optimista.

—Lo pasaremos en grande.

—Oye —dijo ella—, tengo una gran idea para pasarlo realmente bien. La Orquesta Sinfónica de Boston va a radiar esa noche el concierto desde Tanglewood. Yo traigo mi radio portátil y ponemos una manta en la hierba de la explanada y oímos la música.

—Estás tratando de ahorrarme dinero. Tengo para pasarlo bien de verdad.

—Para pasarlo más caro, pero no mejor. Tendremos la oportunidad de hablar.

Accedió a estar lista a las seis; así tendrían más tiempo.

—Estás loca —dijo Adam, encontrando que lo de la manta era una gran idea.

El domingo por la tarde, su impaciencia estaba ya tensa a más no poder. Era un día apacible. Pensando en el futuro inmediato puso buen cuidado en preparar lo mejor posible todos los detalles de la jornada, a fin de que no saliese nada mal a última hora. En el cuarto de las enfermeras había un reloj grande y viejo, con las manecillas señalando las cinco menos veinticinco, como las manos de un bailarín de charlestón paralizado inmediatamente después de abrirlas en abanico sobre las rodillas. «Ochenta y cinco minutos eternos», pensó. Se ducharía y mudaría de ropa, y saldría del hospital bien defendido en todos los frentes. Afeitado, con loción y polvos, los zapatos relucientes, el pelo bien domado y las esperanzas bien altas, en busca de Gaby Pender.

Se echó hacia atrás en la silla y cerró los ojos. El gran edificio era como un perro dormido, pensó; podía dormitar tranquilo, pero, tarde o temprano...

Sonó el teléfono.

«La vieja, siempre despierta», pensó, hosco, y descolgó. «Urgente, tres casos de quemadura.»

—Voy —dijo, y fue.

En el ascensor, siguió preocupándose, inquieto por si aquello resultaba serio y le hacía llegar tarde a su cita.

El olor a quemado chocó con él en el pasillo.

Eran un hombre y dos mujeres. Adam vio que el estado de las mujeres no era tan preocupante. Ya habían tomado calmantes. Bien hecho, residente de la clínica de urgencia, el muchacho llamado Potter, que necesitaba el éxito. Había operado al hombre en la tráquea, su primera operación de este tipo sin duda (muy bien por el valor, pero regular sólo por no haber esperado un par de minutos más para hacer la operación en el sitio adecuado), y ahora estaba concentrando su atención en un catéter de aspiración, tratando de absorber secreciones.

—¿Han llamado a Meomartino?

Potter movió negativamente la cabeza. Adam telefoneó al jefe de servicio de Cirugía.

—Doctor, aquí nos vendría al pelo que alguien nos echase una mano.

Meomartino vaciló.

—¿Pueden arreglárselas solos? —dijo, tajante.

—No —respondió Adam, colgando el teléfono sin más.

—Santo Dios, mire la de cosas que estoy sacándole de los pulmones —dijo Potter.

Adam miró y se encogió de hombros.

—Eso es contenido gástrico, del estómago. ¿No se da cuenta de que ha sido aspirado? —dijo irritado.

Se puso a cortar toda la ropa que pudo, para dejar libre la carne quemada.

—¿Cómo ocurrió?

—El inspector de bomberos está haciendo averiguaciones, doctor —dijo Meyerson, desde la puerta—. Fue en una tienda de comestibles. Es casi seguro que se produjo una explosión en la cocina, en el horno. La tienda estaba cerrada por reparaciones. Sin embargo, a juzgar por el olor, debían de tener la cocina llena de una mezcla de queroseno y aceite de cocinar, que se incendió poco antes de caerles encima.

—Vaya, menos mal que no fue en una pizzería, porque no hay nada peor que quemaduras de tercer grado de mozzarela —dijo Potter, tratando de recobrar la serenidad.

El hombre se quejó. Adam se cercioró de que aún no había recibido calmantes, y entonces le dio cinco miligramos de morfina y dijo a Potter que les limpiase a los tres lo más que pudiera, no mucho, sin embargo, porque el fuego es cosa muy sucia.

Apareció Meomartino, hosco, pero se volvió más afable cuando vio que realmente allí hacían falta manos extra; sacó muestras de sangre a las mujeres para que las examinase el laboratorio y ayudó a Adam, que estaba tratando al hombre. Luego, inyectó a los pacientes sus primeros electrólitos y coloides con las mismas agujas que había empleado para extraer la sangre. Cuando todos ellos fueron enviados a la sala de operaciones número 3, una enfermera ya había examinado la cartera del paciente y anotado el nombre y la edad: Joseph P. (Paul) Grigio, de cuarenta y cuatro años. Meomartino vigiló mientras Potter cuidaba de las mujeres y Adam acoplaba el catéter urinario al señor Grigio y luego seccionaba la larga vena safena del tobillo, insertando una cánula de polietileno y sujetándola con ligaduras de seda, para fijar bien el curso intravenoso.

Tenía quemaduras de segundo grado en un treinta y cinco por ciento de la superficie de su cuerpo: el rostro —¿los pulmones?—, el pecho, los brazos, la ingle, pequeñas secciones de las piernas y la espalda. Antes había sido un hombre musculoso, pero ahora era fofo. ¿Cuántas reservas de fuerza quedarían aún en aquel cuerpo de mediana edad?

Adam se dio cuenta de pronto de que Meomartino estaba mirándole mientras él observaba el estado del paciente.

—No hay nada que hacer —sentenció el jefe del servicio de Cirugía—. No llegará a mañana.

Se quitó los guantes.

—Pues yo creo que sí —replicó Adam, sin darse cuenta.

—¿Por qué?

Se encogió de hombros.

—Nada, una idea mía. He visto muchas quemaduras. Enseguida se enfadó consigo mismo por haber dicho aquello. Después de todo, él no era especialista en la curación de quemaduras.

—¿En Atlanta?

—No, en Filadelfia. Trabajé de ayudante en el depósito de cadáveres cuando era estudiante de medicina.

Meomartino pareció sorprendido.

—No es exactamente lo mismo que trabajar con gente que todavía está viva.

—Ya lo sé, pero me da la impresión de que este sujeto aguantará —dijo, con obstinación.

—Lo espero, pero no lo creo. Se lo dejo a usted. —Meomartino se volvió, para irse, pero se detuvo—. Verá, vamos a hacer una cosa: si aguanta, invito yo a café en Maxie's una semana entera.

«Simpático», pensó Adam al verle irse con las mujeres.

Estableció un tratamiento profiláctico antitetánico y luego le siguió hasta la sala. Aplicando la regla de Evans para calcular la cantidad de líquido que se había de reemplazar en un hombre de ochenta y cinco kilos de peso, llegó a la conclusión de que harían falta dos mil ciento centímetros cúbicos de coloide, dos mil cien de suero salino fisiológico y dos mil de agua para la excreción urinaria. La mitad de esta cantidad se le aplicaría en suero venoso gota a gota en las primeras ocho horas, se dijo, junto con dosis masivas de antibióticos para contrarrestar la posibilidad de infección bacteriana en la superficie chamuscada y sucia de la zona quemada.

Mientras sacaban la cama del ascensor, en el segundo piso, con una súbita sensación de desánimo vio la hora que era.

Las seis y cuarto.

Debería estar arreglándose ya para ir a ver a Gaby, y en lugar de esto aún tendría que atender al paciente durante unos veinte minutos.

La habitación 218 estaba vacía y en ella instalaron al señor Grigio aislado; luego, Adam concentró su atención en la tarea de tratarle la quemadura localmente preguntándose qué estaría usando Meomartino con su paciente en la sección de mujeres.

La señorita Fultz estaba en el cuarto de las enfermeras, con sus historiales clínicos y su enorme pluma estilográfica. Como de costumbre, Adam podría haber sido la sombra de un mosquito. Cansado de esperar a que fuera ella quien levantase la vista, carraspeó ruidosamente.

—¿Dónde hay una palangana grande esterilizada? Y me hacen falta otras cosas.

Una enfermera principiante pasó rápidamente por su lado.

—Señorita Anderson, dele lo que necesita —dijo la jefa de las enfermeras, sin perder siquiera un plumazo.

—Joseph P. Grigio está en la 218. Necesitará enfermeras especializadas por lo menos durante tres turnos.

—No hay enfermeras especializadas disponibles —dijo ella, como hablando a la mesa en que escribía.

—¿Y por qué diablos no las hay? —replicó Adam más molesto por la negativa de ella a hablarle directamente que por el problema mismo.

—No sé. Por la razón que sea, las chicas ya no quieren ser enfermeras.

—Tendremos que trasladarlo a la sección de tratamiento intensivo.

—En esta sección, el tratamiento no es tan intensivo como se cree. Está sobrecargada desde hace más de una semana —respondió ella, mientras su pluma proyectil describía pequeños círculos negros en el aire antes de caer en picado para escribir una frase en el papel.

—Solicite las enfermeras y dígame lo que haya en cuando sepa algo, por favor.

Aceptó el cuenco esterilizado que le tendía la señorita Anderson y mezcló su potingue. Cubitos de hielo para refrescar y anestesiar la quemadura y mantener la hinchazón lo más baja posible.

Suero salino fisiológico, porque el agua fresca hubiera actuado a modo de sanguijuela en los electrólitos del cuerpo. Phisohex para limpiar; se cortaba en pequeños remolinos al revolverse la mezcla. Lo único que le faltaba a aquella poción mágica era sangre de dragón y lengua de salamandra acuática.

Se puso a sacar trozos de gasa de un armario, hasta que, viendo que en una balda superior había compresas higiénicas, cogió tres capas de ellas. Eran ideales para su objetivo.

—Ah. ¿No podría usted por casualidad echarme una mano?

—No, doctor, la señorita Fultz me ha dado orden de hacer otras cosas, como suministrar orinales a la sala entera.

Él asintió, exhalando un suspiro.

—¿Me haría un pequeño favor, sólo uno? Llamar por teléfono.

Escribió el nombre de Gabrielle Pender y su número telefónico en una hoja de recetas que arrancó del bloc.

—Dígale, por favor, que me temo que voy a tardar un poco.

—De acuerdo. Esperará. Yo, en su lugar, esperaría.

La chica sonrió y se fue, dejándole el recuerdo de sus pequeñas y atractivas nalgas escandinavas, recuerdo que fue efímero. Cogió cuidadosamente el cuenco y fue a la habitación 218 derramando sólo muy poco líquido en el suelo reluciente del pasillo. Luego metió las compresas en el líquido, las exprimió suavemente, para liberarlas del exceso de humedad, y fue aplicándolas una a una sobre la carne quemada, comenzando por la cabeza y yendo cuerpo abajo, hasta que el señor Grigio pareció vestir un absurdo traje de compresas higiénicas. Cuando le hubo cubierto las espinillas comenzó de nuevo, sustituyendo las compresas viejas, calentadas por el aire, por otras húmedas y frías.

Bajo la acción del opio, el señor Grigio dormía. Diez años antes, su rostro debió sin duda de haber sido atractivo, el rostro de un espadachín italiano, pero su belleza mediterránea se había disuelto en la calvicie creciente y los gruesos carrillos. «Mañana por la mañana —se dijo Adam— este rostro se convertirá en un globo grotesco.»

El hombre quemado se agitó.

—*Dove troviamo i soldi?* —gimió.

Se estaba preguntando dónde encontraría dinero. «No en

la compañía de seguros», se dijo Adam. ¡Pobre señor Grigio!

La grasa y el queroseno habían sido puestos en el horno, y ahora, con el inspector de bomberos metido en el ajo, el señor Grigio iba a salir muy mal del asunto.

El hombre se movía con leve nerviosismo y murmuró un nombre, quizás el de una mujer, que obsesionaba su conciencia, o tal vez fuese un presentimiento del dolor que le esperaba si sobrevivía. Adam sumergía las compresas en el cuenco, las sacaba y se las aplicaba al cuerpo, mientras el reloj de pulsera que se había subido brazo arriba tictaqueaba burlonamente.

Poco después de haber usado y repuesto por cuarta vez el contenido del cuenco, se detuvo y se dio cuenta de que la señorita Fultz estaba a su lado, con una taza de té en la mano.

Sorprendido, la aceptó.

—Creo que he encontrado para esta noche una enfermera especializada —dijo la señorita Fultz—. Llega a las once, yo no tengo nada que hacer entre ahora y las once, de modo que puede irse.

—Sí, tenía una cita —dijo él, recobrando por fin el habla.

Las diez y cinco.

En la cabina telefónica más cercana marcó el número de Gaby y se oyó una voz femenina, burlona.

—Será sin duda el doctor Silverstone.

—Sí.

—Soy Susan Haskell, la compañera de cuarto de Gaby. Le esperó mucho tiempo. Hará cosa de una hora me pidió que cuando llamara usted le dijese que está esperándole en la Explanada.

—¿Fue sola, a esperar en la oscuridad, junto al río? —preguntó él, imaginándose agresiones o violaciones.

Se produjo una pausa.

—Usted no conoce bien a Gaby, ¿verdad? —dijo la voz.

—¿En qué parte de la Explanada?

—Junto al quiosco de música en forma de concha. Ya sabe cuál, ¿no?

No lo sabía, pero el taxista sí.

—Esta noche no hay concierto —le dijo el taxista.

—Ya lo sé, ya lo sé.

Cuando bajó del taxi se adentró en la oscuridad, pisando una suave hierba, por el Paseo de Storrow. Durante un rato pensó que ya no estaría allí, pero finalmente la vio, sentada a bastante distancia, sobre una manta extendida bajo una farola, como si fuera un pino de copa protectora.

Cuando se dejó caer junto a ella sobre la manta recibió de golpe todo el calor de su sonrisa y se le olvidó el cansancio que sentía.

—¿Fue algo realmente catastrófico lo que casi te hizo dejarme plantada?

—Acabo de terminar. Estaba seguro de que no esperarías —señaló su ropa blanca—. Mira, ni siquiera tuve tiempo de mudarme.

—Me alegro mucho de que por fin vinieras. ¿Tienes hambre?

—Estoy muerto.

—Di tus bocadillos.

Adam la miró.

—Como no llegabas… Pasaron tres estudiantes, que no se metieron conmigo en absoluto. Uno de ellos, monísimo, me dio a entender que no tenían dinero para cenar. Queda una ciruela.

La aceptó y se la comió, sin que se le ocurriera nada galante que decir. Adam se sintió en desventaja y quería impresionarla, pero de pronto se dio cuenta de que, aunque llevaba tiempo muriéndose por volverla a ver, la compañera de alcoba de Gaby tenía razón, porque realmente no la conocía lo que se dice bien; de hecho, sólo había pasado con ella tres horas, una de las cuales había transcurrido en una fiesta muy concurrida, en el cuarto de estar de la hermana de Herb Shafer, en Atlanta.

—Lo siento, pero te perdiste la sinfonía —dijo ella—. ¿Os ocurre esto con mucha frecuencia?

—No demasiada —respondió él, por no asustarla.

Se echó de espaldas sobre la manta y luego recordó que habían hablado de música y de sus estudios de psicología. Luego, cuando volvió a abrir los ojos, se dio cuenta de que se había quedado dormido, pero sin tener la menor idea de cuánto tiempo. Ella, a su lado, seguía sentada, mirando al río, esperando, paciente. Se preguntó cómo podría haber olvidado su rostro. Si aquella nariz fuera de plástico, habría sido un buen negocio, por mucho que le hubiera costado. Los ojos eran castaños, ahora tranquilos, pero llenos de vida. Su boca era quizás un poco ancha, con el labio superior delgado, indicio de mala intención, pero el inferior lo tenía carnoso. El pelo, de un rubio oscuro, reluciente bajo la luz de la farola presentaba manchas de sol. El lunar estaba debajo del ojo izquierdo, acentuando los pómulos. Sus facciones no eran lo bastante regulares para poder calificarla de verdaderamente bonita. Era más bien de baja estatura, pero muy atractiva sexualmente para merecer simplemente el calificativo de linda. «Un poco demasiado delgada», se dijo Adam.

—Tienes la cara muy atezada —dijo—. Debes de pasarte el día en la playa.

—Tengo una lámpara especial. Tres minutos al día durante todo el año.

—¿Incluso en verano?

—Claro; en mi alcoba estoy más sola.

O sea, que no tendría zonas blancas o marcas de tirantes. Sintió que las rodillas le temblaban.

—Uno de los chicos del colegio dice que me gusta el calor físico porque procedo de una familia desunida. Me encantan los días de mucho calor.

—¿Os analizáis unos a otros en la clase de psicología?

—Una vez terminada la clase. —Se echó a su lado sobre la manta—. Hueles a jugos masculinos fuertes —añadió—, y como si hubieras estado en un incendio.

—¿Es malo eso? Quería venir a verte oliendo como una flor.

—¿Y a quién le gusta un hombre que huele a flor?

Sus cabezas estaban muy juntas sobre la manta y a Adam le costó algún esfuerzo besarla.

Le dio un beso en el lunar.

La radio portátil les proporcionaba, con suavidad, la música de *Never on Sunday*.

—¿Sabes el hasapiko?

—Me gustaría aprenderlo —dijo él, lujurioso.

—El baile griego.

—Ah; eso, no, no sé.

Se levantó a desgana al insistir ella, que le enseñó a bailarlo. Adam tenía el instinto rítmico del buen buceador y enseguida aprendió el paso. Cogidos de las manos los dos bailaron al lánguido ritmo, y luego más y más locamente, a medida que la música de la radio iba en aumento, Zorba y su mujer en la suave hierba de la Explanada, hasta que él, naturalmente, dio un traspié y cayeron al suelo, riendo y sin aliento, y él la besó de nuevo y sintió su calor bajo su boca, en sus brazos.

Se estaba bien así. Yacieron sin hablar y con una grata sensación de soledad, mientras el tráfico, a sus espaldas, discurría en dirección al Paseo de Storrow, y el río, enfrente, se extendía, satisfactoriamente oscuro, hasta las luces de la calzada del Monumento, del lado de Cambridge; en el centro, desdibujada, se veía una vela blanca.

La luz de la farola les centraba, enmarcándoles.

La vela se movía.

—Me gustaría ir ahora en bote —dijo él.

—Pues hay un par de botes de remo en el club, detrás del quiosco de música.

Adam alargó la mano y ella se la cogió y los dos corrieron hacia el pequeño muelle. No había remos, pero de todos modos él la ayudó a subirse a uno de los botes.

—Puedo hacerme pasar por Ulises —dijo Adam, sintiéndose aún helénico—. Tú eres una sirena.

—No, yo soy Gabrielle Pender.

Se sentaron en la popa, frente a la orilla lejana y a las luces que hubieran debido estropear la escena, pero no podían; Adam la volvió a besar, y ella le dijo:

—Estaba casado.

—¿Quién?

—Ulises. ¿No te acuerdas de la pobre Penélope, esperándole en Ítaca?

—Llevaban veinte años sin verse. Bueno, pues seré otra persona.

Hundió su cabeza en el cabello de Gaby. La verdad era que olía bien. Su aliento, apenas perceptible, se hizo más rápido al besarla Adam en el cuello, y el pulso suave le daba como golpecitos de martillo en los labios. El bote subía y bajaba, a lomos de diminutas olas que llegaban de la boca del río, a unos pocos kilómetros de distancia, y rompían contra el muelle.

—Ah, Adam —dijo ella, entre besos—, Adam Silverstone, ¿quién eres ahora? ¿Quién eres realmente?

—Averígualo y dímelo —respondió él.

Los mosquitos les obligaron a volver a tierra. Adam la ayudó a doblar la manta y la guardaron en el coche de Gaby un destartalado Plymouth azul de 1963, descapotable, que estaba aparcado en el Paseo de Storrow. Fueron a una cafetería de la calle Charles, se sentaron a una mesa junto a la pared y tomaron café.

—¿Fue un caso lo que te entretuvo en el hospital?

Adam le habló de Grigio. Ella sabía escuchar y hacía preguntas inteligentes.

—No tengo miedo ni de quemarme ni de ahogarme —dijo.

—Pero eso quiere decir que tienes miedo de algo.

—Tenemos casos de cáncer en ambas ramas de la familia. Mi abuela acaba de morir de cáncer.

—Lo siento. ¿Qué edad tenía?

—Ochenta y un años.

—Pues ya querría morir yo a esa edad.

—Sí, y también yo, pero mi tía Luisa, por ejemplo, bella y joven… No me gustaría nada morirme antes de llegar a vieja —dijo—. ¿Mueren muchos pacientes?

—En nuestra sección del hospital mueren unos pocos al mes. En nuestro servicio, si pasa un mes sin que muera nadie el médico adjunto da una fiesta.

—¿Dais muchas fiestas?

—No.

—Yo no sabría hacer lo que tú haces —dijo—. No podría ver el dolor y la gente que se muere.

—Hay más de una manera de morir. También en psicología hay mucho dolor, ¿no?

—Sí, claro, en psicología clínica. Yo acabaré examinando a chicos guapos, para averiguar por qué no salen de debajo de la cama.

Adam asintió, sonriendo.

—¿Cómo es eso de ver morir a la gente?

—Recuerdo la primera vez…, siendo estudiante. Era un hombre…, le vi en una de mis visitas. Estaba muy bien; reía y bromeaba. Mientras le administraba una inyección intravenosa se le paró el corazón. Lo intentamos todo, todo, para volverle a la vida. Recuerdo que le miré y me pregunté: ¿Qué es lo que ha pasado? ¿Por qué se ha muerto? ¿Qué es lo que le ha convertido, de una persona que era, en… en esto?

—Dios —dijo ella, y añadió—: Tengo un bulto.

—¿Cómo?

Ella movió la cabeza.

Pero Adam la había oído.

—¿Dónde lo tienes?

—Prefiero no decirlo.

—Por Dios bendito, acuérdate de que soy médico.

«En el pecho, probablemente», pensó.

Ella apartó la mirada.

—Por favor. Ojalá no lo hubiera mencionado. Seguro que no es nada. Lo que pasa es que yo me asusto de todo.

—Pues entonces, ¿por qué no vas a ver a un médico para que te examine?

—Lo haré.

—¿Me lo prometes?

Ella asintió, sonriéndole, y cambió de tema: le contó cosas sobre su vida. Sus padres estaban divorciados. El padre poseía un lugar de veraneo, en Berkshire. Se había vuelto a casar. La madre se había casado en segundas nupcias con un ganadero de Idaho. Adam le dijo que su madre era italiana y que estaba muerta, y su padre judío, pero se guardó de no decir nada más sobre él, pues se había dado cuenta de que ella lo había notado y por eso no insistía.

Cuando hubieron tomado tres tazas de café cada uno, insistió en llevarle al hospital en coche. Él no la besó al despedirse, en parte porque la entrada del hospital no era nada privada, y en parte también porque estaba demasiado cansado para pensar en si era Zorba, o Ulises, o quien fuese. Sólo quería echarse en la cama del cuarto del último piso.

Y

Sin embargo, paró el ascensor en el segundo piso y, como atraído por un imán, fue a la habitación 218. Una ojeada rápida se prometió a sí mismo, y a la cama.

Helen Fultz estaba allí, tiesa, junto a Joseph Grigio.

—¿Qué hace aquí?

—La enfermera de once a siete no se presentó.

—Bueno, pero yo sí llegué. —Su culpabilidad se revelaba forma de irritación—. Haga el favor de irse a la cama.

«¿Cuántos años tendrá?», se preguntó. Parecía vieja, con el lacio pelo gris sobre el rostro arrugado, de labios delgados.

—No voy a ningún sitio. Hace demasiado tiempo que dejé de hacer de enfermera. El papeleo la convierte a una en chupatintas.

Su tono de voz no admitía discusiones, pero él intentó disuadirla. Al final llegaron a una componenda: eran más de las doce, y Adam le permitió quedarse hasta la una.

La presencia de otra persona, comprobó Adam, cambiaba mucho las cosas. Ella se mantenía en un neurótico silencio, pero le hizo un café más caliente que la carne de Gaby, más negro que la de Robinson. Los dos aplicaban el vendaje al quemado, turnándose cuando sus manos protestaban contra las repetidas inmersiones en el helado suero salino fisiológico.

Joseph Grigio seguía respirando. Este espantapájaros, esta vieja canosa y silenciosa, este ogro cansino era quien le había conservado la vida. Ahora, con ayuda de un cirujano, quizá llegase a restablecerse y a resultar ser un asno. Shakespeare.

A las dos de la madrugada, tras desafiar su fiera mirada consiguió echarla de allí. Estar solo resultaba más duro. Los ojos se le cerraban. Comenzó a sentir un dolorcillo en los músculos de la espalda. La pernera izquierda de sus pantalones, antes blancos, estaba ahora fríamente húmeda por el goteo de las compresas empapadas en el suero salino fisiológico.

El hospital estaba en silencio.

Silencio.

Excepto algún que otro ligero ruido. Gritos de dolor, tamborilear hueco y amortiguado de orina contra el orinal, ruido rítmico de tacones de goma contra suelos de hule, todo ello mezclándose con un telón de fondo de cantos estridentes de grillos y gorjeos de pájaros, sentido más bien que oído.

Dos veces se quedó dormido, despertándose súbitamente sobresaltado para cambiar las empapadas y heladas compresas.

—Lo siento, señor Grigio —murmuró a la forma que yacía en la cama.

»Si no fuera por mi avidez de dinero ahora estaría más descansado, sería capaz de cuidarle mejor pero tengo hambre de dinero, y con buen motivo, y necesito el dinero de ese otro trabajo, de verdad que lo necesito.

»Pero, por favor, no se me muera sólo porque me he quedado dormido.

»Dios, que no me ocurra a mí esto, que no me ocurra a mí esto.»

Sus manos se hundían en el suero helado.

Estrangulaban el paño frío.

Lo aplicaban al cuerpo.

Cogía la tela preparada para cálidos lomos femeninos, calentada ahora, por el contrario, por el fuego absorbido por quemada carne masculina, y la sumergía en el cuenco para que volviera a enfriarse.

Repitió esta operación una y otra vez, mientras Joseph Grigio exhalaba suspiros suaves e inconscientes, gimoteando de vez en cuando ininteligibles frases italianas. El rostro y el cuerpo quemado estaban ya perceptiblemente hinchados.

—Escucha —le dijo Adam.

»Va ha haber mucho lío si te mueres. No te me mueras, so miserable incendiario, hijo de tal.

»Si te me mueres… —amenazó.

Una vez, le pareció oír al Arlequín andando por los pasillos de la sala.

—Fuera de aquí —dijo, en voz alta.

Scutta mal occhio, pu pu pu.

Repitiendo la letanía, pasaba las manos por el helado suero.

Perdió la cuenta de las horas, pero ya no era una batalla mantenerse despierto. Tenía espolones de dolor que le empujaban sin cesar hacia la inconsciencia. A veces casi lloraba de dolor al alargar la mano hacia el cuenco, cuyo hielo había sido ya repuesto tres veces más en lo que iba de noche. Tenía las manos torponas y azuladas, los dedos se negaban a doblarse, y las yemas estaban arrugadas e insensibles.

Una vez, dominado por su propia agonía, olvidó al paciente.

Se levantó, se frotó las manos, se estiró, arqueó la espalda, ejercitó los dedos, se golpeó los ojos, fue al retrete y se lavó las manos con magnífica agua caliente.

Cuando volvió a la habitación 218, las compresas que cubrían el cuerpo del señor Grigio estaban calientes, demasiado calientes. Furiosamente, humedeció otras nuevas y se las aplicó, metiendo las usadas en el cuenco.

El señor Grigio gimió, y Adam le respondió también con un gemido.

—¿Se ha pasado aquí toda la noche? —preguntó Meomartino.

Adam no contestó.

—Santo cielo, es evidente que usted haría cualquier cosa por un café.

Aunque el jefe del servicio de Cirugía se encontraba a su lado, Adam oía la voz como si le llegara por teléfono.

«Es ya de madrugada», pensó.

El señor Grigio aún respiraba.

—Venga, váyase de una vez a dormir.

—¿Hay alguna enfermera? —preguntó.

—Ya buscaré yo a alguien, doctor Silverstone —dijo la señorita Fultz.

Adam no la había visto; estaba junto a la entrada.

Se levantó.

—¿Mando que le suban algo para desayunar? ¿O café? —preguntó la señorita Fultz.

Él movió negativamente la cabeza.

—Vamos, yo voy con usted —dijo Meomartino.

Al entrar en el ascensor volvió a oírse la voz de la señorita Fultz:

—¿Tiene algo especial que mandar, doctor Silverstone?

Él denegó con la cabeza.

—Despiérteme si empeora.

Notó que le era preciso hablar con gran cuidado.

—Me despertará a mí —dijo Rafe Meomartino, con irritación.

—Desde luego, doctor Silverstone. Que duerma bien, señor —dijo ella, como si Meomartino no existiera.

Meomartino le observó con cierta perplejidad mientras subían.

—¿Cuánto tiempo lleva aquí? ¿Seis, siete semanas? Ni meses siquiera. Y ya le dirige la palabra. A mí me costó años. Algunos no lo consiguen nunca. Seis semanas es el tiempo más corto que recuerdo.

Adam abrió la boca para decir algo, pero sólo consiguió bostezar.

Se hundió en el sueño a las siete y cuarto y despertó algo «después de las once y media. Alguien golpeaba su puerta. Meyerson, el conductor de ambulancias, estaba en la entrada, mirándole con amistoso desprecio.

—Doctor, recado de la oficina. No contestó usted cuando le llamaron.

Le dolía violentamente la cabeza.

—Entre —murmuró, frotándose las sienes—. Maldito Sueño.

Meyerson le miró con renovado interés.

—¿Sobre qué era?

Él y Gaby Pender habían muerto. Sencillamente habían dejado de vivir, pero sin ir a ninguna parte; él, concretamente no se había dado cuenta de ningún cambio, ni de vida eterna ni de falta de ella.

Meyerson le escuchó con interés.

—¿No soñó usted con números?

Adam movió negativamente la cabeza.

—¿Por qué le interesan los números?

—Es que soy místico.

¿Místico?

—¿Y qué pasa despúes de la muerte, Maish?

—¿Sabe bien usted el Talmud?

117

—¿El Antiguo Testamento?

Meyerson le miró extrañado.

—No, por Dios bendito. ¿A qué escuela hebrea fue usted?

—A ninguna.

El conductor de ambulancias suspiró.

—Yo no sé mucho, la verdad, pero esto sí que lo sé. El Talmud es el libro de las antiguas leyes. Dice que las almas buenas se sientan bajo el trono de Yavé —sonrió—. Me figuro que tendrá que ser un trono bien grande o que seremos muy pocos los buenos. Una cosa u otra.

—¿Y las almas malas? —preguntó Adam, contra su voluntad.

—Dos ángeles se hallan situados en extremos opuestos del mundo y juegan al escondite con los malos.

—Me está usted tomando el pelo.

—No, nada de eso. Les cogen a los pobres *momzers* y juegan al rugby con ellos.

Meyerson volvió a su recado.

—Escuche: dicen que tienen una llamada de Pittsburgh a cargo de usted. Que si la acepta. Llame a la centralita… —miró un papel que tenía en la mano— número… 284.

¡Dios santo!

—Gracias. ¡Eh! —le llamó—. ¿Tiene cambio?

—Sólo mi suerte.

—¿Cómo?

—El dinero de la apuesta, de jugar al póquer.

—Ah, ya, pero déjeme un poco.

Le alargó dos billetes y tomó el cambio.

—¿Sólo usted y la pájara en el sueño? ¿Seguro que no había números?

Adam dijo que no con la cabeza.

—O sea, dos personas. Apostaré al número 222. ¿Quiere que ponga medio dólar por cuenta de usted?

¡Vaya místico!

—No.

—¿Ni a 284, el número del teléfono?

—No.

Meyerson se encogió de hombros y se fue. A Adam le dolía

la cabeza y tenía la boca seca; se dirigió hacia el teléfono, en el pasillo de la entrada.

«Tarde o temprano tenía que ocurrir», se dijo.

«Por fin se habrá caído de un puente, o a lo mejor es que se ha tirado.

»O quién sabe si está en un hospital, completamente quemado como el señor Grigio, vaya usted a saber. Pasa constantemente; los chicos prenden fuego a los borrachos.»

Pero la llamada era de su padre, había dicho la telefonista. Introdujo las monedas.

—¿Adam? ¿Eres tú, hijo?

—Papá, ¿qué pasa?

—No, nada, que necesito doscientos machacantes. Querría que me los consiguieses.

Alivio e irritación, una especie de tira y afloja emotivo.

—Te di dinero la última vez que nos vimos. Por eso tuve que venir aquí sin un centavo. Tuve que pedir dinero prestado y todo un adelanto del sueldo del hospital.

—Ya sé que no lo tienes, por eso dije que me lo consigas. Hazme caso, pide otro adelanto.

—¿Para qué lo necesitas?

—Estoy muy malo.

Ahora todo parecía más fácil. Tenía forzosamente que estar borracho, porque, si no, no lo haría tan mal. Sereno, era astuto y peligroso.

—Vete al Colegio Médico y díselo a Maury Bernhardt, el doctor Bernhardt. Le dices que te mandé yo y que te dé el tratamiento que necesites.

—Necesito dinero, el dinero.

«Tiempo hubo —pensó Adam— en que habría empeñado lo que fuese por conseguírselo.»

—Ni un centavo más.

—Adam.

—Si te bebiste los doscientos dólares, y por la forma de hablar me parece que es precisamente lo que has hecho, serénate y busca trabajo. Te mandaré diez dólares para que no pases hambre.

—Adam, no me hagas esto a mí. Ten compasión… Hijo…

Los gemidos llegaron justo a tiempo.

Era inteligente; sabía echarse a llorar con sólo verse ante la realidad. Lo difícil era fingir igual de bien la risa.

Adam esperó a que pasase la tormenta, cediendo sólo levemente en su decisión.

—Cinco dólares más. Quince dólares, eso es todo.

Como no era él quien iba a pagar el teléfono, su padre se sonó tranquilamente las narices y cuando se volvió a oír su voz era de nuevo la de un caballero que habla con inferiores.

—Charlatán, me han hecho una oferta por tu colección.

—Papá…

Pero se contuvo y aguardó, receloso.

> Siento que seas más prudente,
> siento que seas más alto…

—¿Me entiendes?

Adam lo repitió.

—Justo —dijo Myron Silberstein, y colgó, el muy zorro, hábil para escabullirse.

Adam siguió allí, con el teléfono pegado a la oreja, sin saber si reír o llorar, con los ojos cerrados como defensa al persistente golpeteo de su dolor de cabeza, más y más violento. De pronto, se creyó asido por el ángel, levantado, arrojado a la oscuridad helada, cogido por las terribles manos que esperaban y vuelto a ser arrojado. Cuando volvió a colgar el teléfono llamó de nuevo inmediatamente, y Adam accedió a la petición de la telefonista: treinta centavos más.

Volvió a la cama, pero toda esperanza de sueño había desaparecido. No conocía la cita. Rindiéndose finalmente, se vistió y fue a la biblioteca del hospital, a ver si la encontraba. Era de un poema de Aline Kilmer, cuyo marido, Joyce, había sido asesinado en su juventud, y, sin duda, todavía atractivo. Eran cuatro versos:

> Siento que seas más prudente,
> siento que seas más alto;
> me gustabas más locuelo,
> y de menos estatura.

A pesar de todo, sintió como una puñalada, precisamente lo que su padre sabía que iba a sentir. «Debería olvidarme de él —pensó—, eliminarlo de mi vida.»

En lugar de esto, lo que hizo fue escribir una nota breve e incluir en el sobre los quince dólares; los envió con un sello de correo aéreo, robado del cuarto de las enfermeras, mientras Helen Fultz fingía no enterarse.

Gaby Pender.

Lo tenía como hipnotizado, con aquella piel atezada y la ciruela jugosa. Pensaba en ella constantemente, la telefoneaba con demasiada frecuencia. Ella le informó, contestando a su pregunta, que ahora había pasado al servicio médico de los estudiantes; el bulto había resultado no ser nada, ni bulto siquiera, nada más que músculo e imaginación. Aliviados, hablaban de otras cosas. Él quería volverla a ver, lo antes posible. Susan Garland se interpuso entre ambos al morir. Salvar la vida a Joseph Grigio no le excusaba de haber perdido la de Susan Garland: comprobó que en medicina no existen tales compensaciones.

Su moral se sintió como infectada por un cansancio espiritual que le asustaba, pero que no podía quitarse de encima. Quizás el miedo que sentía Gaby a la muerte le hubiera vuelto a él más sensible de lo que era prudente, se dijo. Y es que, por la razón que fuese, había descubierto en su interior un hondo pozo de furia ante su propia impotencia en la lucha por poner coto a tal desperdicio de vidas humanas.

Por primera vez desde que salió del Colegio Médico se sentía invadido de dudas al ir a hacer sus visitas en la sala del hospital. Se sorprendía a sí mismo buscando confirmación en opiniones profesionales, vacilante ante la necesidad de tomar personalmente decisiones que pocas semanas antes no le habrían intimidado en absoluto.

Dirigió su cólera contra sí mismo, encontrando mal todo lo que se refería a Adam Silverstone.

Por ejemplo, su cuerpo.

Los viejos días deportivos habían terminado, pero aún se sentía joven, se dijo, irritado, al mirarse en el espejo y pensar en los gusanos blancos y fofos que su tío Frank solía sacar con la azada en primavera, cuando removía la tierra para plantar tomates en el jardín.

Cuando se quedaba en paños menores y se miraba se notaba una suave redondez en el vientre, parecida a la de las mujeres en sus primeros meses de embarazo.

Compró zapatillas y ropa de gimnasia en la Cooperativa de Harvard y comenzó a hacer carreras periódicas, media docena de veces, en torno al edificio, cuando terminaba su turno de trabajo. Por la noche, la oscuridad le proporcionaba la soledad que deseaba, pero, cuando corría por la mañana, tenía que pasar a veces por la carrera de baquetas de las risas de las enfermeras.

Una mañana, un muchacho de color, que debía de tener seis o siete años, le miró desde la cuneta:

—Pero ¿quién le persigue? —preguntó, sin alzar la voz.

La primera vez, conteniendo la irritación, Adam no contestó. Pero cuando se repitió la pregunta una y otra vez siempre que pasaba a su lado, comenzó a responder con semiconfesiones:

—Susan Garland.

»Myron Silberstein.

»Spurgeon Robinson.

»Gaby Pender.

Sentía como la necesidad de responder sinceramente a la pregunta. Por lo tanto, al pasar ante él por sexta y última vez, con las piernas doloridas y los brazos al aire, le gritó al muchacho negro, por encima del hombro:

—¡Me persigo a mí mismo!

Por la mañana discutieron el caso de Susan Garland, y Adam descubrió algo nuevo sobre la Conferencia de Mortalidad.

Descubrió que cuando estaba uno directamente relacionado con un caso sometido a examen, el Comité de la Muerte cambiaba súbitamente de fisonomía.

Era como la diferencia que hay entre jugar con un gato doméstico y jugar con un leopardo.

Tomó un café, que inmediatamente le produjo una sensación de acidez en el estómago mientras Meomartino exponía los detalles del caso, y luego el doctor Sack leía el informe de la autopsia.

La autopsia había puesto de manifiesto que el riñón trasplantado estaba perfectamente, lo cual confirmó inmediatamente la inocencia de Meomartino.

Tampoco se había producido problema alguno con la anastomosis o algún otro de los factores que formaban parte de la técnica de trasplante del doctor Kender.

«Así que no quedo más que yo», pensó Adam.

—Doctor Silverstone, ¿a qué hora la examinó usted por última vez? —preguntó el doctor Longwood.

Se dio cuenta súbitamente de que los ojos de todos los allí presentes estaban fijos en él.

—Poco antes de las nueve —dijo.

Los ojos del viejo parecían más grandes que de costumbre porque la pérdida de peso volvía sus largas y feas facciones casi cadavéricas.

El doctor Longwood, pensativo, se pasó los dedos por el ralo y blanco pelo.

—¿No había síntomas de infección?

—Ninguno, en absoluto.

El doctor Sack carraspeó.

—La hora carece de importancia. Debió de desangrarse en relativamente poco tiempo. Una hora y media, probablemente.

El doctor Kender sacudió la ceniza del cigarrillo.

—¿Se quejó de algo?

«Quería lavarse el pelo», pensó Adam, estúpidamente.

—Malestar general —dijo— y dolores abdominales.

—¿Qué síntomas mostraba?

—Tenía el pulso algo más rápido. La tensión era antes más alta, pero cuando se la tomé parecía normal.

—¿Y qué dedujo usted de esto? —preguntó el doctor Kender.

—En aquel momento lo consideré un síntoma favorable.

—¿Y qué deduce ahora, sabiendo lo que sabe? —dijo el doctor Kender sin animosidad.

Se comportaban con ponderación; quizá fuera indicio de que le tenían aprecio. A pesar de todo, sentía náuseas.

—Supongo que ya estaría perdiendo sangre cuando yo la examiné, lo que explicaría la baja tensión sanguínea.

El doctor Kender asintió.

—Es decir, que no había observado usted a suficiente número de pacientes de trasplantes; de eso nadie puede echarle la culpa —dijo, moviendo la cabeza—, pero querría dejar bien en claro que, en el futuro, cuando note en alguno de mis pacientes algo que usted no se explica, tiene que advertir inmediatamente a alguien de mi equipo. Cualquier cirujano externo de este servicio se habría dado cuenta inmediatamente de lo que estaba ocurriendo. Hubiéramos podido practicar una transfusión de sangre, tratar de anastomosar la arteria, bajar la presión renal y atiborrarla de antibióticos. Aun en el caso de que el riñón hubiese quedado inservible siempre había la posibilidad de extraerlo.

«Y Susan Garland aún estaría viva», pensó Adam. Ahora se daba cuenta de que había estado viviendo con la convicción subconsciente de que aquella noche debía haber llamado a algún cirujano externo. Por eso precisamente había consultado tanto últimamente, incluso sobre cosas de pura rutina.

Asintió, mirando a Kender.

El especialista en trasplantes suspiró.

—Este fenómeno del rechazo sigue siendo el principal problema. Sabemos de mecánica de trasplante lo suficiente para trasplantar físicamente lo que sea: corazones, miembros, rabos de perro. Pero cuando los anticuerpos del paciente se ponen en funcionamiento y rechazan el trasplante, empiezan los problemas. Para contrarrestar esto envenenamos el sistema con sustancias químicas y dejamos al paciente expuesto a la infección.

—Cuando lleve a cabo el trasplante siguiente, el riñón de la señora Bergstrom, ¿piensa usted usar dosis más ligeras de medicamentos? —preguntó el doctor Sack.

El doctor Kender se encogió de hombros.

—Tendremos que volver al laboratorio. Estudiaremos mejor la cosa con animales y luego decidiremos.

—Volviendo al caso Garland —dijo, con aplomo, el doctor Longwood—, ¿cómo clasificarían ustedes esta muerte?

—Yo, evitable —respondió el doctor Parkhurst.

—Evitable —repitió el doctor Kender, dando una chupada al puro.

—Lo mismo —dijo el doctor Sack.

Cuando le tocó el turno a Meomartino tuvo el buen gusto de limitarse a asentir en silencio.

El viejo miró a Adam con sus grandes ojos.

—En este servicio de Cirugía, doctor Silverstone, siempre que un paciente fallece por pérdida de sangre se da por supuesto que su muerte pudo haber sido evitada.

Adam volvió a asentir. No valía la pena decir nada.

El doctor Longwood se levantó. La sesión había terminado.

Adam echó hacia atrás la silla y salió a toda prisa de la estancia.

Cuando aquella tarde terminó el servicio, buscó al doctor Kender, que se hallaba en el laboratorio de animales, comenzando con perros una nueva serie experimental de medicamentos.

Kender le saludó afablemente:

—Acerque una silla, amigo. Parece que ha sobrevivido usted a su bautismo de fuego.

—Un poco chamuscado —dijo Adam.

El viejo se encogió de hombros.

—Se merecía un poco de chamusquina, pero fue un error que cualquiera de nosotros habría cometido, dada la falta de experiencia en cuestiones de trasplantes. Usted va bien, sé de buena tinta que el doctor Longwood tiene interés por usted.

Adam sintió como cosquillas de alivio y satisfacción.

—Claro es que eso de poco le serviría a usted si comenzase a hacer apariciones periódicas por la Conferencia de Mortalidad —dijo Kender, pensativo, tirándose de la oreja.

—No me ocurrirá eso.

—No, también lo creo yo. Bueno, ¿en qué puedo servirle?

—Pienso que me convendría aprender algo sobre esta parte del problema —respondió Adam—. ¿Puedo hacer algo aquí?

Kender le miró con interés.

—Cuando lleve usted aquí el tiempo que llevo yo, aprenderá a no decir que no a nadie que se ofrezca voluntario a trabajar. —Se dirigió a un armario y sacó una bandeja llena de botellines—. Catorce fármacos nuevos: los recibimos por docenas de la gente que estudia el cáncer. En todo el mundo, los especialistas están desarrollando sustancias químicas nuevas en la lucha contra el cáncer. Hemos comprobado que la mayor parte de los agentes que son efectivos contra los tumores lo son también para combatir la tendencia del cuerpo a rechazar o boicotear tejidos extraños. —Seleccionó dos libros del estante y se los tendió a Adam—. Si realmente le interesa el tema, lea estos libros, y luego vuelva por aquí.

Tres tardes después Adam estaba de nuevo en el laboratorio de animales, esta vez para ver a Kender trasplantar un riñón canino y también para devolver los dos libros y tomar prestado un tercero. Su visita siguiente fue demorada por la codicia y la oportunidad de vender su tiempo libre en Woodborough. Pero una semana más tarde fue al laboratorio y abrió la puerta vieja, de pintura desportillada. Kender le saludó tranquilizadoramente, le ofreció café y charló con él sobre una nueva serie de experimentos con animales que quería iniciar.

—¿Comprende todo esto? —le preguntó por fin.

—Sí.

Sonrió y cogió el sombrero.

—Pues entonces al pelo. Voy a casa a darle un susto a mi mujer.

Adam le miró.

—¿Quiere que comience yo solo?

—¿Por qué no? Un estudiante de medicina llamado Kazandjian estará aquí dentro de media hora. Trabaja de técnico y sabe dónde está todo —cogió un cuaderno de notas del estante y lo dejó sobre la mesa—; tome notas minuciosas. Si se confunde, eche una ojeada aquí, al programa, está detallado.

—Magnífico —dijo Adam, inquieto.

Se dejó caer en la silla, recordando que al día siguiente tenía que ir a atender la clínica de urgencia de Woodborough.

Pero cuando llegó el estudiante de medicina, Adam ya había leído cuidadosamente las notas del cuaderno. Allí, se sentía a gusto. Ayudó a Kazandjian a preparar a una perra pastor llamada *Harriet*, de pelo lustroso, ojos oscuros y muy mal aliento, y el animal le lamió la mano con la áspera y cálida lengua. Adam hubiera querido comprarle un hueso y llevársela a su cuarto del sexto piso, pero se acordó de Susan Garland, y en lugar de esto lo que hizo fue dominarse y someterla a una fuerte dosis de pentotal. La limpió y se dispuso a llevar a cabo la operación exactamente igual que si se tratase de un paciente humano; mientras Kazandjian preparaba a un pastor alemán llamado *Wilhelm*, él extrajo un riñón a *Harriet* y, al tiempo que Kazandjian trataba el riñón de *Harriet*, extrajo otro a *Wilhelm*, olvidando, a partir de aquel momento, que se trataba de perros. Las venas eran venas y las arterias eran arterias, y Adam sólo sabía que estaba realizando sus primeros trasplantes renales. Trabajaba con sumo cuidado y muy limpiamente, y cuando, por fin, *Harriet* se vio en posesión de un riñón de *Wilhelm* y *Wilhelm* tuvo uno de *Harriet*, ya era casi la una de la madrugada; sin embargo, Adam notaba el silencioso respeto con que le estaba mirando Kazandjian, lo que le agradó mucho más que si el estudiante hubiera expresado tal respeto con palabras.

Dieron a *Harriet* la dosis mínima de imurán, y a *Wilhelm* la máxima; no era uno de los nuevos agentes, que habían usado con Susan Garland, pero Kender quería estudiar primero los medicamentos ya conocidos para preparar el trasplante de riñón de la señora Bergstrom. Kazandjian hizo algunas preguntas inteligentes sobre la inmunosupresión, y después de poner de nuevo a los perros en sus perreras el estudiante hizo café en un mechero Bunsen, mientras Adam explicaba que los anticuerpos del sistema del paciente receptor son como soldados defensores que reaccionan igual que si el tejido trasplantado fuera un ejército invasor, y también que el medicamento inmunosupresor asesta un golpe contra las fuerzas defensoras para impedirles seguir contrarrestando la acción del órgano extraño.

Cuando Adam volvió a su cuarto eran ya casi las dos de la madrugada. Normalmente, habría caído en la cama como un muerto, pero, por la razón que fuese, el sueño parecía evitarle. Estaba nervioso e inquieto por la nueva experiencia de los trasplantes y obsesionado por una especie de necesidad de telefonear a Arthur Garland y pedirle perdón.

Por fin, ya después de las cuatro, se durmió. El despertador de Spurgeon Robinson le sacó del sueño a las siete. Había soñado con Susan Garland.

«Que te diviertas, guapa.»

Serían las ocho cuando decidió levantarse y hacer una carrera corta, tomando luego una larguísima ducha, combinación que, según había comprobado, le proporcionaba a veces descanso físico.

Se puso la ropa y las zapatillas de hacer gimnasia, y bajó a la calle y comenzó a correr. Cuando dio la vuelta a la esquina y penetró en el suburbio negro, vio al muchachito que había madrugado para escapar del tugurio en que vivía su familia.

El chico estaba sentado en el arroyo, jugando con polvo. Su rostro oscuro se iluminó al ver a Adam acercársele cansino.

—Pero ¿quién le persigue? —murmuró.

—El Comité de la Muerte —dijo Adam.

LIBRO SEGUNDO

Otoño e invierno

5

Rafael Meomartino

*E*l único ruido que llegaba del despacho de Rafe Meomartino procedía de la voz de la mujer y del canturrear del aire comprimido desangrándose por la tubería que seguía el perímetro de la pequeña estancia. El ruido constante le llenaba de una especie de nostálgica euforia, inexplicable, hasta que, una mañana, se dio cuenta de que era la misma sensación que había experimentado en otro mundo, en otra vida, sentado en el mirador de El Ganso de Oro, un club que era uno de los lugares adonde con más frecuencia iba su hermano Guillermo en el Prado, medio atontado por exceso de alcohol, mientras el cálido sol cubano raspaba quejumbroso las palmeras con un ruido muy parecido al que ahora oía por las tuberías de aire del hospital.

Ella parecía fatigada, pensó, pero era algo más que fatiga lo que acentuaba las diferencias en el rostro de ambas hermanas. La mujer de la habitación 211 tenía la boca suave, casi suelta, quizá ligeramente débil, pero al mismo tiempo muy femenina. La boca de su hermana gemela era... de «hembra», más bien que femenina, se dijo Meomartino. No había en ella debilidad alguna. Si aquellas facciones, como esculpidas, expresaban algo a través del maquillaje era una insinuación de frágil aplomo defensivo.

Mientras la observaba, los dedos de Meomartino tocaban los diminutos ángeles repujados en la pesada capa de plata del reloj de bolsillo que tenía sobre la mesa. Juguetear con aquel reloj era una de sus debilidades, un fetiche nervioso en el que caía solamente cuando se sentía inquieto. Al darse cuenta de ello, lo apartó de sí.

—¿Y dónde dimos por fin con usted? —preguntó.

—En Harold's, en Reno. Llevaba ya allí casi dos semanas.

—Hace tres noches estaba usted en Nueva York. La vi en el espectáculo de Sullivan.

Ella sonrió por primera vez.

—No, esa parte del espectáculo fue grabada hace varias semanas. Estaba trabajando, de modo que no tuve oportunidad de verlo.

—Fue muy bueno —dijo él, con sinceridad.

—Gracias.

La sonrisa apareció automáticamente, relució, y se fue como había venido.

—¿Cómo está Melanie?

—Necesita un riñón. —«Eso ya se lo había dicho el doctor Kender —pensó él— antes de que usted le diese a entender que probablemente no iba a ser uno de los suyos»—. ¿Tiene usted intención de permanecer en Boston una temporada?

Ella comprendió por dónde iba la pregunta.

—No estoy segura. Si tiene que ponerse en contacto conmigo, llámeme al Sheraton Plaza. Bajo el nombre de Margaret Weldon —añadió, como después de haberlo pensado—. Prefiero que no se entere nadie de que está allí Peggy Weld.

—Comprendo.

—¿Y por qué tiene que ser el mío? —preguntó.

—No es absolutamente necesario —dijo él.

Ella le miró, demorando la sensación de alivio.

—Podríamos trasplantar a la señora Bergstrom un riñón extraído a un cadáver, pero la coincidencia inmunológica no sería tan completa como el caso de usted y su hermana.

—¿Es porque somos gemelas?

—Si fueran ustedes gemelas idénticas, los tejidos coincidirían perfectamente. Pero, a juzgar por lo que nos ha contado Melanie, son ustedes gemelas fraternas. En este caso no será coincidencia tan completa, pero los tejidos de usted serían aceptados por el cuerpo de su hermana mejor que cualesquiera otros que pudiéramos encontrar —dijo, encogiéndose de hombros—. Las posibilidades de éxito serían mucho mayores.

—Una no tiene más que dos riñones.

—Hay quien tiene menos.

Ella quedó en silencio. Abrió los ojos y asintió con la cabeza.

—Para vivir, basta con un riñón. Mucha gente nace con un solo riñón y muere a edad muy avanzada.

—Y hay gente que ha dado un riñón y luego se les ha estropeado el otro y se han muerto —dijo ella—. No crea que no he hecho yo mis investigaciones.

—Eso es cierto —admitió Meomartino.

Ella cogió un cigarrillo del bolso y lo encendió, distraída, antes de que él pudiera ofrecerle fuego.

—No tenemos por qué quitar importancia a los riesgos. Ni siquiera podemos, sin faltar a la ética profesional, insistir en que usted dé el suyo. Es una decisión completamente personal.

—Hay muchas cosas que hay que tener en cuenta —dijo ella, fatigada—. Tengo que ir a la Costa Oeste a hacer una película sobre los buenos tiempos del jazz; es algo que lleva tiempo interesándome.

Esta vez él no dijo nada.

—No sabe usted lo que son a veces las relaciones entre hermanas —dijo ella—. Anoche, en el avión, estuve pensando mucho en ello —sonrió sin alegría—. Soy la mayor de las dos, ¿sabía usted esto?

Él sonrió y movió negativamente la cabeza.

—Diez minutos más que ella. Se diría que son diez años, a juzgar por la manera de portarse mi madre con nosotras. Melanie era la niña mimada, la del nombre bonito, y Margaret la hermana mayor, la de confianza. Toda nuestra vida he sido yo quien tuvo que cuidar de Melanie. Desde que teníamos dieciséis años ya cantábamos en cabarets donde nos daba miedo ir al retrete, y yo tenía que estar siempre pendiente de que Melanie no estuviese detrás del escenario con algún músico de tres al cuarto. Seis años vivimos así. Y después de una buena temporada con el programa de Leonard Rathbone, por televisión, empezamos a tener éxito. Contrató Blinstrub's, y nuestro agente presentó a mi hermana a su primo de Boston. Y así fue como terminó nuestro espectáculo fraternal.

Se levantó y fue a la ventana, poniéndose a mirar al aparcamiento.

—Le diré que me alegré por ella. Su marido es un sujeto simpático y sin imaginación. Universitario, se gana bien la vida. La trata como a una reina. El espectáculo, la verdad, me daba igual. Empecé de nuevo, cantando sola.

—Y ha tenido mucho éxito —dijo Meomartino.

—A pulso me lo he ganado. Tuve que empezar desde el principio, volver a los mismos tugurios, siempre de un sitio para otro. Tuve que ir los veranos a divertir a las fuerzas armadas a Groenlandia, a Vietnam, a Corea, a Alemania, y Dios sabe adónde más, esperando siempre que alguien se fijase en mí. Tuve que hacer muchas otras cosas —dijo, mirándole fríamente—. Usted es médico y no ignora que también las mujeres tienen vida sexual.

—No, eso ya lo sabía.

—Pues también tuve que aguantar muchas sesiones de una sola noche, porque nunca estaba en un sitio el tiempo suficiente para llegar a conocer mejor a nadie.

Él asintió, vulnerable, como siempre, ante una mujer franca.

—Finalmente tuve éxito y grabé un par de discos nuevos que gustaron mucho. Pero quién sabe qué tipo de discos pegarán el año que viene, o, puestos a eso, el mes que viene. Mi agente le dice a todo el mundo que tengo veintiséis años, pero la verdad es que tengo treinta y tres.

—Eso no es ser viejo.

—Sí que lo es para hacer la primera película. Y es ser demasiado vieja para tener gran éxito por primera vez en la televisión y los clubes. Mi tipo no va a durar eternamente y dentro de unos pocos años tendré arrugas en el cuello. Si no pego de verdad ahora, se acabó. Y viene usted y me dice que renuncie a un riñón. Me pide que le dé a mi hermana más de lo que jamás quise darle.

—No estoy pidiéndole que dé nada a nadie —le dijo Meomartino.

Ella aplastó la punta encendida del cigarrillo.

—Pues me alegro —dijo—, porque también yo tengo una vida que vivir.

—¿Querría verla?

Ella asintió.

Su hermana dormía cuando entraron en el cuarto.

—Es mejor no despertarla —dijo Meomartino.

—Me sentaré aquí a esperar.

Pero Melanie abrió los ojos.

—Peg —dijo.

—Hola, Melie. —Margaret se inclinó y la besó—. ¿Qué tal está Ted?

—Bien. ¡Qué estupendo despertarme y encontrarte aquí a mi lado!

—¿Y los dos jóvenes suecos?

—Estupendos. Te vieron en el programa de Sullivan. Estuviste realmente magnífica. No sabes lo orgullosa que me sentía de ti. —Miró a su hermana y se incorporó en la cama—. No, Peg, no te sacrifiques.

Estrechó en sus brazos a su hermana gemela y le acarició el cabello.

—Por favor, Peggy, querida Peggy, no lo hagas.

Rafe volvió a su despacho. Se sentó a su mesa y trató de poner un poco de orden en sus papeles.

«No sabe usted lo que son a veces las relaciones entre hermanas.»

«Pero sí que sé lo que son a veces entre hermanos», pensó.

El aire comprimido seguía gimiendo por las tuberías. A pesar de sí mismo, su mano fue hacia el reloj de bolsillo y sus dedos tocaron nerviosamente los ángeles repujados en la plata deslustrada de la tapa; lo cogió, lo abrió y miró las anticuadas cifras romanas, y vio en ellas cosas que no quería recordar.

La pauta se había fijado teniendo Rafael cinco años y Guillermo siete.

Leo, el factótum de la familia, un espécimen humano, grandote y torpón, que le quería entrañablemente, trató de explicárselo un día en que había sorprendido a Rafael dispuesto a tirarse de una ventana del segundo piso equipado con alas de papel que Guillermo le había atado a los hombros.

—Tu hermano, ese pobre desgraciado, será tu ruina, y que me perdone tu madre —dijo Leo, escupiendo por la ventana abierta—. Nunca le hagas caso; acuérdate de lo que estoy diciendo.

Pero la verdad era que a Guillermo daba gusto oírle hablar.

Unas semanas después:

—Tengo una cosa —le dijo.

—A verla.

—Es un sitio.

—Llévame a verlo.

—Es un sitio para chicos grandes. Tú todavía te lo haces en los pantalones.

—No es verdad —dijo Rafael aceloradamente, temeroso de echarse a llorar.

En aquel mismo momento sintió una presión en la ingle, y recordó que tres días antes, sin ir más allá, no había conseguido llegar a tiempo al retrete.

—Es un sitio estupendo. Pero no me parece a mí que seas tú bastante mayor para que te lleve. Si te lo haces allí en los pantalones, la vieja que cuida el sitio te muerde. Se convierte en el animal que quiere. Y entonces se acabó.

—Te ríes de mí.

—No, de verdad. Es un sitio estupendo.

Rafael guardó silencio.

—¿La viste tú? —preguntó por fin.

—Yo nunca me lo hago en los pantalones —dijo Guillermo, mirándole hoscamente.

Jugaron, y al cabo de un rato fueron al cuarto de sus padres. Guillermo se puso en pie sobre la cama para llegar al cajón superior de la mesa y sacó una caja de terciopelo negro donde su padre dejaba todas las noches el reloj y lo volvía a coger por las mañanas.

La abrió y luego la cerró de golpe, volvió a abrirla y nuevamente la cerró de golpe; era un ruido que le gustaba.

—Te van a castigar —dijo Rafael.

Guillermo hizo un ruido grosero.

—Puedo tocarla porque va a ser mía.

En la familia aquel reloj pasaba del padre al hijo mayor como ya habían explicado a los dos hermanos. A pesar de todo, Guillermo puso de nuevo la caja en el cajón y volvió a su cuarto, con Rafael en pos de él.

—Llévame, Guillermo, por favor.

—¿Y qué me das?

Rafael se encogió de hombros. Su hermano escogió los tres juguetes que sabía que le gustaban más a él: un soldado rojo, un libro de estampas sobre un payaso triste, y un osito de trapo llamado Fabio, jorobado por lo mucho que lo apretaba Rafael al dormir con él todas las noches.

—No, el oso no.

Guillermo le dirigió una mirada dura como el mármol y accedió.

Aquella tarde, cuando tenían que dormir la siesta, Guillermo le llevó por un camino que cruzaba el bosquecillo de raquíticos pinos, detrás de la casa. Tardaron diez minutos, siguiendo el viejo y zigzagueante camino, en llegar a un pequeño claro. El ahumadero era una gran caja sin ventanas. Las maderas, sin pintar, estaban blanqueadas por el sol y plateadas por las lluvias.

Dentro, reinaba la oscuridad.

—Anda, entra —le instó Guillermo—. Y te seguiré.

Pero en cuanto entró, dejando a sus espaldas el mundo luminoso y verde, la puerta se cerró de golpe y oyó el *clic* del cerrojo al caer.

Rompió a llorar a gritos.

Un momento después se calló.

—Guillermo —dijo, riendo—, no me tomes el pelo.

Ya cerrara los ojos o los abriese, la luz seguía ausente de sus párpados. Sombras purpúreas le rodeaban, le atacaban, le penetraban, formas que no querían reconocer el color de la sangre del gran cerdo que habían colgado allí dentro. Varias veces su padre le había llevado al matadero y recordaba los olores y la sangre y los gruñidos y los ojos enloquecidos.

—Guillermo —gritó—, te doy a Fabio.

El silencio era negro.

Se tiró llorando contra la pared, chocando inesperadamente con un muro invisible que se había imaginado a unos metros de distancia. Sintió un gran dolor en la nariz. Las rodillas se le doblaron y un clavo saliente le desgarró la mejilla penetrándole casi en el ojo derecho. Algo húmedo le cubría el rostro, doliéndole, doliéndole; y en la comisura de la boca sintió sabor a sal. Hundiéndose en la frescura del duro suelo de tierra apisonada, notó una suave y cálida sensación que crecía, un gotear aterrorizado por el interior de los muslos.

En la oscura esquina se oyó crujir de hojas y algo pequeño que se escabullía.

—Seré grande, seré grande —gritaba Rafael.

Cinco horas después, cuando los que le buscaban habían gritado su nombre pasando una y otra vez junto al ahumadero alguien, el factótum Leo, había tenido la idea de abrir la puerta y mirar en el interior.

Aquella noche, tranquilo, tiernamente bañado, la herida del rostro suturada y la nariz grotesca, pero bien atendida, Rafael se durmió en brazos de su madre.

Leo había dicho que el ahumadero estaba cerrado por fuera. Fabio fue descubierto en la cama del secuestrador, y Guillermo confesó y fue debidamente azotado. A la mañana siguiente se presentó ante su hermano y pronunció un elocuente y contrito discurso de excusas. Diez minutos después, ante el asombro de sus padres, los dos muchachos estaban jugando juntos y Rafael reía por primera vez en veinticuatro horas.

Pero su coeficiente de inteligencia era de 147 puntos, e incluso a los cinco años era ya lo bastante inteligente para darse cuenta de que acababa de aprender algo.

Su vida se regía por la necesidad de evitar a su hermano.

Los Meomartino estudiaban en el extranjero; cuando Guillermo fue elegido para ir a la Sorbona, Rafael, un año más tarde, entró en Harvard, de estudiante de primer curso. Durante cuatro años compartió su cuarto con un muchacho de Portland, Maine, llamado George Hamilton Currier, imberbe y áspero heredero de una fortuna basada en latas de conserva de alubias cocidas al horno, producto que se encontraba invariablemente en tres de cada diez alacenas familiares norteamericanas. Currier *el Alubiero*, como le llamaban, fue quien le dio el primero y único apodo que tuvo en su vida: Rafe, y quien le expuso una y otra vez las glorias de la carrera de medicina. Guillermo había decidido estudiar Derecho en la Universidad de California, pues era tradicional en los Meomartino prepararse para profesiones liberales, aunque luego se pasasen la vida dedicados a los negocios azucareros de la familia y no las ejerciesen. Cuando Rafe salió de Cambridge con excelentes notas, decidió, casi sin darse cuenta, estudiar medicina en Cuba. Su padre había muerto de un ataque cardíaco varios años antes. El mundo de su madre, que siempre había girado en torno al cálido cariño de su marido se mantenía ahora estable gracias a una órbita parecida, sólo que en torno a su hijo menor. Era una mujer bellísima, de dulce sonrisa, pero como acosada, una dama cubana chapada a la antigua, cuyas manos largas y finas hacían encaje con consumada pericia, pero, al mismo tiempo, lo bastante moderna para coleccionar pintura abstracta e ir inmediatamente al médico familiar cuando descubrió que tenía un bulto en el pecho derecho. La terrible palabra no volvió a ser mencionada en su presencia. El pecho le fue amputado rápida y cortésmente.

Los años de Rafe en la Facultad de Medicina de la Universidad de La Habana fueron buenos, esa clase de tiempo que nunca amenaza dos veces una misma vida, combinación de juventud e inmortalidad, y de certidumbre en todo cuanto se cree. Desde el principio, el olor del hospital se le subió a Rafe a la cabeza más que el aroma empalagosamente dulce del gabazo de la caña de azúcar. Había una chica, compañera de estudios, llamada Paula, pequeña, oscura y cálida, con dientes ligeramente salientes y piernas no ciertamente perfectas, pero dotada de una grupa piriforme y un apartamento situado cerca de la universidad, a lo que había que añadir profundos conocimientos en el arte del control de la natalidad. En cuanto alguien mencionaba a Batista, Paula se irritaba y perdía interés, por lo que Rafe aprendió enseguida a no tocar ese tema, cosa, por otra parte, nada difícil. En ocasiones, llegaba al apartamento de Paula y encontraba un grupo de poca gente, nunca más de media docena, hombres y mujeres, que se sumían en un extraño silencio en cuanto él entraba en la estancia, en vista de lo cual se iba como había venido, jovial y rápidamente.

A Rafe le tenían sin cuidado las intrigas que en su ausencia, tejiera Paula en sus sesiones secretas; por el contrario, la intriga añadía un ingrediente más a aquella especia llamada Paula. Aparte de que en Cuba había reuniones secretas desde siempre, de modo que ¿por qué inquietarse? Soñar y tejer complots, a favor de futuros que nunca se hacían realidad era parte del ambiente, como el sol, los amantes sobre la hierba, el Jai Alai, las riñas de gallos, las manchas misteriosas que quedaban en las aceras de mármol del Prado cuando pisaba uno los arándanos azul claro que caían de los árboles podados… Él se ocupaba de sus cosas y a nadie se le ocurría invitarle a aquellas reuniones, sobre todo teniendo en cuenta que era un Meomartino, familia que, a pesar de los inevitables y periódicos cambios de Gobierno, enriquecía a los detentadores del poder.

Guillermo volvió a casa estando Rafael ya en el último curso de medicina, el año de internado en el Hospital Universitario General Calixto García. Carlos colgó su diploma de abogado en la pared de una oficina del trapiche y se pasaba el tiempo fingiendo preparar estadísticas y gráficos sobre la relación entre la caña de azúcar y la melaza. Con frecuencia le temblaba la pluma en la mano por culpa de su apasionada predilección por las bebidas alcohólicas doble y hasta triplemente destiladas, tanto nacionales como importadas. Rafael le veía muy poco; el internado le ocupaba todo el tiempo, y los días pasaban entre el calor del exceso de trabajo, el exceso de enfermos y la escasez de médicos.

Dos días después de recibir el grado de doctor en medicina, su tío Erneido Pesca fue a verle. El hermano de su madre era un hombre alto, delgado, de talante militar, bigote que fue gris en otros tiempos, rostro pequeño y arrugado y con predilección por los puros Partagás y los trajes de hilo blanco bien planchados. Se quitó el jipijapa dejando al descubierto la melena de un gris acerino, suspiró, pidió una copa, o sea, un vaso de ron, y miró con aire desaprobador a su sobrino, que estaba sirviéndose un whisky escocés.

—¿Cuándo entrarás en la empresa? —le preguntó, por fin.

—Yo pensaba —respondió Rafael— que quizá fuera mejor dedicarme a la medicina.

Erneido suspiró.

—Tu hermano —dijo— es un tonto y un mequetrefe disoluto. Algo peor, quizá.

—Ya lo sé.

—Entonces, tienes que entrar en la empresa. Yo no voy a ser eterno.

Discutieron en voz baja, pero acaloradamente.

Finalmente, llegaron a una componenda. Rafael tendría su despacho junto al de Guillermo, en el trapiche. También dispondría de un laboratorio en el Colegio Médico. De eso se encargaría Erneido. Tres días a la semana en el trapiche, dos días a la semana en el Colegio Médico; esto es todo lo que cedió Erneido, cabeza de familia sucesor de su padre.

Rafael accedió con resignación. Era más de lo que había esperado.

El decano, veterano académico hábil en la adquisición de fondos y legados, le mostró personalmente el grande, pero astroso, laboratorio, lleno de aparatos suficientes para tres investigadores en vez de uno, y se lo entregó a Rafael junto con el título de ayudante de investigación.

Se sintió orgulloso de poder mostrar su laboratorio a Paula, como un niño pequeño con un juguete nuevo. Ella le miró sorprendida.

—Nunca me hablaste de investigaciones —dijo—. ¿A qué viene ahora todo este interés por investigar?

Paula tenía ya un cargo en el servicio de Sanidad del Gobierno e iba a ser nombrada inspectora en una pequeña aldea de la provincia de Oriente, en Sierra Maestra.

«Porque estoy hasta las mismísimas narices de gabazo, porque no quiero ahogarme en azúcar», pensó él.

—Es que es necesario —dijo, sin convencerse ni a sí mismo ni a ella.

En el laboratorio contiguo había un bioquímico llamado Rivkind, que había venido a Cuba, procedente del estado norteamericano de Ohio, con una pequeña beca de la Fundación contra el Cáncer. La razón de que siguiese allí, confesó a Rafael, era que resultaba más barato vivir en La Habana que en Columbus. La única cosa que inducía a Rivkind a conversar era la posibilidad de quejarse amargamente de que la universidad no quería comprarle un pequeño centrífugo de doscientos setenta dólares. Rafe tenía uno en su laboratorio nuevo y le daba reparo confesarlo. No llegaron a ser amigos. Cada vez que Rafe entraba en el atiborrado cubículo de Rivkind, el norteamericano parecía estar trabajando.

Desesperado, Rafe decidió trabajar también.

Se hizo escritor, escribió una lista:

Leptospirosis, una tremenda lata.
Lepra, una lata astrosa.
Ictericia, una condenada amarilla.
Malaria, una cosa que da sudor.
Otras enfermedades febriles, muchos problemas calenturientos.
Elefantiasis, un problema enorme.
Enfermedades disentéricas, mucha mierda.
Tuberculosis, ¿podemos hincarle el diente?
Parásitos, viven de la grasa ajena.

Llevó la lista en el bolsillo durante varios días, sacándola para leerla una y otra vez, hasta que quedó ilegible.

¿En qué problema concentrar primero la atención?

Se convirtió en lector. Reunió grandes montones de libros, y los lunes y martes de cada semana los pasaba sentado en su laboratorio particular, rodeado de pilas de volúmenes, leyendo y tomando numerosas notas, algunas de las cuales conservó. Los miércoles, jueves y viernes iba a la oficina del trapiche, donde acopiaba otro tipo de literatura: *Pythium Root Rot and Smut in Sugar Cañe, The Genesis and Prevention of Chlorotic Streak**, informaciones sobre el mercado, folletos del Departamento norteamericano de Agricultura, tratados de ventas, memorándums confidenciales, toda una biblioteca azucarera amorosamente reunida para él por el tío Erneido. Esto lo leía con menos interés. A la tercera semana ya había renunciado por completo a la literatura azucarera; llevaba algún libro médico al trapiche en la cartera de negocios y leía como un ladrón, a puertas cerradas.

Con frecuencia, al finalizar la tarde, se oía un suave arañazo en la puerta.

—Oye, salimos esta noche a ver si tenemos suerte —le decía Guillermo con voz ya ronca a causa del whisky.

* «Añublo y corrosión de la raíz de pitio en la caña de azúcar, génesis y prevención de la tendencia clorótica.» *(N. del T.)*

Esta invitación se repetía con frecuencia y Rafe la rehusaba invariablemente, pensaba él, con afecto fraterno. ¿Podría Pasteur haber llegado a ser nada menos que el fundador de la microbiología, o Semmelweis liberar a los niños de la fiebre puerperal, o Hipócrates escribir el condenado juramento, si se hubieran pasado la vida contando los minutos que faltaban para salir del laboratorio y dedicarse a la juerga? Él se pasaba las veladas en el laboratorio enredado, practicando, rompiendo retortas de cristal, cultivando mohos o mirándose las pestañas en el espejo del microscopio.

Una tarde, Paula vino a La Habana, procedente de su aldehuela de Sierra Maestra, donde estaba destinada como inspectora de Sanidad.

—¿En qué trabajas ahora? —le preguntó.

—Lepra —dijo él, sin pensarlo.

Ella le sonrió con escepticismo.

—No pienso volver a La Habana en mucho tiempo —le dijo.

Él comprendió que estaba despidiéndose.

—¿Tantos enfermos dependen de ti?

Esta idea le llenaba de envidia.

—No es eso, es una cosa personal.

¿Personal? ¿Qué era personal? Los dos hablaban de su menstruación como quien discute de fútbol. Lo único realmente personal en la vida de Paula era la política. Fidel Castro andaba por aquellas montañas, Dios sabía dónde, armando jaleo.

—No te metas en ningún lío —dijo Rafael, alargando la mano para tocarle el pelo.

—¿Te preocuparía?

Los ojos de ella le sorprendieron al arrasarse en lágrimas.

—Naturalmente —respondió él.

Dos días más tarde, Paula había desaparecido de su vida. No volvería a pensar seriamente en ella hasta la única otra vez en que volvió a oír su voz.

Como le había dicho que iba a dedicarse a la lepra pasó mucho tiempo leyendo el *Index Medicus,* compiló largas listas de material básico de investigación, acopió nuevos montones de revistas de la biblioteca y se preparó para nuevas sesiones de lectura intensiva.

No le condujo a nada.

Se limitó a seguir pasando el tiempo en su lujoso laboratorio viendo las motas de polvo flotar en el aire encauzadas por el sol, que caía de lado desde las ventanas algo sucias, y tratando de confeccionarse un programa de investigación.

Si le hubiera sido posible planear algo malo, no se habría sentido tan asustado.

De todo aquello no sacó nada en limpio.

Finalmente, exorcizó sus temores. Contempló su reflejo en el espejo, crítica pero imparcialmente, confesándose por primera vez que aquello que tenía delante no era un investigador.

Fue de un extremo a otro del pasillo, subió y bajó por los tres pisos del edificio, a veces casi corrigiendo, y lo repartió todo convertido en el Papá Noel de la medicina moderna: sus aparatos portátiles, todas las retortas, todas las reservas de material sin usar. Cogió el centrífugo y lo llevó al pequeño laboratorio de Rivkind. El microscopio, objeto útil en centros de asistencia médica, fue cuidadosamente empaquetado y enviado a Paula a las inhóspitas montañas, donde en realidad estaba ejerciendo de médico. Luego dejó la llave, junto con una breve, pero agradecida carta de dimisión, en la estafeta del decano, y se fue de aquel edificio con el corazón goteando amargas y doloridas gotas, casi visibles.

Así pues.

Después de todo, no iba a ser investigador médico.

Haría caso de los genes paternos y se convertiría en azucarero.

Comenzó a ir a diario a su despacho de la Central.

Siempre a la izquierda del tío Erneido, con Guillermo a la derecha, presidía reuniones, conferencias de producción, alquileres, abrogaciones de contratos, sesiones de programación, consultas sobre cargamentos y envíos.

Ya no era un muchacho que juega a ser hombre de ciencia.

Ahora era, y bien lo sabía él, un muchacho que jugaba a ser un hombre de negocios.

Todas las tardes, cuando salía de la oficina, se metía en algún club al que, poco después, llegaba Guillermo, según acuerdo previo, con las mujeres, casi siempre semiprofesionales, pero, a veces, como a modo de aperitivo, no. Cuando cruzaban la estancia hacia donde estaba él sentado esperando, Rafe trataba de adivinar cuándo lo eran y cuándo no, y con frecuencia se equivocaba. Unas, clasificadas por él como prostitutas, resultaron ser un par de maestras de escuela de Flint, Michigan, que querían sentirse culpables y utilizadas.

Pronto se dio cuenta de que Guillermo era de segunda fila, tanto en esta cuestión como en otras. Los cuatro iban a locales chabacanamente malditos, antros de sexualidad, centros de drogas, lugares comunes que los habaneros mundanos y conocedores despreciaban y calificaban de trampas para turistas yanquis tímidos, admiradores de Hemingway. Rafe se daba cuenta de que iba hacia un futuro absurdo. Se veía a sí mismo diez años más tarde, con los ojos mate, indiferente, chupando del azúcar y cambiando chistes verdes con Guillermo en los bares del Prado. Y, sin embargo, se sentía curiosamente incapaz de salir de aquel ambiente, como si fuera una figura hindú petrificada contra su voluntad, parte de un friso obsceno, maldiciendo al escultor.

Más tarde, no le cupo nunca la menor duda de que quien le salvó de todo aquello fue Fidel Castro.

Durante un par de días todo el mundo se encerró en casa. Hubo algún incidente lleno de ortodoxo puritanismo, algún saqueo en lugares como el Casino Deauville, donde Batista tenía porcentaje en las ganancias de los tahúres norteamericanos.

Los hombres de Castro estaban por todas partes, llevando diversas variantes de ropa sucia. Sus uniformes eran brazales rojinegros con la leyenda «26 de julio», fusiles cargados y las barbas que daban a algunos de ellos cierto parecido con Cristo, pero otros parecían chivos. Los pelotones de ejecución comenzaron a actuar en el Palacio de Deportes de La Habana, y trabajaban a diario, a veces haciendo horas extraordinarias.

Una tarde, sentado en el semidesierto Jockey Club, Rafe fue llamado al teléfono. No había dicho a nadie dónde estaba. Alguien tuvo que haberle seguido.

—Diga.

Al otro extremo de la línea, una mujer dijo ser «una amiga». Inmediatamente reconoció la voz de Paula.

—Ésta es buena semana para viajar.

«Niños que juegan al melodrama», pensó. Pero, contra su

145

voluntad, sintió el beso suave del miedo. ¿Qué habría oído?

—¿Mi familia?

—También, lo mejor es un viaje largo.

—¿Con quién hablo? —preguntó, solícito.

—No haga preguntas. Ah, otra cosa: los teléfonos de su casa están intervenidos, y también los de la oficina.

—¿Recibiste el microscopio? —preguntó, poniendo fin a su solicitud.

Ella estaba llorando angustiadamente, intentando hablar.

—Te quiero —dijo él, odiándose a sí mismo.

—Embustero.

—No —mintió.

Colgaron. Rafe permaneció allí un rato más, con el auricular en la mano, sintiéndose entumecido y agradecido, preguntándose qué le habría dado a Paula, cuando había procurado mantenerla al margen de sus necesidades. Luego colgó y corrió a ver a su tío.

Aquella noche no durmieron. No podían llevarse consigo la tierra, los edificios, la maquinaria, los largos y hermosos años. Pero había valores negociables, joyas y los cuadros más valiosos de su madre, lo mismo que dinero en efectivo. Como Meomartino, iban a ser pobres, pero para cualquier otro nivel vivirían holgadamente.

El bote que consiguió Erneido no era un simple pesquero, sino una lancha motora, de diecisiete metros de eslora, con motores Diesel gemelos, tipo 320, de la General Motors, cuarto de estar, salón alfombrado y cocina. Al arrancar de la playa, en Matanzas, a medianoche del día siguiente, Rafe dio a su madre grano y medio de nembutal. Durmió como un lirón.

Él y su madre sólo pasaron diez días en Miami. Guillermo y el tío Erneido preparaban una campaña legal que, esperaban ellos, les permitiría, de alguna manera, conservar *in absentia* las propiedades de la familia Meomartino, e instalaron su cuartel general en dos habitaciones de la Holiday Inn. Para ellos, la idea de Rafe de irse al Norte era una aberración pasajera.

A su madre, el viaje en tren hasta Boston, en el East Coast Champion, la distrajo. Fueron directamente al Ritz, respirando el aire aromado de limón de la primavera de Nueva Inglaterra. Durante varias semanas vivieron como turistas, viéndolo todo y disfrutándolo todo, mientras las energías de la madre se iban gastando como el serrín gotea de una muñeca con el talón perforado. Cuando comenzó a tener un poco de fiebre, Rafe le encontró un conocido especialista en cáncer en el Hospital General de Massachusetts y estuvo a su lado todo el tiempo, hasta que la fiebre cedió. Luego reanudó su búsqueda —¿búsqueda de qué?— sin ella.

Era un marzo fresco y cruel. A lo largo de la avenida de la República, las lilas y las magnolias estaban aún sin florecer, botones duros y menudos, pardos y negros, pero en los jardines públicos, al otro lado de la calle, frente al Ritz, parterres de tulipanes de invernadero lanzaban manchas de color contra el suelo aún sin despertar.

Rafe hizo una breve excursión a Cambridge y estuvo observando a los estudiantes de rosadas mejillas, algunos con barbas a la moda de Castro, y a los universitarios, con sus mochilas verdes llenas de libros, pero no sintió la impresión de haber vuelto al hogar.

Fue a ver a Beanie Currier, residente ahora de segundo curso en el Departamento de Pediatría del Hospital Infantil de Boston. Por intermedio de Beanie conoció a otros miembros del hospital, bebió cerveza con ellos en el bar de Jake Wirth y escuchó sus conversaciones. Se dio cuenta con alegría de que para él no había terminado la medicina, ni mucho menos. Comenzó a examinar el terreno desde el punto de vista de oportunidades de trabajo, despacio y cautelosamente, estudiando los departamentos quirúrgicos y clínicos de los hospitales. Pasó tardes enteras yendo por los pasillos del Hospital General de Massachusetts, y otros, como el de Peter Bent Brigham, Bet Israel, Ciudad de Boston, y el Centro Médico de Nueva Inglaterra. En cuanto vio el Hospital General del condado de Suffolk sintió una curiosa agitación abdominal, como si acabara de ver a una chica que le atrajera mucho. Aquel hospital, lleno de indigentes, era un viejo monstruo. No enviaría a él a su madre, pero se dio cuenta de que era el lugar donde la cirugía se aprendía bisturí en mano. Le atraía, y con sus ruidos y olores le calentaba la sangre.

El doctor Longwood, el jefe de Cirugía, no estuvo nada cordial con él.

—La verdad es que no le aconsejaría que solicite ingresar aquí —dijo.

—¿Por qué no, doctor?

—Le hablaré con franqueza, doctor —dijo el otro, con una fría sonrisa—. Tengo razones personales y profesionales para no ver con buenos ojos a médicos que han estudiado en el extranjero.

—Sus razones personales no son asunto mío —dijo Rafe, cautamente—, pero ¿puede decirme las profesionales?

—Pues una es que en los hospitales de todo el país ha habido disgustos con médicos extranjeros.

—¿Qué tipo de disgustos?

—Los hemos aceptado con interés, porque eran la solución a nuestro problema, que es la escasez de médicos. Y hemos comprobado que no siempre saben exponer un historial clínico. Y con frecuencia ni siquiera saben suficiente inglés para comprender lo que pasa en un momento crítico.

—Yo, le aseguro, sé exponer un historial clínico y he hablado inglés toda mi vida, antes incluso de ir a Harvard —dijo, notando que de la pared del despacho del doctor Longwood colgaba un diploma de Harvard.

—Los Colegios Médicos extranjeros no tienen los mismos programas, ni los preparan tan concienzudamente como los Colegios Médicos norteamericanos.

—Yo no sé lo que pasará en el futuro, pero mi Colegio Médico siempre ha sido aprobado en este país. Tiene un historial conocido.

—Tendría que repetir aquí el internado.

—Me parece perfecto —dijo Rafe, sin inmutarse.

—Y tendría que aprobar el examen del Consejo Docente para Graduados de Colegios Médicos extranjeros. Y le puedo anticipar que yo fui una de las personas que más hicieron por crear ese Consejo.

—De acuerdo.

Se examinó en la Casa del Estado, en compañía de un nigeriano, dos irlandeses y un grupo de sudorosos y deprimidos portorriqueños e iberoamericanos de diversos países. El examen era sumamente sencillo, basado en los principios médicos más elementales, y también en el conocimiento del idioma inglés, casi insultante para un hombre que había terminado la carrera con excelentes notas.

De acuerdo con el reglamento de la Asociación Médica norteamericana, Rafe presentó su diploma de la Facultad de Medicina de la Universidad de La Habana, junto con una traducción Berlitz certificada. El 1 de julio, vestido de blanco, interno otra vez, se presentó a trabajar en el hospital. Vio enseguida que Longwood le trataba de la misma manera que él había tratado a los leprosos en el muelle de La Habana, cortésmente, pero con forzada tolerancia. No disponía de un buen laboratorio; allí, a nadie se le hubiera ocurrido comprarle un centrífugo ni ningún otro aparato; vio que con un bisturí en la mano se seguía sintiendo tranquilo y cómodo, y estaba convencido de que, con el tiempo, su técnica iría mejorando; andaba sobre el hule reluciente de los pasillos a buen paso, dominando el impulso que sentía de ponerse a dar gritos.

Ocurrió en el Hospital General de Massachusetts. Su madre estaba esperando en un cuarto del octavo piso del Edificio Warren para someterse al examen médico semanal y recibir nueva provisión de esteroides revitalizadores. Él entró en la cafetería del entresuelo del Baker y pidió una taza de café a una chica que llevaba una camisa azul de esas que tienen la palabra «Voluntaria» bordada en rojo sobre el pecho izquierdo. Era una rubia atractiva y con intrigantes y pesados párpados, que, en general, a él no le atraían, quizá porque precisamente era lo que más le gustaba a Guillermo en las mujeres, un vislumbre de antiguas desviaciones morales.

Había bebido la mitad del café cuando la chica salió de detrás del mostrador y fue hacia su mesa con una bandeja en la que había una revista, una taza de té y un plato de postre con un pastel.

—¿Me permite?

—Naturalmente —respondió él.

Se sentó cómodamente. Era una mesa pequeña y la revista era grande. Al ponerla sobre la mesa empujó el platillo, agitando el café, pero sin derramarlo.

—Ay, dispense.

—No importa, no ha pasado nada.

Siguió bebiendo el café, mirando al pasillo, más allá de los tabiques de cristal. Ella leía, sorbía, mordisqueaba el pastel. Rafe percibía un perfume sutil, indudablemente caro. «Almizcle y rosas», pensó. Sin darse cuenta, cerró los ojos, aspirándolo. Junto a él, la chica pasó una hoja de la revista.

Arriesgó una mirada de soslayo y ella le sorprendió en flagrante delito. Sus ojos eran grises, penetrantes, muy hondos, con una insinuación de pata de gallo en las comisuras. ¿Arrugas de regocijo o arrugas de pecado? En lugar de apartar la vista ante la mirada de ella, Rafe, desconcertado, lo que hizo fue cerrar los ojos, como trampas culpables.

Ella rompió a reír, como una niña.

Cuando Rafe volvió a abrir los ojos vio que la chica había sacado un cigarrillo del bolso y estaba buscando una cerilla. Encendió él una, seguro de que sus manos de cirujano no temblarían, pero luego, mientras las puntas de los dedos de ella le rozaban la mano para guiar la llama hacia el extremo del cigarrillo, temblaron. El cabello era rubio; la piel, de un hermoso color; la nariz, ligeramente prominente, curva, apasionada, y la boca un poco grande, de labios carnosos.

Ambos se dieron cuenta al mismo tiempo de que él la estaba mirando. Sonrió, y Rafe se sintió aventurero.

—¿Está usted aquí con un paciente?

—Sí —respondió él.

—Es un hospital muy bueno.

—Ya lo sé. Soy médico, interno del Suffolk.

Ella ladeó la cabeza.

—¿Qué departamento?

—Cirugía —repuso, alargando la mano—. Me llamo Rafe Meomartino.

—Elizabeth Bookstein.

Se había echado a reír, vaya usted a saber por qué, y eso le irritaba. No se le había ocurrido que fuera una tonta.

—El doctor Longwood es tío mío —dijo, al estrecharle la mano.

¡Dios mío!

—¿sí?

—Sí —confirmó ella. Había dejado de reír y ahora le miraba, observándole el rostro y sonriendo—. Ya veo que mi tío no le cae simpático. En absoluto.

—La verdad, no —contestó él, devolviéndole la sonrisa.

Aún la tenía cogida de la mano.

Menos mal que no le había preguntado el porqué.

—Dicen que es un profesor muy bueno —comentó ella.

—Sí que lo es —dijo Rafe, y su respuesta pareció satisfacerla—. ¿Y su apellido? ¿De dónde sacó ese Bookstein?

—Soy una señora divorciada.

—¿Y es usted señora divorciada en manos de alguna persona concreta?

Ella movió la cabeza, sin dejar de sonreír.

—De nadie concreto.

Rafe vio entonces a su madre, que entraba. Le pareció más pequeña incluso que el día anterior, y se diría que se movía mucho más despacio que en otros tiempos.

—Mamá —dijo, levantándose.

Cuando se hubo acercado, las presentó. Luego, cortésmente, se despidió de la chica y salió despacio de la cafetería, ajustando su paso al de su madre.

Las otras veces que fue al hospital la buscó, pero no estaba ya en la cafetería; las voluntarias trabajaban a horas irregulares, entrando y saliendo, más o menos como les venía en gana. Hubiera podido encontrar su número de teléfono, aunque la verdad es que ni siquiera se molestó en consultar la guía. Estaba trabajando mucho en el hospital, y la enfermedad de su madre, de intensidad creciente, era un peso sobre sus hombros, que aumentaba también cada día que pasaba. La carne de su madre parecía volverse más fina y transparente, estirarse, más y más tensa, a lo largo y ancho de la delicada estructura de sus huesos. Su piel adquiría una especie de luminosidad que Rafe reconocería instantáneamente en los pacientes de cáncer durante el resto de su vida.

Hablaba una y otra vez de Cuba. En ocasiones, cuando volvía a casa, la encontraba sentada en la oscuridad del cuarto, junto a la ventana, mirando el tráfico que discurría silenciosamente por la calle de Arlington.

¿Qué es lo que estarían viendo sus ojos? ¿Aguas cubanas?

—se preguntaba Rafe—. ¿Bosques y campos cubanos? ¿Rostros de fantasmas, de gente que él nunca había conocido?

—Mamacita* —le dijo una noche, incapaz de seguir en silencio. La besó en la cabeza. Quería alargar la mano, acariciar su rostro, acercarla a sí, ponerle los brazos en torno de tal modo que nada pudiera tocarla, que nadie pudiera hacerle daño sin hacérselo antes a él. Pero tenía miedo de asustarla, de manera que no hizo nada.

Durante las siete semanas siguientes la aspirina y la codeína resultaron ineficaces, y el especialista en cáncer recetó demerol.

Once semanas después, su madre volvía a ocupar el cuarto, muy bonito y soleado, de Casa Phillips, en el Hospital General de Massachusetts. Encantadoras enfermeras llenaban sus venas periódicamente con el don de la adormidera.

Dos días después su madre cayó en estado comatoso y el cancerólogo, con suavidad, pero claramente, le dijo a Rafe que no tenía más que dos alternativas: prolongar el funcionamiento agónico de sus órganos vitales por una serie de medios, o renunciar a la lucha, en cuyo caso su madre moriría a muy corto plazo.

—No le hablo a usted de eutanasia —dijo el viejo médico—. De lo que estamos hablando aquí es de no dar más apoyo a una vida que no tiene ya esperanza de prolongarse más tiempo; sólo, todo lo más, en períodos intermitentes de terribles dolores. Yo nunca tomo esta decisión solo cuando hay parientes. Piénselo. Es una decisión que, como médico que es usted, le saldrá al paso con frecuencia.

Rafe no tardó mucho en decidirse.

—Dejémoslo —dijo.

A la mañana siguiente entró en el cuarto de su madre y vio una sombra oscura inclinada sobre ella, un sacerdote alto y huesudo, cuyo rostro infantil y pecoso y pelo color zanahoria sobre la sotana negra eran realmente cómicos.

Sobre los párpados de su madre relucían ya los santos óleos, reflejando atisbos luminosos.

* En castellano en el original. (N. del T.)

—… Que el Señor perdone cuantos pecados hayas cometido —estaba diciendo el sacerdote, haciendo con el dedo pulgar, húmedo, la señal de la cruz sobre la boca torcida.

Su voz era abominable, el peor acento de Boston.

«Diga, muchacho malsanamente cuerdo, ¿qué pecados realmente graves puede haber cometido mi madre?», se preguntaba Rafe. El juvenil dedo pulgar volvió a hundirse en los óleos:

—Con esta santa unción…

«Ah, Dios, como suelen decir, estás muerto, porque si existieses, no nos tomarías el pelo de esta manera. Te quiero, no te mueras, te quiero, por favor.»

Pero no dijo nada en voz alta.

Estuvo al pie de la cama de su madre sintiendo súbitamente la soledad, el terrible aislamiento, la certidumbre de ser un poco de excremento de paloma en el vacío terrible, terrible.

Poco después observó clínicamente que ya no había respiración. Se acercó a ella, haciendo involuntariamente caso omiso, con un encogimiento de hombros, de la mano del sacerdote, y cogiendo a su madre en sus brazos.

—Te quiero, te quiero.

Su voz llenaba el cuarto silencioso.

Su madre salió de allí en lujoso pero solitario esplendor. Rafe se aseguró de que hubiera flores en abundancia. El féretro era como un Cadillac de cobre tapizado de terciopelo azul. Lo último que hizo por ella fue pagar por anticipado la misa cantada y solemne de réquiem en la iglesia de Santa Cecilia. Guillermo y el tío Erneido llegaron en avión desde Miami. El ama de llaves y la encargada de piso del Ritz asistieron también, en asientos de última fila. Un borracho temblón que hablaba solo y se arrodillaba cuando había que ponerse en pie estaba en un rincón, a cuatro asientos de distancia de la imagen del santo patrono de la iglesia. Aparte de éstos, el templo estaba completamente vacío, un eco reluciente y oloroso a cera e incienso.

Junto a la tumba, en Brookline, estuvieron también solos, temblando de tristeza y de miedo, y de frío que llegaba a los huesos. Cuando volvieron al Ritz-Carlton, Erneido, tras excusarse, se metió en la cama con dolor de cabeza y unas píldoras. Rafe y Guillermo fueron al salón y estuvieron sentados, tomando whisky. Igual que en los viejos tiempos de juerga, bebiendo, sin escuchar lo que decía Guillermo. Finalmente, a través de una niebla alcohólica, como desde una distancia, le pareció que Guillermo decía algo de gran importancia.

—Nos dan aviones, armas, tanques. Nos adiestran. Lucharán a nuestro lado. Esos marines son unos soldados estupendos. Tendremos apoyo aéreo. Necesitaremos todos los oficiales que podamos reunir. Tendrás que ponerte en contacto con cuanta gente conozcas. No cabe duda de que también tú serás capitán.

Concentró su atención y se dio cuenta de lo que estaba diciendo su hermano. Sin más, se echó a reír, pero sin alegría.

—No —dijo—, muchas gracias.

Guillermo dejó de hablar y le miró.

—¿Qué quieres decir?

—A mí no me hacen falta invasiones. Yo lo que quiero es seguir aquí. Pienso hacerme ciudadano norteamericano.

«Sesenta por ciento de horror, treinta por ciento de odio, diez por ciento, aproximadamente, de desprecio», se dijo, observando los ojos velados de su hermano, típicamente Meomartino.

—¿Es que no tienes fe en Cuba?

—¿Fe? —rio Rafe—. Si quieres que te diga la verdad, hermanazo, no tengo ya fe en nada por lo menos en el sentido que tú das a esa palabra. Yo creo que todos los movimientos, todas las grandes organizaciones de este mundo, son mentiras y ganancia para alguien. Yo lo que creo es que la gente debería causar el menor daño posible a los demás seres humanos.

—Noble. Lo que en realidad quieres decir es que no tienes pelotas.

Rafe le miró.

—Nunca las tuviste. —Guillermo apuró su whisky e hizo una seña al camarero—. Yo tengo pelotas suficientes para todos los Meomartino. Amo a Cuba.

—No es de Cuba de lo que hablas, alcahuete*. —Hasta entonces habían estado hablando en castellano, pero de pronto, por

* En castellano en el original. (N. del T.)

oscuras razones, Rafe se dio cuenta de que se había puesto a hablar en inglés—. De lo que hablas es de azúcar. ¿Por qué finges lo contrario? ¿De qué les servirá a los pobres desgraciados que realmente «son» Cuba que demos una buena patada a Fidel en las nalgas y recobremos nuestra fortuna? —Tomó un largo sorbo de whisky—. ¿Y crees que el tipo que pusiéramos en su lugar les trataría de otra manera? No —dijo, respondiendo a su propia pregunta.

Le molestó comprobar que estaba temblando.

Guillermo aguardó fríamente.

—En nuestro movimiento hay poca gente con intereses azucareros y tenemos a los mejores elementos —dijo, como quien habla con una criatura.

—Es posible que todos ellos sean patriotas, pero, aunque fuese así, sus razones son sin duda tan malas como las tuyas.

—Es magnífico saberlo todo, cobardón, hijo de perra.

Rafael se encogió de hombros. Guillermo había sido hijo amante, a su manera. Rafe sabía perfectamente que esta afrenta impensada iba dirigida a él, no a su madre. «Por fin —pensó con una extraña sensación de alivio—, nos estamos diciendo uno a otro, en voz alta, los insultos que siempre tuvimos escondidos en el desván del cerebro.»

A pesar de todo, era evidente que Guillermo lamentaba haberlo dicho.

—Mamá —dijo.

—¿Qué dices de mamá?

—¿Crees que podrá descansar en paz en una tumba cubierta de nieve? Debería ser devuelta a Cuba.

—¿Y por qué no te vas al diablo? —replicó Rafe, furioso.

Se levantó sin terminar el whisky y se fue, dejando a su hermano allí sentado, con los ojos fijos en el vaso.

Guillermo y el tío Erneido se fueron aquella misma noche, despidiéndose de él, como de un extraño, con un apretón de manos.

Cuatro días después el viento primaveral del nordeste golpeó Nueva Inglaterra con una avalancha de diez centímetros de nieve todo a lo largo de la costa entre Portland y la isla de Block. Aquella misma tarde Rafe fue en taxi al cementerio de Holyhood. La tormenta había cesado, pero el viento levantaba turbiones de nieve que se le metían por las mangas del abrigo y le bajaban por el cuello. Fue a pie hasta el lugar donde estaba la tumba, llenándose de nieve los zapatos. Allí seguía; a pesar del viento, venillas de nieve, cogidas como en una trampa, se levantaban entre los montecillos de tierra helada. Permaneció allí, en pie, todo el tiempo que le fue posible, hasta que empezó a humedecérsele la nariz y los pies se le congelaron. Cuando volvió a su cuarto se sentó en la oscuridad, junto a la ventana, como solía hacer ella, observando el tráfico, que discurría de un lado a otro, por la calle de Arlington. Sin duda, algunos de los vehículos serían los mismos: las máquinas mueren más despacio que los seres humanos.

Se fue del Ritz, mudándose a una mansión señorial convertida en casa de apartamentos, a una manzana de distancia del hospital. Al otro lado del pasillo vivían dos esbeltos estudiantes, probablemente en pecaminosa armonía. En el piso de arriba había una chica bizca que a él le parecía prostituta, aunque no había indicios de que recibiera en su cuarto ni siquiera a su novio formal.

Pasaba la mayor parte de su tiempo libre en el hospital, consolidando su reputación de competencia y seriedad y cerciorándose de que el año próximo sería elegido residente. A pesar de todo, se negaba a vivir en el hospital, porque no quería confesarse a sí mismo que tenía necesidad de un refugio.

La primavera le cogió vulnerable y por sorpresa. Se le olvidó ir a cortarse el pelo; meditó en la posibilidad de que haya vida después de la muerte y llegó a la conclusión de que en el más allá no hay nada; consideró las posibilidades del sicoanálisis, hasta que leyó un artículo de Anna Freud en el que se afirmaba que el individuo está fuera del alcance del sicoanalista tanto estando de luto como enamorado.

La invasión de la Bahía de Cochinos le sacó desagradablemente de su letargo. Oyó las primeras noticias en una radio portátil, en la sección de mujeres de la sala. El informe era optimista sobre las posibilidades de éxito de la invasión, pero poco completo, y daba poquísimos datos, excepto que el desembarco había tenido lugar en la Bahía de Cochinos.

Rafe la recordaba bien. Un lugar costero de veraneo al que sus padres solían llevarle de pequeño. A lo largo de la orilla, todas las mañanas, mientras sus padres dormían, él y Guillermo acopiaban grandes cantidades de tesoros marinos, y piedrecitas blancas y pulidas, como huevos de ave petrificados.

A cada programa las noticias eran peores.

Trató de telefonear a Guillermo en Miami, aunque sin éxito; finalmente, consiguió dar con el tío Erneido.

—No hay manera de averiguar dónde está. Está allá, con los demás, en algún sitio. Al parecer, la cosa va muy mal. Este maldito país, que se decía nuestro amigo...

El viejo no pudo seguir.

—Llámame en cuanto sepas algo —dijo Rafe.

Pocos días después fue posible reconstruir parte de la tragedia y adivinar el resto: la enormidad de la derrota, la magnitud de la falta de preparación de la brigada invasora, lo anticuado del armamento, la falta de apoyo aéreo, la arrogante ineficiencia de la CIA, la evidente angustia del joven presidente norteamericano, la ausencia de marines precisamente cuando más falta hacían.

Rafe se pasó bastante tiempo imaginándose lo que debió de haber sido aquello: con el mar a la espalda y el pantano y la milicia de Fidel Castro, con armas soviéticas, por todas partes. Los muertos, la falta de medios con que atender a los heridos.

Andando despacio por el hospital vio algunas cosas por primera vez en su vida.

Un resucitador, un marcapasos.

Una máquina succionadora.

Camas que ofrecían calor y reposo a los pacientes aturdidos.

Las *fantásticas* salas de operaciones, la gran cantidad de gente.

«Dios, el banco de sangre.» Y todos los Meomartino tenían tipos de sangre poco frecuentes.

Nunca había ocultado que era cubano. Varios de sus colegas y unos pocos pacientes le murmuraron palabras de ánimo, pero la mayor parte tendía a evitar el tema. En varias ocasiones notó que la conversación cesaba en un ambiente de súbita culpabilidad en cuanto él se incorporaba al grupo.

De pronto, se dio cuenta de que podía dormir de noche; en

cuanto se metía en la cama se sumía en el sueño hondo y anestésico del que busca la huida.

Un día de mayo, el pesado reloj de plata, con ángeles en la tapa, llegó por correo certificado como una bandera blanca del tío Erneido. La nota que lo acompañaba era concisa y breve, pero contenía varios mensajes:

Sobrino:

Como sabrás, este reloj familiar es parte de la herencia de la familia Meomartino. Ha sido conservado honorablemente por los que lo guardaron para ti. Guárdalo también tú de la misma manera, y ojalá lo pases a muchas generaciones de Meomartino.

No sabemos cómo murió tu hermano, pero tenemos información fidedigna de que se comportó bien en sus últimos momentos. Con el tiempo, trataré de averiguar más cosas.

No creo que tú y yo nos veamos en un futuro inmediato. Soy ya viejo y las energías que me quedan quiero emplearlas de la mejor manera posible. Confío y espero que tu carrera médica vaya bien. No creo que vuelva a ver mi Cuba liberada. No hay suficientes patriotas con sangre de hombre en las venas para quitarle a Fidel Castro lo que les pertenece a ellos por derecho propio. Tu tío

Erneido Pesca

Puso el reloj en su mesa de trabajo y se fue al hospital. Cuando volvió, cuarenta horas más tarde, y abrió el cajón, el reloj seguía allí, esperándole. Lo miró y luego cerró el cajón, se puso el abrigo y salió de la pensión. Fuera, la tarde estaba indecisa entre el fin de la primavera y el comienzo del verano, con nubes cargadas de lluvia al acecho. Anduvo por las aceras de Boston, manzana tras manzana, largo tiempo, al calor de la tarde.

En la calle de Washington, sintiéndose con hambre, lo que le sorprendió súbitamente, entró en un bar, a la sombra del ferrocarril elevado. El Herald-Traveler estaba a una manzana de distancia. Era una buena taberna, un bar de obreros lleno de periodistas que comían o bebían, algunos de ellos con sombreros de papel de periódico para no mancharse el pelo de tinta y de grasa.

Se sentó en la barra y pidió una chuleta de ternera a la parmesana. Un televisor, situado sobre el espejo, vomitaba noticias, los últimos comentarios sobre la catástrofe de la Bahía de Cochinos.

Pocos de los invasores habían podido ser evacuados. Gran número de ellos había muerto.

Prácticamente, todos los supervivientes habían sido hechos prisioneros.

Cuando le sirvieron la chuleta no se molestó siquiera en cortarla.

—Un whisky doble.

Y luego se tomó un segundo, lo que le hizo sentirse mejor, y un tercero, lo que le hizo sentirse muy mal. Deseoso de aire, dejó un billete sobre la caoba y salió, cansinamente.

El nuevo cielo nocturno era bajo y negro, y el viento como una serie de toallas húmedas que llegase incansablemente del mar. Buscó refugio en un taxi que paró a su lado.

—Lléveme a cualquier buen bar. Y espere, por favor.

La plaza del Parque. El bar se llamaba Las Arenas. La luz era suave, pero los whiskies los servían indudablemente sin una gota de agua. Cuando salió, el taxi seguía allí, como un corcel fantasmal que le llevaba al galope, con el taxímetro también en marcha, a los palacios placenteros e iluminados por el neón de los vivos. Fueron hacia el norte, deteniéndose con frecuencia. Al bajar ante un bar de la calle de Charles, agradecido por tanta fidelidad, Rafe dio un billete al taxista, no dándose cuenta de su error hasta que el taxi ya estaba lejos.

Cuando salió del bar de la calle de Charles todos los objetos le parecían borrosos, algunos más brillantes que otros. El viento era allí áspero y húmedo. La lluvia tamborileaba y silbaba contra la acera, a sus pies. Su ropa y su pelo lo aceptaron hasta que ya no pudieron más y comenzaron a chorrear como el resto de las cosas. La lluvia, dura y fría, le mordía en el rostro, haciéndole sentirse inexplicablemente enfermo, con náuseas.

Pasó junto al Hospital Óptico de Massachusetts y entrevió también los perfiles húmedos del Hospital General de Massachusetts. Se sentía incierto sobre el momento exacto en que su humedad interior había entrado en contacto con la exterior, pero de pronto se dio cuenta de que hondo, muy hondo, en su interior, estaba llorando.

Por sí mismo, sin duda.

Por el hermano a quien había odiado tanto y al que nunca vería ya más.

Por su madre muerta.

Por el padre apenas recordado.

Por el tío perdido.

Por los días y los lugares de su niñez.

Por el repulsivo mundo.

Había llegado ya a la especie de dosel iluminado, fuera del refugio, también iluminado, donde las fuentes artificiales salpicaban contra la lluvia.

—Fuera de aquí —dijo el portero del Charles River Park, en tono de silenciosa amenaza.

Se hizo a un lado para dejar pasar a dos mujeres, que olían a rosa machucada. Una de ellas subió al taxi. La otra se volvió hacia él y alargó la mano, como para tocarle.

—¿Doctor? —dijo, como incrédula.

Recordándola, pero sin poder identificarla, trató de hablar.

—Doctor —dijo ella—, no recuerdo su nombre, pero nos conocimos en la cafetería del Hospital General. ¿Se encuentra usted bien?

«Soy un cobarde», dijo, pero no se le oyó.

—Elizabeth —gritó la otra chica desde el taxi.

—¿Puedo ayudarle? —preguntó ella.

Ahora, la otra chica se había apeado del taxi.

—De todos modos, ya llegamos tarde —comentó.

—No llore —dijo Elizabeth—, por favor.

—Elizabeth —dijo la otra chica—, pero ¿qué diablos estás haciendo?

Liz Bookstein le pasó el brazo por la cintura y comenzó a guiarle hacia el hotel, bajo el dosel, sobre la alfombra roja, de color de sangre.

—Diles que no pude ir —comentó, sin volver la cabeza.

La primera vez que despertó la vio, a la luz tenue de la lámpara, sentada, durmiendo, en una silla junto a la cama, todavía con el vestido puesto, pero la faja, las medias y los zapatos, quitados, en el suelo, y los pies desnudos recogidos bajo las piernas, como para protegerlos del frío. La segunda vez vio el gris claro de la aurora invadir el cuarto, y a ella ya despierta, mirándole con aquellos ojos que ahora recordaba sin dificultad, no sonriendo o hablando, simplemente mirándole. Poco después, sin querer, volvió a dormirse. Cuando despertó completamente, el sol de la media mañana entraba a chorros por las ventanas, y ella seguía en la misma silla, aún con el vestido de noche, la cabeza caída a un lado, extrañamente indefensa y muy bella durmiendo.

No recordaba haberse desnudado, pero cuando bajó de la cama vio que estaba desnudo. Para complicar más las cosas tenía una tremenda erección fálica y se metió a toda prisa en el cuarto de baño. No sabía beber, reflexionó, mientras se purgaba el cuerpo de venenos.

Poco después llamaron a la puerta.

—Hay un cepillo de dientes nuevo en el armario.

Él carraspeó.

—Gracias.

Lo vio junto a una máquina de afeitar, lo que le desconcertó hasta que se dijo que sería de ella, para afeitarse las piernas. En la ducha, descubrió que el jabón estaba impregnado de olor a rosas trituradas, pero se encogió de hombros y accedió a convertirse en sibarita. Se permitió el lujo de un buen afeitado, y luego, cuando hubo terminado con la toalla, abrió un poquitín la puerta.

—¿Me quiere dar la ropa?

—Estaba muy sucia. La mandé a limpiar, todo menos los zapatos. Enseguida lo traen.

Se ciñó la toalla húmeda a la cintura y salió del cuarto de baño.

—Vaya, ahora tiene mejor aspecto.

—Siento haberle quitado la cama —dijo—. Anoche, cuando me vio...

—Deje eso —cortó ella.

Rafe se sentó en la silla, y ella entonces se le acercó, descalza.

—No se excuse por ser un hombre capaz de llorar —le dijo.

Entonces Rafe lo recordó todo. Fue como un relámpago de memoria, y cerró los ojos. Los dedos de ella le tocaron la cabeza, y él se levantó y la estrechó fuertemente entre sus brazos, sintiéndola llena de palmas cálidas y dedos alargados contra su espalda desnuda. Elizabeth tenía que advertirlo a través de la toalla, pero a pesar de ello no se apartaba.

—Lo único que quería era salvarle de la lluvia.

—No lo creo.

—Me conoce tan bien que me pregunto si no será usted el hombre que llevo tanto tiempo buscando.

—¿Buscando? —dijo él, con tristeza.

—¿Es usted alguna especie de sudamericano? —preguntó ella al cabo de unos momentos.

—No, cubano.

—¿Por qué tendré que estar siempre mezclándome con grupos minoritarios? —se preguntó, con el rostro contra su pecho.

—Yo creo que quizá sea porque tu tío es un cabrón a ese respecto.

—Sí, pero sé amable. Por favor, no seas grosero, no podría aguantarlo.

Levantó el rostro y Rafe descubrió que iba a tener que bajar la cabeza para besarla en la boca, que ya estaba abierta y móvil. Con manos torpes fue desabrochando los botones de la espalda del arrugado vestido. Cuando finalmente renunció a la tarea y ella se apartó para desabrocharlos por sí misma, las prendas de vestir fueron cayendo una a una sobre la alfombra azul. Sus pechos, ahora libres, eran pequeños, pero ya estaban bien desarrollados, de hecho un poco demasiado maduros, con los pezones del tamaño de la yema de un dedo. Llevaba medias de color de canela en los pies bien formados y gordezuelos y en las piernas esbeltas, pero musculosas —¿jugaría al tenis, tal vez?—, y tenía unos rollizos muslos.

A pesar de todo, pocos momentos después comprobó, con horror, que todo ocurría como la noche anterior, cuando, hambriento, había pedido una comida que tuvo que dejar intacta.

—No te preocupes —le dijo ella, finalmente, apartándole con suavidad, hasta que volvió a yacer sobre el colchón con los ojos cerrados, mientras los muelles rechinaban cuando, luego, se levantó.

Era habilidosa.

Muy poco después, al abrir los ojos, vio que el rostro de Elizabeth cubría todo su universo, un rostro muy serio, como el de una niña afanándose en resolver un problema; se percibía un conato de reluciente sudor en la parte en que las ventanillas se abrían a ambos lados de la nariz cruel y curva. Los ojos, grises, eran muy grandes; los iris, de un azabache silvestre, y las pupilas, cálidas y líquidas, omniabsorbentes. Sus ojos se agrandaban, unciéndose a los suyos y atrayendo su mirada, hasta que, por fin, penetró en ella, hondo, hondo, con una ternura que era extraña y nueva.

«Quizá, Dios —pensó Rafe, brevísimamente—, un momento muy extraño, bien es verdad, para sentirse religioso.»

Meses más tarde, cuando pudieron, por primera vez, disecar con palabras aquella mañana, mucho antes de que ella volviera a inquietarse y él a sentir que su amor se le escapaba como arena por entre los dedos, Elizabeth le dijo que se había sentido avergonzada de su experiencia, triste por no haber podido ofrecerle la dádiva de la inocencia.

—Y eso, ¿quién lo puede? —había preguntado él, a su vez.

Ahora, el ruido gimiente del aire por las tuberías se convirtió en silbido hueco. Asqueado, Meomartino renunció a concentrar su atención en los papeles que tenía ante sí y apartó la silla de la mesa de trabajo.

Peggy Weld apareció en la puerta, con los ojos enrojecidos y el rostro sin maquillar. «Se le habrá corrido el rímel», pensó él.

—¿Cuándo quiere extraerme el riñón?

—No lo sé con exactitud. Hay mucho trabajo preliminar. Exámenes médicos y cosas así.

—¿Quiere que me traslade al hospital?

—A su debido tiempo, pero todavía no hace falta. Ya se lo diremos.

Ella asintió.

—Lo mejor es que olvide lo que le dije de llamarme al hotel. Voy a quedarme en Lexington con mi cuñado y los niños.

«Sin maquillaje, está mucho más guapa», pensó Meomartino.

—Pondremos manos a la obra —dijo.

6

Spurgeon Robinson

*S*pur existía en el centro exacto de una familiar isla desierta que iba con él a todas partes. Algunos de sus pacientes parecían agradecidos por su ayuda, pero él sabía que otros no conseguían apartar la mirada de la piel púrpura de sus manos en contraste con la piel clara de ellos. Una dama polaca, ya anciana, le apartó tres veces los dedos de su vientre arrugado, hasta dejarle, por fin, palparle el abdomen.

—¿Es usted médico?

—Sí, señora.

—Pero ¿médico de verdad? ¿Ha ido al colegio y todo?

—Sí.

—Bueno... la verdad es que... no sé, la verdad.

Con los pacientes negros era casi siempre más fácil, pero a veces ni con ellos, porque algunos, automáticamente, se le ponían en contra. *Si yo estoy aquí, negrazo indigente, en cama gratis y dolorido, maltratado y humillado por todo el mundo, ¿qué derecho tienes tú a estar todo vestido de blanco y viviendo como un rajá?*

Nunca se sentía completamente a gusto en el papel de negro profesional rodeado de blancos, como, por ejemplo, los orientales del hospital, que daban por supuesta su igualdad con respecto a los demás. Un día, en la sala de operaciones, vio a los doctores Chin y Lee, que estaban esperando a trabajar con el doctor Kender, mientras el segundo jefe de Cirugía se ponía la bata de trabajo. Alice Takayawa, una de las enfermeras anestesistas, acababa de acercar un taburete a la cabeza del paciente, sentándose en él. El rostro del doctor Chin se suavizó al abrir los guantes del doctor Tyler.

—Doctor, usted conoce el equipo rojo y el equipo azul, ¿no?

El doctor Kender aguardó.

—Bueno, pues aquí tiene al equipo amarillo.

Todos rieron mucho la agudeza, que circuló por todo el hospital e hizo a los médicos chinos aún más populares de lo que ya eran. Ésta era la clase de ingeniosidad que Spurgeon Robinson no habría podido jamás decir a un superior blanco sobre el color de su propia piel. Aparte de su amistad con Adam Silverstone, durante las primeras semanas de su estancia en el hospital nunca sabía Spurgeon, de una hora para otra, cuáles eran sus relaciones con el resto del personal.

Un día, paseando a solas a eso de las tres de la madrugada en busca de una taza de café, había visto a Lew Holtz y a Ron Preminger parar en el pasillo a un interno llamado Jack Moylan. Se murmuraron algo con mucho encogimiento de hombros y muchas miradas de soslayo hacia la clínica de urgencia. Al principio, Moylan puso una cara como si notase mal olor, pero luego sonrió y fue hacia la clínica de urgencia.

Holtz y Preminger siguieron pasillo abajo, sonriendo, y le saludaron. Holtz pareció como si fuera a pararle y decirle algo, pero Preminger le tiró de la manga y ambos siguieron su camino.

A Spurgeon le quedaban diez minutos libres. Fue personalmente a la clínica de urgencia.

Un muchacho negro, de unos quince o dieciséis años, estaba sentado en el banco de madera, solo, en el pasillo apenas iluminado. Miró a Spurgeon.

—¿Es usted especialista?

—No, solamente interno.

—¿Cuántos médicos necesitan? Espero que la dejarán bien.

—Estoy seguro de que la atenderán como es debido —dijo él, con cautela—. Bajé a tomar una taza de café. ¿Quieres también tú?

El muchacho movió negativamente la cabeza.

Introdujo las dos moneditas en la ranura de la máquina de café, retiró la taza llena y se sentó junto al muchacho.

—¿Fue un accidente?

—No… es personal. Ya se lo expliqué al médico ahí dentro.

—Ah —asintió Spurgeon.

Tomó el café a sorbos lentos. Alguien había dejado en el banco un número del *Daily Record*. El periódico estaba arrugado por los traseros que se le habían sentado encima. Lo cogió y se puso a leer la sección de béisbol.

Jack Moylan salió de la clínica de urgencia, dos puertas más abajo de donde estaban ellos sentados. Spurgeon creyó oír su risa pasillo abajo. Estaba seguro de haberle visto mover la cabeza.

—Recuerda que también yo soy médico —comentó Spurgeon—. Si me dices lo que pasó, a lo mejor te puedo echar una mano.

—¿Hay aquí muchos médicos de color?

—No.

—Bueno, pues…, teníamos el coche aparcado —dijo el muchacho, decidiendo hacerle una confidencia.

—Ya.

—Estábamos haciendo… eso. No sé si me entiende.

Spurgeon asintió.

—Para ella era la primera vez, pero no para mí. La… cosa… pues nada, que se salió y se quedó dentro de ella.

Spurgeon asintió de nuevo y siguió tomando el café, con los ojos fijos en la taza.

Comenzó a explicarle lo que es el lavado, pero el muchacho le interrumpió.

—No me comprende usted; eso ya lo he leído yo, pero es que ni siquiera conseguimos sacárselo. Se puso, bueno, histérica. No podíamos ir tampoco a donde mi hermano o su madre. Nos hubieran matado. De modo que vine aquí, en el coche. El médico de ahí dentro lleva casi una hora llamando a un especialista.

Spurgeon tomó el último sorbo, secó la taza y la dejó cuidadosamente sobre el periódico. Se levantó y entró en la clínica de urgencia.

Estaban en un cuarto pequeño, con las cortinas corridas. La chica tenía los ojos cerrados. Su rostro, vuelto contra la pared, era como un puño negro cerrado. Estaba sobre la mesa, en postura para una litotomía, con los pies en los estribos. Potter, mirando por un espejo de otorrinolaringólogo, señalaba con una pequeña linterna y daba una lección sumamente erudita a un interno que estaba en pie detrás de la cabeza de la muchacha. El interno era del Departamento de Anestesia. Spurgeon no sabía cómo se llamaba. Se reía para sus adentros.

Potter pareció asustado cuando se abrió la cortina, pero al reconocer a Spurgeon sonrió.

—Ah, doctor Robinson, me alegro de que pudiera venir a consulta. ¿Le mandó el doctor Moylan?

Spurgeon cogió unos fórceps y, sin mirar a ninguno de ambos, encontró y extrajo el objeto culpable, tirándolo al cesto de la basura.

—Su amigo la espera para llevarla a casa —dijo.

Ella se marchó rápidamente.

El interno del Departamento de Anestesia había dejado de reír. Potter siguió donde estaba, mirándole por el estúpido espejo frontal.

—No era nada serio, Robinson, una broma.

—Miserables.

Esperó un momento, por si había jaleo, pero, naturalmente, no pasó nada, en vista de lo cual se fue, temblando ligeramente.

Si tenía que enfrentarse con el personal, lo mejor era empezar por Potter, el hombre más distraído del hospital. Una vez le encargaron que mostrara a un interno cómo se descubre una vena varicosa en la pierna y Lew Chin le explicó detalladamente el procedimiento a seguir. Cuando el cirujano externo fue llamado a la sala de operaciones contigua a ayudar en un caso de paro cardíaco, Potter siguió adelante y extrajo por error la arteria femoral en lugar de la vena. El doctor Chin, tan furioso que casi no podía hablar, hizo lo que pudo por remediar el error, tratando de sustituir la vital arteria con un injerto de nailon. Pero el resultado fue un caos; el injerto resultaba imposible, y una mujer que había entrado en la sala de operaciones para una intervención sumamente sencilla tuvo que ser devuelta para una amputación. El doctor Longwood había hablado intencionadamente de este caso en un debate sobre las complicaciones de la semana. Pero, menos de una semana después, Potter, en una operación de hernia de lo más rutinario, había ligado el cordón espermático, cerrándolo, junto con el saco herniario. Al quedar esta zona sin irrigación, en pocos días el paciente perdió irremediablemente el uso de un testículo. Esta vez el viejo revisó el caso con más acrimonia, recordando al personal que la medicina no estaba todavía en condiciones de disponer de piezas de recambio para todo.

Spurgeon había sentido compasión por Potter, pero la estúpida arrogancia del residente hacía imposible apiadarse de él durante mucho tiempo seguido, y ahora se contentaba con que Potter hiciera desdeñosamente caso omiso de él cuando se cruzaban en el pasillo. El incidente de la clínica de urgencia había tenido un efecto contrario en Jack Moylan, que trataba ahora de exagerar la amabilidad, a lo que Spurgeon reaccionaba despectivamente.

Pocas personas habían participado en el incidente y la mayor parte de sus colegas seguían tratándole como siempre. Él y Silverstone habían unificado el sexto piso, por así decirlo, pero, aparte de esto, Spurgeon vivía solo en su isla, y en raras ocasiones llegaba incluso a preferir esta soledad.

A mediados de septiembre hubo unos cuantos días agradables, que fueron seguidos por una ola de sofocante calor, pero él sentía el aire que entraba todas las mañanas por su ventana abierta, que era una curiosa mezcla de ozono marino y hedor urbano, indicándole que incluso aquel segundo veranillo estaba terminando. El siguiente día que tuvo libre, un domingo, cogió la manta de la cama y el traje de baño y en su vieja furgoneta Volkswagen fue a la playa de Revere, que era mejor que la de Coney, por supuesto, pero no tan buena como la de Jones. Estaba casi desierta cuando llegó él, a las diez y media de la mañana, pero después de comer comenzó a llegar gente.

Spurgeon cogió la manta y decidió ir de exploración, a orillas del agua, hasta salir de la playa municipal. Aquí, las instalaciones seguían siendo públicas, pero ya no estaban cuidadas. La arena era escasa y de un gris ceniciento, en lugar de ser blanca, espesa y profunda. Además, había largos trechos rocosos, que hacían daño en los pies, y había menos gente. Cerca de él, cuatro sujetos atléticos estaban haciendo posturas llenas de vanidad y músculo; un individuo gordo, con el vientre pálido, yacía en la arena como un hongo, con el rostro cubierto por una toalla, dos niños corrían, saltando como bailarines y chillando como animales, a lo largo de las olas cremosas; y una muchacha negra estaba echada tomando el sol.

Pasó junto a ella a fin de verla mejor, luego dio la vuelta y volvió a cuatro metros de distancia de donde ella estaba tumbada, con los ojos cerrados. En otras partes había trechos de arena fina, pero donde él extendió su manta había rocas, que, al sentarse, se le hincaban en la carne.

La muchacha tenía la piel más clara que él, como de color chocolate, en lugar de su negro purpúreo. Llevaba un traje de baño de una sola pieza, muy blanco, diseñado para guardar la decencia, pero impotente contra la estructura física de su cuerpo. Su pelo era tan negro y encaracolado, y estaba cortado tan corto, que adornaba su fina cabeza como un solideo. Aquella muchacha negra era algo que ninguna blanca podría jamás tratar de ser.

Al cabo de un rato, tres de los atletas se cansaron de hacer juegos malabares con los músculos y se tiraron de cabeza al Atlántico. El cuarto, que parecía haber sido concebido por Johnny Weismuller e Isadora Duncan, trotó desdeñosamente por el terreno accidentado y acabó sentándose junto a la manta de la dama. Ah, era todo músculo, desde los pies a la cabeza: habló del tiempo, de las mareas y ofreció invitarla a Coca-Cola. Finalmente, se confesó vencido y se retiró, decepcionado, a hacer un bíceps como una teta posnatal.

Spurgeon siguió allí, contentándose con mirar, dándose cuenta, por lo que había visto, de que no era aquélla una muchacha fácil de abordar.

Algún tiempo después, la chica se puso el gorro de baño, se levantó y entró en el mar. Debido a su formación clínica, Spurgeon notó, con interés, que el mero hecho de seguir sus movimientos con la vista le producía un dolor físico.

Se levantó de la manta y anduvo el largo trayecto que le separaba de la furgoneta Volkswagen azul, deprisa, pero dominándose para no correr. La guitarra estaba donde la había dejado, en el suelo, debajo del segundo asiento. La trajo a la manta, quemándose lamentablemente las plantas de los pies contra las rocas calientes. Estaba convencido de que cuando volviera, ella habría desaparecido para siempre, pero la vio sentada sobre su manta, sin duda porque, a pesar del gorro, el agua le había mojado el pelo. Se lo había quitado y estaba echada hacia atrás, apoyándose con ambos brazos. De vez en cuando sacudía la cabeza, mientras se le secaba el pelo al sol.

Spurgeon se sentó y comenzó a rasguear las cuerdas. En reuniones con amigos había tratado muchísimas veces de ligar con chicas usando sólo notas, no palabras. A veces le había dado resultado y a veces no. Sospechaba que, en la mayoría de los casos, cuando le había dado resultado, era porque cualquier otra táctica habría salido igual de bien: ojos, señales de humo, telegramas sonoros o un movimiento del dedo.

A pesar de todo, usaba cualquier arma que tuviese a mano.

La guitarra hablaba tímidamente a la chica, con franca, brava, asexuada falta de sinceridad.

Quiero ser amigo tuyo, señorita anónima.

Quiero ser para ti como un hermano.

Créeme.

La muchacha miraba al mar.

Quiero hablar contigo sobre los sofismas de Schopenhauer.

Quiero discutir contigo las mejores películas.

Quiero ver la televisión contigo en una tarde de lluvia y compartir contigo mis pastas de harina de avena.

Ella le miró de reojo, evidentemente perpleja.

Quiero reírme de tus juegos de palabras, por malos que sean.

Quiero reírme de regocijo ante tus bromas, aunque no entienda una palabra de ellas.

Los dedos de Spurgeon volaban, yendo y viniendo sobre las cuerdas, produciendo cascadas de pequeños sonidos rientes y optimistas, y ella volvió la cabeza y… y… ¡y le sonrió!

Quiero besar esa divertida boca africana.

Calma, calma, pérfida guitarra.

Eres una flor negra que sólo yo he descubierto en esta maravillosa playa gris ceniza y sucia.

La música ya no era asexuada ni mucho menos. Le murmuraba, la acariciaba.

La sonrisa se desvaneció. La muchacha le volvió la espalda, apartando el rostro de sus ojos.

Tengo que hundir el rostro en la redondez oscura de tu vientre.

Sueño ahora con bailar desnudo contigo y cogerte el trasero en la palma de la mano.

La muchacha se levantó. Recogiendo su manta, sin doblarla, se fue de la playa, presurosamente, pero sin poder ocultar sus maravillosos movimientos.

Condenada guitarra cachonda.

Dejó de tocar y vio por primera vez un bosque de feas rodillas. Los cuatro atletas, el hombre gordo, los dos niños y varios otros estaban en pie junto a su manta, absortos.

—*Ziiiiii* —silbó, siguiéndola con la mirada.

Las treinta y seis horas siguientes no fueron buenas. Aquella noche tuvo que preparar a cuatro pacientes que tenían que ser operados, tarea que le repelía; afeitar el vientre o el escroto de un paciente, con lunares que cercenar y defectos insospechados que raspar y pelillos burlones y evasivos que escapaban a la hoja más cortante, era muy diferente que afeitarse uno su propio y conocido rostro. El lunes por la mañana, ayudó fielmente a Silverstone en una apendicectomía, y, a modo de recompensa, recibió permiso para tender una trampa a un juego hostil de amígdalas infectadas y cortarlas de raíz.

El martes, a las ocho, quedó libre, y a las diez y media ya estaba en la playa. La mañana estaba nublada. Observó a las gaviotas y aprendió mucho sobre su delicada aerodinámica. Hacia las once y media salió el sol, por lo cual ya no sentía tanto frío, y cuando volvió de comer había empezado a llegar gente, aunque seguía soplando la brisa y la muchacha no aparecía por ninguna parte.

Pasó la tarde sorteando piernas, buscándolas negras y sensuales. Pero no encontró el par que buscaba, de modo que se dedicó a practicar la natación y a echar la siesta, despertándose periódicamente para levantarse y otear la playa. Por fin ligó con una chica de seis años llamada Sonia Cohen, y los dos construyeron Jerusalén en la arena, operación interreligiosa que fue destruida por una ola católica a las cuatro y siete minutos. La niña se sentó junto a las olas y se echó a llorar.

Se fue de la playa lo antes que pudo, volviendo al hospital con tiempo suficiente para una rapidísima ducha y reanudar sus actividades, con arena de la paleta de Sonia haciéndole aún cosquillas en el cuero cabelludo.

Aquel turno era monótono, pero fácil de aguantar. Entonces, ya se había resignado a no volver a ver nunca más a la muchacha, convenciéndose de que no podía ser realmente tan espectacular como le decía su memoria. El jueves por la noche, el cretino de Potter se diagnosticó a sí mismo un virus, lo que probablemente quería decir otra cosa muy distinta, y se recetó cama. Adam reajustó los turnos y el resultado fue que a Spurgeon le tocaron cuatro horas de clínica de urgencia.

Cuando llegó, encontró a Meyerson sentado en un banco, aburrido, leyendo el periódico.

—¿Qué tengo que aprender, Maish?

—Poca cosa, doctor —dijo el conductor de ambulancia—. Recuerde únicamente que si viene alguien con aire de querer irse, hay que admitirle en la clínica sin más. Es una vieja regla de aquí.

—¿Por qué?

—En las horas punta esta clínica está llena. A veces los pacientes tienen que esperar horas. Pero lo que se dice horas. Se corre la voz de que alguien la ha palmado en la clínica de urgencia, y lo primero que piensan los demás es que a lo mejor también ellos se mueren sin que nadie les haga caso.

En vista de las circunstancias Spurgeon se preparó para lo peor, pero fueron cuatro horas tranquilas, sin la frenética actividad que había esperado. Leyó tres veces el único aviso que había en el tablero.

PARA: Todo el personal.

DE: Enmanuel Brodsky, enfermero farmacéutico en jefe.

PROBLEMA: Blocs de recetas desaparecidos.

Se nos ha informado en el Departamento de Farmacia que en estas dos semanas han desaparecido de algunas clínicas varios blocs de recetas. Este verano se ha notado también la falta de cier-

ta cantidad de barbitúricos y anfetaminas. En vista del apremiante problema que plantea la escasez de medicamentos, este departamento sugiere *que se tomen medidas para evitar que tanto
los blocs como los mencionados medicamentos caigan en manos
irresponsables.*

Al principio de la velada, Maish llegó con una mujer alcoho-
lizada que le dijo, sin demasiada convicción, que su cuerpo maltratado era una masa de contusiones como consecuencia de haber caído escaleras abajo. Él se dio cuenta de que alguien, quizá
su marido, o su amante, le había pegado. Los rayos X resultaron
negativos, pero Spurgeon esperó a darla de alta hasta ponerse
en contacto con un jefe de residentes, siguiendo en esto la costumbre del hospital de que sólo los residentes veteranos podían
tomar decisiones finales sobre los pacientes del Departamento
de Accidentes. Adam tenía libre aquel día y estaba trabajando en
Woodborough.

Meomartino llegó por fin y mandó a la mujer a casa, con orden de que tomara un baño caliente. Era exactamente lo mismo
que habría hecho él, sólo que veinte minutos antes, pensó Spurgeon, desdeñando el reglamento del hospital.

Poco después de las diez hizo su aparición una pareja de color,
apellidados Sampson, con su hijo de cuatro años, que lloraba a
gritos y sangraba por la palma lacerada de una mano. Spurgeon,
después de extraer fragmentos de cristal, le aplicó seis puntos de
sutura. El niño, por lo visto, se había caído del lavabo del cuarto
de baño con un frasco de medicina en la mano.

—¿Qué había en el frasco?

La mujer pestañeó.

—No sé. Era como de color rojo. Llevaba allí muchísimo
tiempo.

—Pues han tenido suerte, porque podría habérselo bebido, y
a estas alturas probablemente ya estaría muerto.

Movieron la cabeza, como separados de él por un idioma distinto.

«Qué gente», pensó Spurgeon.

Lo único que podía hacer era darles un botellín de ipecacuana y pedir a Dios que si el niño bebía alguna vez algo vene-

noso, pero no corrosivo, tuvieran el sentido común de administrarle inmediatamente una dosis para forzarle a vomitar mientras llegaba el médico.

«Si es que se les ocurre llamar al médico», pensó.

Poco después de medianoche un coche de la Policía le trajo a la señora Therese Donnelly, agitada, pero furiosa.

—Sé una adivinanza. ¿A que no sabe usted en qué se convierte un irlandés cuando se hace policía?

—No sé —dijo él.

—Pues en un inglés.

El policía que la traía mantuvo una expresión cuidadosamente seria.

La señora Donnelly tenía setenta y un años. Su coche había chocado violentamente contra un árbol. Ella había recibido un golpe en la cabeza, pero insistía en que se encontraba perfectamente. Era el tercer accidente que tenía en más de treinta y ocho años de conducir, repetía.

—Los otros dos fueron insignificantes, ¿me comprende?, y ninguno culpa mía. La gente muestra su verdadero carácter cuando se pone al volante, son bestias.

Al tiempo que indignación, exudaba leves vapores de alcohol embotellado.

—También yo sé un acertijo —dijo Spurgeon, sacándose de la memoria uno que indudablemente había leído años antes en alguna revista cómica ya olvidada—. Si se hundiera Irlanda, ¿qué es lo que flotaría?

El policía y la vieja dama mostraron gran interés, pero no dieron ninguna respuesta.

—Cork* —dijo él.

La vieja rio ruidosamente.

—¿Cuál es la parte más viril de un león?

Por encima de su cabeza, Spurgeon y el policía cambiaron sonrisas, como el apretón de manos de una sociedad secreta.

—¡No, no es eso, qué mal pensados son ustedes! Lo más viril es la melena.

* Cork es el nombre de un condado irlandés, y también «corcho», en inglés. *(N. delT.)*

«¿Sería senilidad?», se preguntó. Parecía bastante vivaz para quejarse y protestar constantemente durante el reconocimiento físico a que la sometió, y que no dio resultados notables.

Mandó sacar una radiografía del cráneo, y estaba mirándola cuando llegó su hijo.

Arthur Donnelly tenía cara de matón y estaba evidentemente preocupado.

—¿Se encuentra bien?

La radiografía no revelaba fracturas en el cráneo.

—Eso parece. Pero a su edad no estimo prudente que conduzca.

—Sí, ya lo sé, pero es uno de sus más grandes placeres. Desde la muerte de mi padre, lo único que realmente le gusta es ir en coche a visitar a sus amigas. Juegan al bridge y toman una copa.

«O dos», pensó Spurgeon.

—Parece que está bien —dijo—, pero teniendo en cuenta que tiene ya setenta y un años será mejor que pase aquí la noche, para observarla mejor.

La señora Donnelly se puso seria al oír esto.

—¿Qué es un tonto? —preguntó.

—Me rindo —dijo él, sin saber qué decir.

—Pues una persona que no se da cuenta de que después de todo lo que he tenido que aguantar lo que quiero es dormir en mi propia cama.

—Mire, conocemos este sitio —dijo su hijo—, mi hermano Vinnie... ¿le conoce, no?, el representante del estado, Vincent X. Donnelly.

—Pues no.

Donnelly pareció molesto.

—Bueno, pues es uno de los fideicomisarios del hospital, y estoy seguro de que preferiría que mi madre volviese a casa.

—Aquí podemos hacer objeto a su madre de todas las atenciones que necesita, señor Donnelly —dijo Spurgeon.

—Al diablo con eso. Le digo que conocemos este sitio, y no es un lecho de rosas. Ustedes tienen ya bastante gente que atender para que encima se preocupen de nuestra madre. Sea razonable y deje que la lleve a casa, a su propia cama. Llamaremos al doctor Francis Delahanty, que la conoce desde hace treinta años, y si hace falta, contrataremos incluso enfermeras para que la cuiden. Todo el tiempo que usted quiera.

Telefoneó a Meomartino, que le escuchó con impaciencia mientras él explicaba lo que había visto en la vieja.

—Estoy vigilando un paro cardíaco, además de otras cosas —dijo Meomartino—. Esta noche todavía no he dormido. ¿Hago realmente falta allá?

En el mejor de los casos era un voto tácito de confianza, pero Spurgeon se asió a él como a un clavo ardiendo.

—No, yo lo resuelvo —dijo.

Dio de alta a la vieja y comenzó a sentirse médico de verdad.

El resto de la noche fue tranquilo. Siguió con sus visitas, entregó algunos medicamentos, cambió unos pocos vendajes, dio las buenas noches al viejo edificio e incluso consiguió descansar tres horas seguidas antes de la mañana, volviendo a la cama al final de su turno y durmiendo hasta el mediodía.

Yendo ya al comedor a almorzar, a mitad de camino cambió de idea y, sin molestarse en subir a buscar el traje de baño, se fue del hospital y condujo su furgoneta hacia la playa de Revere.

Sonia Cohen no estaba a la vista, pero sí la muchacha negra, en el mismo sitio donde la viera la vez anterior. Le miró acercarse a ella con arena en los zapatos de ante oscuro.

Le pareció vislumbrar algo, ¿quizás un relámpago de descuidada alegría?, antes de que su mirada le enfocara, como si aquélla fuera la primera vez que se veían.

—¿Puedo sentarme con usted?

—No.

Enarenándose los zapatos, fue hacia las rocas, que no estaban lejos, hacia el lugar de los admiradores silenciosos, donde el primer día había extendido la manta. Al sentarse, las rocas, a través de la manta, le quemaron la carne.

Estuvo allí, en silencio, mirándola. El sol calentaba mucho.

La muchacha trataba de comportarse como si estuviera sola en la playa; de vez en cuando se movía con gracia instintiva al entrar en el agua, nadaba con un placer que parecía auténtico y nada afectado, y salía luego para volver a sentarse en la manta de la marina norteamericana, bajo el calor dorado.

Era uno de esos días de comienzos de otoño que llegan a veces a Nueva Inglaterra procedentes directamente de los trópicos. Spurgeon estaba sentado bajo el sol y sentía sus jugos fluir por los poros hasta que le empaparon el pelo ensortijado y cortado casi al rape, resbalando por sus mejillas como lluvia y haciendo que la ropa se le pegase al cuerpo.

Se había perdido el almuerzo. A las tres de la tarde tenía la cabeza como hueca y ligera, como una ceniza que ardiera sin peso bajo el gran sol agresivo. Los ojos le dolían por culpa de su propia sal. Cuando los abría veía tres chicas moverse grácilmente al unísono, como un grupo de elegante ballet moderno. «Estrabismo periódico», se dijo, pensando en lo maravillosamente eficientes que suelen ser los músculos ópticos.

Poco después de las tres y media la muchacha se rindió y escapó, como había hecho el día anterior. Esta vez, sin embargo, Spurgeon la siguió.

Estaba esperándola a la salida de la barraca de bañistas cuando salió: se había puesto un vestido de algodón amarillo y tenía la manta y la ropa de baño bajo el brazo. Se dirigió hacia ella.

—Oiga —dijo.

Notó que estaba asustada.

—Por favor —insistió—, no soy un pervertido, ni un chulo, ni nada de eso. Me llamo Spurgeon Robinson y soy respetable a más no poder, casi aburrido de puro respetable, pero lo que no quiero es correr el riesgo de no volverla a ver más. No hay aquí nadie que nos presente.

Ella comenzó a alejarse.

—¿Vendrá mañana? —preguntó, siguiéndola.

Ella no contestó.

—Por lo menos dígame su nombre.

—Yo no soy lo que usted busca —dijo la muchacha. Se paró y se enfrentó con él, y a Spurgeon le gustó el duro desprecio que relucía en sus ojos—. Lo que usted quiere es una chica fácil con quien pasarlo bien un día en la playa. No tengo nada que darle, caballero; lo mejor es que pruebe con alguna otra.

La otra vez que se volvió a mirarle fue cuando llegaron al fondo de las escaleras del ferrocarril elevado.

—Por favor, dígame su nombre. Nada más.

—Dorothy Williams.

Allí, en pie, mirándola subir las empinadas escaleras, Spurgeon se dijo que no estaba quedando muy bien, pero no podía apartar los ojos de ella, hasta que, por fin, la vio meter la moneda en el torniquete y desaparecer por la puerta giratoria.

No tardó en llegar un tren, como un dragón jadeante, que se interpuso entre él y la luz y se la llevó. Spurgeon se marchó de allí.

El sol brillaba, pero ahora el calor se había ido, sin duda para no volver. Spurgeon llevaba sus pantalones de baño y no le sorprendió encontrarla allí al llegar. Se saludaron tímidamente, y ella no le prohibió extender la manta a su lado, donde la arena era más fina.

Hablaron.

—Me pasé la semana buscándola; casi me quedé ciego de tanto mirar.

—Estaba en el colegio. Ayer fue mi primer día libre.

—¿Es usted estudiante?

—Maestra. Enseño arte en la escuela secundaria, séptimo y octavo grados. ¿Es usted músico?

Él asintió, diciéndose que no era una mentira y no queriendo entrar aún en detalles, más interesado en saber cosas de ella. ¿Usted pinta, o esculpe en piedra, o modela en arcilla?

Ella asintió.

—¿Cuál? —insistió él—. Quiero decir que cuál es su especialidad.

—Me salen bastante bien las tres, pero lo que se dice bien de verdad, ninguna. Si yo supiera modelar como usted toca la guitarra… entonces estaría modelando todo el tiempo.

Él sonrió y movió la cabeza.

—Eso es cosa de aficionado. «Hasta la última gota de sangre por la creación artística, ustedes, los genios, mientras los demás mortales, desgraciados que somos, os observamos tranquilamente.»

—No tiene derecho a llamarme hipócrita —dijo ella.

Incluso su desagrado agradó a Spurgeon.

—No me ha entendido. Lo que pasa es que mi primera impresión de usted es que no es de las que se arriesgan fácilmente.

—Una solterona prematura.

—No, diablos, no quise decir eso.

—Pues soy una especie de solterona —admitió ella.

—¿Cuántos años tiene?

—Veinticuatro, cumplidos en noviembre.

Le sorprendió; sólo un año menos que él.

—¿Quiere decir que ya se considera demasiado vieja para el matrimonio?

—No, no tiene nada que ver con el matrimonio. Me refiero a un estado de ánimo. Me estoy volviendo muy conservadora.

—La gente de color no tiene derecho a ser conservadora.

—¿Se preocupa mucho por las cosas, políticamente?

—Dorothy, ¿es que tengo que decirte que soy negro? —respondió él.

Este primer tuteo a ella pareció caerle bien, aunque no se sabía si era por el tuteo o por la respuesta.

Spurgeon se puso a construir castillos de arena, y la muchacha se arrodilló y cavó un hoyo en la playa para sacar arena húmeda del fondo; luego, cogió también ella arena húmeda y modeló un rostro, con los ojos fijos en las facciones de Spurgeon, y sus dedos, largos y finos, acariciaban la arena de una manera que le estaba desconcertando. Tenía razón en lo que había dicho sobre su talento, pensó él, mirando al rostro de arena, que realmente no se le parecía mucho.

Finalmente, cuando estaban los dos cubiertos de arena ella se puso en pie de un salto y corrió al agua; él la siguió, hendiendo la fría brisa y descubriendo con alivio que el agua le cubría la piel como una seda cálida, en comparación con el aire, que era más fresco. Ella seguía mar adentro y él salpicaba bravamente, para seguir a su lado. Justo antes de rendirse Spurgeon, ella se volvió y comenzaron a nadar, con los cuerpos juntos, pero sin tocarse.

—Nadas estupendamente —jadeó él, con el pecho dolorido.

—Vivimos junto a un lago. Paso mucho tiempo en el agua.

—Yo no aprendí a nadar hasta los dieciséis años, en la Riviera. —Se dio cuenta de que ella pensaba que estaba bromeando—. No, de verdad te lo digo.

—¿Y qué hacías tú allí?

—Nunca conocí a mi padre. Era marino mercante, en buques-cisterna. Mi madre se casó otra vez, teniendo yo doce años, con un sujeto estupendo. El tío Calvin. Cuando yo hacía preguntas sobre mi padre, lo único que me decía mi madre es que estaba muerto. Por eso, un verano, a los dieciséis años, decidí tratar de ver el mundo como él lo había visto. Ahora me parece una tontería, pero me figuro que pensé que a lo mejor le encontraría, vete a saber cómo. Por lo menos, ahora le comprendo.

Ella nadaba con poco movimiento, con el traje blanco de baño sumergido, sus hombros oscuros y suaves sobre la superficie, lo que la hacía parecer desnuda y bella.

—No me parece una tontería —dijo.

En el labio superior, sobre la gran boca rosada, había aparecido un levísimo bozo al secársele el agua salada al sol. Spurgeon hubiera preferido borrárselo con la lengua, pero alargó un dedo húmedo y se lo pasó suavemente por el labio.

—Sal —explicó, al echarse ella hacia atrás—. Bueno, pues no conseguí trabajo en un buque-cisterna; tuve suerte, dije que tenía dieciocho años y logré entrar en el *Ile de France* de pianista. La primera noche que pasamos en El Havre la niebla era muy densa, y yo pasé el tiempo por la calle, mirándolo todo, y les decía que no a las putas y trataba de imaginarme que era mayor y más fuerte y que tenía mujer y un hijo pequeño esperándome en Estados Unidos, pero claro es que no lo conseguía. No conseguía imaginarme siquiera cómo tenía que haberse sentido mi padre.

—Es la cosa más triste que he oído en mi vida.

Spurgeon decidió aprovecharse de su tristeza; se le acercó, torpón como una foca enamorada, y le tocó la boca con la suya. Ella comenzó a apartarse, y luego, cambiando de idea, le puso las manos en los hombros y sus labios suavemente contra los suyos durante un breve momento, un beso salino, sin pasión, pero con mucha ternura.

—Yo me acuerdo de cosas mucho más tristes —dijo él, asiéndola de nuevo.

Ella entonces le mostró los dientes y le puso los pies contra el pecho, apartándose de él. No fue una verdadera patada, pero bastó el impulso para que Spurgeon se hundiese y tragara agua, y cuando dejó de toser los dos se dijeron que ya era hora de volver a la orilla.

Salieron a nado, con carne de gallina. Spurgeon se ofreció a frotarla con la toalla para hacerla entrar en reacción, pero ella rehusó. Fue corriendo a lo largo de la playa, y Spurgeon se dio cuenta enseguida de que esto era incluso mejor que mirarla andar. La carrera duró demasiado poco y los dos volvieron a la manta; ella abrió lo que a Spurgeon le había parecido un bolso de costura y que resultó contener una excelente merienda.

—Pero todavía no me has explicado cómo aprendiste a nadar —le dijo ella.

—Ah, sí. —Spurgeon estaba comiendo ensalada de atún con pan de centeno—. Hicimos el viaje de ida y vuelta todo el verano, de Manhattan a Southampton, de allí a El Havre con dos días de parada, y luego la vuelta. Es un buque elegante y yo estaba ahorrando dinero, pero no veía más que agua. Me asustaba la idea de coger el vapor nocturno a París. Luego, hacia esta época del año, el buque estuvo una semana en El Havre, para ser reparado.

»Había un ayudante de sobrecargo, un individuo llamado Dusseault. Su mujer tenía una tienda para «primos» en Cannes, y él me dijo que, si quería, me llevaría en el coche y yo le ayudaría a conducir. Tardamos treinta horas. Mientras él se acostaba con su mujer yo me pasaba los días en la playa y miraba los bikinis. Una pandilla de hippies franceses me adoptó, o cosa parecida. Una chica muy joven me enseñó a nadar en tres días.

—¿Hiciste el amor con ella? —preguntó Dorothy al cabo de un rato.

—Era una chica blanca. Yo todavía recordaba vívidamente la avenida de Ámsterdam. Por aquella época hubiera preferido cortarme el pescuezo.

—¿Y ahora?

—¿Ahora?

Durante años la muchachita francesa había sido parte principal de sus fantasías sexuales y sociales. Repetidas veces Spurgeon se había preguntado a sí mismo lo que habría ocurrido si hubiera llegado a quedarse allí, cortejándola, casándose con ella, europeizándose. A veces el sueño perdido le entontecía de anhelo y amargura; la mayor parte del tiempo, sin embargo, llegaba a la conclusión de que el resultado habría sido desastroso. La bella muchachita probablemente se habría convertido en una mujer avasalladora; la gente, con el tiempo, habría notado el color de su piel, la serpiente habría acabado por entrar en el Jardín del Edén.

—… Ahora… la verdad es que haces demasiadas preguntas —dijo.

Spurgeon la invitó a cenar, pero ella rehusó.

—Me están esperando mis padres.

—Te llevo en coche.

—Está demasiado lejos —objetó ella, pero él insistió. Rio al ver su furgoneta Volkswagen—. No eres músico, eres una especie de transportista.

—Un director de orquesta es un transportista. Tiene que llevar al que toca el contrabajo, dos que tocan el cuerno y el de los tambores.

Ella no dijo nada.

—¿Qué te pasa?

—Nada.

—Pareces asustada.

—¿Qué sé yo quién eres? —exclamó de pronto—. Un hombre que ha ligado conmigo en la playa. Podrías ser un pervertido sexual, o algo peor.

El rompió a reír.

—Soy un vagabundo —dijo—. Voy a llevarte a una isla desierta y entrelazarte coronas de flores en el pelo.

Estuvo a punto de confesar que era médico, pero estaba pasándolo muy bien y su regocijo fue lo bastante espontáneo para calmarla. Su estado de ánimo cambió y se puso a hablar, alegrándose casi. A Spurgeon le gustaba el mero hecho de estar con ella, y un momento después el coche iba ya camino del portazgo de Massachusetts, hacia un lugar llamado Natick. La casa estaba a dos minutos del portazgo, un chalet muy limpio, de tejado de uralita, en una zona que, excepción hecha de ellos, era blanca. La madre de Dorothy era delgada y seria, con facciones agudas que insinuaban lejanos contactos con la raza blanca. El padre era un hombre oscuro y callado, que tenía aspecto de pasarse la vida cuidando del prado, podando el seto y haciendo ansiosas comparaciones entre su huerto y los de sus vecinos anglosajones y semitas.

Los padres de la muchacha le tendieron la mano con cierto recelo, pero, evidentemente, se alegraban de que su hija le hubiese traído a casa. Había allí otra niña, de tres años, de pelo negro ensortijado y piel de color café con leche, llamada Marion. Spurgeon, involuntariamente, se puso a mirar de una cara a otra, notando la identidad de las facciones.

«Es hija de Dorothy», se dijo.

La señora Williams tenía una perspicacia instintiva.

—La llamamos Hormiguita —dijo—, por lo pequeña que es. Es de Janet, mi hija menor.

Le invitaron a sentarse en la rotonda, detrás de la casa, a la sombra de vides fragantes, pero llenas de mosquitos. Mientras Spurgeon hablaba, el señor Williams le sirvió cerveza que él mismo había ayudado a hacer.

—Control de calidad. Pruebo el producto según va siendo elaborado. Durante el proceso de fermentación voy haciendo pruebas químicas y bacteriológicas.

Había entrado en la cervecería de barrendero, y luego, durante seis años, había trabajado de cargador, le explicó, mientras su mujer y su hija escuchaban en silencio, con una paciencia que evidentemente era producto de una larga costumbre. Había tenido que aprobar una serie de pruebas y exámenes para conseguir su empleo actual. Y lo más impresionante de todo:

—¡Contra tres hombres blancos!

—Maravilloso —dijo Spurgeon.

—Lo importante es la educación —prosiguió el señor Williams—. Por eso me gusta tanto que Dorothy sea maestra y ayude a la gente joven. —Ladeó la cabeza—. ¿Y tú a qué te dedicas?

Spurgeon y la muchacha hablaron al mismo tiempo.

—Es músico.

—Soy médico.

Sus padres estaban desconcertados.

—Soy médico —dijo él—, interno de cirugía en el Hospital General del condado de Suffolk.

Todos le miraron: los padres con admiración, la chica con rabia.

—¿Te gusta el pastel de pollo? —le preguntó la señora Williams, alisándose el delantal.

Le gustó la forma de servirlo, humeante, con la corteza desmigajante y más carne magra que verdura, regado con zumo fresco de fruta y acompañado con patatas que probablemente procedían de su propio huerto, que era grande y estaba en la parte trasera de la casa. De postre tomaron compota de manzana y té helado con limón. Mientras las mujeres levantaban la mesa, el señor Williams puso discos viejos de Caruso, rayados, pero interesantes.

—Era capaz de romper un vaso sólo cantando —dijo el señor Williams—. Hace años, antes de hacerme controlador de calidad, solía hacer un poco de todo para ganarme unos dólares los fines de semana, ¿sabes? Un sábado por la mañana estaba limpiando un garaje en Framingham, en el centro, y una dama muy emperifollada vino y tiró un montón de discos de Caruso al cubo de la basura.

»—¡Señora —le dije—, está usted tirando un fragmento de su cultura. —Pero ella me miró con desdén y yo cogí los discos y los metí en el coche.

Escucharon la gran voz muerta, con la niña, ligera como un copo de nieve, en las rodillas de Spurgeon, mientras de la cocina llegaba ruido de platos lavados a mano. Después de Caruso, Spurgeon buscó entre los discos para ver si había algo de jazz o música de protesta, pero no encontró nada. Había un piano viejo, usado y repintado, pero que sonaba muy bien al tocarlo Spurgeon.

—¿Quién toca el piano?

—Dorothy estuvo aprendiendo.

Las mujeres volvían de la cocina.

—Di exactamente ocho lecciones. Sé tocar bien tres canciones de niños, más unos cuantos fragmentos de otras cosas. Spurgeon toca como un profesional —les dijo a sus padres, con aviesa intención.

—Tócanos algunos himnos —pidió la madre.

«Al diablo», pensó él. Se sentó en el taburete giratorio y tocó *Steal Away, Go Down Moses, Rock of Ages, That Old Rugged Crossy My Lord, What a Morning*. Ninguno de los cuatro cantaba bien, y los blancos que van por ahí diciendo que el negro nace con el instinto del ritmo debieran haber oído al señor Williams. Spurgeon escuchaba a la chica, no como habría escuchado a una cantante profesional, sino como una persona escucha a otra, oyendo su voz, fina y llena de emoción, cantando con su madre y su padre; Spurgeon se sintió como el pez que juguetea con el anzuelo hasta que, de pronto, se da cuenta de que ya lo tiene en la garganta.

Elogiaron calurosamente lo bien que tocaba al piano y él hizo algunos comentarios hipócritas sobre lo bien que cantaban. Luego, los padres fueron a acostar a la niña y hacer café. En cuanto se vieron solos, ella comenzó a reñirle.

—¿Por qué mentiste?

—No mentí.

—Les dijiste que eres médico.

—Y es que lo soy.

—Y a mí que eras músico.

—Y lo soy. Era músico antes de ser médico, pero ahora soy médico.

—No te creo.

—Peor para ti.

Volvió el padre, y luego la madre, con una bandeja. Tomaron café y dulce de plátano. Spurgeon vio que había ya oscurecido y dijo que tenía que irse.

—¿Vas a la iglesia? —preguntó la madre.

—No, señora. En estos seis años últimos no habré ido ni cinco veces.

Ella guardó silencio un momento.

—Me parece bien que seas sincero —dijo luego—. ¿Y a qué iglesia vas cuando vas?

—Mi madre es metodista —respondió él.

—Nosotros somos unitarios. Si quieres venir con nosotros mañana por la mañana, estaremos encantados.

—He oído decir que el unitario es uno que cree en la paternidad de Dios, la hermandad del hombre y la vecindad de Boston.

Henry Williams se echó a reír ruidosamente, pero Spurgeon vio, por lo tensos que se habían puesto los labios de la señora Williams, que había dicho una tontería.

—Los dos domingos próximos estoy de servicio en el hospital. Me gustaría mucho sentarme junto a Dorothy en la iglesia dentro de tres domingos, si me invitan.

Vio que los dos la miraban a ella.

—No he ido a la iglesia últimamente —dijo Dorothy, con voz muy clara—. He estado yendo al Templo Once de Boston.

—¿Eres musulmana?

—No —intervino su madre rápidamente—; lo que pasa es que está muy interesada en ese movimiento.

—Algo de lo que dicen está bien —terció Henry Williams, como a desgano—, no cabe la menor duda.

Spurgeon les dio las gracias y se despidió. La muchacha le acompañó hasta la puerta del jardín.

—Me caen bien tus padres —dijo él.

Ella se apoyó contra la puerta.

—Mis padres son el tío Tom y su mujer. Y tú —dijo, volviendo a abrir los ojos y mirándole— te los has metido en el bolsillo a los dos. A mí me dices que eres una cosa y a ellos que eres otra.

—Ven a la playa conmigo el próximo fin de semana.

—No.

—Pienso que eres muy hermosa, pero no me gusta mendigar. Gracias por traerme a tu casa.

Estaba ya fuera cuando la voz de ella le detuvo.

—Spurgeon.

Sus ojos relucían, blancos, en la oscuridad de la vid que cubría la entrada.

—Tampoco a mí me gusta mendigar, pero ven antes de comer

y ponte un jersey de abrigo. Daremos un paseo —sonrió—. Me resfrié el trasero esperando a que llegases a esa condenada playa.

El hospital estaba exactamente como lo había dejado. El mismo olor a pobreza enferma se cernía, espeso y hosco, en el aire. El ascensor crujía y gemía al subir lentamente piso tras piso. Impulsivo, Spurgeon bajó en el cuarto piso y fue a ver cómo iban las cosas. Faltaba personal; algunas de las enfermeras estaban en cama con el mismo virus que había tumbado a Potter y a otros médicos.

—Por favor —dijo una voz.

Detrás de la cortina estaba la vieja dama polaca, con miembros como leños, cubiertos de llagas, muriendo poco a poco entre el terrible hedor de su propio cuerpo. La limpió, la lavó cuidadosamente, le dio un grano y medio de calmante, ajustó el catéter urinario, aceleró la velocidad de paso del líquido intravenoso, y dejó que muriera más dulcemente que hasta entonces.

Al pasar junto al despacho de Silverstone, de vuelta al ascensor, se abrió la puerta.

—Spurgeon.

—Hola, jefazo.

—¿Quieres hacer el favor de entrar?

De nuevo sentíase feliz, olvidado ya de la vieja cuya vida se escapaba y recordando sólo a la joven cuya vida estaba en plena madurez.

—¿Qué pasa?

—La otra noche, en la clínica de urgencia tuviste una paciente llamada Therese Donnelly, ¿no?

La vieja de los acertijos. Un ligero atisbo de recelo se le formó en el pecho.

—Sí, claro, la recuerdo.

—Volvió al hospital hace seis horas.

El atisbo se volvió certidumbre. Se puso tenso.

—¿Quieres que vaya a ver cómo está?

Los ojos de Adam eran penetrantes y firmes.

—Creo que no estaría de más que los dos fuéramos mañana por la mañana a ver lo que el patólogo hace con ella —dijo.

7

Adam Silverstone

*E*n el mundo interior de Adam Silverstone los patólogos merecían gran respeto, pero muy poca envidia. Él había hecho con bastante frecuencia el mismo y vital trabajo y se daba cuenta de que requería conocimientos de hombre de ciencia y pericia de detective, pero emocionalmente nunca había comprendido que haya gente cuyo ideal es pasarse la vida dedicado a practicar con gente viva la patología, en lugar de la medicina, pura y simple.

Después de tanto tiempo seguían sin gustarle las autopsias.

El cirujano acaba considerando al cuerpo humano como una maravillosa máquina de carne, envuelta en un notable envase epidérmico. La máquina, además, contenía múltiples procesos y funciones. Sus jugos y fibras, las increíbles complejidades de su maravillosa sustancia, hervían de vida constante y constante cambio; las enzimas reaccionan químicamente, las células se sustituyen unas a otras, a veces criminalmente; los músculos ponían en juego palancas, y los miembros se movían sobre rodamientos a bolas; bombas, válvulas, filtros, cámaras de combustión, redes nerviosas más complejas que los circuitos electrónicos de una computadora gigantesca, todo funcionaba, mientras el médico trataba de anticiparse a las necesidades del conjunto orgánico integrado.

Por el contrario, el patólogo trabajaba con objetos putrescentes, en los que no funcionaba ya nada.

Entró el doctor Sack, ansioso de tomar su café matinal.

—¿Qué es lo que le trae por aquí? —saludó Adam—. ¿Sed de ciencia? Era su paciente, ¿no?

Se preparó un café en una enorme taza verde agrietada en la que se leía la palabra MADRE.

—No, pero fue tratada en mi servicio.

El doctor Sack gruñó.

Cuando hubo apurado el café le acompañaron a la sala de autopsias, cubierta de azulejos blancos. El cuerpo de la señora Donnelly estaba sobre la mesa. Los instrumentos estaban listos.

Adam miró la sala, aprobadoramente.

—Debe de contar con un buen asistente —dijo.

—Así es —dijo el doctor Sack—. Lleva once años conmigo. ¿Qué sabe usted de asistentes?

—Lo fui yo, de estudiante. Con el examinador médico de Pittsburgh.

—¿Jerry Lobsenz? Dios le tenga en su gloria. Fue buen amigo mío.

—También mío —dijo Silverstone.

El doctor Sack no parecía tener prisa por empezar. Se sentó en la única silla que había en la sala y pasó revista cuidadosamente al historial clínico de la difunta, mientras los otros esperaban.

Finalmente, se levantó y se dirigió hacia el cadáver. Cogiendo la cabeza con ambas manos, la movió de un lado para otro.

—Doctor Robinson —dijo al cabo de un momento—, ¿quiere hacer el favor de venir?

Spurgeon se acercó y Silverstone fue detrás de él. El doctor Sack volvió a mover la cabeza. Muerta, la vieja parecía estar negando algo tercamente.

—¿Oye?

—Sí —repuso Spurgeon.

Junto a él, Adam oyó también un leve ruido, como de raspar.

—¿Qué es?

—Pronto lo sabremos con seguridad —respondió al doctor Sack—. Ayúdenme a darle la vuelta. Creo que vamos a encontrar una fractura del proceso odontoideo —dijo a Spurgeon—. En resumen, que la pobre se rompió el cuello cuando se golpeó la cabeza en el accidente de automóvil.

—Pero cuando yo la vi no sentía ningún dolor —dijo Spurgeon.

El doctor Sack se encogió de hombros.

—No tiene necesariamente que haber sentido dolor. Sus huesos eran viejos y frágiles y podían romperse fácilmente. El proceso odontoideo es pequeño, una prominencia ósea de la segunda vértebra cervical. Su hijo dice que anoche se encontraba muy bien, comió con buen apetito, una hora antes de la muerte. La metieron en la cama con tres almohadas para que descansase bien. Se deslizó hacia abajo y volvió a enderezarse contra las almohadas. Me imagino que la incomodidad, más el esfuerzo de volver la cabeza sobre los huesos del cuello, empujó al fragmento suelto contra la médula espinal, causándole la muerte casi instantáneamente.

Realizó la laminectomía, cortando la parte trasera del cuello para poner al descubierto los nudillos de la espina cervical y seccionando certeramente el músculo rojo y los ligamentos blancos.

—¿Nota la duramadre espinal, doctor Robinson?

Spurgeon asintió.

—Igual que la membrana que envuelve el cerebro.

Con la punta enguantada del dedo y el bisturí ensanchó la incisión para que pudieran ver la zona de la hemorragia, y la médula espinal, aplastada por el fragmento de hueso, el asesino.

—Ahí está —dijo, contento—. ¿No mandó hacer radiografía del cuello, doctor Robinson?

—No.

El doctor Sack apretó los labios y sonrió.

—Pues profetizo que la próxima vez sí que lo hará.

—Sí, doctor —dijo Spurgeon.

—Denle la vuelta otra vez —dijo el doctor Sack. Miró a Silverstone—. Veamos qué tal le enseñó a usted el viejo Jerry —añadió—. Acábela por mí.

Sin vacilar, Adam cogió el bisturí que el otro le tendía e hizo la ancha, honda incisión en «Y» sobre el esternón.

Cuando, unos momentos después, levantó la vista vio que los ojos del doctor Sack relucían de satisfacción. Pero miró a Spurgeon y su sensación placentera desapareció. Los ojos del interno estaban fijos en el bisturí de Adam, pero sus facciones estaban tensas y llenas de depresión.

Lo cierto es que, fueran sus pensamientos los que fuesen, en aquel momento Spurgeon se hallaba muy lejos del pequeño grupo que se había congregado en torno a la mesa.

A Adam, Spurgeon le era simpático, pero la certidumbre desconcertante de ser el único responsable de una muerte era como una Gorgona que tarde o temprano se presentaba ante los ojos de todos los médicos, y él sabía instintivamente que lo mejor era dejar que el interno se defendiera él solo a su manera.

También Adam tenía sus problemas en el laboratorio de experimentación de animales.

El perro pastor alemán llamado *Wilhelm*, el primer perro al que había dado una fuerte dosis de imurán, reaccionó clínicamente casi igual que Susan Garland. A los tres días *Wilhelm* había muerto, víctima de una infección.

La perra llamada *Harriet*, a la que había administrado una dosis mínima del fármaco inmunosupresor, rechazó el riñón trasplantado el mismo día en que murió *Wilhelm*.

Adam había operado a gran número de perros, algunos de ellos viejos y feos, otros aún cachorros y tan bonitos que tenía que hacer un gran esfuerzo para no recordar con emoción los anuncios de periódicos, realmente absurdos, de los grupos antivivisección istas, cuyos miembros preferirían sacrificar a niños con tal de salvar vidas animales. Gracias a estas operaciones, Adam iba comprobando las dosis exactas y eficaces, reduciendo las cantidades máximas y aumentando las mínimas y tomando cuidadosas notas en el cuaderno manchado de café del doctor Kender.

Tres de los perros que habían recibido grandes cantidades del medicamento cogieron infecciones y murieron.

Otros cuatro animales, con dosis menores, experimentaron rechazo.

Cuando hubo reducido el número de posibilidades, resultó evidente que la gama de dosis eficaces, pero no peligrosas, era limitadísima, con el rechazo del riñón trasplantado, por una parte, y una invitación cordial a la infección, por otra.

Siguió experimentando con otros fármacos y había completado ya sus estudios de los animales con nueve de los agentes cuando el doctor Kender recibió a Peggy Weld en el hospital para un examen físico preliminar a la operación.

Kender estudió cuidadosamente el cuaderno de notas del laboratorio. Juntos, tradujeron los pesos animales a términos de peso humano y calcularon dosis equivalentes de medicamentos.

—¿Qué imnunosupresor piensa darle a la señora Bergstrom? —preguntó Adam.

Kender, sin contestar, hizo crujir los nudillos; luego, se tiró de la oreja.

—¿Cuál usaría usted?

Adam se encogió de hombros.

—Por lo que se refiere a los agentes que he usado hasta ahora no parece haber ninguna panacea. Yo diría que cuatro o cinco no son satisfactorios. Un par, creo, son tan eficaces como el imurán.

—Pero ¿no mejores?

—Yo diría que no.

—Estoy de acuerdo. El suyo es el vigésimo estudio que hemos hecho aquí. Yo mismo he hecho diez o doce. Por lo menos uno de nuestros equipos de trasplantes conoce el medicamento. Seguiremos con el imurán.

Adam asintió. Programaron la operación de trasplante para el jueves por la mañana. La señora Bergstrom iría a la sala de operaciones número 3, y la señorita Weld a la número 4.

A pesar de haber aumentado sus ingresos y disminuido el pluriempleo seguía sin poder dormir, y ahora la causa era Gaby Pender. Visitaron museos, fueron a escuchar a la Sinfónica y asistieron a un par de fiestas. Una noche se quedaron en el apartamento de Gaby y comenzaron a besuquearse, y estaban haciendo extraordinarios progresos cuando la compañera de cuarto volvió a casa. Los días que no podían verse charlaban por teléfono.

A principios de noviembre Gaby comentó casualmente que tenía que ir a Vermont a pasar cuatro días, y le preguntó a Adam si quería acompañarla. Él calibró las implicaciones, y a continuación las palabras que ella había empleado.

—¿Qué quieres decir con que «tienes» que ir?

—Tengo que ir a ver a mi padre.

—Ah.

Y por qué no, pensó. Había sido asignado al trasplante de la señora Bergstrom, pero podían marchar el jueves por la noche.

En principio sólo tenía libres treinta y seis horas, pero llegó a un arreglo con Meomartino, a cambio de un favor similar en el futuro, con el fin de disponer de más tiempo.

Miriam Parkhurst y Lewis Chin, los dos cirujanos externos, habían practicado una operación de urgencia en la sala de operaciones número 3 durante las primeras horas de la madrugada del jueves; un caso bastante sucio, o sea, que toda la sala tenía que ser bien lavada antes de llevar a la señora Bergstrom. Adam esperó en el pasillo, fuera de la sala de operaciones, en compañía de Meomartino, junto a las literas con ruedas en que yacían las gemelas, conscientes, aunque les habían administrado calmantes.

—Peg —dijo Melanie Bergstrom, adormilada.

Peggy Weld se incorporó sobre un codo y miró a su hermana.

—Ojalá nos hubieran dejado ensayar esto.

—No, esta vez hay que improvisar.

—Peg.

—¿Qué?

—Se me había olvidado darte las gracias.

—No empieces ahora, no podría aguantarlo —advirtió Peggy Weld, con sequedad. Sonrió—. ¿Te acuerdas de cómo solía yo llevarte al retrete de señoras cuando éramos pequeñas? Pues todavía te estoy llevando al retrete de señoras.

Medio embriagadas de pentotal, las dos rompieron a reír, hasta que gradualmente volvieron a guardar silencio.

—Si me pasa algo, cuida de Ted y de las niñas —dijo Melanie Bergstrom.

La otra no contestó.

—¿Me lo prometes, Peg? —preguntó Melanie.

—Cállate, tonta.

Las puertas de la sala de operaciones número 3 se abrieron de par en par y salieron dos asistentes, sacando dos cubos de basura con ruedas, que empujaban con los pies.

—Para usted para siempre, doctor —dijo uno de ellos.

Adam asintió y los dos llevaron a la señora Bergstrom a la sala.

—Peg.

—Te quiero, Mellie —dijo Peggy Weld.

Estaba llorando mientras Adam empujaba la litera hacia la sala de operaciones número 4. Sin necesidad de que se lo dijera nadie, el gordo le administró otra inyección en el brazo antes de extenderla sobre la mesa.

Adam fue a lavarse. Cuando volvió, el anestesista ya estaba sentado en su taburete, cerca de la cabeza de ella, manipulando los mandos.

Rafe Meomartino, que trabajaba en la otra sala de operaciones, estaba inclinado sobre Peggy Weld, secándole suavemente la humedad del rostro con un pedazo de gasa esterilizada.

Todo fue a pedir de boca. Peggy Weld tenía los riñones en perfecto estado, y Adam ayudó mientras Lew Chin le extraía uno y luego lo bañaba; después, fue a la otra sala de operaciones a ver a Meomartino ayudar a Kender en el trasplante.

El resto del día fue aburrido y transcurrió lentamente. Por eso se sintió muy contento cuando, por la tarde, Gaby llegó en coche al hospital a buscarle.

Por el camino hablaron muy poco. El paisaje era bonito de una manera otoñal y desnuda, pero no tardó en ponerse gris, hasta el punto de que ya no se veía nada por la ventanilla, excepto sombras móviles. Dentro, a la tenue luz de los mandos, Gaby no era más que una silueta, bella y cambiante en algún detalle de vez en cuando, como cuando sorteaba coches conducidos con más sentido común que el suyo, o frenaba para evitar un choque con un camión. Iba demasiado deprisa; corrían como si les persiguiera el diablo, o el mismísimo Lyndon Johnson.

Vio que Adam estaba mirándola y sonrió.

—Fíjate en la carretera —dijo él.

Al adentrarse por las laderas de las colinas la temperatura comenzó a bajar. Adam bajó el cristal de la ventanilla y olió en el aire el mordisco del otoño, que llegaba a ellos de las colinas color ciruela, hasta que Gaby le dijo que cerrara, porque tenía miedo de resfriarse.

El lugar de veraneo de su padre se llamaba Pender's North Wind. Era una finca rural grande y extensa, que en tiempos pasados había sido escenario de mayores esplendores. Gaby sacó el coche de la calzada principal, entre dos gárgolas de piedra, y siguieron por una larga avenida cubierta de guijo crujiente, hasta llegar a una mansión victoriana que se levantaba increíblemente ante ellos, y en la que sólo la parte central del entresuelo estaba iluminada.

Al bajar del coche, algo que había cerca, animal o pájaro, emitió un chillido triste y agudo, que se repitió una y otra vez como una deprimente letanía.

—Dios —exclamó él—, ¿qué es eso?

Su padre salió a recibirles, mientras Adam sacaba del coche las maletas. Era un hombre alto, delgado y de buen aspecto, con pantalones de faena y camisa azul. Tenía el pelo gris, pero ondulado y tupido. Su expresión era limpia y agradable, y en su juventud tuvo que haber sido impresionante, porque aún podía calificársele de guapo.

Pero Adam notó que tenía miedo de besar a su hija.

—Bien —dijo—, por fin llegaste y con un amigo. Me alegro de que esta vez hayas traído a alguien.

Ella les presentó y se estrecharon la mano. Los ojos del señor Pender eran vivos y duros.

—Me llamo Bruce. Tuteémonos —ordenó—. Deja las maletas, yo me encargaré de que os las suban. —Se hizo a un lado para dejarles pasar, junto a un campo verde de golf, donde la última polilla revoloteaba aún en torno a la luz, y se detuvieron ante una silenciosa y reluciente extensión de agua—. ¿Nunca visteis una cosa así?

—No —dijo ella.

—Tamaño olímpico. Aquí podría bañarse un ejército entero. Celebramos carreras de natación. No sabéis lo que es esto en el verano; los fines de semana de mucho calor se llena literalmente de carne humana. Me costó lo suyo, pero vale la pena.

—Está muy bien —dijo ella, con voz curiosamente protocolaria.

Les llevó a una puerta lateral y bajaron por unas escaleras; luego fueron por un túnel, hasta que se vieron en un bar, en el sótano, donde cabrían unas doscientas personas. Frente a la gran chimenea, donde las llamas saltaban y chisporroteaban sobre los cadáveres de tres leños, una mujer y dos niñas pequeñas estaban sentadas, esperando. Sus pies descalzos, idénticamente delgados, estaban extendidos hacia el fuego, que se reflejaba en treinta uñas pulidas, dándoles el aspecto de pequeñas conchas de color rojo sangre.

—Ha traído a un amigo —dijo el padre.

Pauline, la madrastra de Gaby, era una pelirroja muy atildada, cuyo generoso cuerpo era aún joven, pero no tanto como proclamaba su cabellera. Las chicas, Susan y Buntie, eran hijas suyas de un matrimonio anterior. Tenían once y nueve años respectivamente. Su cauta madre hablaba poco, pero cuando lo hacía cada una de sus palabras parecía pensada de antemano.

Bruce Pender echó otro leño al fuego, demasiado vivo para el gusto de Adam.

—¿Habéis comido?

Habían comido, pero hacía ya tanto tiempo que Adam volvía a tener hambre; así y todo los dos contestaron que sí. El señor Pender sirvió las copas abundantemente.

—¿Qué sabes de tu madre? —preguntó a Gaby.

—Está muy bien.

—¿Sigue casada?

—Sí, que yo sepa.

—Vaya, me alegro. Buena persona. Lástima que sea como es.

—Yo creo que es hora de que os acostéis —dijo Pauline.

Las chicas protestaron, pero acabaron obedeciendo; se pusieron los zapatos y dieron las buenas noches medio adormiladas. Adam notó que Gaby las besaba con una simpatía que parecía incapaz de mostrar a su madrastra o a su padre.

—Pauline vuelve ahora mismo —dijo Bruce cuando estuvieron solos—. La casa está aquí cerca.

—Ah. ¿No vivís en el hotel?

Pender sonrió y movió la cabeza.

—Todo el verano, lo que se dice todo, y todos los fines de semana durante la temporada de esquí, esto parece una casa de locos. Las camas chirrían que es un primor. Más de mil huéspedes, la mayoría gente soltera que viene aquí a armar jaleo y tener orgasmos.

—Ya notarás que mi padre es delicadísimo en el hablar.

Pender se encogió de hombros.

—A las cosas hay que llamarlas por su nombre. Gano dinero con un burdel legal. Todas las ventajas económicas y ninguno de los riesgos legales. Son neoyorquinos, pero gastan grandes cantidades de dinero.

Se produjo un silencio.

—Silverstone —dijo, mirando a Adam entornando un ojo—, ¿eres judío?

—Mi padre lo es. Mi madre era italiana.

—Ah.

Sirvió otra ronda de copas para los tres y también para la ausente Pauline. Adam tapó su vaso con la mano.

—El verano pasado, una madrugada, hacia las dos —continuó Pender—, casi se ahogó alguien en la fuente del prado. No en la piscina, en la fuente. Hace falta ingeniarse. Dos universitarios, bebidos como cubas.

Gaby no dijo nada y bebió un sorbo.

—Algunas de las chicas están pero que muy bien. Pauline me tiene muy vigilado —prosiguió, bebiendo pensativamente—. Este sitio es de ella, claro. Quiero decir que lo he puesto a su nombre. La madre de Gaby me dejó lo que se dice limpio. Me hizo pagar hasta el último centavo.

—Razones tenía, papá.

—Razones, al diablo.

—Todavía recuerdo escenas de mi niñez, papá. ¿Tratáis tú y mi querida Pauline a Suzy y a Buntie de la misma manera que me tratabais a mí?

Pender miró a su hija de modo inexpresivo.

—Pensé que con un invitado serías más razonable —dijo.

Fuera, volvió a oírse el triste chillido.

—¿Qué es eso? —preguntó Adam.

Pender parecía querer cambiar de tema.

—Ven, te lo voy a enseñar.

Por el camino encendió una luz exterior que iluminaba una parte del prado en la parte trasera de la piscina. En una jaula de alambre para pollos, un gran mapache hembra se paseaba como un león; sus ojos rojos relucían fieramente detrás de la máscara negra de su rostro.

—¿Dónde la cazaste? —preguntó Adam.

—Uno de los universitarios la tiró de un árbol con una pértiga y la cubrió con una caja.

—¿Y la tienes aquí como… atracción turística?

—No, ¡qué va! Son peligrosos. Un mapache hembra como ésta es capaz de matar a un perro.

Cogió una escoba y metió el mango por entre el alambre, dando con él al animal en las costillas. El mapache se volvió. Sus garras, como manecitas de dama elegante, cogieron el palo, y con su boca le arrancó astillas.

—Ahora está en celo. La tengo aquí para que atraiga a los machos —dijo, indicando dos cajas más pequeñas situadas al extremo de la luz—. Trampas.

—¿Y qué haces con los que cazas?

—Asados con boniatos, son exquisitos. Un verdadero manjar de dioses.

Gaby se apartó y se alejó. Los dos se unieron a ella dentro de la casa. Se volvieron a sentar y estaban tomando otra ronda de copas cuando volvió Pauline.

—Brrr —dijo, quejándose del frío de la noche.

Se sentó junto a su marido y preguntó a Gaby por sus estudios. Bruce le pasó el brazo por la cintura y le dio un solo pellizco en el pecho, redondo como un melón, para reafirmar su autoridad. Las dos mujeres siguieron hablando, fingiendo no haberlo notado.

La languidecente conversación volvió a reanimarse, a veces con verdadera desesperación. Hablaron de teatro, de béisbol, de política. El señor Pender envidiaba California porque tenía de gobernador a Ronald Reagan, murmuraba que el GOP* había

---

* Siglas de *Grand Old Party*, el «grande y viejo partido», el partido republicano norteamericano. *(N. del T.)*

sido desacreditado por Rockefeller y Javits, e insistía en que Estados Unidos debería hacer un alarde de fuerza y borrar del mapa a la China comunista con una lluvia de bombas atómicas un 4 de julio*. Adam, que entonces estaba ya intrigado por la enormidad de la aversión que le inspiraba aquel hombre, no pudo aparentar la seriedad necesaria para ponerse a discutir sobre la locura de masas.

Aparte de que se sentía tremendamente soñoliento. Por fin, después de haber bostezado tres veces, Pender cogió la botella de whisky casi vacía e hizo señas de que la velada había terminado.

—Aquí, a Gabrielle solemos darle una alcoba en la casa con nosotros. Pero como ha traído un compañero de juegos os daremos a los dos alcobas contiguas en el tercer piso.

Se despidieron de Pauline, que estaba sentada, rascándose pensativamente la suela de un pie blanco y estrecho, con uñas agudas que hacían juego con el color de sus enrojecidos dedos del pie. Pender les condujo escaleras arriba.

—Buenas noches —se despidió Gaby, con frialdad; evidentemente, se había dirigido a los dos hombres por igual.

Entró en su cuarto sin mirarles y cerró la puerta.

—Cualquier cosa que necesites tendrás que buscártela tú mismo. Gabrielle sabe dónde está todo. Tenéis todo el edificio a vuestra disposición.

«¿Cómo puede sonreír así una persona que sabe que la chica que él cree que va a acostarse con uno de un momento a otro es su propia hija?», se preguntó Adam.

Sabía que Gaby estaba escuchando al otro lado de la puerta cerrada.

—Buenas noches —dijo.

Pender hizo un ademán y se fue.

¡Santo cielo!

Se echó en la cama completamente vestido. Oyó a Pender bajar las escaleras y reír un poco con su mujer. Luego, oyó el ruido de ambos al irse del hotel. El viejo edificio estaba silencioso. En la habitación contigua se oía a Gaby moverse por el cuarto, sin duda preparándose para acostarse.

---

* El día nacional de Estados Unidos. (N. del T.)

Ambas alcobas estaban separadas por un cuarto de baño. Lo cruzó y golpeó la puerta cerrada.

—¿Qué es?

—¿Tienes ganas de hablar?

—No.

—Bueno, pues buenas noches.

—Buenas noches.

Cerró las dos puertas del cuarto de baño, se puso el pijama, apagó la luz y estuvo un rato echado, a oscuras. Fuera, más allá de la ventana abierta, los grillos rechinaban una patética serenata, quizá sabiendo que la helada que iba a acabar con ellos asomaba ya por el horizonte. El mapache emitía un grito desesperado, como de llanto. Gaby Pender fue al cuarto de baño y a través de la puerta cerrada Adam oyó el tintineo y luego la cascada del retrete, sonidos que, a pesar de su larga experiencia clínica, le hacían ponerse rígido y esperar, odiando a su padre.

Se levantó y encendió la luz. Había papel de escribir en el escritorio, con el membrete del hotel. Cogió su estilográfica y escribió rápidamente, como si extendiera una receta a un paciente:

Al delegado de la Junta Municipal
Departamento de Caza y Pesca
Montpelier, Vermont.

Muy señor mío:

Un mapache hembra de gran tamaño, capturado ilegalmente, está enjaulado en este hotel como cebo para la captura ilegal de mapaches macho. He comprobado personalmente que el animal está siendo maltratado y estoy dispuesto a dar testimonio de ello. Puede comunicar conmigo en el Departamento de Cirugía del Hospital General del condado de Suffolk, en Boston. Le ruego lleve a cabo la investigación lo antes posible, porque los mapaches que capturan son para comérselos.

Suyo afectísimo,

Adam R. Silverstone,
doctor en medicina

Puso la carta en un sobre, lo cerró cuidadosamente humedeciendo el borde con los labios, sacó sellos de la cartera y pegó uno.

Luego guardó la carta en la maleta y volvió a echarse en la cama. Durante un cuarto de hora estuvo moviéndose, con la seguridad, a pesar de lo fatigado que se sentía, de que no iba a poder dormir.

El viejo hotel crujía como si fantasmas lujuriosos saltasen de las camas y corrieran de un cuarto a otro, agitando, en lugar de cadenas, cinturones de castidad descerrajados. Los grillos chirriaban su canto del cisne. El mapache gemía y parecía volverse loco. Una vez, le pareció oír llorar a Gaby, pero quizás estuviera equivocado. Y se quedó dormido.

Le despertó, casi inmediatamente después, o así le pareció, la mano de Gaby.

—¿Qué pasa? —preguntó, pensando instintivamente que se hallaba en el hospital.

—Adam, sácame de aquí.

—Sí, naturalmente —dijo entontecido, ni dormido ni despierto. Cerró los ojos contra la luz que Gaby había encendido. Vio que se había puesto pantalones largos y un jersey—. ¿Ahora, quieres decir?

—En este mismo instante.

Sus ojos estaban rojos de haber llorado. Adam sintió que le invadía una ola de ternura y de pena. Al mismo tiempo, su cansancio le empujaba la cabeza contra la almohada.

—Pero ¿qué van a pensar? —dijo—. No creo que estuviera bien desaparecer así como así, en plena noche.

—Dejaré una nota. Les diré que te llamaron urgentemente del hospital.

Adam cerró los ojos.

—Si no quieres venir conmigo, me voy yo sola.

—Ve escribiendo la nota mientras me visto.

Tuvieron que bajar a tientas la amplia escalera, en plena oscuridad. La luna estaba ya baja, pero daba suficiente luz para permitirles encontrar el coche con facilidad. Los grillos se habían dormido, por la razón que fuese. Al otro lado de la piscina, el pobre mapache seguía armando escándalo.

—Espera —dijo ella.

Encendió los faros del coche y se arrodilló a su luz para escoger un gran pedrusco. Adam iba a seguirla, pero ella le detuvo.

—Quiero hacerlo yo sola.

Él siguió sentado en el asiento de cuero, húmedo de rocío y se estremeció al oírla romper la cerradura de la jaula, preguntándose si habría sido capaz de echar realmente la carta de denuncia que tenía escrita. Un momento después, el mapache cesó de gritar. La oyó volver corriendo al coche, y luego un ruido sordo, como de una caída, y una maldición de Gaby.

Cuando volvió al coche, Gaby estaba riendo y gimiendo y lamiéndose la palma despellejada de una mano.

—Tenía miedo de que me mordiera y cuando eché a correr tropecé en una de las trampas —dijo—. Casi caí de cabeza al estanque.

Adam se echó a reír, y también ella; rieron los dos todo el camino, hasta la calzada, hasta más allá de las gárgolas de piedra y bien entrado el camino real. Cuando dejaron de reír Adam vio que Gaby estaba llorando. Pensó ponerse al volante, para que pudiera llorar a sus anchas, pero desistió de ello porque se sentía muy cansado.

Gaby lloraba en silencio. «Esta forma de llorar es la peor —pensó él—, mucho más difícil de presenciar que un lloriqueo dramático.»

—Escucha —le dijo finalmente con voz fatigada, como si estuviera borracho—, no eres tú la única persona con padres repulsivos. A tu padre le obsesiona el sexo; al mío, el alcohol.

Le explicó a grandes rasgos quién era Myron Silberstein, sin emoción y llamando a las cosas por su nombre. Apenas omitió nada: la historia de un músico ambulante de Dorchester que por pura casualidad consiguió trabajo en la orquesta del Teatro Davis, de Pittsburgh, y una noche conoció a una muchacha italiana mucho más joven e inexperta que él.

—Seguro que se casó con ella por mí —dijo—. Empezó a beber antes incluso de que yo tuviera uso de razón y todavía no ha parado.

De nuevo en la carretera 128, el coche se adentraba en la noche, rehaciendo el camino por donde habían venido. Gaby le tocó el brazo.

—Nosotros podemos ser el comienzo de generaciones nuevas —dijo.

Él asintió y sonrió. Luego se quedó dormido.

Cuando despertó, estaban cruzando el puente de Sagamore.

—¿Dónde demonios estamos?

—Teníamos hechos los planes —respondió ella—. Me parece una lástima volver a casa sin más y quedarnos sin vacaciones.

—Pero ¿adónde vamos?

—A un sitio que yo conozco.

Se quedó callado y dejó que siguiera conduciendo. Cuarenta y cinco minutos después se hallaban en Truro, a juzgar por el letrero que su coche iluminó fugazmente al pasar de la carretera 6 a la de Cabo Cod, dos surcos de arena blanca separados por un intervalo de hierba alta. Subieron por un montículo, y a la derecha, muy por encima de ellos, un dedo móvil de luz surcaba, al borde del mar, el cielo negro. El ruido del oleaje les sorprendió de pronto, como si alguien lo hubiese conectado sin previo aviso.

Ella había aminorado considerablemente la velocidad. Adam no sabía qué era lo que estaba buscando, pero, fuera ello lo que fuese, lo cierto es que acabó por encontrarlo, y volvió a sacar el coche de la carretera. No se veía nada, excepto negrura, pero cuando bajaron del coche Adam distinguió un macizo de oscuridad más sólida: un pequeño edificio.

Un edificio muy pequeño, una casucha, o una choza.

—¿Tienes llave?

—No hay llave —respondió ella—. Está cerrado por dentro. Entraremos por la entrada secreta.

Le guió hacia la parte trasera. Los pequeños pinos les desgarraban con dedos invisibles. Las ventanas estaban protegidas con tableros, comprobó Adam.

—Tira de los tableros —dijo ella.

Así lo hizo y los clavos salieron fácilmente, como si hubieran hecho y rehecho el mismo camino muchas veces. Gaby levantó la ventana y saltó como pudo sobre el alféizar.

—Cuidado con la cabeza —le dijo él.

Adam saltó también, cayendo sobre la litera superior. El cuarto era pequeño, en comparación del cual incluso su dormitorio del hospital parecería espacioso. Las literas de madera, toscamente hechas, ocupaban la mayor parte del espacio, no dejando más que una especie de pasillo para ir a la puerta. La iluminación consistía en bombillas desnudas, que se encendían tirando de cordeles. Había otras dos estancias idénticas a la que les había servido de acceso; un cuarto de baño minúsculo, con ducha, pero sin bañera y un cuarto para todo, con utensilios de cocina, una mecedora renqueante y un sofá, lleno de abolladuras, devorado por las polillas. La decoración era la clásica del Cabo Cod: conchas de almejas a modo de ceniceros, una langostera que hacía las veces de mesita, erizos de mar y una estrella de mar en la repisa de la chimenea, una caña de pescar en un rincón y, en otro, una cocinilla de gas que Gaby manipuló y encendió con gran pericia.

Adam seguía allí, tambaleándose.

—¿Qué quieres que haga? —preguntó.

Ella le miró y por primera vez se dio cuenta de lo fatigado que estaba.

—Oh, Dios —dijo—. Adam, lo siento de verdad, créeme que lo siento.

Le llevó a una litera inferior, le quitó los zapatos, le cubrió tiernamente con una manta de lana que le hacía cosquillas en la barbilla, le dio suaves besos en el ojo que le cerraban los párpados, y le dejó solo, mientras él se sumergía en el sueño al ritmo del oleaje.

Finalmente, despertó al sonido de cuernos de niebla, como el rutar de estómagos gigantescos, el aroma y el chasquido de comida que está friéndose, y la sensación de estar viajando como emigrante impecune en un barco muy pequeño. Una neblina humosa había dejado la ventana tan ciega como los ojos de un topo.

—Pensé que te despertarías tarde —dijo ella, friendo jamón—, pero me entró tal hambre que tuve que ir a la tienda del camping a por comida.

—¿De quién es esta choza? —preguntó él, dominado aún por vagos temores de que la policía pudiera detenerle.

—Es mía. Me la dejó mi abuela en un pequeño fideicomiso que hizo antes de morir. No te preocupes, somos la legalidad misma.

—Santo Dios, eres una heredera.

—Hay agua caliente de sobra. El calentador es bueno —dijo ella, con orgullo—, y en el armario encontrarás pasta dentífrica.

La ducha le devolvió su entusiasmo, pero el contenido del armario del cuarto de baño le dejó de nuevo un poco deprimido. Había algo que al principio le había parecido un gorro para la ducha, pero que resultó ser una lavativa; además, vio una serie de frascos con pastillas y líquidos para la nariz y los ojos, aspirinas y calmantes de diversas clases, y una verdadera colección de vitaminas y píldoras y medicinas sin marbete, el tesoro de un neurótico aficionado a toda clase de indulgencias médicas.

—¡Dios! —exclamó, con irritación, al salir—. ¿Quieres hacerme un favor?

—¿Qué?

—Tirar toda esa… basura que tienes en el armario.

—Sí, doctor —aceptó ella, con una excesiva mansedumbre. Desayunaron melocotones en lata, jamón y huevos y maíz congelado, que se pegaba a la tostadora y hubo que comerlo desmigado.

—Haces café mejor que nadie —dijo él, ya de mejor humor.

—Es que conozco la cafetera como si fuera yo misma. Viví aquí sola un año entero.

—¿Un año? ¿El invierno entero, quieres decir?

—Sí, sobre todo el invierno. En tales circunstancias, ya comprenderás que una taza de café puede llegar a ser un verdadero salvavidas.

—¿Y por qué querías estar sola?

—Pues te lo diré. Un hombre me abandonó.

—¿De verdad?

—Como lo oyes.

—Hace falta ser bestia.

Ella sonrió.

—Gracias, Adam, eso me gusta.

—No, lo digo de verdad.

—Bueno, en fin, el hecho es que encima de mi situación paterna, que ya ves lo mucho que deja de desear porque lo has visto con tus propios ojos, me vi metida en esa tragedia emocional. Me dije que lo que le fue bien a Thoreau* le iría bien a cualquiera, de modo que cogí unos libros y me encerré aquí para poner mis ideas en orden y encontrarme a mí misma.

—¿Y lo conseguiste? Quiero decir que si te encontraste a ti misma.

Ella vaciló un momento.

—Creo que sí.

—Pues tienes suerte.

La ayudó a lavar los platos.

—Parece que estamos sitiados por la niebla —dijo Adam, mientras ponían en orden la vajilla.

—No, nada de eso. Ponte una chaqueta, quiero enseñarte una cosa.

Salieron de la choza y ella le guio por un camino casi completamente cubierto de baja y tupida vegetación. Adam vio bayas de laurel y algún que otro ciruelo de playa, sin hojas. La niebla era tan densa que sólo veía el camino que pisaba y el suave cimbreo de los pantalones largos y ajustados que tenía delante de los ojos.

—¿Sabes adónde vamos?

—Sabría ir con los ojos cerrados. Cuidado; a partir de ahora hay que ir despacio. Ya casi hemos llegado.

Parecía un precipicio vertical. Se hallaban al borde de un abismo que caía sobre el mar; la niebla era como un muro delante de ellos, pero, a sus pies, estaba el vacío, un vacío de niebla maciza, y su imaginación le dijo a Adam que era aterrador, una copia exacta del abismo de treinta metros que él solía saltar por dinero en el espectáculo acuático de Benson.

—¿Es profundo? ¿Y muy empinado?

—Empinadísimo y muy hondo. Asusta a la gente que lo ve

* Henry David Thoreau, poeta norteamericano del siglo pasado, que pasó dos años seguidos viviendo solo en una choza, en bosque. (*N. del T.*)

por primera vez, pero no hay peligro. Yo bajo al fondo dejándome resbalar sobre el trasero.

—¡Menudo vehículo!

Gaby sonrió, aceptándolo como un piropo. Mientras Adam se ponía en cuclillas, nervioso, a poca distancia de él, Gaby, con los ojos cerrados y husmeando la niebla fría y salada, agitaba los pies sobre el borde del abismo.

—Te encanta —observó él.

—La costa cambia constantemente, pero siempre sigue siendo la misma de cuando mi abuelo hizo construir la choza para mi abuela. Hay un corredor de fincas en Provincetown que no hace más que ofrecerme una gran cantidad de dinero por este sitio, pero yo quiero que mis hijos lo sigan viendo como es ahora, y también mis nietos. Es parte del Patrimonio Nacional Costero John F. Kennedy, de modo que aquí no se puede edificar, pero el océano está siempre mordisqueando la tierra, a razón de unos centímetros al año. Dentro de cincuenta años o así, el acantilado habrá retrocedido casi hasta donde está la casa. Tendré que mandarla retirar o el océano la engullirá.

A Adam le parecía que estaban suspendidos en la niebla. Muy debajo de ellos, el mar rugía y silbaba. Adam escuchó y movió la cabeza.

—¿Qué pasa? —preguntó ella.

—La niebla; es como una atmósfera extraña.

—No tanto cuando se está en tierra. En el mar sí es extraña. Es casi una experiencia mística —dijo Gaby—. Cuando yo vivía aquí, a veces ni siquiera me molestaba en ponerme traje de baño y me iba a bañar entre la niebla. Era algo indescriptible, como si una formara parte del mar.

—¿Y no era también peligroso?

—Se oye el oleaje incluso desde lejos. Le dice a uno dónde está la tierra. Un par de veces... —se interrumpió, indecisa, y luego, como quien toma una decisión, prosiguió—, un par de veces nadé mar adentro, pero no tuve el valor de seguir adelante.

—Gaby, ¿y por qué querías seguir adelante? —Detrás de ellos, en la niebla, se oyó el chillido de una codorniz—. ¿Tanto te importaba ese hombre que te abandonó?

—No, no era un hombre, era un muchacho. Pero yo estaba… pensaba que iba a morirme.

—¿Por qué?

—Tenía dolores que me atormentaban. Partes insensibles, agotamiento general. Los mismos síntomas de mi abuela al morir.

«Ah.» En aquel relato, la colección de medicinas que había en el armario cobró de pronto una importancia patética.

—Parece un caso clásico de histeria —dijo él, con suavidad.

—Sí, claro, es lo que era. —Gaby hizo pasar un puñado de arena por entre sus dedos—. Sé perfectamente que soy una hipocondríaca, pero entonces estaba convencida de que una terrible enfermedad iba a quitarme la vida. Y estar convencida de que una tiene esta especie de enfermedad puede ser igual de malo que tenerla. Créame, doctor.

—Ya lo sé.

—Me figuraba que nadar era como un intento de salir al encuentro de lo que temía, un intento de acabar de una vez.

—Dios, pero ¿por qué viniste aquí? ¿Por qué no fuiste a ver a un médico?

Ella sonrió.

—Fui a ver a médicos y más médicos. Pero no creía una palabra de lo que me decían.

—¿Y les crees ahora cuando te dicen que estás bien?

—Sí, la mayor parte de las veces.

—Vaya, me alegro —dijo él.

No sabía por qué, pero le daba la impresión de que le estaba mintiendo.

En torno a ellos la niebla parecía relucir. Por encima de sus cabezas comenzó a extenderse una luz.

—¿Y qué les parecía a tus padres que estuvieses tú viviendo aquí sola?

—Mi madre acababa de volverse a casar. Estaba… muy ocupada. Me mandaba alguna que otra carta. Mi padre no me envió ni una sola tarjeta postal. —Movió la cabeza—. La verdad es que es una mala persona, de verdad, Adam.

—Gaby… —empezó Adam, tratando de dar con la palabra exacta—. A mí no me cae simpático, pero todos tenemos nuestras debilidades, cada uno a su manera. Sería un hipócrita si dijese que le condeno. Estoy seguro de que yo también he hecho las mismas cosas por las que le tienes antipatía.

—No.

—He vivido solo casi toda mi vida, y he conocido a muchas mujeres.

—No me entiendes. Nunca me ha dado nada. Nunca me ha dado nada de sí mismo, quiero decir. Pagaba mis gastos de la universidad, y luego se tumbaba a la bartola y esperaba que yo me sintiese agradecida, como es debido.

Adam no dijo nada.

—Me da la sensación de que tú te pagaste, trabajando, tus propios gastos en la universidad.

—Estudié gracias al tío Vito.

—¿Tío tuyo?

—Yo he tenido tres tíos: Joe, Frank y Vito. Joe y Frank eran como toros, trabajaban en las fábricas de acero. Vito era alto, pero enfermizo. Murió cuando yo tenía quince años.

—¿Y te dejó dinero?

Adam rio.

—No. No tenía dinero que dejar. Era toallero de la sucursal del barrio de East Liberty de la YMCA*.

—¿Qué es un toallero?

—¿No has estado nunca en un cuarto de baño de la YMCA? Ella sonrió y movió negativamente la cabeza.

—Pues el que reparte las toallas, como el nombre mismo lo dice. Y, entre otras cosas, aprieta el botoncito que permite a la gente entrar en la piscina. Todos los días, después del colegio y de repartir mi tanda del *Pittsburgh Press,* yo solía ir a la calle de Whitfield, y Vito me dejaba pasar a la piscina. Cuando descubrieron que no estaba pagando cuota como los demás, yo ya conocía a todo el mundo, y me dieron una beca del club de repartidores de periódicos. Un entrenador de la YMCA se interesó por mí, y cuando cumplí los doce años ya era yo nadador y buceador formidable. Tanto buceaba, que atrapé una infección en la

* Siglas de Young Men's Christian Association (Asociación de Jóvenes Cristianos). *(N. del T.)*

oreja, y por eso a veces oigo un poco mal, como habrás notado.

—Pues no me había dado cuenta. ¿Eres sordo?

—Sólo un poco. De la oreja izquierda. Lo justo para que no me admitieran en el ejército.

Ella le tocó la oreja.

—Pobre Adam, ¿te molestaba muchísimo cuando crecías?

—La verdad es que no. En la escuela secundaria yo era el campeón de buceo de la YMCA y pasé cuatro años en la universidad gracias a una beca completa de atletismo, como miembro del equipo de natación. Luego, mi primer curso de medicina me encontró de nuevo pobre como las ratas. Para ganar dinero con qué comer y dormir me dediqué a recoger ropa y entregarla por la mañana, por cuenta de una lavandería mecánica, a todos los dormitorios. Por las noches hacía el mismo trayecto, sólo que repartiendo bocadillos.

—Me habría gustado conocerte entonces —dijo ella.

—No habría tenido tiempo de hablarte. Al cabo de una temporada tuve que renunciar a los dos trabajos, el de la ropa y el de los bocadillos, porque los estudios requerían todo mi tiempo. Pasé dos cursos trabajando en una casa de comidas a cambio de la manduca y pedía prestado a la universidad para pagarme el cuarto. Aquel primer verano hice de camarero en un hotel, en los Poconos. Tuve amoríos con una de las huéspedes, una griega rica casada con un hombre que no quería divorciarse, presidente de una cadena de tiendas. Vivía en la Colina de Drexel, no lejos de donde había ido yo al colegio, en Filadelfia. Estuvimos juntos todo el tiempo, durante casi un año.

Ella le escuchaba, sentada y en silencio.

—Y no eran sólo amoríos. A veces me daba dinero. De esa forma pude dejar de trabajar. Me llamaba por teléfono y yo iba a su casa y después solía meterme un billete en el bolsillo. Un billete grande.

Ella apartó los ojos de los de él.

—Calla —dijo.

—Acabé dejando de verla. No podía soportarlo ya más tiempo. Como a modo de expiación, me puse a trabajar en una carbonería, donde había que sudar de verdad para ganar dinero.

Desde lejos llegó la respuesta de otra codorniz.

Ahora, Gaby le estaba mirando.

—¿Por qué me cuentas esto?

«Porque soy tonto», pensó él, perplejo.

—No sé, la verdad, no se lo había contado a nadie hasta ahora.

Gaby alargó la mano y le volvió a tocar el rostro.

—Me alegro.

Un momento después, añadió:

—¿Puedo hacerte una pregunta?

—Claro.

—Hacer el amor con esa mujer… ya me entiendes, un amorío superficial, ¿era diferente a cuando se hace lo mismo con una persona a quien uno quiere?

—No sé —dijo él—, nunca he querido a ninguna persona.

—Es como… los animales.

—Somos animales. No tiene nada de malo ser un animal.

—Pero debiéramos ser algo más.

—No siempre resulta posible.

La niebla comenzaba a romperse. Reluciendo a través de ella llegaba hasta la consciencia de Adam un enorme reflector solar, más oceánico que nunca. La playa era grande, blanca, marcada sólo por restos de la marea y trozos de madera abandonados en la parte superior, y la inferior, reluciente, dura y golpeada hasta ser lisa como la palma de la mano, convertida en un verdadero espejo del sol.

—Quería que vieras esto —dijo ella—. Yo solía sentarme aquí y decirme a mí misma que si dejara todos mis feos problemas allá abajo, vendría el agua y se los llevaría.

Adam estaba pensando en esto cuando, horrorizado, la vio dar un grito y desaparecer de su campo visual sobre el borde del precipicio, que caía hasta el fondo, muy abajo, en un ángulo de por lo menos cien grados. Su trasero dejó un surco recto en la suave y roja arena. Un momento después la vio, riéndose de él, ya en el fondo. No había más que una solución. Se sentó en el borde, cerró los ojos y se dejó caer. Él y el Altísimo cayeron de cabeza, como llamas desde el cielo eterno, llevando la ruina y la combustión al pecado de allá abajo. John Milton. Tenía arena en los zapatos, y sin duda su caída adolecía de falta de práctica, porque su trasero estaba en carne viva. La muchacha estaba muerta de risa. Cuando Adam abrió los ojos, vio que Gaby se sentía muy feliz y estaba muy guapa; no, más que guapa, era la chica más hermosa que había visto en su vida.

Buscaron por la playa y encontraron cierto número de esponjas malolientes, pero ningún tesoro; vieron un cazón que iba por el agua, ondulante, cruzando una caleta de agua clara; recogieron ocho erizos de mar intactos y extrajeron del acantilado arcilla roja y moldearon con ella un cacharro que se rajó al ser secado por la brisa.

Cuando empezaron a notar frío trataron, sin éxito, de limpiarse los zapatos de arena pisando fuerte, y subieron abismo arriba por las inseguras escaleras de madera vieja, volviendo por fin a la choza caliente. El sol entraba a raudales por la ventana, bañando el abollado sofá. Mientras él encendía el fuego, ella se echó, y cuando la chimenea empezó a rugir le hizo sitio a su lado y cerraron los ojos, dejando que el dios sol convirtiese su mundo en una gran calabaza roja.

Al cabo de un rato, él abrió los ojos, se acercó a ella y la besó suavemente y, más suavemente aún, la tocó con las puntas de los dedos. Los labios de la muchacha estaban calientes, secos y salinos. Reinaba un gran silencio, excepto, fuera, el ruido del mar y los chillidos de una gaviota; dentro, el ruido que hacían el fuego y la respiración de los dos. Él estaba tocándole el pecho a través de la blusa azul, seguro de que ambos recordaban al mismo tiempo la misma acción de su padre, convertida en signo de despectiva posesión, con el que había marcado a su mujer.

«Esto es muy distinto —le dijo Adam, sin hablar—. Compréndelo. Por favor, compréndelo.» Sentía dentro de sí un leve temblor, como un escalofrío contenido, más temor que deseo, lo sabía, y, en cierto modo, a pesar de todas las chicas y de todas las mujeres, el temor se le había transmitido a él para que también él temblase; a pesar de todo, continuó permitiendo que su mano salvase el espacio que mediaba entre ambos, hasta que notó que el temblor cedía, el suyo y el de ella. Ella le besó esta vez, al principio como explorándole, y luego con una acumulación de sentimientos que parecía querer devorarle y que le dejó desconcertado; finalmente, como siguiendo un acuerdo tácito, se apartaron uno de otro y se ayudaron mutuamente a desabrochar botones y cremalleras, a toda prisa.

Era como Adam había esperado: no había zonas blancas ni marcas de cinturones; las piernas se le aflojaron.

—Tienes tripa —observó ella.

—Pues he estado corriendo —se defendió Adam.

—Eres muy decidido —observó ella.

—No siempre.

Yacieron allí, de nuevo perfectamente juntos. Dios, qué bien se estaba al sol. Ella le besaba la oreja mala y lloraba, y Adam, con una nueva y súbita sensación, se dio cuenta de que lo que él quería era no tomar nada; anhelaba dar y sólo dar, darle tiernamente todo lo que poseía en el mundo, todo lo que era Adam Silverstone.

Acabaron por sentir hambre.

—Mañana —dijo ella— nos levantaremos a tiempo para la primera marea, en el promontorio. Te pescaré unos lenguados, pequeños pero bien gordos, y tú, como buen cirujano que eres, me los limpiarás, y yo te los prepararé a la parrilla, empapados de zumo de lima y con montones de mantequilla.

—Ejem… —y luego—. Y hoy, ¿qué?

—Hoy… todavía nos quedan huevos.

—No.

—¿Sopa portuguesa?

—¿Qué es eso?

—*Specialité de la région*. Tallarines y verdura, repollo y tomates más que nada, con carne de cerdo. Hay un sitio en Provincetown donde lo hacen bien. Lo sirven con pan blanco caliente, y si luego te apetece, tienen cerveza de barril, fría y muy buena.

—De acuerdo, Charlie.

—No soy Charlie.

Se miraron, serios, y él acabó por sonreír.

—Ya me di cuenta.

En el cuarto, recogieron prendas esparcidas en el suelo, se

vistieron con sólo un poco de timidez, salieron y con el coche recorrieron despacio el trayecto de ocho kilómetros que había, por la carretera 6, flanqueada por dunas, hasta Provincetown. Comieron la sopa, caliente y con sabor ahumado, llena de bocados deliciosos, y después fueron al muelle, donde acababa de llegar un bote de pescadores. Gaby regateó ferozmente hasta que acabó por comprar un grande y hermoso lenguado, que aún coleaba, por treinta y cinco centavos, a modo de garantía contra la posibilidad de que a la mañana siguiente lloviese o no consiguieran madrugar y resultase imposible salir de pesca.

Cuando volvieron a la choza, ella puso el pescado en el frigorífico y volvió a donde estaba Adam; le cogió el rostro entre las manos y lo retuvo así, apretándolo.

—Te huelen las manos a lenguado —se quejó él, besándola durante largo rato y mirándola; y los dos sabían que de nuevo Adam iba a hacerle el amor, sin darle antes la oportunidad de lavarse las manos para que desapareciera el olor a pescado.

—Adam —dijo ella, ligeramente excitada—, quiero darte seis hijos, por lo menos seis. Y seguir casada contigo durante setenta y cinco años.

«Matrimonio», pensó él.

¿Hijos?

Esta ave loca…

—Gaby, escucha… —dijo, con inquietud.

Ella se apartó, y Adam, mientras hablaba, alargó la mano para asirla, pero Gaby no tenía intención de permitírselo. Le estaba mirando fijamente.

—¡Dios mío! —exclamó.

—Escucha…

—No —protestó ella—, no quiero escuchar. No soy una lumbrera, eso ya lo sabía, siempre lo he sabido. Pero tú… Pobre Adam, tú no eres nada en absoluto.

Corrió al cuarto de baño y se cerró por dentro. Adam no oyó gemidos, pero al cabo de un rato llegó a él el ruido de algo terrible, el ruido entrecortado de náuseas y cómo se vaciaba la cisterna.

Llamó a la puerta, sintiéndose enormemente culpable.

—Gaby, ¿estás bien?

—Vete al diablo —respondió ella… llorando.

Al cabo de largo rato oyó el ruido de agua corriente y se dijo que estaría lavándose. Luego se abrió la puerta y salió Gaby.

—Quiero irme de aquí —dijo.

Adam llevó los bultos al coche, y ella apagó el gas, cerró la puerta por dentro y salió luego por la ventana, volviendo a colocar los tableros. Cuando Adam intentó ponerse al volante, ella se lo impidió. Condujo en el viaje de regreso como una suicida, y finalmente consiguió que la policía la citase por exceso de velocidad en la carretera 128, en Hingham. El policía que tomó nota defendió el orden público con mordiente sarcasmo.

Después condujo con más moderación y seguía tosiendo, una serie de espasmos asmáticos cortantes que le sacudían todo el cuerpo, inclinado sobre el volante.

Adam aguantó el ruido todo el tiempo que le fue posible.

—Sal del camino real y encontremos una farmacia —dijo, por fin—. Extenderé una receta para que te den efedrina.

Pero ella seguía conduciendo.

La oscuridad era ya completa cuando el coche paró frente al hospital. No se habían detenido para comer, y Adam estaba de nuevo exhausto, hambriento y emocionalmente deshecho.

Dejó su equipaje en la acera.

La oyó toser al apretar el acelerador. El coche entró en el centro mismo del tráfico, sorteando apenas a un taxi que se le echó encima y cuyo conductor soltó unas maldiciones e hizo sonar el claxon.

Adam siguió en la acera, recordando de pronto que habían dejado el lenguado en el frigorífico. La próxima vez que Gaby volviese a la choza encontraría allí otra repelente razón para recordar las vacaciones interrumpidas. Se sentía víctima de emociones encontradas: inquietud, culpabilidad, arrepentimiento. Había regalado los oídos de Gaby con confesiones de lo más degradante y luego se había permitido…

«Al diablo —pensó—. ¿Qué promesas hice? ¿Es que firmé un contrato?»

Pero, lleno de súbito asco de sí mismo, se dijo que, aunque había tratado su cuerpo con tierna suavidad, había desgarrado su alma comportándose como un animal.

Echó hacia atrás la cabeza y miró al viejo monstruo de edificio que tenía delante.

«Bueno, pues ya volví», le dijo al hospital.

Las luces comenzaban a encenderse a medida que iba cayendo la oscuridad, y el hospital le miraba con muchos ojos. Pensó en lo que estaría ocurriendo en su interior, en todas las hormigas que correteaban por el hormiguero, preguntándose cuántos de los pacientes que estaban ahora en las diversas salas serían operados por él la semana próxima.

«Como ser humano soy un verdadero lío y un idiota —pensó—, pero como cirujano funciono bastante bien, y esto tiene que servir de algo. "Dios da prudencia a los que ya la tienen; y los que son tontos que usen su talento." Will Shakespeare.»

Recogió el equipaje. La puerta principal se abrió ante él como una boca, y el edificio, sonriente y burlón, lo engulló.

Cuando hubo puesto sus cosas en orden bajó a ver si encontraba una taza de café, y casi inmediatamente sintió doblemente haber vuelto.

La señora Bergstrom iba bien, le dijo Helen Fultz, pero desde comienzos de la tarde había estado mostrando indicios de rechazar el riñón. Su temperatura era ahora de treinta y nueve grados, y se quejaba de malestar y dolor en la herida.

—¿Emite orina el riñón? —preguntó él.

—Ha estado funcionando a las mil maravillas, pero hoy su rendimiento bajó muchísimo.

Adam cogió el historial y vio que el doctor Kender estaba tratando de abortar el rechazo administrando prednisona e imurán.

«No me faltaba más que esto en tal día como hoy», se dijo.

Pensó un momento en ir al laboratorio de experimentación de animales y trabajar un poco, pero no consiguió obligarse a sí mismo a hacerlo. Por el momento, estaba harto de perros y de mujeres y de cirugía. En su lugar, lo que hizo fue subir a su cuarto, impaciente por descabezar un buen sueño, como quien se toma una poción mágica que lo cura todo, impaciente por hundirse en la inconsciencia.

8

Spurgeon Robinson

*S*purgeon Robinson pasaba buena parte de su tiempo preocupándose.

«Si uno de los casos de uno tiene que ser sometido a examen de la Conferencia de Mortalidad —se decía—, debiera ser cuando las cosas van bien. En un momento como éste, con un trasplante de riñón que muestra signos crecientes de rechazo, y con el viejo que parece que se le llevan los diablos, es seguro que habrá colegas dispuestos a comerse vivo a quien se les ponga primero a tiro.»

Comenzó a preguntarse lo que haría si el resultado le fuese adverso.

Cuando tendría que estar durmiendo, se ponía a pensar en los acertijos de la señora Donnelly. Una noche soñó que el incidente de la clínica de urgencia volvía a ocurrir, sólo que esta vez en lugar de dar de alta a la mujer para que se fuera a morir a su casa, su gran pericia médica le permitía darse cuenta instantáneamente de que se había producido una fractura en el proceodontoideo. Aquella mañana se despertó sintiéndose feliz de pies a cabeza, y durante un rato siguió echado y preguntándose a qué se debía, y luego recordó que era porque había salvado la vida a la señora Donnelly. Finalmente, como es lógico, llegó a la conclusión de que todo aquello no pasaba de ser un sueño y nada podía cambiar la realidad de las cosas: que era él quien la había matado. Siguió echado pero deprimido e incapaz de bajar de la cama.

Era doctor en medicina. Eso ya nadie se lo podía quitar.

Si le suspendían como interno, lo único que le quedaba era

buscarse un empleo con sueldo fijo en algún sitio. El tío Calvin estaba deseoso de nombrarle médico de la American Eagle, con el ascenso garantizado. Y algunas grandes empresas norteamericanas contrataban a médicos negros. Pero Spurgeon sabía que si le echaban del hospital y no podía ejercer la medicina como a él le gustaba, lo que haría es volver a ser el mismo de unos pocos años antes y dedicarse a practicar la música a su manera.

Comenzó a buscar razones para ir al cuarto de Peggy Weld y entablar con la cantante conversaciones sobre música.

Al principio, era evidente que ella le consideraba uno de tantos jóvenes que tocan un poco y se creen ya músicos hechos y derechos, pero de pronto descubrió un nombre que conocían los dos.

—¿Dices que tocabas en Dino's, en la calle Cincuenta y dos, en Manhattan?

—Mi pequeño conjunto. Otros tres, yo al piano.

—¿Quién es el gerente? —preguntó ella, para cerciorarse.

—Vin Scarlotti.

—Pues claro que lo es. Yo misma he cantado allí un par de veces. Tienes que ser bueno, porque a Vin no es fácil contentarle.

Pero acabaron agotándosele las razones para hablar de música con ella; además, estaba preocupada por su hermana de modo que dejó de molestarla.

Cuando salió de permiso, después de treinta y seis horas de trabajo constante, muriéndose por dormir, se sentó en la cama y se puso a tocar la guitarra, obligándose a practicar música, cosa que llevaba años sin hacer.

Necesitaba un piano.

Aquella tarde, después de echar la siesta, cogió el ferrocarril elevado hasta Roxbury y bajó en la estación de la calle de Dudley donde solía apearse mucha gente de color; fue por la calle de Washington, hasta que encontró el sitio que buscaba, un bar de mala muerte, gueto de negros, con las ventanas pintadas de rojo y negro, el letrero luminoso de neón muerto mostrando una mano de póquer, y el nombre del club en blanco: El As Alto. Cabaret resultaba demasiado elegante como calificativo de aquel tugurio; era un bar barato para negros, pero en el rincón tenían un piano.

Pidió un whisky que no le apetecía y se lo llevó al piano. Era un Baldwin, viejo y desafinado, pero cuando se puso a tocarlo la música salía que daba gloria. Dejó de pensar en lo que diría el tío Calvin cuando su muchacho volviera a casa a decirle que no podía hacerlo como los blancos. Se olvidó incluso de la muerta dama irlandesa y sus acertijos.

Al cabo de un rato se le acercó el barman.

—¿Puedo servirle algo más, amigo? —preguntó, mirando la copa que había sobre el piano y que Spurgeon ni siquiera había tocado.

—Bueno, póngame otro.

—Toca usted bien de verdad, pero ya tenemos pianista, un sujeto llamado Speed Nightingale.

—No busco trabajo.

Le trajo la segunda copa y Spur pagó un dólar y ochenta centavos. Después, el barman le dejó tranquilo. Al final de la tarde, se levantó, fue a sentarse en uno de los taburetes del bar y pidió otra copa.

El barman miró los dos vasos, aún sobre el piano, sólo uno de ellos vacío.

—No tiene que pedir nada si lo que quiere es hablar conmigo. ¿Tiene algo que decirme?

—Soy médico del hospital del condado y no puedo tener piano en mi cuarto. Me gustaría venir aquí a tocar un par de tardes a la semana, como hoy.

El barman se encogió de hombros.

—Por mí... me tiene sin cuidado.

Pero luego resultó que no le tenía sin cuidado ni mucho menos. Le gustaba sobre todo Debussy, y mostraba su agrado con whiskies en vez de aplausos. Al principio, Spurgeon trató de pagar las copas, pero acabó por renunciar a ello; el buen profesional no insulta nunca al amante de la buena música.

Unos pocos días después, Spurgeon volvió al club y vio allí a un hombre oscuro, con el pelo como un zulú y un fino bigote, en pie ante la barra, hablando con el barman. Spurgeon saludó y fue directamente al piano. Se había pasado el día oyendo música mentalmente y ahora se sentó a tocarla. Bach. *El clave bien temperado,* y luego cosas sueltas de *Suites francesas* y *Fantasía cromática y fuga.*

Al poco rato, el hombre oscuro se le acercó con dos whiskies.

—Toca bien la música seria.

Le tendió un vaso.

Spurgeon lo tomó y sonrió.

—Gracias.

—¿Sabe tocar algo más sencillo?

Spurgeon sorbió un trago, dejó el vaso y tocó algo de George Shearing.

El otro trajo una silla y se sentó al piano, haciéndose cargo del teclado inferior. Con la mano izquierda se puso a tocar las notas graves y con la derecha el fraseo, por lo que Spur tuvo entonces que limitarse a las notas agudas. Las improvisaciones fueron haciéndose más y más rápidas y las notas graves daban la pauta, acelerando el ritmo. El barman dejó de limpiar vasos y se puso a escuchar. Primero uno de los dos llevaba la voz cantante, luego el otro. Forcejearon así hasta que tuvieron el rostro cubierto de sudor, y cuando pararon, por acuerdo mutuo, Spur se sentía como si hubiera estado corriendo por entre una tormenta desatada.

Alargó la mano y el otro se la asió.

—Spurgeon Robinson.

—Speed Nightingale.

—Ah, el piano es tuyo.

—Al diablo. Es del bar. Yo soy un pagado. Gracias por afinarlo, amigo, no he tocado así de bien desde hace mucho tiempo.

Se sentaron a una mesa y Spurgeon invitó a una ronda.

—Mira, somos un grupo, nos conchabamos y nos pasamos el día tocando, ya desde por la mañana. Es un sitio en la avenida de Colón, junto a los pisos nuevos, apartamento 4-D, edificio 11. Música de la buena. Anímate.

—De acuerdo. —Spurgeon apuntó la dirección en su cuaderno de notas—. Encantado.

—Sí, tocamos un poco, chupamos un poco, lo pasamos en grande. Si quieres animarte, siempre hay alguien que trae buenas cosas.

—No las tomo.

—¿Lo que se dice nada?

Él movió negativamente la cabeza.

Nightingale se encogió de hombros.

—Bueno, ven de todos modos. Somos democráticos.

—De acuerdo.

—Desde hace algún tiempo las cosas buenas son más difíciles de conseguir en esta ciudad de lo que te imaginas.

—¿Sí?

—Sí, tengo entendido que eres médico.

—¿Quién te lo dijo?

Al otro lado del bar el amante de la música lavaba vasos con gran aplicación. Spur esperó. Y llegó a los pocos segundos, como él lo había esperado.

—Trae algo de lo bueno a una de nuestras reuniones; te aseguro que te lo agradeceríamos.

—¿Y de dónde lo voy a sacar, Speed?

—Anda, hombre, todo el mundo sabe las cosas que hay en los hospitales. Nadie lo va a echar de menos si traes un poquitín. ¿Eh, doctor?

Spurgeon se levantó y dejó un billete sobre la mesa.

—De acuerdo —dijo Nightingale—, no traigas nada; dame unas cuantas recetas en blanco y te aseguro que nos forramos.

—Adiós, Speed —se despidió Spurgeon.

—Nos forraremos de verdad.

Al pasar junto al barman para salir del tugurio vio que el amante de la música ni siquiera levantaba la vista, tan aplicado estaba lavando vasos.

En la música encontraba una catarsis que le daba más pericia en la sala de operaciones, capacitándole para una actividad quirúrgica más aguda e intensa. Si bien, comparándose con otros, había llegado a la conclusión de que él no era malo. Aquel viernes le habían designado, con el doctor Parkhurst y Stanley Potter, a la sala de operaciones. Era inevitable que él y el residente trabajasen juntos, pero era una experiencia desagradable, sin distracciones y llena de monotonía.

Aquella mañana practicaron el injerto a Joseph Grigio, el de las quemaduras, trasplantándole al pecho piel de los muslos.

Luego tuvieron una apendicectomía con un paciente muy obeso llamado Macmillan, sargento del Departamento de Policía del distrito metropolitano. La gordura de aquel hombre les obligó a seccionar una capa interminable de grasa, y luego el doctor Parkhurst cortó por fin el apéndice y les dijo que ataran el muñón y lo cerraran.

Spurgeon cortaba, mientras Potter sujetaba y ataba. Le parecía que el residente estaba tirando del catgut con demasiada fuerza en torno al muñón del apéndice. Se sintió completamente seguro de ello al ver que la sutura comenzaba a hundirse en el tejido.

—Lo tienes demasiado apretado.

Potter le miró fríamente.

—Así es como lo he hecho siempre y siempre me ha salido bien.

—Parece como si la sutura fuera a cortar la serosa...

—Así va bien.

—Pero...

Potter tenía cogida la sutura, mirándole sardónicamente y esperando a que cortase.

Spurgeon se encogió de hombros y movió la cabeza. «Este sujeto es residente y yo interno», pensó. De modo que fue y cortó, como buen colegial.

No volvió al tugurio. Aquel domingo, lo que hizo fue preguntar a la señora Williams si de vez en cuando podría practicar un poco en su piano. Era un mal instrumento, y tener que ir hasta Natick no resultaba tan cómodo como coger el metro hasta la calle de Washington, pero la música le gustaba a la señora Williams y de paso le daba la oportunidad de verse con Dorothy.

El martes por la noche, mientras fuera caían las primeras nieves, se sentaron los dos, hablándose en voz baja, en el cuarto de estar. Los padres de ella y la niña dormían en otras partes de la casa y las puertas estaban entornadas. Ella le dijo que sabía que algo le tenía preocupado.

Spurgeon, sin querer, se puso a hablarle en roncos susurros sobre la vieja que había muerto por culpa suya y acerca del Comité de la Muerte y sobre que siempre les quedaba el recurso de vivir de su música como rajás.

—¡Spurgeon!

Dorothy echó hacia atrás la cabeza y permaneció así un momento, descansando suavemente como él había visto a Roe-Ellen siendo niño. Ella se inclinó para besarle los ojos cerrados, y Spurgeon sintió que, teniéndola así, en sus brazos, emanaba de ella compasión, deseo, voluntad de ayudarle a que las cosas le salieran a su manera.

Pero cuando, partiendo de esta deducción, reaccionó lógicamente, lo único que recibió fue un mordisco en el labio, al tiempo que sus uñas se le hundían en la espalda, como recordándole que seguía apegada a uno de los principios básicos de los musulmanes.

No acababa de creerlo. En los vecindarios, tanto blancos como negros, en que él se había movido, había pocas vírgenes de veinticuatro años. Le tenía aterrado la idea, pero sonrió a pesar del labio mordido, que le dolía.

—Un pedazo de carne. Fino, con frecuencia muy frágil. No tiene nada que ver con el sexo. ¿Qué importa? Tú y yo ya nos conocemos bien.

—Mira esta casa, este jardín. ¿Qué es, sino madera, cristal, unos pocos árboles, media docena de arbustos? Pero ¿sabes tú lo que todo ello significa para mi padre?

—¿Respetabilidad burguesa?

—Justo.

Él rio.

—¡Dios, qué comparación! Tanto queréis coincidir que acabáis siendo disidentes. No hay en toda la calle una casa tan bien conservada como la de tu padre. Y te aseguro que un detenido examen pélvico no descubriría tampoco en ella un ejército de vírgenes de veinticuatro años. Pensáis que tenéis que comportaros mejor que todos esos blancos cuando conseguís por fin penetrar en su mundo ¿no es eso?

—No estamos tratando de coincidir con nadie. Pensamos que muchos blancos están perdiendo mucho que antes tenían y que era muy valioso. Lo que nosotros queremos es adquirirlo —explicó ella, cogiéndole un cigarrillo del bolsillo.

Spurgeon encendió una cerilla. A la luz de la tenue llamita, el rostro africano de ella le hizo temblar la mano y la cerilla se apagó, pero la punta del cigarrillo relucía ya al darle ella una chupada.

—Escucha —dijo—, pensaste que la niña era hija mía ¿no es cierto? Bueno, pues no ibas muy desencaminado: es de mi hermana, de mi hermana soltera Janet.

—Ya me lo dijo tu madre, pero no me contó que no tenía marido.

—No tiene marido. ¿Te acuerdas de cómo era Lena Horne de joven? Pues añádele una especie de... felicidad salvaje y así es mi hermana menor.

—¿Y por qué no me la habéis presentado?

—Viene a casa de vez en cuando. Entonces juega con la niña, como si también ella fuera niña todavía, pero no como una madre. Dice que no se siente madre. Vive en Boston con una pandilla de hippies blancos.

—Lo siento.

Ella se encogió de hombros.

—Janet dice que con ellos el color es lo de menos. Parece que no va a aprender nunca. El padre era un jugador de béisbol, allá, en Minneápolis, que vino a pasar aquí unas semanas con el equipo. Jugaba de defensa, y también con mi hermana.

—No es la primera chica que comete un desliz —dijo él, en voz baja.

—Pues debiera haber sabido que, para salvaguardar la democracia norteamericana, los jugadores de béisbol no salen con chicas negras. Cuando el otro volvió a sus partidos de Minneápolis, ella ya había dejado de tener la regla —apagó el cigarrillo, aplastando la punta—; Janet hubiera mandado a la niña a cualquier parte, pero mi padre es un tipo la mar de raro. Se hizo cargo de Hormiguita, rehusó poner pleito al jugador de béisbol y le dio a la niña su apellido. Miró a la cara a todos sus vecinos blancos y les desafió a que le dijeran que su familia era precisamente lo que él había estado trabajando toda su vida por quitarse de encima. Que yo sepa, nadie le ha dicho una palabra. Pero mi padre, toda una parte de él...

Spurgeon la cogió en sus brazos.

—Siempre ha sido su preferida —le confesó, contra su hombro—; él no lo confiesa, pero es así.

—Hija, tampoco tú puedes tratar de convencer a tu padre viviendo como una monja —replicó él.

—Spur, esto que te voy a decir te va a echar de aquí a escape, seguro, pero te lo voy a decir de todas formas. Mi padre se pasa el día conteniendo el aliento sólo de pensar que lo nuestro puede ser serio, que puedes pedirme que me case contigo. ¡Un yerno negro que es médico, santo Dios!

Él le acarició la espalda con la palma de la mano.

—No creo que esto me eche de aquí.

Esta vez, al besarla, ella le devolvió el beso.

—Pues quizá debiera —contestó, sin aliento, Dorothy—. Quiero que me prometas una cosa.

—¿Qué?

—Que si alguna vez… pierdo el control de mí misma… quiero que me jures…

Sólo se sintió exasperado un momento, y luego tuvo que contenerse para no echarse a reír.

—Cuando te cases, tu marido te recibirá entera, con sello y todo —le dijo, con seriedad.

Luego echó hacia atrás la cabeza, riendo como un loco, poniendo a Dorothy enfadadísima y despertando a sus padres. El señor Williams se presentó en batín y zapatillas, y Spurgeon vio que dormía con ropa interior larga. Su madre apareció pestañeando y murmurando y sin la dentadura postiza. El señor Williams estaba empezando a aceptarle como uno más de la familia, pensó Spurgeon. Le hizo chocolate caliente antes de volverse a la cama, pero su risa había despertado también a Hormiguita, y cuando la niña comenzó a llorar la vieja le riñó por meter demasiado ruido y ser tan poco considerado.

Cuando volvió al hospital ya eran más de las dos de la madrugada. Mientras se encaminaba hacia su cuarto, comprobó el estado de algunos pacientes, entre ellos Macmillan. Encontró al gordo policía gimiendo y febril. Su temperatura era de 39 grados y el pulso había llegado a cien.

—¿Vio a este paciente el doctor Potter esta noche? —preguntó a la enfermera.

—Sí. Se ha estado quejando de molestias. El doctor Potter dijo que es demasiado sensible al dolor. Encargó cien miligramos de demerol —añadió, apuntándolo en el diagrama.

«Otra preocupación más», pensó, mientras esperaba el ascensor.

Cuando llegó se echó y miró a la oscuridad, como examinando los diversos cauces por donde podía transcurrir su vida.

Si le expulsaban, quizás alguno de sus antiguos profesores le ayudase a entrar en uno de los hospitales de Nueva York.

Pero tendría que dejar a Dorothy. No podía casarse todavía con ella, no tenía dinero suficiente y no quería que el tío Calvin mantuviese a su mujer.

La Conferencia de Mortalidad en que se iba a examinar el caso Donnelly tendría lugar dentro de una semana…

Este pensamiento le obsesionó hasta que despertó, a la media luz del alba, con las sábanas húmedas de sudor, a pesar de que en el cuarto hacía frío.

Se acordaba de haber soñado con la chica, y al mismo tiempo con el Comité de la Muerte.

Cuando, el sábado, entró en la sala, vio que Macmillan estaba mucho peor. Tenía el rostro enrojecido y los labios secos y agrietados, y gemía por un dolor que, decía él, sentía muy adentro, dentro del abdomen rígido. Tenía 120 pulsaciones por minuto y su temperatura era de 39,2 grados.

Potter había ido a unas vacaciones neoyorquinas de gran juerga y que habían sido muy comentadas. «Miserable, ojalá lo pases bien —pensó Spurgeon—, ojalá lo cojas todo.» Fue al teléfono y llamó al doctor Chin, el cirujano externo que estaba de servicio.

—Tenemos aquí a un paciente que está pasando por una fase séptica clásica —dijo—. Estoy prácticamente seguro de que es peritonitis.

—Llame a la sala de operaciones y prográmelo inmediatamente —dijo el doctor Chin.

Cuando le llevaron abajo y le abrieron encontraron que el muñón apendicular se había roto. Hinchado y edematoso, el tejido se había abierto paso a la fuerza contra el anillo prieto de catgut, como queso contra un cuchillo cortante, y con idénticos resultados.

—¿Quién ligó esto?

—El doctor Potter —respondió Spurgeon.

—El de siempre. —El cirujano externo movió la cabeza—. Este tejido está empapado, es demasiado frágil para tocarlo así como así. Vamos a tener que tirar del ciego hasta la pared abdominal y practicar una cecostomía.

Bajo la dirección paciente del veterano cirujano, Spurgeon remedió los errores de Potter.

El lunes por la mañana hubo una serie de cambios en los servicios, y Spurgeon se vio ante la perspectiva de pasar cinco semanas en la clínica de urgencia; esto le tenía asustado, porque en ella ya le habían ido mal las cosas una vez; era, además, un lugar donde todo ocurría con mucha rapidez y donde había que tomar decisiones con suma urgencia. «Un nuevo incidente como el de Donnelly —se dijo— y...»

Trató de no pensar en ello.

Fue en la ambulancia con Maish Meyerson: un curso intensivo de debates, una introducción al resumen de las noticias del mundo, una cátedra de Filosofía, un cuaderno de notas oral. Las opiniones del conductor de ambulancias eran siempre muy claras, y con frecuencia irritantes; al mediodía, Spurgeon estaba ya harto de él.

—Por ejemplo, la cuestión racial —dijo Meyerson.

—De acuerdo, veamos.

Maish le miró, receloso.

—Sí, sí, ríete, dos ejércitos, uno blanco, el otro negro; el país se convertirá en una hoguera.

—¿Y por qué?

—¿O es que tú te crees que todos los blancos son liberales?

—No.

—Pues por eso. Para muchos de nosotros el negro es una amenaza.

—¿Soy yo una amenaza para ti?

—¿Tú? —dijo Meyerson, con desdén—. No, tú eres un tío culto, un médico, que se dice pronto. Un negro blanco, vamos. Yo soy más negro que tú, soy un blanco negro. Son los negros negros los que me amenazan, y hay muchos de estos negros negros, pero que muchos. Y yo pienso servirme el primero, te lo aseguro, por eso de que la caridad bien entendida empieza por uno mismo.

Spurgeon no dijo nada. Meyerson le miró de soslayo.

—Esto me pone en la categoría de los malos, ¿no?

—Así es.

—¿Serás tú mejor?

—Sí —respondió Spurgeon, pero con menos seguridad.

—El peor ciego es el que no quiere ver. ¿O es que no te das cuenta de cómo hablas tú mismo a tus pacientes de color? Escuchándote, se diría que al pobre desgraciado le estás haciendo un favor tremendo por lo bueno que te hizo Dios.

—Hazme el favor de cerrar el pico —dijo Spurgeon, con irritación.

Triunfante, Meyerson se deslizó en torno a un coche descapotable conducido por una mujer, situándose detrás e impulsándolo con rápidos e impacientes gruñidos de la sirena de su ambulancia, aun cuando iba vacía y de regreso al hospital.

Spurgeon pasó las horas como pudo.

Por la noche sintió que Stanley Potter le daba mucha pena.

—¿Estás seguro? —preguntó a Adam.

—Yo mismo lo vi —respondió Adam—. Estaba en el cuarto de los cirujanos bisoños leyendo el periódico y tomándose una taza de café cuando le llamaron al despacho del viejo. Cuando volvía, pocos minutos después, parecía que le hubieran pisoteado. Se puso a vaciar su cajón y a poner las cosas en un bolso de papel. Adiós, muy buenas, doctor Stanley Potter.

—Amén, pero yo seré el siguiente.

No se dio cuenta de que lo había dicho en voz alta hasta que vio la mirada de Adam.

—No seas idiota —le dijo Adam, cortante.

—Dos días más, amigo mío, y el Comité de la Muerte me va a hacer picadillo.

—Sin duda. Pero si te fueran a echar de aquí, amiguito, no esperarían al Comité. No perdieron el tiempo con Potter, ya viste. Porque era un coñazo. Tú eres un interno que ha cometido una equivocación. Murió una mujer, y eso es una verdadera lástima, pero si echaran a todos los médicos que se han equivocado, no quedaría nadie en el hospital.

Spurgeon no contestó. «Bueno, que no me hagan residente —se dijo en silencio—, que me obliguen a seguir siendo interno.»

Tenía que seguir ejerciendo la medicina.

Necesitaba su música porque, gracias a ella, escapaba hacia la belleza desde la fealdad de las enfermedades que veía por doquier en el hospital. Pero, con el mundo yéndose al garete de cuarenta maneras distintas, no podía fingir, ni siquiera cuando hablaba consigo mismo, que lo que él realmente quería era pasarse la vida tocando el piano.

El miércoles por la mañana se sintió menos seguro. El día comenzó mal. Adam Silverstone estaba acostado con temperatura alta, la víctima más reciente del virus que estaba convirtiendo en pacientes a los médicos del hospital. Spurgeon no se había dado cuenta hasta entonces de lo mucho que necesitaba el apoyo silencioso de Adam.

—¿Puedo serte útil en algo? —preguntó, deprimido.

Adam le miró y gimió.

—Nada, hombre, nada, baja y acaba de una vez.

No desayunó. Fuera, nevaba copiosamente. Algunos de los médicos externos habían telefoneado para decir que no podrían asistir a la Conferencia, lo que le pareció buena noticia hasta que se anunció que la reunión del Comité de la Muerte se realizaría en la biblioteca, donde la cercanía lo haría más penoso, en lugar de en el anfiteatro.

A las nueve y cincuenta minutos, cuando le llamaron por el altavoz para que fuera al despacho del doctor Kender, respondió como atontado, seguro de que iban a anunciarle el despido antes incluso de la Conferencia de Mortalidad; no cabía duda de que esta semana estaban purgando el hospital.

Cuando llegó vio que había otras dos personas, y Kender se

los presentó: teniente James Hartigan, del Departamento de Narcóticos, y Marshall Colfax, farmacéutico de Dorchester.

Spurgeon tomó las recetas y las hojeó. Todas y cada una de ellas habían sido extendidas por veinticuatro tabletas de sulfato de morfina a nombre de gente que él no conocía: George Moseby, Samuel Parkes, Richard Meadows.

—¿Extendió usted estas recetas, doctor Robinson? —preguntó Kender sin alzar la voz.

—No, señor.

—¿Cómo puede estar tan seguro? —preguntó el teniente.

—En primer lugar, porque hasta que no termine el internado sólo tengo licencia parcial para el ejercicio de la medicina, lo que quiere decir que hago por escrito encargos que son cumplimentados en la farmacia del hospital, pero no puedo extender recetas para fuera. Y en segundo lugar, porque éste es mi nombre, pero no mi firma. Además, todos los médicos tienen un número en el registro federal de narcóticos, y el que consta aquí no es el mío.

—No tiene por qué preocuparse, doctor Robinson —le dijo Kender al instante—; no es usted el único médico cuyo nombre ha sido utilizado para estas cosas. Tan sólo el más reciente. Por supuesto, le ruego que no hable de esto con nadie.

Spurgeon asintió.

—¿Qué es lo que le hizo sospechar que estas recetas no eran válidas? —preguntó Kender al señor Colfax.

El farmacéutico sonrió.

—Comenzó a extrañarme lo bien hechas que estaban, y lo completas que eran. Por ejemplo, abreviaturas. Casi todos los médicos que conozco escriben «prn», no *pro re nata*.

—¿Qué quiere decir eso? —preguntó Hartigan.

—Es latín. Quiere decir «según requieran las circunstancias» —dijo Spurgeon.

—Sí. Y mire esta letra —indicó Colfax—; está escrita con cuidado. Cuando miré las anteriores, comprobé que todas ellas eran exactamente iguales, como si el que las extendió las hubiese ido copiando una de otra de una sola vez.

—Pero cometió un gran error —replicó Hartigan—. Cuando el señor Colfax me leyó la receta por teléfono me di cuenta enseguida de que era falsa. Tenía un número federal de seis cifras. No tenemos tantos médicos en Massachusetts.

—¿Cogieron a la persona que presentó éstas? —le preguntó Kender.

Hartigan movió negativamente la cabeza.

—Le hice algunas preguntas la última vez que vino, justo antes de llamar a la Policía —respondió Colfax—. Seguro que eso le asustó —sonrió—. Soy muy mal detective.

—Por el contrario —dijo Hartigan—, muy pocos farmacéuticos hubieran tenido la vista de descubrir un fraude de este tipo. ¿Puede describir a aquel hombre al doctor Robinson?

Colfax vaciló.

—Era negro... —Apartó la vista, incómodo.

«Míranos a la cara», le dijo Spurgeon, sin hablar.

—Llevaba bigote. Me temo que no recuerdo mucho más.

¿Speed Nightingale?

Hartigan sonrió.

—Ya veo que no tenemos muchas pistas, doctor Robinson.

«Sería muy injusto nombrar a Nightingale», se dijo Spurgeon; había muchos negros con bigote sueltos por ahí, y bastantes de ellos serían aficionados a las drogas.

—Podría ser cualquiera.

Hartigan asintió.

—Mucha gente puede hacerse con hojas de recetas médicas. Por ejemplo, los obreros de la imprenta, gente del hospital, los pacientes y sus familiares en cuanto ustedes vuelven la espalda.

Exhaló un suspiro.

El doctor Kender miró el reloj de pulsera y echó hacia atrás la silla en que estaba sentado a su mesa de trabajo.

—¿Alguna otra cosa, señores?

Los dos hombres sonrieron y se levantaron a su vez.

—Pues entonces me temo que el doctor Robinson y yo tenemos una conferencia a que asistir —dijo el doctor Kender.

A las diez y media, Spurgeon se sentó en una de las sillas laterales, ante la larga y pulida mesa, mordisqueando galletas y tomando sorbitos de Coca-Cola, mirando a la pared que tenía enfrente, decorada con un cartel de anuncio de medicinas en el que se veía a Marcello Malpighi, descubridor de la circulación capilar, algo parecido al doctor Sack, sólo que con barba y envuelto en una manta de viaje.

Fueron entrando uno a uno; finalmente, Spurgeon se levantó con los demás al entrar el doctor Longwood.

Meomartino expuso un caso que era bastante largo.

Meomartino expuso otro condenado caso. Pero no el caso. «Quizá —se dijo, esperanzadamente—, me excluyan a mí. A lo mejor no queda tiempo.» Pero cuando levantó la vista y miró al reloj vio que iba a haber tiempo de sobra, y el estómago le dio un vuelco sólo de pensar que fuera a ser él el primer interno en la historia del hospital que cayese enfermo sobre la reluciente mesa, entre las botellas de Coca-Cola y las pastas, ante los ojos del jefe de Cirugía.

Ahora, Meomartino estaba hablando de nuevo, y Spurgeon oyó todos los detalles que tan bien conocía. Oyó el nombre y la edad de la muerta, los detalles del accidente de automóvil, la fecha en que él la había examinado en la clínica de urgencia, su historial médico anterior, las radiografías que le habían mandado hacer y, ¡Santo Cielo!, las que no le había hecho, y cómo la había dado de alta por sí y ante sí, y cómo ella había cogido el portante y se había ido a casa...

«Un momento —pensó, con súbita urgencia—. ¿Qué es lo que pasa aquí?

»Cerdo embustero.

»¿Y qué dice usted de la llamada telefónica que hice al encargado de los servicios de Cirugía, la llamada que le hice a usted amigo?», pensó, como atontado.

Pero Meomartino estaba ya terminando, contando cómo la dama de los acertijos había vuelto por última vez al hospital, muerta cuando llegó.

El doctor Sack describió lo que había observado en la autopsia, presentando sus datos, con rapidez y eficacia, en unos pocos minutos.

El doctor Longwood se retrepó en la silla.

—Éste es el peor tipo de muerte —dijo—, pero, claro está, es inevitable perder pacientes como éste. ¿Qué piensa usted que pasó, doctor Robinson?

—No lo sé, doctor.

Los ojos huecos le tenían inmovilizado. Vio, con una terrible fascinación, que un leve temblor había comenzado a agitar la cabeza del doctor Longwood de manera casi imperceptible.

—Lo que ocurre es que este tipo de caso exige localizar un tipo de lesión que no se da todos los días. Una lesión que es curable, pero que, si no se cura, puede ocasionar la muerte.

—Sí, doctor —dijo Spurgeon.

—Nadie tiene que recordarme la clase de presiones y el exceso de trabajo a que están ustedes sometidos. Hace bastantes años también yo fui interno y residente aquí, y luego cirujano residente, antes de llegar a un puesto más fijo y permanente en el hospital. Sé perfectamente que a veces recibimos pacientes que han sido desatendidos, sufrido complicaciones y enviados como de desecho, de manera que hay instituciones privadas que no creerían los milagros que aquí hacemos.

»Pero precisamente es el mal estado en que se hallan muchos de nuestros pacientes y lo escasos de tiempo que andamos lo que exige que nos mantengamos más alerta aún, lo que exige que todos y cada uno de los internos se pregunten a sí mismos si han agotado todos los procedimientos diagnósticos, si han tomado todas las radiografías posibles.

—¿Se hizo usted a sí mismo esas preguntas, doctor Robinson?

El temblor se había acentuado.

—Sí, doctor Longwood, me las hice.

—Entonces ¿por qué murió esa mujer?

—Supongo que porque mis conocimientos no fueron suficientes para salvarla.

El doctor Longwood asintió.

—Le faltó experiencia. Precisamente por ese motivo un interno no debe nunca dar de alta a un paciente de este hospital por mucho que el paciente se queje de que le hacemos esperar hasta que un doctor experimentado encuentre tiempo para darle de alta con conocimiento de causa. Ningún paciente se murió jamás de quejarse. Nuestra responsabilidad es defenderle contra sí mismo. ¿Sabe usted lo que habría ocurrido si no le llega a dar de alta?

Spurgeon buscó con la mirada, pero el jefe del servicio de Cirugía estaba absorbido en el caso.

—Que estaría viva —dijo.

Hubo un silencio y Spurgeon miró de nuevo al doctor Longwood. Los cavernosos ojos azules que le habían tenido inquieto durante toda la reunión seguían fijos en él, pero ya no relucían como antes y parecían buscar otros objetivos, más allá de él.

—¿Doctor Longwood? —preguntó el doctor Kender—. ¿Lo sometemos a votación?

—Sí —respondió.

—Evitable —dijo el doctor Kender.

El doctor Longwood se pasó la lengua por los labios secos y miró al doctor Sack.

—Evitable.

Al doctor Parkhurst.

—Evitable.

—Evitable.

—Evitable.

—Evitable.

Spurgeon volvió a tratar de llamar la atención con los ojos a Meomartino, pero no pudo. «Tiene que haber sido una omisión inintencionada», se dijo, sentándose y poniéndose a mirar el retrato de Marcello Malpighi.

Cuando llegó al cuarto de Silverstone, en el sexto piso creyó que Adam iba a subirse por las paredes de la rabia que le entró.

Y la rabia era contra Spurgeon, como el pobre descubrió con asombro.

—Pero ¿cómo dejaste que Meomartino se te escabullera de esta manera?

—No me dijo que diera de alta a la vieja. Es cierto que le llamé por teléfono, pero no me dijo nada concreto. Se limitó a preguntar si realmente me hacía falta, y yo fui y le contesté que no, que podía arreglármelas solo.

—Pero le llamaste —dijo Adam—. Era responsabilidad suya decirte que guardaras al paciente hasta que él pudiera bajar a verle. El Comité debiera haber sabido esto.

Spurgeon se encogió de hombros.

—Voy a ir a ver al viejo.

—Preferiría que lo dejases. Parece tan mal, que no sé si estaría a la altura de una situación como ésta.

—Pues entonces a Kender.

Spurgeon movió la cabeza.

—¿Por qué no?

—Pues porque hay una instrucción que dice que los internos no deben dar de alta a los pacientes, y yo la contravine. Porque Meomartino no me dijo que la mandase a su casa. Porque si tengo que quejarme, es en la conferencia donde debiera haberlo hecho.

—Robinson, eres la persona más estúpida que he conocido en mi vida —oyó decir a Adam, al irse del cuarto.

Después de todo, Meomartino había resultado no ser muy hombre, se dijo, al entrar, deprimido, en el ascensor.

Pero durante el tortuoso viaje desde el sexto piso hasta el sótano, dominado por un viejo y enfermizo temor, se obligó a sí mismo a admitir el motivo de que no hubiera mencionado al Comité la llamada telefónica.

Se había sentido aterrado por todos aquellos rostros blancos, blancos.

El día continuó como había comenzado.

Desastrosamente.

Spurgeon y Meyerson estuvieron mano sobre mano, aburriéndose mutuamente, hasta media tarde. Entre las tres y media y las ocho y media se hicieron cargo de seis pacientes, cuatro de ellos después de largos y difíciles trayectos. Luego, a las ocho y treinta y cinco, les llamaron para que recogiera a la señora Thomas Catlett, un caso de parto inminente, en el número 31 del callejón de Simmons, en Charleston. Pero Meyerson se salió de la calle central y fue por otras secundarias que no habían sido ensanchadas desde que fueron declaradas holgadas para el paso de caballos. Luego se metió en una zona donde estaba prohibido aparcar, enfrente de la librería Shapiro, en la calle de Essex.

—¿Adónde vas? —le preguntó Spurgeon, receloso.

—Tengo hambre. Voy a esa tienda a buscar un bocadillo y algo de beber, y mientras yo como tú conduces. ¿*Okay*?

—Pues date prisa.

—No te preocupes, hombre. ¿Quieres que te traiga algo? ¿Un bocadillo de cecina?

—No, gracias.

—¿Pastrami? Preparan la carne al vapor.

—Maish, no quiero perder el tiempo.

—Pero tenemos que comer.

Spurgeon se rindió. Le tendió un dólar que sacó de la cartera.

—Queso suizo con pan blanco. Café, como siempre.

Se sentó en la delantera de la ambulancia y se puso a mirar los títulos de los libros que había en el escaparate de la librería, mientras los segundos se volvían minutos y Maish seguía sin aparecer. Al cabo de un rato bajó de la ambulancia y dio la vuelta a la esquina, para mirar por el cristal de la tienda. Enmarcado por un gigantesco anillo de salami que había en el escaparate, el torso tapado por una pirámide de Knockwurst, Meyerson estaba en la cola, conversando animadamente con dos taxistas.

Spurgeon golpeó la ventana con los nudillos, sin hacer caso de los ciento veinte y pico de ojos que se volvieron para mirarle, y señaló el reloj.

Maish se encogió de hombros y señaló al mostrador.

Santo Cielo, aún no le habían servido.

Volvió por donde había venido, pasando junto a la librería, hasta el final de la casa de pisos; más allá estaba la «ciudad china», como una selva de neón de palmeras y dragones.

Volvió otra vez a la ambulancia y estuvo un rato apoyado contra ella.

Finalmente no pudo aguantar más. Fue a la charcutería y entró.

—Tome un ticket —le dijo el que estaba a la puerta.

—No voy a quedarme.

Maish estaba sentado a una mesa en un rincón, con los taxistas, y en el plato que tenía delante ya no había más que migas de pan. El botellín contenía aún un poco de cerveza.

—Venga, vamos a la ambulancia.

Maish miró a los taxistas y levantó los ojos.

—Me siento otro —dijo.

En la ambulancia, tendió a Spurgeon un bolso de papel marrón y veinte centavos de vuelta.

—Me dije que sería mejor comer ahí mismo —explicó—; así puedo conducir yo. Conozco Charleston, mientras que contigo a lo mejor nos perdíamos.

—Yo lo que digo es que vayamos rápidamente a recoger ese caso de parto.

—Y cuando la llevemos al hospital tardará día y medio en dar a luz. Y, si no, al tiempo.

Fueron por el barrio chino y volvieron a coger la calle central.

—Come —ordenó Maish, la madre judía del cuerpo de ambulancias.

El bocadillo sabía a cartón piedra en la lengua nerviosa de Spurgeon, y el café, nauseabundamente frío, le entró de un trago mientras pasaba por el puente conmemorativo de Tobin.

—¿Tienes veinticinco centavos?

Era el conductor quien tenía que pagar el peaje, pero Spurgeon se los dio, tomando nota mental de que tenía que cobrárselos luego.

Todas las calles parecían iguales. Todas las casas parecían iguales. Maish tardó diez minutos en confesar que no encontraba el callejón de Simmons en el callejero.

Después de largas discusiones con dos policías y una patrulla de la Navy lo encontraron. Era un callejón sin salida, al final de una calle particular cubierta de nieve. Los Catlett vivían en el tercer piso, como era de temer. El apartamento era oscuro y estaba sucio, y olía a auxilio social. Había varios niños, despertados y asustados por los visitantes, y un hombre silencioso y hosco. La mujer estaba fofa a fuerza de féculas, disgustos y demasiados partos. La pusieron en una camilla y la levantaron, gruñendo los dos al unísono. La hija mayor dejó un bolso de papel oscuro en la camilla, junto a su madre.

—Mi camisón y cosas de ésas —indicó la mujer a Spurgeon, con orgullo.

La llevaron a la puerta, donde Spurgeon se paró. La camilla le hacía daño en la parte posterior de las rodillas.

—¿No quiere despedirse de ella? —le dijo al hombre.

—Adiós.

—Adiós —dijo la mujer.

Pesaba mucho. La llevaron como pudieron escaleras abajo. Los escalones crujían y la entrada olía mal.

—Cuidado con el hielo —le avisó Maish.

Sus brazos y piernas estaban tensos y temblorosos cuando, por fin, la instalaron en la ambulancia.

La mujer chilló.

—¿Qué pasa? —preguntó Spurgeon.

Tardó casi un minuto en poder contestar. Spurgeon, asustado, no pensó siquiera en mirar el reloj.

—Siento dolor.

—¿Qué clase de dolor?

—Ya se lo puede imaginar.

—¿Es el primero?

—No, he tenido muchos otros.

—Meyerson, ya puedes salir zumbando —dijo Spurgeon—. Dale al silbato.

Maish hizo accionar la sirena inmediatamente, por lucirse, el muy cretino, y fueron por el callejón desierto, y luego por la calle desierta, mientras se encendían luces en todos los apartamentos y una serie de rostros oscuros o negros se asomaban a las ventanas.

Spurgeon se sentó junto a la mujer y puso los pies contra la pared opuesta, para afianzar las rodillas y poder usarlas a manera de mesa de escribir.

—PODRÍAMOS YA EMPEZAR A HACER SU HISTORIAL —gritó contra el ulular de la sirena—. ¿CÓMO SE LLAMA USTED?

—¿CÓMO DICE?

—¡SU NOMBRE!

—MARTHA HENDRICKS CATLETT. ¡HENDRICKS ES MI APELLIDO DE SOLTERA! —gritó ella, con voz ronca.

Spurgeon asintió.

—¿Y DÓNDE NACIÓ?

—¡EN ROCHESTER!

—¿NUEVA YORK?

La mujer asintió.

—THOMAS ES EL NOMBRE DE SU MARIDO, ¿NO? ¿Y EL NOMBRE MEDIO?

—¡C DE CARLOS!

El rostro de la mujer se contrajo; chilló, rodando sobre la camilla.

Esta vez Spurgeon miró la hora. Eran las nueve y cuarenta y dos minutos. La contracción duró casi un minuto.

—¿DÓNDE NACIÓ SU MARIDO?

—¡EN CHOCTAW, ESTADO DE ALABAMA! ¡CONDENADO MENTIROSO!

—¿PORQUÉ?

—¡DICE A LOS NIÑOS QUE ES MEDIO PIEL ROJA!

Spurgeon asintió, sonriendo. Estaba empezando a caerle simpática.

—¿DÓNDE TRABAJA?

—¡ESTÁ PARADO!

El grito se convirtió en un chillido de angustia. Spurgeon volvió a mirar al reloj. Las nueve y cuarenta y cuatro minutos. Dos minutos de duración.

¿Dos minutos?

«Yo no entiendo de partos», pensó, aturdido.

Su experiencia en este terreno se limitaba a cinco días de prácticas obstétricas, en el tercer curso de la carrera, dos años antes.

¿Se había fijado en todo?

—¿TIENE UNA SILLETA, DOCTOR?

—¿NO PUEDE ESPERAR?

—¡ME PARECE QUE NO!

Estaba claro que el niño iba a nacer de un momento a otro. Se inclinó como pudo hacia delante y tocó a Meyerson en el hombro.

—¡PARA INMEDIATAMENTE Y PONTE A UN LADO DE LA CALLE!

—¿PORQUÉ?

—¡PORQUE QUIERO COMPRARTE OTRO BOCADILLO DE CECINA, DIABLOS!

La ambulancia aminoró la marcha, paró; la sirena fue bajando de volumen, produciendo un ruido final como un hipo. Todo quedó de pronto muy silencioso, excepto el zumbido de los coches que pasaban velozmente y muy cerca.

Spurgeon miró hacia fuera y se sintió mal. Estaban en el puente.

—¿Tienes señales de humo? ¿Luces de tráfico?

Maish asintió.

—Pues úsalas, no sea que nos maten.

—¿Qué otra cosa quieres que haga?

—Frota dos palillos y enciende una hoguera. Pon mucha agua a hervir. Reza. Apártate de mí todo lo que puedas.

—¡Aaaaay! —gritó la mujer.

Había un pequeño depósito de óxido nitroso bajo la plataforma de la camilla, y una máscara. Y una caja obstétrica. Lo sacó todo. Comenzó a pensar con rapidez. Evidentemente no se trataba de su primer parto, no era primípara. Pero ¿era haber tenido ya cinco hijos lo que la haría multípara?

—¿Cuántos hijos tiene, señora?

—Ocho —contestó ella, quejándose.

—¿Cuántos son varones? —preguntó, aunque la verdad era que eso le tenía sin cuidado.

Era extra multípara, lo que quería decir que probablemente el niño nacería sin la menor dificultad.

—Los dos primeros; luego, todas niñas —respondió, mientras él le quitaba los zapatos.

Naturalmente no había allí estribos quirúrgicos. Lo que hizo entonces fue levantarle los pies y apoyarlos contra las banquetas, a ambos lados de la camilla, de modo que la sangre cayese directamente, en lugar de por las piernas abajo.

Meyerson abrió la puerta, dejando entrar los ruidos del tráfico.

—Doctor, ¿tienes cambio? Quiero llamar al hospital desde la primera cabina que encuentre.

Le entregó una moneda.

—Tengo que hacer otras llamadas.

Le dio un puñado de monedas, echándole de la ambulancia y cerrando la puerta por dentro. La mujer se quejó.

—Señora, voy a darle algo para calmar el dolor.

—¿Dormirme?

—No, sólo emborracharla.

Ella asintió, y Spurgeon le dio un vaho de óxido nitroso. Calculó la dosis a bulto, quedándose corto por si acaso. Surtió efecto inmediatamente.

—Me alegro —murmuró ella.

—¿De qué?

—De tener un médico de color. Nunca tuve hasta ahora un médico de color.

«Santo Dios, pobre mujer —pensó Spurgeon—. Con mucho gusto le endilgaría este parto a George Wallace o a Louise Day Hicks* si el uno fuera obstétrico y la otra comadrona, y estuvieran aquí ahora.»

Abrió la caja obstétrica, que no contenía gran cosa: una ampolla para succionar, un par de hemostatos, tijeras y fórceps. Levantándole el vestido hasta el pecho puso al descubierto unos muslos como robles y unas bragas oscuras, que procedió a cortar.

Ella rompió a llorar.

—Son regalo de mi hija mayor.

—Yo le compraré otras nuevas.

Desnuda, el estómago era tremendo, una extensión de carne oscura, fofa, con manchas de parturienta, sobre el que el marido había yacido, forcejeado, el único placer que podía permitirse un pobre negro, el único goce que no cuesta dinero, más barato que el cine, más barato que el alcohol, depositar un poco de semen que había crecido hasta ser aquella cosa grande y prieta, como una sandía contra la piel.

Qué indigno, qué indigno...

«Una pregunta, doctor Robinson. ¿Cómo voy a arreglármelas para sacar una cosa tan grande como va a ser sin duda el hijo gordo de esta mujer gorda por una abertura que, aunque las he visto más reducidas, es relativamente pequeña?»

Pequeñísima.

Era una oportunidad que se presentaba, pensó, sombríamente humorístico, de perder dos pacientes, de matar dos pájaros de un tiro, por así decirlo.

* Racistas norteamericanos. Wallace fue candidato presidencial frente a Nixon. (N. del T.)

Había una botella de zefirán. La destapó y vertió generosamente el contenido sobre la vulva y el perineo, luego se echó un poco en las manos y las agitó hasta secárselas. No era el mejor sistema, pero no había otro.

La mujer jadeaba, forcejeaba, trataba de deshacerse de una carga.

—¿Qué tal, señora?

—¡Por favor, Dios mío!

Había mucha agua, que empapaba sus pantalones blancos. Las cataratas del Niágara, pero de color de paja. Los ojos de la mujer estaban cerrados, y los grandes músculos de las piernas, tensos. Apareció una cabecita calva en la apertura, llevando el vello de la madre, sin afeitar, a modo de tonsura.

Dos contracciones más y la vía estaba libre. Spurgeon usó la ampolla para succionar líquido de la diminuta boca y luego se dio cuenta de que iba a tener dificultades con los hombros. Practicó una pequeña epesiotomía, que sangró muy poco. La vez siguiente que se contrajo la ayudó con las manos, y el niño entero salió al frío mundo. Puso dos pinzas en el cordón umbilical y cortó entre ambas, y luego cuidó bien de mirar el reloj; era importante, por razones legales, fijar con exactitud la hora del nacimiento.

Con una de las manos sostenía el cuello y la cabecita, y con la otra el pequeño trasero, terciopelo cálido, suave como... trasero de niño. Músico, compositor, prueba a poner esto en solfa, se dijo, y sabía perfectamente que hubiera sido imposible. El recién nacido abrió la boca e hizo una mueca, dando un pequeño grito, al tiempo que su diminuto pene lanzaba un torrente de orina. El niño empezaba bien.

—Tiene un hermoso hijo —le dijo a la mujer—. ¿Qué nombre le va a poner?

—¿Cómo se llama usted, doctor?

—Spurgeon Robinson. ¿Le va a poner mi nombre?

—No, le pondremos el de su padre. Sólo quería saber cómo se llamaba usted.

Spurgeon estaba aún riendo cuando, un momento después, llegó Meyerson, acompañado de un policía, y los dos llamaron a la puerta de la ambulancia.

—¿Necesita algo, doctor? —preguntó el policía.

—Todo va bien. Gracias.

Detrás de ellos el tráfico estaba paralizado hasta casi un kilómetro. El sonido de los cláxones era ensordecedor; sólo entonces se dio cuenta de ello.

—Un momento. ¿Quiere hacerme el favor de subir y coger a Thomas Catlett un instante?

Por lo que se refería a las posibilidades de un shock, el parto era una operación como cualquier otra. Le fue administrando, por vía intravenosa, gotas de dextrosa y agua.

La cubrió con la manta, diciéndose que esperaría a disponer de más medios para extraer la placenta. Luego cogió al niño de brazos del policía.

—Señor Meyerson —dijo, con gran dignidad—, ¿quiere hacernos el favor de sacarnos de este dichoso puente?

Cuando llegaron al patio del hospital, los primeros fogonazos le cegaron al abrir la puerta de la ambulancia.

—Levante bien al niño, doctor. Póngase junto a la madre.

Había dos fotógrafos y tres reporteros. Dos equipos de televisión.

«¿Qué es esto?», se dijo, y luego recordó el cambio que le había pedido Meyerson para llamadas telefónicas. Miró a su alrededor, furioso.

Maish estaba desapareciendo por la entrada de las ambulancias. Como una hoja impelida por el viento, no, como un fugitivo de la justicia, Meyerson se había esfumado.

Mucho más tarde se vio de nuevo en su cuarto. Se quitó la ropa blanca, que apestaba a sangre y líquido amniótico. La ducha que había al extremo del pasillo le apetecía, pero durante un buen rato no hizo más que seguir echado, en paños menores, pensando muy poco, pero sintiéndose muy bien.

«Champaña», se dijo finalmente. Se ducharía, se pondría ropa de calle y compraría dos botellas del mejor champaña. Una la bebería con Adam Silverstone; la otra, con Dorothy.

Dorothy.

Salió y echó dos monedas en el teléfono y marcó el número de Dorothy.

—Respondió la señora Williams.

—¿Te has dado cuenta de la hora que es? —le dijo, con aspereza, cuando él preguntó si estaba Dorothy.

—Por supuesto que sí. Ésa es una de las cosas que tiene la vida de los médicos, y será mejor que te vayas acostumbrando, mamá.

—Spurgeon —dijo la voz de Dorothy un momento después—. ¿Qué tal te fue en la conferencia?

—Pues que sigo de interno.

—¿Te trataron mal?

—Me dieron en la nariz como a un perrito se le da en el morro.

—¿Te encuentras bien?

—Yo sí. Soy la máxima autoridad mundial sobre el proceso odontoideo.

De pronto, enronqueciéndosele la voz, se puso a hablar a Dorothy de la mujer gorda y negra, y del niño tan guapo que había llegado al mundo gracias a él, porque el doctor Robinson era un médico audaz de primera línea de fuego.

—Te quiero, Spurgeon —le confesó ella, en voz baja, pero muy claramente.

Spurgeon se la imaginaba allí en la cocina, de pie, en camisón, con la bella mano cubriendo el auricular y su madre revoloteando en torno a ella como una gran mariposa negra.

—Escucha —dijo Spurgeon en voz alta, y le daba igual que le oyera Adam Silverstone, o quienquiera que fuese, en el universo entero—, también yo te quiero a ti, te quiero a ti más de lo que quiero a tu núbil cuerpo nubio, lo cual, te aseguro, es mucho decir.

—Estás loco —repuso ella, empleando su voz de maestra de escuela puritana.

—De acuerdo, pero te voy a decir una cosa, y es que cuando te perforen el billete de entrada en la gran clase media blanca, seré yo la perforadora.

Le pareció que reía, pero no estaba seguro del todo, porque le había colgado. Dio un beso sonoro y húmedo al auricular y colgó también.

9

Harland Longwood

A medida que su enfermedad seguía su curso, Harland Long-wood iba acostumbrándose a ella, como se acostumbra uno a una prenda de ropa fea y odiada que no es posible desechar por razones de economía. Se notaba cada vez menos capaz de dormir por la noche, desgracia a medias, ya que ello le permitía escribir mejor que a otras horas, cuando la casa donde tenía su apartamento se envolvía en terciopelo negro, amortiguador de ruidos, y el mundo entraba por sus ventanas cerradas como un intruso silencioso.

Escribía rápidamente, usando el material acumulado con minuciosa lentitud a lo largo de muchos años y terminando el segundo borrador de cada capítulo antes de pasar al siguiente. Cuando hubo ultimado tres capítulos, se dijo que había llegado el momento de poner a prueba su obra; después de muchas deliberaciones consigo mismo escogió a tres eminentes cirujanos que vivían bastante lejos de Boston, y, por tanto, no había llegado aún a ellos noticia de la enfermedad de Longwood. El capítulo sobre cirugía torácica fue enviado a un profesor de McGill, el capítulo sobre la hernia a un cirujano del hospital de Loma Linda, en Los Ángeles, y el capítulo sobre técnica quirúrgica a un hombre de la Clínica Mayo, en el estado de Minnesota.

Cuando recibió sus críticas, se dijo que, después de todo, no estaba satisfaciendo un mero sueño superficial y vanidoso.

El profesor de McGill se extendió cálidamente sobre la sección dedicada al tórax y pidió permiso para publicarla en una revista que él dirigía. El profesor de la Clínica Mayo alabó mucho su capítulo, aunque indicó una nueva zona de valioso examen, lo que supuso para Longwood tres semanas más de trabajo. El californiano, un pedante envidioso, con quien había estado en polémica durante años, reconoció muy a desgana el valor del material, añadiendo tres correcciones insignificantes, con las que Longwood no estaba de acuerdo y de las que hizo caso omiso.

Escribía a pluma, llenando el papel pautado con letra muy apretada y como de pata de ave. De vez en cuando sentía necesidad de descabezar un sueño, al amanecer, después de una larga sesión de trabajo, y por primera vez en su vida comenzó a quedarse en casa en lugar de ir al hospital, agradeciendo la facilidad con que Bester Kender le sustituía.

Ahora comenzaba a sentirse lo bastante seguro de sí mismo para hablar de su libro con Elizabeth un día que comieron juntos, y ella se ofreció a pasar a máquina el manuscrito, convencida de que su tío necesitaba sus cuidados. Durante dos días jugó con la máquina de escribir como un niño con un juguete nuevo, y luego, la tercera mañana, después de sólo veinte minutos de trabajo, se levantó y pasó largo tiempo ante el espejo, poniéndose el sombrero.

—Prometí a Edna Brewster que iría de compras con ella, tío Harland —dijo, y él asintió y le dio un beso en la mejilla.

Unos días después, fue Bernice Lovett, que estaba enferma y tenía que ir a verla.

Dos mañanas más tarde, le dijo que Helen Parkinson había insistido en que la ayudase a preparar el nuevo programa del Vincent Club.

Después resultó que Susan Silberger, Ruth Moore y Nancy Roberts necesitaban su presencia, y, entretanto, el montón de hojas escritas a mano seguía creciendo junto a la máquina de escribir.

Longwood se preguntaba quién sería esta vez el culpable.

«El iberoamericano no es lo bastante fuerte para tenerla sujeta», pensó, y éste fue el toque final que justificó su desaprobación de Meomartino.

Elizabeth solía quedarse un rato en el apartamento y luego se iba, después de haber puesto buen cuidado en decir con claridad el nombre de la mujer con quien iba a pasar el día. Longwood no cayó en la cuenta hasta la mañana en que le dijo que tenía que ir a ver a Helen Parkinson.

—Por si llama tu marido, claro —comentó, al decir ella el nombre.

Liz le miró y luego sonrió.

—Anda, tío Harland, no seas tonto ni digas cosas que luego ni tú ni yo querríamos haber oído.

—Elizabeth, vienes aquí a ayudarme. ¿Quieres hablar conmigo… de alguna cosa? ¿Puedo serte útil en algo?

—No —respondió ella.

En vez de seguir pensando en el asunto, lo que hizo fue telefonear a una agencia de mecanógrafas y contratar los servicios de una varias horas al día.

Lo peor eran las noches que pasaba uncido a la máquina de diálisis, sujeto a ella por agujas punzantes, mientras los tubos se volvían de un rojo brillante a fuerza de sorberle la sangre, como un vampiro, y él tenía que seguir allí echado, sin poder bajarse de la cama durante largas horas, prisionero de la misma cosa que le daba vida.

No era ruidoso, sino más bien como un salpicar suave. Él sabía que se trataba de un producto inanimado de la habilidad mecánica del hombre, pero, a pesar de todo, el salpicar continuo le parecía a veces como una ligera risa burlona.

Cuando le desuncían, corría, lleno de alivio, huyendo de allí, y aquel mismo día, más tarde, salió a la ciudad, como un marino de permiso, a tomar una copa en el Ritz-Carlton y luego a cenar a Locke-Ober, donde con frecuencia transgredía las reglas de su régimen, sintiendo que la restricción salina le quitaba, literalmente, un poco de sal de la vida. Después de cenar solía beber mucho coñac. Nunca había sido tacaño, pero ahora asombraba a Louie, el camarero, que llevaba treinta años sirviéndole, con sus generosas propinas.

Obsesionado por la idea de terminar el libro, trabajaba todas las noches; escribía todo lo rápidamente que le era posible, observándose a sí mismo con el desapasionamiento del extraño que observa una carrera hípica, y preguntándose con irónico regocijo quién sería el ganador.

Una o dos veces Elizabeth dejó a Miguel en el apartamento de su tío; Longwood jugaba en el suelo con su sobrino-nieto mientras el sol entraba a raudales por las ventanas, y, a pesar de su debilidad, se sentía de la misma edad que el niño, contento de jugar con los coches de juguete que éste había traído consigo: el azul, empujado por la manita rechoncha, y el rojo, por los dedos largos y huesudos que hasta poco antes habían empuñado instrumentos quirúrgicos, discurrían en torno a la alfombra y bajo las sillas y también bajo la mesa del comedor. A veces, por la tarde, le llevaba en coche por la ciudad, por lo general trayectos cortos, pero una tarde se encontró, casi sin darse cuenta, en la carretera 128, con el acelerador a fondo y la aguja del velocímetro alta, por lo que el coche marchaba como un rayo por la carretera recta como una cinta.

—Vas demasiado deprisa, querido —dijo Frances, con suavidad.

—Ya lo sé —respondió, sonriendo.

De pronto, oyó algo que parecía ruido de ambulancia, y cuando se dio cuenta de su error ya el motociclista había frenado a su lado, parándole y desviando el coche hacia un lado de la carretera.

El policía miró su cabello gris y su matrícula de médico.

—¿Es un caso urgente, doctor?

—Sí.

—¿Quiere que le acompañe?

—No, gracias —respondió él.

El policía asintió, saludó y se fue.

Cuando se volvió a mirar, Frances no estaba ya junto a él; se había ido sin darle tiempo a preguntarle lo que convenía hacer con Elizabeth. El niño estaba dormido en el asiento delantero, hecho un ovillo, igual que un gato. Comenzó a temblar, pero se obligó a sí mismo a seguir conduciendo. Volvió a Cambridge a treinta y cinco kilómetros por hora, por el lado derecho de la carretera.

Desde aquel día no volvió a llevar al niño a dar paseos en coche.

Y

Las cánulas supuraban en torno a sus puntos de aplicación. Movieron varias veces el desviador hasta que su pierna se vio decorada con pequeñas cicatrices de las incisiones. Las toxinas habían ido acumulándosele en el sistema y, una tarde, todo el cuerpo comenzó a picarle. Se rascó hasta sangrar y luego se echó en la cama, retorciéndose y con los ojos arrasados en lágrimas.

Aquella noche fue al hospital a uncirse a la máquina. Cuando le vieron las marcas de tanto rascarse le recetaron benadril y estelacina, y el doctor Kender le dijo que tendría que someterse a la máquina de diálisis tres veces a la semana, en vez de dos. Le asignaron los lunes, miércoles y viernes a las nueve de la mañana, en lugar de los martes y los jueves por la noche. Esto significaba que, aun cuando se encontrase bien, aquellos días no podría ir al hospital a trabajar. Siguió telefoneando todas las noches a Silverstone o a Meomartino para que le informaran de cómo iba el servicio, pero renunció a intentar siquiera hacer visitas.

De vez en cuando, estando solo, lloraba. Una vez, levantó los ojos y vio a Frances junto a su cama.

—¿No puedes ayudarme? —le preguntó.

Ella le sonrió.

—Tienes que ayudarte tú a ti mismo, Harland —le repuso.

—¿Qué harían ustedes por este hombre, señores? —preguntó al Comité de la Muerte.

Pero no le respondió ninguna voz.

No intentó volver a la capilla de Appleton ni a ninguna otra iglesia, pero una noche, sentado y escribiendo su libro, sintió una súbita y nueva certidumbre de que lo terminaría. Esta certidumbre era muy fuerte. No la sentía como una explosión de luces de colores o de música en aumento, como suelen expresarse siempre esas sensaciones en las malas películas de la televisión. Era más bien una promesa firme y suave.

—Gracias, Señor —dijo.

La mañana siguiente, antes de ir a la máquina, pasó por la habitación de la señora Bergstrom y estuvo un rato junto a la cama. Parecía dormida, pero a los pocos momentos abrió los ojos.

—¿Cómo se encuentra? —preguntó.

Ella sonrió.

—No demasiado bien. ¿Y usted?

—¿Sabe lo que me pasa? —preguntó él, con interés.

Ella asintió.

—Estamos en el mismo brete. Usted es el médico enfermo, ¿no?

De modo que hasta los pacientes estaban enterados. Era el tipo de noticia que circulaba enseguida por todo el hospital.

—¿Puedo hacer algo por usted? —le preguntó Longwood.

Ella se pasó la lengua por los labios.

—El doctor Kender y su gente cuidan de todo. No tiene por qué preocuparse. También cuidarán de usted.

—Sin duda.

—Son magníficos. Es un alivio saber que hay alguien en quien puede confiar una.

—Desde luego —convino él.

Entró Kender y le dijo que estaban preparándole su sitio en la máquina. Salieron juntos del cuarto y en el pasillo Longwood se volvió hacia su colega, más joven que él.

—Tiene fe en ti. Te cree infalible.

—Eso ocurre a veces. No es mala cosa. Nos ayuda —dijo Kender.

—Es una lástima, claro está, que yo me dé cuenta de vuestras limitaciones.

—Desde luego, doctor —dijo.

Longwood se echó y la enfermera le conectó a la máquina. Un momento después comenzaba a salpicar, burlona. Longwood se acomodó y cerró los ojos. Rascándose suavemente el picor, comenzó por el principio y se lo contó todo a Dios.

10

Rafael Meomartino

Meomartino volvió a casa aquella noche cuando, en la televisión, Huntley se despedía de Brinkley. Liz, vestida de casa, estaba echada en el sofá del cuarto de estar. Había dejado los zapatos en el suelo y tenía el pelo algo despeinado; su fatiga acentuaba las leves arrugas en torno a los ojos. Volvió la cabeza y le ofreció la mejilla.

—¿Qué tal el día?

—Pésimo —respondió él—. ¿Dónde está el niño?

—Acostado.

—¿Tan temprano?

—No le despiertes. Está agotado, y me ha agotado también a mí.

—¿Papá? —llamó Miguel desde su cuarto.

Fue a verle y se sentó en la cama.

—¿Cómo te encuentras?

—Muy bien —respondió el muchacho.

Le daba miedo la oscuridad y por eso le tenían la lámpara de su escritorio, con una bombilla de pocos vatios, siempre encendida.

—¿No te duermes?

—No puedo.

Sacó la mano de debajo de las mantas y Rafe notó que estaba sucia.

—¿No te bañaste?

Miguel movió negativamente la cabeza. Rafe fue al cuarto de baño y dio el agua caliente hasta llenar la bañera. Luego levantó al niño de la cama, lo desnudó y lo bañó con gran cuidado. De ordinario, Miguel jugueteaba en el baño, salpicándolo todo, pero ahora tenía sueño y se estuvo quieto en la bañera. Estaba empezando a crecer de verdad, más de lo que su carne podía dar abasto. Se le marcaban los huesos de las caderas, y tenía los brazos y las piernas muy delgados.

—Estás empezando a ser mayor —dijo Rafe.

—Como tú.

Rafe asintió. Le frotó con la toalla, le puso un pijama limpio y lo llevó de nuevo a la cama.

—Haz una tienda de campaña.

Rafe vaciló, fatigado y hambriento.

—Por favor… —suplicó el niño.

Fue a su despacho y volvió con un montón de libros. Cogió una manta de la cama y la extendió en el espacio entre ésta y el escritorio, sujetando cada esquina a la manta con cuatro o cinco libros. Entonces apagó la luz y él y su hijo se metieron a rastras bajo la tienda. La alfombra era más suave que la tierra. El niño se acomodó junto a él y le cogió por el brazo.

—Cuéntame lo de la lluvia. Ya sabes.

—Fuera, está lloviendo mucho. Todo está frío y húmedo —dijo Rafe, obediente.

—¿Qué más? —dijo el niño, bostezando.

—En el bosque, los animales pequeños tiemblan de frío y se refugian bajo las hojas y la tierra para calentarse. Los pájaros se han metido la cabeza bajo el ala.

—Ay.

—Pero ¿estamos nosotros fríos y mojados?

—No —murmuró el muchacho.

—¿Porqué?

—Por la tienda de campaña.

—Justo, por eso.

Besó la mejilla todavía suave y comenzó a acariciar a su hijo entre los omóplatos, medio caricias, medio golpecitos.

Poco después, el silencio y la respiración acompasada le indicaron que el niño se había dormido. Se desasió de él con cuidado, salió de la tienda, la desmanteló y devolvió a Miguel a la cama.

En el cuarto de estar, Liz seguía echada en el sofá.

—No debiste hacer eso —le dijo.

—¿Qué cosa?

—Bañarle. Le hubiera bañado yo por la mañana.

—No me importa bañarle.

—No está abandonado. Hay cosas que me salen bien y cosas que me salen mal, pero soy buena madre.

—¿Qué hay para cenar? —preguntó él.

—Preparé un cocido en una cacerola; no hay más que ponerlo a calentar en el horno.

—Quédate ahí, ya lo hago yo.

Esperando a que se calentara la cena, Rafe pensó que una copa les reanimaría a los dos. Estaba buscando el bíter en la alacena de la cocina cuando vio la botella de ginebra escondida detrás de una caja redonda de harina de avena. La tocó: todavía estaba fría; evidentemente, había sido sacada del frigorífico poco antes de llegar él a casa.

«Llega un momento —pensó—, en que hay que enfrentarse con las cosas.»

Puso la botella en una bandeja con dos vasos y fue con todo ello al cuarto de estar.

—¿Un martini?

Ella miró la botella sin decir nada. Rafe sirvió la copa y se la tendió.

Tomó un sorbo.

—Debiera estar más frío —dijo—, pero, aparte de eso, no lo habría preparado mejor yo misma.

—Liz —dijo él—, ¿a qué viene esta escena de comedia de Chejov? ¿Quieres beber durante el día? Pues hazlo; no tienes por qué esconder botellas para que yo no las vea.

—Cógeme en brazos —dijo ella un momento después—, por favor.

Rafe la cogió en brazos, manteniéndose en equilibrio al borde del estrecho sofá.

—¿Por qué has estado bebiendo?

Ella se echó hacia atrás y le miró.

—Me ayuda —dijo.

—¿A qué?

—Tengo miedo.

—¿De qué?

—Ya no me necesitas.

—Liz...

—Es cierto. Cuando te conocí, me necesitabas terriblemente. Ahora ya te has vuelto muy fuerte. Te bastas a ti mismo.

—¿Es que tengo que ser débil para necesitarte?

—Sí —respondió—. Voy a echarlo todo a perder, Rafe. Lo sé. Siempre me pasa así.

—Tonterías, Liz. ¿No te das cuenta de las tonterías que estás diciendo?

—Antes de conocerte, no importaba. Después de echarlo todo a perder con Bookstein nos divorciamos y me sentí incluso mejor. Pero me aterra la idea de volverlo a echar todo a perder.

—No vamos a echar nada a perder —protestó él, impotente.

—Cuando estás en casa conmigo todo va bien. Pero el condenado hospital te retiene cada treinta y seis horas. El año que viene, cuando abras consulta, será peor.

Rafe le pasó la punta del dedo por los labios, pero ella apartó la cabeza.

—Si pudieras acostarte con el hospital, no te vería nunca aquí —dijo.

—El año que viene las cosas irán mejor —dijo él—, no peor.

—No —insistió Elizabeth—, cuando me acuerdo de tía Frances la veo esperando a que mi tío volviese a casa. Casi nunca le veía. Vendió su consulta y después de muerta ella fue a trabajar al hospital, cuando ya era demasiado tarde.

—Tú no te pasarás la vida esperándome —le aseguró Rafe—, te lo prometo.

Los brazos de Liz le apretaban. Para no caer del sofá, Rafe tenía que asirse a ella por donde se ensanchaba la parte posterior del muslo, buen asidero. Poco después su respiración aminoró de ritmo y se hizo más igual contra su cuello. «Se ha quedado dormida como el niño», pensó. Sintió deseo, pero no hizo nada, no queriendo estropear aquel momento de agradable intimidad. Poco después también él dormía, soñando inexplicablemente que de nuevo era pequeño y estaba dormido, en la casa grande, en La Habana. Era un sueño increíblemente claro y realista, hasta en la certidumbre de que sus padres estaban en la gran cama de madera tallada, en la alcoba grande del otro extremo del pasillo, y Guillermo dormía en el dormitorio contiguo al suyo.

El silbido de la cocinilla del apartamento de Boston les despertó al tiempo a los dos, la familia soñada y el hombre cuya esposa de carne y hueso se levantó de un salto para apagar el horno antes de que el ruido despertara también al niño.

Meomartino se quedó echado en el sofá.

La televisión seguía dando el programa de noticias y mostraba entonces a un survietnamita de trece años que, contra la voluntad de sus padres, había sido adoptado por un regimiento norteamericano de Infantería. Los soldados habían dado al muchacho cigarrillos, cerveza y un fusil, con el que ya había matado a dos del Vietcong.

—¿Qué sensación te dio matar a dos hombres? —le preguntaba el locutor de la televisión.

—Buena, eran malos —respondió el muchacho.

Nunca había visto a aquellos dos compatriotas suyos hasta momentos antes de apretar con el dedito el gatillo norteamericano; y el fusil automático, fabricado para funcionar con tanta facilidad que la inteligencia del usuario no entraba para nada en el proceso, había disparado.

Rafe se levantó y desconectó el televisor.

«No sabe una palabra de mí», pensó.

A veces, ahora, volvía a soñar con la guerra.

Las pesadillas siempre comenzaban con la Bahía de Cochinos, y siempre estaba en el sueño Guillermo, pero solían terminar con Vietnam. Como ciudadano norteamericano y médico de profesión, Rafe estaba expuesto a ser llamado en cualquier momento a filas en cuanto terminase el último año como residente. Muchos de los jóvenes médicos que habían estado en el hospital el año anterior se hallaban ahora en Vietnam. Uno había muerto ya y otro estaba herido. «Era una guerra que no respetaba a los médicos», pensó, sombríamente. Se enviaban a primera línea cirujanos en lugar de médicos, y los hospitales de Saigón estaban tan expuestos al fuego enemigo como los de primeros auxilios en el frente.

Su mujer tenía razón, decidió. Se había vuelto más fuerte.

Pero ahora ya se había acostumbrado a enfrentarse valerosamente con el hecho indudable de que era un cobarde.

Y

No era normal. La nota decía simplemente: «¿Estás libre para almorzar conmigo?», y la firmaba Harland Longwood. Sin título alguno. Si fuera para algo profesional habría escrito a máquina debajo de la firma: jefe de Cirugía. Esto quería decir que iban a hablar de algo relativo a Liz. El único problema personal que Rafe discutía con el tío de su esposa era precisamente su esposa.

Fue al despacho del viejo y le dijo a su secretaria que tenía libre el almuerzo. Sólo en una ocasión había comido a solas con el doctor Longwood, cinco días antes de su boda. Habían ido al bar de hombres de Locke-Ober, donde, entre tanto peltre y caoba pulida, el doctor Longwood había tratado de sugerir, delicada y sombríamente, que, aunque Liz era demasiado buena para un extranjero, tenía una serie de problemas: alcohólico, sexual, y otros que se limitó a insinuar; y el doctor Meomartino haría un gran favor a todos, y sobre todo a sí mismo, dejando de verla inmediatamente.

En vista de lo cual, se casaron.

Esta vez, Longwood le llevó a comer a Pier Four. Los cangrejos de concha blanda sabían muy bien. El vino era pastoso y había sido enfriado al punto. Esto animó a Meomartino a seguir la conversación.

Al tomar el café, que fue él el único en pedir, perdió la paciencia.

—¿Qué es lo que está tratando de decirme, doctor?

El doctor Longwood tomó un sorbito de coñac.

—Siento curiosidad por saber adónde irá usted el año que viene.

—Probablemente abriré consulta. Si es que, por un milagro, no me llaman a filas.

—Su mujer tiene problemas. Le hace falta estabilidad —dijo Longwood.

—Sí, ya lo sé.

—¿No ha hecho todavía ningún preparativo para el año que viene?

Esto reveló instantáneamente a Rafe el motivo de la invitación a almorzar. El viejo temía que fuera a llevar a Liz y al niño al extranjero.

Longwood comenzaba a parecer realmente enfermo pensó Rafe, con lástima. Apartó la vista, pasándola por el abarrotado restaurante.

—No, todavía no he hecho preparativos, aunque me figuro que ya es hora de comenzar. En Boston hay demasiados cirujanos, y si abro consulta aquí, tendría que competir con algunos que se cuentan entre los mejores del mundo. Podría tratar de asociarme con alguno. ¿Conoce usted a alguno, con mucha clientela, que esté tratando de encontrar socio?

—Hay uno o dos. —Sacó una cigarrera de un bolsillo interior, la abrió, se la ofreció a Rafe que rehusó, extrajo un puro, lo cortó y se inclinó hacia Rafe que se lo encendió, dando luego las gracias con un movimiento de cabeza—. Usted tiene renta propia; no le hace falta comenzar con un sueldo elevado. ¿No es así?

Rafe asintió.

—¿Ha pensado en la posibilidad de trabajar en un Colegio Médico?

—No.

—En septiembre vamos a nombrar un profesor de cirugía.

—¿Y me ofrece a mí el puesto?

—No —precisó el doctor Longwood, cuidadosamente—. Tendremos que examinar a varios candidatos; pienso que su único rival serio sería Adam Silverstone.

—Es un buen elemento —dijo Meomartino, con desgana.

—Tiene buena reputación, lo mismo que usted. Si se presenta usted candidato yo, naturalmente, trataría de no influir en la selección, pero, así y todo, pienso que tiene excelentes posibilidades, basadas únicamente en su mérito personal.

Rafe notó, con cierto regocijo interior, que el viejo le elogiaba con la misma falta de entusiasmo que mostraba al elogiar a Adam.

—Un puesto universitario requiere investigación —advirtió—. Silverstone ha estado trabajando con los perros de Kender. Yo, la verdad, he descubierto que no soy investigador.

»No tiene necesariamente que requerir investigación —añadió—. En la rebatiña de las becas y los subsidios, los Colegios

Médicos han olvidado su verdadera razón de ser: formar estudiantes, y ahora comienzan a darse cuenta de ello. Los buenos profesores se volverán más y más importantes, porque la enseñanza será cada vez más difícil.

—A pesar de todo, hay que tener en cuenta mi servicio militar —observó Rafe.

—Nosotros solicitamos prórrogas para la gente del Cuerpo facultativo —dijo el doctor Longwood—, y las prórrogas se renuevan anualmente.

Sus ojos no decían nada, pero Rafe tenía la incómoda sensación de que ahora Longwood estaba sonriendo para sus adentros.

—Tengo que pensarlo —dijo.

Durante los dos días siguientes trató de decirse a sí mismo que probablemente no solicitaría el puesto.

Luego llegó la mañana de la Conferencia de Mortalidad. Rafe se sentó, silencioso y avergonzado, mientras Longwood crucificaba a Spurgeon Robinson contra la pared de la biblioteca, aunque sabía que podría compartir el tormento con él con sólo decir que el interno le había llamado por teléfono antes de dar de alta a la mujer.

Hubiera bastado con una sencilla frase.

Después, trató débilmente de convencerse a sí mismo de que si no obró así, fue porque el doctor Longwood parecía tan enfermo que era mejor que la reunión terminase lo más rápidamente posible.

Pero sabía que su silencio había sido en realidad el primer paso hacia su candidatura.

Aquella misma tarde, camino del comedor, tropezó con Adam Silverstone, que salía del ascensor.

—Ya veo que ha salido de su lecho de dolor —observó—. ¿Se encuentra mejor?

—Saldré de ésta.

—¿Por qué no reposa un poco más de tiempo? Esos virus son a veces muy perniciosos.

—Escuche, sé perfectamente que dejó en la estacada a Spurgeon Robinson esta mañana.

Meomartino le miró, sin decir nada.

—Es sumamente vulnerable a esta especie de ataque —dijo Silverstone—. A partir de ahora, cualquier cosa que le haga a él es como si me la hiciera a mí.

—Es usted un héroe —declaró Meomartino, sin alzar la voz.

—En casos como éste, yo tengo armas con qué defenderme; eso es todo.

—Lo tendré en cuenta.

—Mi lema es: «No irritarse, pasar la cuenta» —dijo Adam.

Le saludó con un movimiento de cabeza y se encaminó hacia el comedor.

Meomartino no le siguió. En lugar de hambre, lo que sentía era una especie de oscuridad en el alma que ya tenía casi olvidada. Necesitaba calor familiar, se dijo; quizá la reacción de Liz a la noticia de que iba a solicitar el puesto docente mejorase la situación.

Telefoneó y pidió a Harry Lee que le sustituyese mientras él iba a casa a comer.

Era una petición sin precedentes, y el residente, al acceder, no consiguió disimular del todo su sorpresa. «Debería hacerlo con más frecuencia —pensó Rafe—. El niño va a acabar por no conocer a su propio padre.»

La hora punta había pasado hacía ya tiempo, y el tráfico, aunque no escaso, era más fluido. Salió de la ciudad en el coche y luego volvió a entrar para ir directamente al aparcamiento de la calle de Charles, dejando el vehículo de modo que casi bloqueaba, aunque no del todo, el futuro tráfico de la angosta calle. Al subir Rafe las escaleras, su reloj marcaba las siete y cuarenta y dos minutos.

«Tengo tiempo —pensó— de comer un bocadillo, besar al niño, abrazar a mi mujer y volver al hospital sin que se me eche en falta.»

—Liz —llamó, al abrir la puerta con su llavín.

—No está en casa.

Era la que cuidaba del niño en su ausencia, y cuyo nombre no conseguía recordar. Un joven estaba sentado junto a ella, en el sofá. Los dos estaban algo despeinados y evidentemente habían sido interrumpidos.

«Perdonen ustedes, niños»*, pensó.

—¿Pues dónde está?

—Dijo que si llamaba, le dijéramos que había ido a cenar con su tío.

—¿El doctor Longwood?

—Sí.

—¿Cuándo?

—No lo dijo. —La chica se levantó—. Doctor, permítame que le presente a mi amigo Paul.

Rafe asintió, preguntándose si sería buena cosa para su hijo que la encargada de cuidar de él tuviera en casa esta clase de compañías. Probablemente Paul pensaba irse antes de la vuelta de Liz y su tío.

—¿Dónde está Miguel?

—Acostado, acaba de dormirse.

Rafe fue a la cocina y se quitó la chaqueta, dejándola en la silla y sintiéndose como un intruso en su propia casa, mientras en el cuarto de estar la conversación se convertía en una serie de frases sueltas, murmuradas, y risitas contenidas.

Había pan, algo duro, y los ingredientes para un bocadillo de jamón y queso. Había también una botella de ginebra, más que mediada, con martinis ya mezclados. Rafe se dijo que Liz probablemente pensaba sacarla del frigorífico antes de su vuelta habitual del hospital, a la mañana siguiente.

Se hizo el bocadillo y sacó un botellín de cerveza de jengibre y lo llevó todo, cruzando el cuarto de estar, al dormitorio de su hijo, cerrando la puerta ante las miradas curiosas de la pareja sentada en el sofá.

Miguel estaba dormido, con una larga serpiente color naranja llamada *Irving* contra el rostro, y la almohada en el suelo. Puso el bocadillo y el botellín sobre el escritorio, recogió la almohada y estuvo un rato mirando a su hijo en la semioscuridad de la luz de cabecera. ¿Quitaría de allí al animal disecado? Sabía perfectamente que no había peligro de asfixia, pero, así y todo, lo quitó, lo que, de paso, le dio la oportunidad de mirar el rostro infantil. Miguel se movió, pero no se despertó. El pelo del niño era

---

* En castellano en el original. *(N. del T.)*

áspero y oscuro, cortado a la moda de los Beatles, aunque sólo tenía dos años y medio de edad, largo por atrás y por delante en
cerquillo, como le gustaba a Liz, pero no a Rafe, en absoluto. Al
tío de Liz este corte de pelo le gustaba menos todavía que el
«nombre extranjero» del niño, que solía sustituir por el más
aceptable de «Mike». Miguel tenía unas orejas grandes, feas y
abiertas, que eran motivo de disgusto para su madre. Aparte de
esto era guapo, fuerte y musculoso, y tenía la piel clara de su
madre, las facciones cálidas y delicadas de su abuela. La señora
mamacita*.

Sonó el teléfono.

Lo cogió antes que la encargada de cuidar a Miguel, y reconoció la voz de Longwood sin necesidad de que se identificase.

—Pensé que esta noche estaría usted en el hospital.

—Vine a casa a cenar.

Longwood preguntó por varios casos y Rafe le informó dándose ambos cuenta de que no era posible que el jefe de Cirugía
asumiera la dirección personal del bienestar de cada paciente.
Contra la oreja, en el fondo, se oían ruidos de restaurante, un
murmullo de voces y sonido de cristal contra metal.

—¿Puedo saludar a Elizabeth? —dijo Longwood cuando Rafe
hubo terminado.

—¿No está con usted?

—Santo cielo. ¿Tenía que verla yo hoy?

—Sí, a cenar.

Se produjo un breve silencio; luego, el viejo hizo lo que pudo.

—Condenada secretaria, esa chica está siempre confundién-
dome las citas. No sé como voy a excusarme con Elizabeth. ¿Me
hará el favor de ofrecerle mis más humildes excusas?

La confusión y el embarazo de su voz eran sinceros, pero
había algo más, y Rafe se dijo con súbita irritación que se notaba también un deje de compasión.

—Lo haré —dijo.

Colgó, volvió al bocadillo y la cerveza de jengibre y cenó
sentado al pie de la cama de su hijo, pensando al mismo tiempo
en muchas cosas, mientras el pecho de Miguel subía y bajaba

---

* En castellano en el original. *(N. del T.)*

suavemente al ritmo de su respiración. El parecido del niño con la señora* era notable, sobre todo a la media luz.

Poco después se fue del apartamento, dejándoselo a los jóvenes amantes, y volvió al hospital.

Al día siguiente, de madrugada, el doctor Kender y Lewis Chin fueron al dormitorio de la señora Bergstrom y le extrajeron un pedazo de carne estropeada que había sido el riñón de Peggy Weld. No necesitaron ningún informe patológico para llegar a la conclusión de que el órgano desperdiciado había sido completamente rechazado por el cuerpo de la señora Bergstrom.

Después, en la sala de los cirujanos, se sentaron a tomar café cargado y sin azúcar.

—¿Qué hacemos ahora? —preguntó Harry Lee.

Kender se encogió de hombros.

—Lo único que se puede hacer es intentarlo de nuevo, con el riñón de algún cadáver.

—La hermana de la señora Bergstrom tendrá que ser informada —advirtió Rafe.

—Ya se lo dije yo —manifestó Kender.

Salieron de la sala, y Rafe fue al cuarto de Peggy Weld, a quien encontró haciendo el equipaje.

—¿Se va del hospital?

Ella asintió. Tenía los ojos enrojecidos, pero estaba serena.

—El doctor Kender dijo que aquí ya no hago falta.

—¿Y adónde va?

—A Lexington. No me muevo de Boston hasta que lo de mi hermana se resuelva de una forma o de otra.

—Me gustaría que saliéramos una noche —dijo él.

—Está usted casado.

—¿Cómo lo sabe?

Ella sonrió.

—Pregunté.

Él guardó silencio.

Peggy sonrió.

—Su mujer no le comprende, me figuro.

—Soy yo quien no la comprende a ella.

* En castellano en el original. *(N. del T.)*

—Eso no es asunto mío.

—No, es cierto. —La miró—. Hágame un favor.

Ella aguardó, sin hablar.

—No se maquille tanto. Es usted muy hermosa. Siento lo del riñón. Y también haber sido yo quien la persuadió a darlo.

—También yo lo siento —dijo—, pero no lo sentiría si no lo hubiera rechazado su organismo. De modo que ya puede dejar de lamentarlo, porque soy quien toma las decisiones que me conciernen. Incluso por lo que se refiere a mi maquillaje.

—¿Puedo serle útil en algo?

Ella denegó con la cabeza.

—Tengo mi programa hecho. —Le tocó la mano, sonriendo—. Doctor, una chica con un solo riñón no puede permitirse el lujo de caer en brazos del primero que quiera complicarle la vida.

—Yo no quiero complicar nada —dijo él, sin convicción—. Me gustaría conocerla mejor.

—No tenemos nada en común.

La maleta se cerró de golpe con un *clic* fuerte y final.

Rafe fue a su despacho y telefoneó a Liz.

—¿Cenaste bien?

—Sí, pero lo estúpido del caso es que me confundí de fecha, y no tenía que cenar con el tío Harland.

—Ya lo sé —dijo él—. ¿Y qué hiciste?

—Acabé llamando a Edna Brewster. Menos mal que Bill tenía que trabajar hasta tarde, de modo que las dos cenamos en Charles's y luego fuimos a su apartamento y cotilleamos. ¿Vienes a casa?

—Sí —respondió él.

—Se lo diré a Miguel.

Rafe despejó la mesa, cerró la puerta y se quitó la bata blanca. Luego se sentó y miró en la guía el número de teléfono de Edna Brewster.

Era amiga de Liz, no suya, y pareció sorprendida, pero contenta, de oír su voz.

—He estado pensando en algún regalo original para Liz para estas Navidades —dijo—, pero vosotras lo tenéis todo.

Ella gimió.

—Pues yo soy la menos indicada para este tipo de consejos.

—No quiero consejo, querría que te fijes bien cuando estés con ella y trates de averiguar qué es lo que realmente le gustaría que le regalaran.

Ella prometió espiar fielmente y Rafe le dio las gracias.

—¿Cuándo saldremos juntos? Liz decía el otro día que hace siglos que no te ve.

—Meses. ¿Verdad que es estúpido? —dijo ella—. Nunca tiene una tiempo para ver a la gente que le apetece. A ver si los cuatro nos reunimos un día de éstos a jugar al bridge. Di a Liz que le telefonearé —rio—, o, mejor dicho, no le digas que me llamaste, que sea nuestro secreto. ¿De acuerdo?

—De acuerdo —repitió él.

11

Adam Silverstone

Adam echó la culpa de su furia a Meomartino por haberlo sacado de la cama, pero, confuso y pensativo, volvió al trabajo, tendiendo a recordar en los momentos más inoportunos a Gaby Pender, echada al sol con los ojos cerrados, su pequeñez perfecta y urgente, su risa rota y tímida, como si no estuviera segura de cómo hay que reírse.

Trató de ahuyentarla de la mente, llenándola con muchos otros recuerdos.

El doctor Longwood le informó del puesto que habría pronto en la Facultad de Cirugía, y Adam comprendió entonces lo que le había pasado a Meomartino. Se lo dijo a Spurgeon, estando los dos en su cuarto, bebiendo cerveza enfriada en la nieve que cubría el alféizar de la ventana.

—Voy a quedarme yo con ese puesto. Meomartino no lo va a conseguir —declaró.

Sus dedos estrangularon una lata vacía de cerveza, abollándola.

—No será sólo por antipatía —dijo Spurgeon—; no se le puede tener tanta antipatía a nadie.

—Eso no es sino parte del asunto. Es que, además, el puesto me interesa de verdad.

—¿Parte del gran programa cósmico de Silverstone?

Adam sonrió y asintió con la cabeza.

—¿El puesto de prestigio que lleva directamente a donde está el dinero?

—Acertaste.

—Estás engañándote a ti mismo, amigo. ¿Sabes lo que es en realidad el gran programa cósmico de Silverstone?

—¿Qué? —preguntó Adam.

—Pura mierda.

Adam se limitó a sonreír.

Spurgeon movió la cabeza.

—Si crees que lo tienes todo previsto, te equivocas de medio a medio, amigo.

—Todo lo que cabe prever —dijo Adam.

Una de las cosas que había previsto era que la falta de conocimiento de Spurgeon sobre el proceso odontoideo era indicio de que el interno tenía que estudiar más anatomía. Cuando se ofreció a trabajar con él en esto, Spurgeon aceptó encantado y el doctor Sack les dio permiso para practicar disecciones en el laboratorio de patología. Trabajaban allí varias veces a la semana. Spurgeon aprendía con rapidez y Silverstone lo pasaba bien ejercitándose.

Una noche, Sack entró y les saludó. Habló poco, pero en lugar de irse lo que hizo fue acercar una silla y observarles. Dos noches más tarde repitió la visita, y esta vez, cuando hubieron terminado, dijo a Adam que fuera con él a su despacho.

—En el Departamento de Medicina Legal del hospital nos haría falta un ayudante de vez en cuando —le dijo—. ¿Le interesa?

Este trabajo no le rendiría tanto dinero como el que hacía en la clínica de urgencia de Woodborough, pero tampoco le agotaría tanto ni le quitaría tanto sueño vital.

—Sí, doctor —dijo, sin vacilar.

—Jerry Lobsenz le enseñó bien. Supongo que no le gustaría dedicarse a medicina legal el año que viene, ¿no es así?

Comenzaban a hacerle ofertas; señal de que, después de todo, las cosas no iban a acabar mal para él.

—Me temo que no.

—¿Poco dinero?

—Eso es parte del motivo, pero sólo parte. En efecto, no me gustaría dedicarme por entero a medicina legal.

No encajaba en el gran programa cósmico de Silverstone.

El doctor Sack asintió.

—Por lo menos es usted franco. Si algún día cambia de opinión, dígamelo.

Al fin y al cabo, no tenía motivos justificados para querer irse del hospital. El viejo complejo de edificios de ladrillo rojo se había convertido en su mundo. Las horas que pasaba en medicina legal eran irregulares, pero no desagradables. Le gustaba trabajar solo en el silencio sonoro del laboratorio blanco, consciente de que era un ambiente en el que cierta gente no sabía manejarse, pero en el que él podía de nuevo desplegar gran eficiencia.

Pasaba el tiempo libre entre el Departamento de Patología y el laboratorio de experimentación de animales, donde estaba aprendiendo mucho con Kender. Le tenía intrigado lo distintos que eran los dos hombres que más le habían enseñado. Lobsenz había sido un pequeño judío dado a la introspección, que hablaba con un ligerísimo acento alemán que sólo se le notaba cuando estaba fatigado. Y Kender...

Kender era Kender.

Pero quizás estuviese tratando de hacer demasiadas cosas al mismo tiempo. Por primera vez en su vida solía dormir poco, y volvía a soñar, no el sueño del cuarto del horno, sino el del buceo.

Siempre al comienzo de este sueño, estaba subiendo la escala, hacia la luz cegadora del sol. Era muy real: sentía la frescura del marco de acero vibrar en sus manos siempre que le daba el viento en la cara. El viento le preocupaba. Mientras subía miraba directamente a la percha, en la cima donde la escala se estrechaba, muy por encima de él, como la punta de un lápiz, hasta que el sol le hacía llorar y tenía que cerrar los ojos.

Nunca miraba hacia abajo. Cuando, finalmente, llegaba a la percha, se subía a ella y miraba al mundo que se extendía a sus pies, treinta metros más abajo; sus muslos estaban tensos, su boca seca, la plataforma se movía, agitándose al viento, la piscina relucía, diminuta y dura, al sol, como una mancha. Saltaba de la plataforma y echaba hacia atrás la cabeza, abriendo los brazos mientras su cuerpo se retorcía, alto, alto, en el aire, y sentía que el viento le cogía como una vela, le empujaba, le desequilibraba, le echaba a un lado. Él trataba desesperadamente de recomponer su postura, sabiendo que podría caer fuera de la piscina, en cualquier parte excepto donde había un cojín de tres metros de agua.

Caería mal, pensaba como atontado, colgando, grotescamente suspendido, mientras el agua subía hacia él. Se haría daño y nunca más volvería a ser cirujano.

«Oh, Dios.»

El sueño siempre terminaba a mitad del camino entre la cima de la torre y el agua. Adam entonces se despertaba y yacía en la oscuridad, diciéndose que nunca volvería a hacer tal tontería, que ya era cirujano, que nada podía ahora detenerle.

¿Por qué se repetía este sueño?

No se le ocurrió la razón hasta una noche, en el Departamento de Medicina Legal en que cerró los ojos y, respirando profundamente, se sintió transportado por un olor, el olor a esencia de formaldehído, a través del tiempo y la distancia, hasta el laboratorio patológico de Lobsenz, que era donde había tenido por primera vez el sueño del buceo.

Fue durante el tercer curso de medicina, en Pensilvania, el período de las mayores dificultades económicas de su vida. La vergüenza y el asco de la amante vieja y su dinero pertenecían ya al pasado. El trabajo de carbonero le había ayudado a ir tirando durante el invierno, y duró hasta comienzos de la primavera, cuando comenzó a dormirse habitualmente en plena clase y, en vista de ello, lo dejó, porque, si no, le habrían impedido realizar dos cursos. Llegó a acostumbrarse de tal manera a la desesperación, que la mayor parte de las veces sabía hacer caso omiso de ella. Ya debía seis mil dólares en préstamos de estudiante. Debía renta atrasada de su cuarto, aun cuando la patrona estaba dispuesta a esperar. Prescindió del almuerzo so pretexto de que comía demasiado, y durante dos semanas le molestaba el hambre del mediodía y la debilidad de comienzos de la tarde, pero entre primeros de abril y mediados de mayo trabajó en el hospital y, camelando a las enfermeras, comía lo que ellas le daban gratis.

En junio, pensó aceptar un trabajo de técnico quirúrgico, pero se dio cuenta, apesadumbrado, de que no le era posible, porque la exigua paga no le permitiría ahorrar el dinero suficiente para sobrevivir a lo largo del último curso. Ya había decidido, muy a desgana, volver al lugar de vacaciones de Poconos, cuando vio un pequeño anuncio en el *Bulletin* de Filadelfia pidiendo buceadores profesionales para un espectáculo acuático en la costa de Jersey. La Feria Acuática de Barney era una atracción con dos filipinos y un mexicano, pero necesitaban cinco buceadores para la función, y Adam fue uno de los dos universitarios aceptados. Le pagaban treinta y cinco dólares diarios, siete días a la semana. Aunque nunca había saltado desde treinta metros de altura, no resultó difícil aprender: uno de los filipinos le enseñó a base de innumerables carreras en seco, a echar los brazos hacia atrás en cuanto tocaba la superficie del agua y doblar las rodillas contra el pecho, a fin de deslizarse agua adentro, hasta tres metros de profundidad, en arco, terminando sentado tranquilamente en el fondo.

La primera vez que subió a la torre, la altura fue la parte peor de la experiencia.

La escala de acero parecía demasiado lisa, casi resbaladiza, para asirse bien a ella. Subió muy despacio, asegurándose de que tenía la mano bien cogida al escalón superior antes de soltar el inmediatamente inferior y subir. Trató de mirar derecho, hacia el horizonte, pero el gran sol vespertino estaba frente a él, y le asustaba como un avieso gran ojo dorado. Se detuvo, asiendo el escalón con la parte interior del hombro, mientras con los dedos hacía el signo de los cuernos:

«*Scutta mal occhio, pu pu pu*», y miró hacia arriba decididamente, fijando los ojos en la alta percha, que aumentaba de tamaño y cercanía con penosa lentitud, mientras él subía; pero, finalmente, llegó. Cuando asentó los pies en la plataforma, soltar la escala y volverse resultó difícil, pero lo hizo.

No era más que el equivalente de cinco pisos, se dijo, pero daba la impresión de una mayor altura; no había absolutamente nada entre él y la superficie del agua, y todos los edificios vecinos eran bajos. Él estaba allí, en la cima, mirando a la derecha, donde terminaba el paseo y la costa se hundía, y a la izquierda, donde, lejos y muy bajos, se veían automóviles diminutos a lo largo de una carretera costera en miniatura.

«Hola, Dios.»

—YA PUEDES —llegó hasta él la voz impaciente de Benson, el director.

Saltó.

Realmente era muy fácil. Ahora tenía mucho más tiempo que cuando lo hacía desde tres metros y medio de altura. Pero nunca hasta entonces se había mantenido rígido en el aire tanto tiempo. Comenzó a hacer los movimientos aprendidos en cuanto tocó el agua con los dedos del pie. Un momento más y ya se había deslizado hacia delante para caer de lado en el fondo, sobre la nalga derecha. Chocó algo, pero no demasiado. Se enderezó y quedó allí sentado, burbujeando y sonriendo; luego se despegó del cemento y subió como un rayo hacia la superficie.

Nadie pareció demasiado impresionado, pero después de dos días de práctica comenzó a participar en el espectáculo, dos veces al día.

El otro recién llegado, que se llamaba Jensen, resultó ser un buceador excelente, ex universitario de Exeter y Brown. Estudiaba literatura en Iowa y trabajaba gratuitamente como actor en un teatrillo cercano. Llevó a Adam a una pensión barata, donde por la noche había ratones tan ruidosos como leones y se oían riñas y peleas. Pero el colchón era bueno. El tiempo siguió sereno, y también sus nervios. Una chica del ballet acuático, de pechos preciosos, comenzó a hablarle con los ojos, y Adam planeó contactos más concretos. Tuvo largas conversaciones con Jensen sobre T. S. Eliot y Ezra Pound, y pensó que, después de todo, a lo mejor se harían amigos. Buceaba como una máquina, pensando mucho en cómo se comportaría cuando volviera al Colegio Médico convertido en millonario.

Las historias de accidentes parecían fábulas. Pero, el quinto día, Jensen se encorvó prematuramente y cayó en el agua de espaldas. Al emerger, estaba blanco de dolor, pero pudo andar solo y llamar un taxi que le llevó al hospital. No volvió al espectáculo. Cuando Adam telefoneó le dijeron que estaba relativamente bien, pero que seguiría allí en observación. El día siguiente amaneció gris, pero sin lluvia, con un viento cambiante que agitaba la escala y hacía oscilar la plataforma. «Los que se mantienen en alto tienen que aguantar vientos fuertes.» Shakespeare. Adam efectuó sus dos buceos sin incidentes, y a la mañana siguiente se sintió aliviado al ver que el sol había salido, pero no el viento. Aquella tarde hizo su primer buceo casi sin pensarlo. Durante el segundo espectáculo subió y estuvo un momento en la percha, iluminado por los reflectores. Lejos, en el mar, las luces de un barco pesquero le revelaron su misteriosa y distante presencia, mientras que las del paseo parecían joyas desperdigadas.

«Idiota», se dijo a sí mismo.

No es que tuviera miedo físico, pero de pronto se dijo, sencillamente, que no saltaría, pues por lo que le iban a pagar aquel verano no valía exponerse a quedar incapacitado para ser médico o cirujano. Se volvió y comenzó a bajar por la escala.

—¿TE ENCUENTRAS BIEN? —preguntó Benson por el altavoz—, ¿QUIERES QUE SUBA ALGUIEN Y TE AYUDE A BAJAR?

El murmullo de la muchedumbre llegaba hasta él como el zumbido de un insecto.

Se detuvo y comunicó que se encontraba perfectamente y no necesitaba ayuda, pero esto le obligó a mirar hacia abajo por primera vez, y de pronto se dio cuenta de que no se encontraba perfectamente ni mucho menos. Se puso a descender con gran cuidado. Estaba ya a menos de la mitad del camino cuando comenzó a oír abucheos y mofas; había mucha gente joven entre los espectadores.

Benson estaba furioso cuando llegó a tierra.

—¿Estás malo, Silverstone?

—No.

—Pues ya estás volviendo a subir. Todo el mundo coge miedo de vez en cuando. Te aplaudirán más si ahora vuelves a subir y te tiras.

—No.

—No volverás a bucear profesionalmente, cobardón, cerdo judío. De eso me encargo yo.

—Muchas gracias —dijo Adam, cortés y sinceramente.

A la mañana siguiente, cogió el autobús de vuelta a Filadelfia, y al otro día ya estaba trabajando en el hospital como técnico quirúrgico, trabajo que, además, le daba la oportunidad de aprender a conducirse en la sala de operaciones.

Tres semanas antes de comenzar el semestre otoñal, vio un anuncio en el tablero del Colegio Médico.

Si le interesa la anatomía y
necesita dinero, quizá yo pueda darle trabajo.
Pregunte en el despacho del forense.

> Gerald M. Lobsenz, doctor en medicina.
> Inspector médico.
> Condado de Filadelfia,
> Pensilvania.

El depósito de cadáveres del condado era un edificio de piedra de tres pisos, cuya fachada necesitaba una buena limpieza; el despacho del forense, en el primer piso, era una pieza de museo, abarrotado de cosas diversas. Una escuálida chica negra estaba sentada a una mesa de roble, escribiendo ruidosamente a máquina.

—¿Qué desea?

—Querría ver al doctor Lobsenz, por favor.

Sin dejar de escribir la chica movió la cabeza, indicándole a un hombre que estaba trabajando en mangas de camisa ante una mesa situada en la parte posterior del cuarto.

—Siéntese —le dijo.

Estaba fumando un cigarro puro, ya apagado, y escribiendo. Adam se sentó en una silla de madera de respaldo recto y miró a su alrededor. Los escritorios, las superficies de las mesas y los alféizares de las ventanas estaban literalmente cubiertos de libros y papeles, algunos de ellos amarillentos. Una planta relucía cromáticamente en un tiesto de plástico. Junto a ella había un poco de follaje moribundo que Adam no consiguió identificar, raíces secas que se alargaban desesperadamente hacia una pulgada de agua sucia, en el fondo de una retorta de laboratorio. Una botella de whisky medio llena se levantaba sobre un montón de libros. El suelo aparecía cubierto de hule gastado. Las ventanas estaban sucias y no tenían cortinas.

—¿Qué quiere?

Los ojos del doctor Lobsenz eran azules y apagados, pero muy directos. El cabello era gris. Se había afeitado mal y la camisa blanca que se había puesto aquella mañana era del día anterior.

—Vi su anuncio en el Colegio. Vengo a ver si me da trabajo.

El doctor Lobsenz suspiró.

—Es usted el quinto candidato. ¿Cómo se llama?

Adam se lo dijo.

—Tengo un poco de trabajo. ¿Quiere venir conmigo? Le examinaré sobre la marcha.

—Sí, doctor —dijo Adam.

Se preguntó por qué estaría sonriendo la chica negra que escribía a máquina.

El doctor Lobsenz le llevó al sótano, a dos docenas de escalones de profundidad y a otros tantos grados de temperatura por lo menos.

Había cadáveres sobre mesas y camillas, algunos cubiertos con tela, otros no. Se detuvieron junto al cadáver de un viejo muy delgado, con los pies muy sucios. Lobsenz le señaló los ojos con el puro apagado.

—¿Ve el borde blanco de la córnea? *Arcus senilis*. Fíjese en la mayor profundidad del pecho, es enfisema senil. —Se volvió a Adam y le miró—. ¿Recordará estas cosas la próxima vez que las vea?

—Sí.

—Ejem… Veremos.

Fue a uno de los cajones que cubrían la pared, lo abrió y miró al cadáver que había dentro.

—Muerto en un incendio. Unos cuarenta y cinco años de edad. ¿Ve el color sonrosado? Esto quiere decir dos cosas. La una es frío. La otra, monóxido de carbono en la sangre. Dondequiera que haya humo o llama amarilla hay monóxido de carbono.

—¿Cómo murió?

—Incendio en un bloque de apartamentos. Entró a salvar a su madre. De la madre no se encontraron más que restos imposibles de diferenciar de los otros.

Llevó a Adam a un ascensor y subieron en silencio al tercer piso.

—¿Sigue interesándole el empleo?

—¿Qué empleo es?

—Cuidar de los cadáveres.

Indicó con la cabeza hacia el sótano depósito de cadáveres.

—Sí, de acuerdo —dijo Adam.

—Y ayudar en las autopsias. ¿Ha visto alguna vez autopsias?

—No.

Siguió a Lobsenz y entraron en un cuarto con azulejos blancos. Había una figura diminuta en la mesa de disección. «Un muñeco», pensó Adam, pero se dio cuenta de que era una niña negra de no más de un año de edad.

—Encontrada muerta en la cuna. No sabemos de qué falleció. Miles de niños mueren así cada año; es un misterio. El imbécil del médico de la familia muy joven, claro, trató de administrarle la respiración artificial. Esperó un día y empezó luego a ponerse nervioso pensando que a lo mejor la niña había muerto de algo muy contagioso. Hepatitis, tuberculosis, mil cosas. Bien merecido se lo tiene si le pasa algo, por estúpido.

Se puso unos guantes de gamo, movió los dedos, luego cogió un bisturí y practicó una incisión desde cada hombro al esternón y después hasta el vientre.

—En Europa hacen esto desde la barbilla, en línea recta. Nosotros preferimos la «Y».

La piel oscura se abrió como por arte de magia. «Debajo había una capa de grasa infantil amarilla —pensó Adam, un poco a la ligera—, y, más abajo, tejido blanco.»

—Lo que hay que recordar —dijo Lobsenz, con cierta afabilidad— es que esto no es carne. Ya no es un ser humano. Lo que convierte al cuerpo en persona es la vida, la personalidad, el alma divina. Lo demás es arcilla, una especie de material plástico hecho por un fabricante muy eficiente.

Mientras hablaba, sus manos enguantadas exploraban, el bisturí cortaba, sacaba muestras, un tanteo aquí, otro allá, un pedacito de esto, una tajada de lo otro.

—El hígado está precioso. ¿Vio jamás un hígado más bonito? La hepatitis lo habría hinchado, probablemente con hemorragia. No parece tampoco tuberculosis. Tiene suerte ese memo de médico.

Puso las muestras en frascos, para ser examinadas en el laboratorio; luego volvió a colocarlo todo en su sitio, en la cavidad, y cosió la incisión pectoral.

«No me causó la menor impresión —se dijo Adam—. ¿No es más que esto?»

Lobsenz le llevó por el pasillo, a otra sala de disección, casi idéntica a la anterior.

—Cuando hay exceso de trabajo, el ayudante prepara una sala mientras yo trabajo en la otra —le explicó.

Sobre la mesa había una vieja de cuerpo agotado, rostro arrugado, pechos fláccidos. «Dios mío, está sonriendo.» Tenía los brazos cruzados sobre el pecho. Lobsenz los abrió; gruñendo por el esfuerzo.

—Los libros de texto dicen que el *rigor mortis* comienza en la mandíbula y va descendiendo cuerpo abajo a una progresión regular, pero, hágame caso, no hay nada de eso.

Cuando la hubo abierto no se produjo milagro alguno. Adam tenía la mandíbula bien cerrada —*rigor vitae*—, respirando con la menor frecuencia posible, notando que su abdomen se rebelaba contra el estómago vacío. ¿Quién fue el que incluyó el estar enfermo entre los placeres de la vida? Samuel Butler. «No voy a pasarlo bien», se dijo con firmeza.

Finalmente, Lobsenz volvió a coser el pecho.

Cuando volvieron al despacho de abajo el examinador médico cogió dos vasos grandes de cristal del cajón mediano de su mesa y sirvió dos fuertes dosis de la botella de whisky. El marbete decía: «Espécimen número 2. Elliot Johnson». Bebieron el whisky puro.

—Voy al retrete —dijo Lobsenz, cogiendo una llave que colgaba de un clavo, en la pared.

Cuando salió, la chica negra le habló sin levantar la vista de la máquina de escribir.

—Le ofrecerá setenta y cinco dólares al mes y cuarto para dormir. No acepte menos de cien dólares. Le dirá que tiene otros aspirantes, pero sólo se presentó uno, que vomitó a la mitad de la autopsia. —La máquina seguía resonando—. Es un tipo estupendo, pero muy lioso.

El doctor Lobsenz volvió, frotándose las manos.

—Bueno, ¿qué dice? ¿Le interesa el empleo? Aquí podrá aprender más sobre el cuerpo humano que en cuatro Colegios Médicos. Le enseñaré sobre la marcha, trabajando.

—De acuerdo —dijo Adam.

—Tenemos un buen cuarto para usted. Setenta y cinco dólares al mes.

—Quiero el cuarto y cien dólares.

La sonrisa de Lobsenz desapareció. Miró receloso a la chica, que seguía dándole a la máquina de escribir.

—Tengo más aspirantes.

Quizá fuera el whisky, que precisamente en aquel momento empezaba a golpearle el estómago vacío como un puño cerrado, haciéndole sentir la cabeza más grande y más ligera, como un globo.

—Doctor, si no consigo trabajo, aquí y ahora, dentro de un par de meses estaré muerto de hambre. De no ser por eso le aseguro que no desearía en absoluto aceptar su empleo.

Lobsenz le miró y súbitamente sonrió.

—Vamos, Silverstone, le invito a comer —dijo.

El cuarto del segundo piso parecía desde fuera una oficina más, a juzgar por la puerta de cristal opaco, pero había en él una camita y un escritorio. Las sábanas las podía cambiar con la frecuencia que quisiese, pues para sus necesidades personales tenía acceso a la lavandería del condado, maravilloso extra que el doctor Lobsenz había olvidado mencionar. «La limpieza del cuerpo se consideró siempre derivada directamente de la veneración a Dios.» Francis Bacon.

Sus cometidos no eran excesivos para una persona que había hecho ya dos años de medicina. Al principio, los olores siguieron molestándole y le irritaba intensamente el raspar de la sierra al penetrar en el cráneo. Pero Lobsenz le enseñaba mientras trabajaba y era buen maestro. Durante su primer año de Colegio Médico, Adam había compartido, con otros seis estudiantes, un cadáver «en conserva» llamado «Cora» en un laboratorio de anatomía. Cuando «Cora» le tocó a él, sus partes y órganos estaban ya tan cortados y estudiados que no había manera de reconocerlos. Ahora, Adam observaba constantemente y escuchaba con gran atención a Lobsenz que, notando su interés, estaba contento, aunque refunfuñase que debía cobrar por dar lecciones. En su fuero interno Adam estaba convencido de que era así, de que estaba recibiendo lecciones particulares de anatomía de primerísima categoría.

Al principio, las noches eran duras. El teléfono nocturno estaba en su cuarto. De siete a ocho y media, los empresarios de pompas fúnebres telefoneaban constantemente, solicitando los treinta y cinco dólares que el condado les pagaba cada vez que enterraban sin ceremonias, en ataúd de madera sin pintar, algún cuerpo no reclamado por nadie; era el mismo precio que pagaba Benson por dos buceos.

La primera noche respondió a las llamadas, estudió dos horas, puso el despertador, se echó, y se durmió, soñando con sus buceos.

Cuando despertó, se echó a reír solo, en la oscuridad. «Qué tonto soy —pensó—, mira que no preocuparme en absoluto cuando estaba buceando, y ahora, en la cama, temblar por lo que pudo haberme pasado.»

La segunda noche habló por teléfono con los empresarios de pompas fúnebres, estudió hasta medianoche, puso el despertador, apagó la luz y siguió allí, echado, a oscuras, sin dormirse.

Contó ovejas hasta llegar a cincuenta y seis, que fue cuando todas ellas se unieron en un solo cuerpo y flotaron lentamente sobre el portazgo, mientras él volvía a contar al revés empezando por cien y llegando dos veces a uno sin sentir el menor síntoma de sueño. Sus ojos seguían escrutando la oscuridad que le rodeaba.

Pensó en su abuela, recordando cómo le apretaba contra su pecho liso para dormirle en la cocina. «*Fa nana, fa nana*. Duérmete, Adamo. Reza a san Miguel y él espantará al demonio con la espada.»

Era un edificio grande. Había ruidos, el viento golpeaba el cristal de las ventanas, crujidos, gemidos, una especie de tintineo, ruido de pasos.

¿Tintineo?

¿Ruido de pasos?

Él estaba solo en el edificio, o eso le habían dicho. Bajó de la cama y encendió la luz para encontrar la ropa. No eran los fantasmas lo que le inquietaban: naturalmente, como hombre de ciencia no creía en lo sobrenatural. Pero la puerta delantera y la entrada de las ambulancias estaban cerradas con llave. Él mismo las había cerrado. Por lo tanto, quizás alguien hubiera entrado de alguna manera, por Dios sabe qué motivo.

Salió del cuarto, encendió las luces al ir por el edificio, primero escaleras arriba, a las salas de disección, y luego por las oficinas del segundo y el primer piso. No había nadie.

Finalmente, bajó a la frescura del depósito de cadáveres, tanteando apresuradamente en busca de la llave de la luz. Había cuatro cadáveres sobre las mesas, fuera de los cajones; uno de ellos era el de la vieja en cuya autopsia él había ayudado al doctor Lobsenz. Miró la sonrisa helada.

—¿Quién fuiste, tía?

Se dirigió hacia un chino muy delgado, probablemente tuberculoso.

—¿Moriste muy lejos de tu tierra? ¿Tienes hijos en el ejército comunista? ¿O primos en Formosa?

Seguramente aquel sujeto habría nacido en Brooklyn, se dijo. Esta idea le hizo ver lo absurdo de la situación. Volvió por donde había venido, apagó las luces, entró de nuevo en su cuarto y puso la radio, un precioso concierto de Haydn.

Pensó que les oía bailar y se lo imaginó: la vieja, desnuda, inclinándose ante el oriental, los otros mirando desde sus cajones congelados, abiertos, el Arlequín, silencioso, en pie, con su multicolor vestido de luces, sonriendo y moviendo la cabeza al compás de la música.

Y resonando el gorro de cascabeles.

Poco después volvió a salir y encendió de nuevo todas las luces. Cerró con llave la puerta del depósito de cadáveres. Puso el despertador a las seis de la mañana, con objeto de poder apagar a tiempo todas las luces y abrir el depósito antes de que empezara a llegar gente; luego se durmió y soñó con el buceo.

La noche siguiente dejó las luces apagadas, pero no soñó. A la otra noche se olvidó de cerrar con llave el depósito de cadáveres, pero el sueño volvió. Finalmente, aprendió a identificar ruidos de tuberías y cristales sueltos y otros perfectamente explicables; el sueño no volvió a turbarle, y ahora de nuevo dormía bien. El ritmo de su existencia volvió a parecerle de lo más ordinario. A los dos meses de empezar este trabajo como ayudante del doctor Lobsenz, forcejeando con una estudiante en su cuarto, le divirtió que ella dejara de resistir y hundiera de pronto la cabeza en su pecho.

—Tienes el olor más cachondo del mundo —le dijo.

—También tú, guapa —respondió él, con toda sinceridad, sin preocuparse de explicar que era el olor leve, indestructible del formaldehído.

Trabajando en el laboratorio de Patología del doctor Sack, Adam se volvió a acostumbrar al olor acre de los presentadores químicos y acabó dejando de soñar. Ahora nadie se le acercaba lo suficiente para aspirar la esencia del formaldehído. Pensó vagamente en salir con la pequeña enfermera rubia, Joan Anderson, pero sin llegar a tomar medidas concretas en este sentido.

Intentó telefonear a Gaby.

Había sido informado por Susan Haskell, su compañera de cuarto, fría y repetidamente, de que Gaby no estaba en la ciudad y no era posible dar con ella.

Sobre todo para el doctor Silverstone, había dado a entender el tono de voz de la muchacha.

Le había escrito cinco días después de volver de Truro:

Gaby:
Una y otra vez he comprobado que soy un completo imbécil.
¿Quieres hacerme el favor de contestar a una llamada telefónica mía, o responder a esta nota?
Estoy llegando a la conclusión de que es completamente distinto cuando es con alguien a quien uno quiere.

Adam

Pero no había recibido contestación, y siempre que le telefoneaba la respuesta era la misma.

Había llegado el invierno. La nieve caía y era ensuciada por el humo de la metrópoli, volvía a caer y era ensuciada nuevamente; el ciclo urbano se concretaba finalmente en una serie de capas blancas y grises cuando las palas municipales penetraban en ellas.

Una mañana, en la sala de los cirujanos, Meomartino contó a los que estaban tomando café lo que había dicho su hijo cuando le llevó a ver a Santa Claus, en la tienda de Jordan Marsh.

—¿Es usted un hombre? —había preguntado Miguel.

La figura barbuda había asentido.

—¿Un hombre de verdad?

Nuevo asentimiento.

—¿Tiene pene y todo?

Los cirujanos rompieron a reír, y hasta Adam se sonrió.

—¿Y qué respondió a eso Santa Claus? —preguntó Lew Chin.

—No se rio —respondió Meomartino.

Los comerciantes de Boston habían tomado nota de las necesidades de la estación. Los escaparates de los grandes almacenes florecían con ramas de acebo y cobraban vida con escenas invernales, y en los ascensores del hospital colgaban coronas de laurel de plástico de color verde. Las enfermeras canturreaban villancicos, y el doctor Longwood reaccionó ante el júbilo general como si confirmara sus temores sobre la fragilidad humana de los cirujanos jóvenes.

—Me da la impresión de que Longwood está en baja —dijo Spurgeon a Adam.

—Yo creo que es un gran hombre.

—Es posible que haya sido un gran hombre, pero ahora no puede operar porque está enfermo, y, a pesar de todo, sigue actuando como si fuera la personificación del Comité de la Muerte. Este sujeto ve errores siempre que alguien se muere. Se nota siempre que va a haber Conferencia de Mortalidad; toda la gente se vuelve hipersensible y nerviosa.

—Y nosotros somos los que pagamos su mala suerte con los nervios. Es poco precio si así sigue viviendo un poco más de tiempo —dijo Adam.

Irónicamente, dos horas más tarde estaba él con Meomartino cuando Longwood telefoneó para hacer preguntas sobre una apendicectomía que ambos habían realizado dos días antes. El jefe de Cirugía no estaba convencido de que la operación fuese necesaria. Ordenó que el caso se presentase a examen a la mañana siguiente.

—No lo tome demasiado en serio —dijo Adam, secamente, a Meomartino—. Las placas de patología muestran mucha inflamación y abundancia de células blancas. Está clarísimo.

—Ya lo sé —admitió Meomartino—. Ayer las llevé a casa para mirarlas al microscopio. ¡Diablos!

—¿Qué pasa?

—Se me olvidó traerlas. Nos harán falta para el examen.

—Quedo libre dentro de dos horas. Si quiere, voy a buscarlas —dijo Adam.

—¿Sí? Use mi coche.

—No, gracias —contestó Adam.

Pero no le importaba aceptar favores de Spurgeon, y cuando terminó su turno Robinson le llevó en su Volkswagen a través de la ciudad y de la sombría tarde invernal.

Meomartino les había dicho cómo se iba a su casa, pero en el último momento tuvieron dificultades; la calle era más bien una calleja, y montones de nieve a ambos lados la hacían aún más angosta.

—Mira, no puedo dejar aquí el coche, taponando la calle. Yo espero —dijo Spurgeon.

—Vale.

Meomartino tenía buen gusto y dinero para cultivarlo, pensó Adam, con envidia, al pulsar el timbre. Aquellos establos convertidos en vivienda eran un lugar encantador para vivir.

Abrió la puerta una doncella sueca, ya mayor.

—¿Por quién pregunta?

—¿Está en casa la señora Meomartino?

—Creo que no quiere ver a nadie.

Explicó su misión.

—Bueno, en este caso lo mejor es que pase —dijo ella, como a la fuerza.

La siguió hacia el interior de la casa y entró con ella en la cocina, donde había un niño pequeño, comiendo, sentado a la mesa.

—Hola —dijo, sonriendo al acordarse de la anécdota de Santa Claus.

Era fácil ver a Meomartino en las facciones de aquel niño.

—Hola.

—No sé a qué placas se refiere —dijo la doncella, con sequedad.

—Estarán con el microscopio, si me deja buscarlas a mí...

—En el despacho —dijo ella, señalando con la cabeza al volverse hacia la cocinilla—; no la primera puerta, que es la alcoba. La segunda puerta.

Era un bonito cuarto. Había una buena alfombra persa y sillas cómodas y bien tapizadas de cuero; las paredes estaban cubiertas de estanterías. La mayor parte de los libros eran de medicina, pero también había biografías e historia, una mezcla de títulos en inglés y en español. Muy pocas novelas, excepto en una pequeña sección de la biblioteca, que también contenía poesía moderna.

«La poesía será probablemente de su mujer», pensó él, mirando la puerta cerrada que comunicaba la alcoba con el despacho.

Las placas se hallaban junto al microscopio. Algunas estaban sueltas y las volvió a meter en la caja. Iba a irse cuando se abrió la puerta de la alcoba.

Llevaba un pijama de su marido que le estaba demasiado holgado. Tenía el pelo revuelto y los pies descalzos; quizá llevase gafas normalmente y ahora no viera bien, porque le miró entrecerrando cómicamente los ojos. El efecto general era sumamente atractivo. Adam vio que no era el tipo de mujer que enseguida grita o se va corriendo a ponerse una bata.

—Hola —dijo—, no soy un ladrón, soy Adam Silverstone.

—¿Silverstone? ¿Es usted pariente de los Bookstein?

Tenía la voz algo ronca, pero Adam pensó que tanto su voz como la mirada miope podían deberse a que evidentemente había estado bebiendo. Había entrado con andar inseguro y se tambaleaba ligeramente.

—Hola —dijo.

Adam alargó la mano para ayudarla a tenerse en pie y se encontró, con la sorpresa consiguiente, con que ella se había apoyado contra él, la cabeza contra su pecho.

—No, no tengo nada que ver con ellos —dijo—. Soy colega de Rafe. Se le habían olvidado estas placas.

Ella echó la cabeza hacia atrás y le miró, y Adam notó que apartaba su cuerpo del suyo.

—Me ha hablado de ti, la competencia.

—Sí.

—Pobre Rafe —dijo ella—. ¿Qué tal estás?

Le besó, y su boca estaba cálida y amarga de ginebra.

—Muy bien —contestó Adam, cortésmente.

Esta vez también él la besó, y la idea estaba ya en su mente antes incluso de besarla. Mirándola en aquel momento se dio cuenta de que era perfectamente posible, una destrucción absurdamente clásica de la dignidad de Meomartino y en el castillo mismo de su adversario, mientras Spurgeon esperaba abajo, en el coche, y en cualquier momento la criada podía entrar y sorprenderles.

Desde otra parte del apartamento se oyó la risa feliz del niño.

Además, la dama estaba borracha.

—Dispénseme —dijo.

Se apartó de ella y recogió las placas, dejándola allí, sola, en la habitación. El niño había terminado de cenar y estaba viendo la televisión.

—Adiós —le dijo, sin apartar la vista de Bozo el Payaso.

—Adiós —dijo Adam.

Dos días después fue ella al hospital.

Volvían todos al despacho de Adam, después de una serie de visitas, y cuando éste abrió la puerta lo primero que vio fue el abrigo de visón tirado sobre la silla. Llevaba un elegante vestido negro y parecía una versión para revista erótica de una joven matrona.

—Liz —dijo Meomartino.

—Me dijeron que te encontraría aquí, Rafe.

—No creo que conozcas a estos caballeros —dijo Meomartino—, Spurgeon Robinson.

—Hola —dijo Spurgeon, dándole la mano.

—Adam Silverstone.

Ella alargó la mano y Adam la cogió como si fuera un fruto prohibido.

—¿Qué tal?

—¿Qué tal? —repitió ella.

No podía mirar a Meomartino. «Cuernos, cuernos. O palabra malhadada para una oreja casada.»* Shakespeare. Murmuró un adiós mientras los otros seguían las presentaciones, volvió a la

---

* En el texto dice *cuckoo, cuckoo*, o sea «cucú, cucú»; el sentido es el mismo que «cornudo». *(N. del T.)*

sala del hospital y trabajó de firme, pero sin conseguir apartar de sí el recuerdo de la mujer, vestida con el pijama de su marido, ofreciéndose a sí misma.

A media tarde, cuando le llamaron al teléfono, sabía quién era antes incluso de oír su voz.

—Hola —dijo ella.

—¿Qué tal estás? —murmuró él, inseguro, con las palmas de las manos húmedas.

—Me dejé algo en tu oficina.

—¿Qué era?

—Un guante de cabritilla, negro.

—No lo vi, lo siento.

—¡Qué lata! Si lo encuentras, me lo dices, ¿eh?

—Sí, por supuesto.

—Gracias. Adiós.

—Adiós.

Cuando quince minutos después, volvió a su despacho se puso a gatas y lo encontró debajo del escritorio, donde indudablemente lo había tirado ella misma. Lo recogió y permaneció unos momentos sentado, frotándose el guante entre los dedos. Cuando se lo llevó a la nariz, el perfume pareció acercarla a él.

«Ahora está serena», pensó.

Miró el número en la guía y lo marcó, y ella contestó inmediatamente, como si hubiera estado esperando.

—Lo encontré —dijo.

—¿Qué cosa?

—El guante.

—Vaya, menos mal —dijo. Y esperó.

—Se lo puedo dar a Rafe.

—Es muy distraído, se le olvidará traerlo a casa.

—Mañana tengo libre. Si quieres, paso un momento y te lo doy.

—Mañana tenía intención de salir de compras —dijo ella.

—También yo tengo compras que hacer. ¿Por qué no nos vemos en algún sitio y te devuelvo el guante, y de paso te invito a una copa?

—De acuerdo. ¿A las dos?

—¿Dónde?

—¿Conoces ese sitio que se llama Parlor? No está lejos del Prudential Center.

—Lo encontraré —dijo él.

Adam llegó antes de la hora. Se sentó en un banco de piedra, en el Prudential Center y observó a los que patinaban en la pista de hielo, hasta que el trasero y los pies se le entumecieron; entonces se fue a dar un paseo por la calle de Boylston y entró en el bar. De noche, indudablemente se bebía allí de lo lindo, y había buscones y busconas, pero ahora no se veían más que estudiantes, que comían tarde. Pidió un café.

Llegó ella con las mejillas enrojecidas por el frío. Notó por segunda vez que tenía muy buen gusto. Lucía una chaqueta de tela bordeada de piel de castor, y cuando la ayudó a quitársela vio con aprobación que debajo llevaba un vestido de color beige, de corte sencillo, y una sola joya, un alfiler rematado por un camafeo, que parecía antiguo.

—¿Quieres una copa? —preguntó él.

Ella miró su café y movió negativamente la cabeza.

—Demasiado temprano para empezar, ¿no crees?

—Sí.

Pidió también café y Adam llamó al camarero, pero cuando se lo trajeron dijo que no lo quería.

—¿Vamos a dar una vuelta en coche? —propuso ella.

—No tengo coche.

—Ah. Bueno, pues podemos dar un paseo.

Se pusieron el abrigo y se fueron del bar, yendo en dirección a la plaza Copley. Adam pensó que no podía llevarla al Ritz, o al Plaza, o a ningún sitio de ésos, porque era seguro que tropezaría con alguien conocido. Hacía frío y los dos empezaban a tiritar. Miró a su alrededor desesperadamente, buscando un taxi.

—Tengo que ir al lavabo. ¿Te importa esperar?

Enfrente estaba el Regent, un hotel de tercera categoría, y Adam la miró, lleno de admiración.

—En absoluto —dijo.

Mientras ella iba al lavabo, Adam encargó habitación. El empleado asintió con indiferencia cuando él dijo que su equipaje estaba al llegar del aeropuerto de Logan. Cuando salió ella al pequeño vestíbulo, Adam la cogió del brazo, acompañándola suavemente hacia el ascensor. No se hablaron. Ella tenía erguida la cabeza y miraba al vacío. Cuando Adam abrió la puerta de la habitación 314 y hubieron entrado y cerrado bien, se volvió hacia ella y los dos se miraron.

—Se me olvidó traer el guante —dijo Adam.

Más tarde, ella dormía, mientras él, a su lado, en el cuarto demasiado caldeado, estaba echado, fumando. Finalmente, se despertó y le sorprendió mirándola. Alargó la mano y le quitó el cigarrillo de entre los labios, apagándolo cuidadosamente contra el cenicero que había junto a la cama. Luego se volvió hacia él y volvieron a celebrar el rito, mientras, afuera, la luz gris se iba haciendo más oscura.

A las cinco, ella se levantó y se puso a vestirse.

—¿Tienes que irte?

—Casi es hora de cenar.

—Podemos llamar. Aparte de que yo casi ya ni siquiera cenaba.

—Tengo un niño pequeño en casa —replicó ella—; hay que darle de cenar y acostarle.

—Ah.

A medio vestir se le acercó, se sentó en la cama y le besó.

—Espérame aquí —dijo—; vuelvo.

De acuerdo.

Cuando se hubo ido, Adam trató de dormir, pero no podía respirar siquiera, porque en el cuarto hacía demasiado calor. Olía a semen, a humo de cigarrillo y a ella. Abrió una de las ventanas, para que entrase el aire polar; luego, se vistió, bajó y tomó un bocadillo, que no le apetecía, y una taza de café. Después se encaminó hacia la plaza de Copley y se sentó en la Biblioteca Pública de Boston, poniéndose a leer números atrasados de la *Saturday Review*.

Cuando volvió, a las ocho, ya estaba ella de vuelta, entre las sábanas. La ventana estaba cerrada y volvía a hacer demasiado calor. Las luces estaban apagadas, pero, afuera, la muestra del hotel parpadeaba, y su luz daba a la alcoba un aspecto de cuadro surrealista. Le había traído un bocadillo de ensalada de huevo. Lo comieron juntos, a las once, y el olor a huevo duro entró de esta manera a formar parte de la rica y compleja combinación de aromas que ancló aquel día a su memoria.

El día de Navidad por la mañana, Adam trabajó solo en la sala de operaciones como cirujano de urgencia. Estaba echado en el largo banco de la cocina, escuchando el ruido solitario de la cafetera, cuando sonó el teléfono.

Era Meomartino.

—Esta tarde va a tener que hacer una amputación. Para entonces yo ya me habré ido.

—De acuerdo —dijo Adam, fríamente—. ¿Cómo se llama el paciente?

—Stratton.

—Le conozco bastante —dijo, hablando consigo mismo más bien que a Meomartino.

La semana anterior habían tratado de practicar un corto circuito arterial para devolver la circulación a la pierna del señor Stratton. El plan inicial había consistido en exponer la vena safena y usarla a manera de injerto arterial, de modo que las válvulas se abrieran en la misma dirección que el flujo arterial. Pero las venas del señor Stratton habían resultado ser pésimas, de sólo dos décimas de centímetro de diámetro, o sea una cuarta parte del diámetro normal. Tuvieron que cortar la gran placa arteriosclerótica que bloqueaba la circulación y empalmaron la arteria con un injerto de plástico, que hubiera servido, en el mejor de los casos, un año o dos, pero que funcionó mal desde el principio. Ahora, la pierna era un objeto blanco y muerto que ponía en peligro la vida del paciente y tenía que ser amputada.

—¿A qué hora lo hacemos?

—No sé. Estamos tratando de localizar a su abogado, para que firme los documentos. El señor Stratton está casado, pero su mujer se encuentra gravemente enferma en el Bet Israel, de modo que no puede firmarlos ella. Supongo que será en cuanto demos con el abogado. Desde anoche están tratando de localizarlo.

Adam suspiró y colgó, cogió un traje verde de un montón que había en una mesa y fue a la sala de los cirujanos bisoños a mudarse. El traje verde de campaña le sentaba bien y era cómodo. Cogió también un par de botas negras de plástico, tirando de la parte superior hasta arrancarla y poniéndose las cintas de plástico así obtenidas entre el calcetín y el zapato antes de sujetarse las botas a los tobillos con bandas elásticas. Luego, listo para el trabajo y conectado con tierra contra la posibilidad de una chispa eléctrica que hiciera volar la sala de operaciones cargada de oxígeno, volvió al banco de la cocina y a su libro, pero su paz no duró mucho tiempo.

Esta vez le llamaban de la clínica de urgencia.

—Le mandamos un infarto mesentérico. Vaya haciendo los preparativos. El doctor Kender está buscando gente.

—Louise —llamó a la enfermera, que estaba sentada junto a la ventana haciendo calceta.

—Felices Pascuas —dijo ella.

Era agradable saber que podía congregarse tanto talento quirúrgico en tan poco tiempo. Había allí catorce personas, entre enfermeras, cirujanos y anestesistas, apretujados en la pequeña sala de operaciones, junto con gran variedad de maquinaria electrónica. El paciente, de pelo gris, estaba sin afeitar y en estado comatoso. Parecía tener entre los cincuenta y los sesenta años, robusto, pero con mucha tripa fofa. Se sabía que era cardíaco y aficionado a tomar digitalina. La policía le había encontrado en su apartamento en estado comatoso, y se daba por supuesto que su circulación había sido perjudicada por causa de la dosis de digitalina, aunque no se sabía cuánta había tomado, ni cuándo.

Le habían traído recibiendo ya líquidos intravenosos. Un anestesista residente, con una bolsa de aire, le ayudaba a respirar. Ahora Adam observaba a Spurgeon, que estaba preparando el pecho del paciente.

—Eh —dijo Spurgeon, haciéndole una seña.

Era un tatuaje. Adam miró también, sintiéndose ridículamente como un creyente en la iglesia. QUERIDO DIOS: POR FAVOR, LLEVA A ESTE HOMBRE AL CIELO… YA HA PASADO POR EL INFIERNO. ¿Qué clase de vida podía inspirar la dosis de desesperación necesaria para inducir a un ser humano a ponerse este pensamiento como una armadura? Lo aprendió de memoria, mientras Spurgeon lo borraba con betadina. Si era una cita, su computadora nemotécnica no conseguía localizar la fuente.

Al paciente le habían colocado ya un marcapasos. Otros aparatos estaban situados cerca de la mesa, entre ellos uno para medir los gases de la sangre, una máquina para aquilatar el volumen de la sangre y un monitor electrocardiográfico, que sonaba rítmicamente como un frenético animal de cristal y metal, y cuyos sonidos se reflejaban en la pantalla mientras el corazón del paciente seguía luchando.

Kender esperaba con impaciencia mientras acababa de esterilizar los apósitos; luego fue a un lado de la mesa, tomó el bisturí que le tendía Louise y practicó rápidamente la incisión. Adam se ocupaba de la succión, y el receptáculo de la pared comenzó a rugir como las cataratas del Niágara mientras el líquido peritoneal pasaba a él desde la cavidad abdominal del paciente.

Una mirada le bastó para darse cuenta de que se trataba de peritonitis y gangrena. Las manos de Kender tantearon y se movieron sobre la víscera hinchada y descolorida, como un hombre acaricia a una serpiente pitón enferma.

—Llamen por teléfono al doctor Sack, a su casa —dijo a un estudiante de cuarto curso—. Dígale que tenemos un vientre gangrenado, del colon inferior para abajo. Pregúntele si puede venir al hospital inmediatamente con los instrumentos.

—¿Qué clase de instrumentos?

—Él ya lo sabe.

Bajo la dirección de Kender le inyectaron sustancia de contraste para que los Rayos X revelaran lo que le estaba ocurriendo a la circulación sanguínea intestinal del paciente. Trajeron una máquina más, un aparato portátil de rayos X.

Adam notó que la sangre de la zona operada era muy oscura. Los músculos del antebrazo del paciente comenzaron a moverse como un caballo que espanta las moscas.

—Se diría que está teniendo dificultades con el oxígeno —observó.

—¿Cómo está? —preguntó Kender al anestesista.

—Apenas tiene tensión sanguínea, y los latidos del corazón son tremendamente arrítmicos.

—¿Cuál es el pH?*

Spurgeon lo comprobó.

—De 6,9.

—Que tengan listo bicarbonato de sosa —dijo Kender—. Este hombre está a punto de sufrir un paro cardíaco.

Los rítmicos sonidos del monitor, reflejados en amarillo en la pantalla, se volvían cada vez menos frecuentes, y las pequeñas olas de luz aparecían como líneas débiles, hasta que, finalmente, desaparecieron.

—Dios, se acabó —dijo Spurgeon.

Kender comenzó a reforzar, con el borde de la mano, la presión intermitente contra la pared torácica.

—Bicarbonato —dijo.

Adam lo inyectó en una vena de la pierna. Miró al doctor Kender.

Aprieta.

Levanta.

Aprieta.

Levanta.

La presión regular y firme, la figura del cirujano, moviéndose hacia delante y luego hacia atrás, le recordaba... ¿qué? De pronto, recordó que su abuela italiana se movía así para amasar el pan casero. En la cocina (persianas rotas, cortinas blancas amarillentas, un crucifijo sobre la repisa, *Il Giornale* de la semana anterior junto a la vieja máquina de coser Singer, y el condenado canario siempre gorjeando); amasando el pan sobre una vieja tabla cubierta de cicatrices de cuchillo, siempre llenas de pasta de macarrones endurecida. Harina en los brazos atezados. Una maldición para su padre en los labios sicilianos, ligeramente velludos.

Al diablo, se dijo, volviendo a concentrar su atención en el paciente.

—Epinefrina —dijo Kender.

La enfermera cogió la ampolla de cristal y la rompió con los

* pH: potencial de hidrógeno.

dedos. La jeringa de Adam succionó la hormona y la inyectó en otra vena de la pierna.

«Venga, condenado músculo —dijo, silenciosamente—, late de una vez.»

Miró el reloj de la sala de operaciones, tan quieto como el corazón parado. Los relojes de las salas de operaciones eran inútiles. Una leyenda del hospital afirmaba que durante años habían sido cuidados por un viejo relojero del condado que sabía hacerlos andar, pero cuando se retiró los relojes se retiraron también.

—¿Cuánto tiempo lleva ya?

Una de las enfermeras, que podía llevar reloj de pulsera por no haber sido esterilizada, miró la hora.

—Cuatro minutos y diez segundos.

«Dios. En fin, hicimos lo que pudimos, seas quien seas», pensó. Ahora miraba a Kender, deseando que dejara de esforzarse. Después de cuatro minutos sin sangre oxigenada lo que había sido cerebro se convertía en un objeto encerrado en un cráneo. Aun cuando lo volvieran a la vida, este cuerpo no podría pensar ya más, ni realmente vivir.

Kender parecía no haber oído. Siguió con su movimiento rítmico; el borde de la mano apretaba y rebotaba.

Otra vez.

Y otra.

—Y...

—Doctor... —dijo Adam, por fin.

—¿Qué pasa?

—Son ya casi cinco minutos...

«Deje al pobre hombre que se muera», era lo que él hubiera querido decir.

—Más bicarbonato.

Inyectó en la vena una vez más. El doctor Kender seguía a su ritmo, como si nada.

Los segundos seguían pasando.

—El corazón late —dijo el anestesista.

—Échenle un poco más de adrenalina —dijo Kender, como quien manda tirar una bomba de napalm.

Adam obedeció; tenía los ojos deliberadamente inexpresivos, y la boca, hosca, oculta detrás de la máscara.

En la pantalla del monitor apareció una nova, y luego otra, y reaparecieron pequeñas intermitencias luminosas. Recobraron el viejo ritmo, los músculos se contraían, refrescados, latiendo, latiendo de una manera que habían estado a punto de olvidar para siempre.

«Ha resucitado», pensó Adam.

Llegó el doctor Sack con dos máquinas fotográficas, una para placas, y la otra para película en color.

—Mantengan abierta la incisión —ordenó Kender.

Adam obedeció. La máquina comenzó a funcionar y él, convertido en actor de cine, dio un paso atrás.

A los pocos momentos las máquinas fueron dejadas a un lado y todos ellos volvieron a ser cirujanos. Adam observó cómo cortaron el ganglio celíaco, inyectando fármacos para combatir el espasmo muscular y tratar de renovar la circulación sanguínea. Por supuesto, el intestino no podía operarse. Le hicieron el honor de cerrarle el abdomen con suturas de alambre.

Terminada la operación, Adam y Spurgeon limpiaron con alcohol el campo operatorio. Al lavar la sangre con betadina reaparecieron lentamente las letras: QUERIDO DIOS: POR FAVOR, LLEVA A ESTE HOMBRE AL CIELO... YA HA PASADO POR EL INFIERNO.

—Que se queden aquí dos hombres permanentemente para echarle una mano —estaba diciendo Kender.

Adam les ayudó a poner al paciente en la camilla y, quitándose la máscara de tela del rostro sudoroso, vio que el anestesista le apretaba la bolsa de aire para que respirase por ella, mientras se llevaban de allí al vegetal resucitado.

Había días en los que practicaba la cirugía de la vida. Las operaciones que realizaban eran para los vivos, procedimientos que harían sus vidas más fáciles, sus existencias más cómodas, exentas de dolor. Otros días practicaba la cirugía de la muerte y la desesperación abriendo el envoltorio humano para poner al descubierto células enloquecidas y de una fealdad que sólo cabía tapar de nuevo y esconder, trabajando desesperadamente para coordinar el cerebro y las manos con la certidumbre de que lo mejor que él podía hacer era insuficiente para impedir grandes sufrimientos, y, finalmente, la muerte.

Y aquél era uno de estos días; lo sentía.

Tarde ya, el señor Stratton fue traído a la sala de operaciones. Venía con él un hombre, indudablemente el abogado cuyo permiso había hecho falta para realizar la operación. El hombre llevaba un traje marrón arrugado; tenía el cuello de la camisa sucio y el nudo de la corbata era demasiado grueso. Su expresión era de fatiga y corría pareja con el sombrero, que tenía manchas en la badana del forro. No parecía un gran abogado, ciertamente. Se quedó en el pasillo, a la entrada de la sala de operaciones, hablando en voz baja con el señor Stratton, hasta que Adam le dijo que se fuera, lo que él hizo al instante, tratando de no mostrar gratitud ante tal orden.

—Hola, señor Stratton —dijo Adam—. Vamos a cuidarle muy bien.

El paciente cerró los ojos y asintió.

Helena Manning, la residente de primer año, llegó seguida de Spurgeon Robinson. Adam decidió permitirle la experiencia de efectuar ella la amputación. Como sólo había una enfermera ayudante, le dijo a la profesional que ayudase, y a Spurgeon le preguntó si le importaría encargarse de la preparación. En el cuarto contiguo había otra buena noticia: el agua caliente no podía bregar con las viejísimas tuberías, y ahora, como solía ocurrir varias veces a la semana, con frecuencia durante una hora incluso, el grifo del agua caliente manaba agua fría como el hielo. Profiriendo maldiciones, los tres cirujanos, durante los diez minutos de rigor, se lavaron las manos y los brazos con aquel líquido helado, y luego, con las manos entumecidas en alto, se congregaron en la sala de operaciones.

La enfermera era relativamente nueva y, confesó, inquieta, que estaba nerviosa porque era la primera vez que se veía sola en aquella sala.

—No es nada, ya verá —dijo Adam, sombrío por dentro.

Spurgeon abrió la caja de instrumentos para la amputación y los preparó en hileras ordenadas y relucientes, con los ligamentos y las suturas bajo una toalla esterilizada, de modo que pudieran ser sacados uno a uno cuando se necesitaran. La residente se situó junto al paciente y, bajo la vigilancia del anestesista, comenzó a administrarle una inyección intraspinal.

El señor Stratton gimió.

Helena Manning preparó la pierna y, ayudada por Adam, la cubrió con tela.

—¿Dónde? —preguntó Adam.

Con el dedo índice enguantado, ella marcó la ruta de la incisión, bajo la rodilla.

—De acuerdo. Haga una larga incisión anterior, y otra corta posterior en la piel. De modo que cuando cure y se le repliegue pueda apoyar el muñón con piel. Adelante.

Spurgeon le tendió el bisturí y comenzó luego a ayudar a Adam, que estaba conteniendo la sangre mientras ella cortaba. Trabajaban con gran concentración, hasta que la incisión quedó bordeada por diez o doce pinzas. Entonces pararon y sujetaron el reborde de piel, quitando las pinzas.

—La luz —dijo Helena a la enfermera.

La enfermera subió a un taburete y ajustó la lámpara. Al girar ésta en torno a su eje la cascada de fino polvillo que flotaba del techo descendía hacia la mesa de operaciones. Las lámparas de la sala de operaciones, como los relojes y el agua caliente de esas salas, eran restos del pasado, que vinculaban al Hospital General del condado de Suffolk a otra época. Desde que Adam llegó de Georgia se estaba preguntando cómo era posible que respetables cirujanos universitarios pudieran gastar tanto tiempo y tanta paciencia limpiando, desinfectando y ocupándose de tantos otros detalles antisépticos, para luego, indiferentemente, bañar el campo de operaciones de polvo al ajustarse la lámpara del techo.

Helena no lo estaba haciendo bien, seccionaba demasiado bajo.

—No —le dijo él—, tiene que conseguir la línea áspera un poco más arriba. Si empuja el periósteo hacia arriba, se reosificará, dejando marca.

Ella volvió a cortar, esta vez más arriba, añadiendo minutos a la duración de la operación. Zumbaba el aparato de acondicionamiento de aire. El monitor mantenía su soñoliento *bip-bip-bip*.

Adam sintió una suave sensación de somnolencia y tuvo que hacer un esfuerzo para concentrar la atención. Pensaba, anticipándose a las necesidades de la cirujana.

—Tráigame algo de alcohol absoluto —le dijo a la enfermera.

—Dios mío —dijo la chica, mirando, inquieta, a su alrededor—. ¿Y para qué lo quieren?

—Para inyectar en el nervio.

—Ah.

La residente había localizado la arteria femoral, sujetándola. Ahora volvía la enfermera, a tiempo, con el alcohol. Helena había encontrado ya el nervio ciático; lo apretó, alto, lo ligó y le inyectó alcohol.

—Cera de huesos, por favor —dijo Adam.

—Ah.

Poniéndose a la altura del nuevo problema, la enfermera desapareció nuevamente.

Adam pasó la sierra a Helena. En este momento, con gran alegría por su parte, la médico se volvió mujer. No sabía asir la sierra. Cogiéndola con gran cuidado y dignidad, la pasó una y otra vez por el hueso. La hoja temblaba.

—Poca maña se da —le dijo él.

Ella le miró, con los dientes muy apretados, y con gran determinación, siguió serrando.

Volvió la enfermera.

—No tenemos cera de huesos.

—¿Y cómo enceran las suturas?

—Con aceite.

—Al diablo. Va a necesitar cera de huesos. Mire en Ortopedia, por favor.

Aquello era el final de sus cálidas relaciones profesionales, pero, así y todo, la enfermera obedeció. Pocos minutos después volvió con la cera.

—¿No había cera?

—Arriba no.

—Bueno, muchísimas gracias.

—De nada —dijo ella fríamente, y se fue.

Helena cosió bien la piel, demostrando la experiencia que había adquirido cosiendo vestidos para sus muñecas.

—Señor Stratton —decía el anestesista—, ya puede despertar, señor Stratton.

El paciente abrió los ojos.

—Todo fue a las mil maravillas —le dijo Adam.

El señor Stratton miró sorprendido el techo de la sala de operaciones, y sus ojos se entrecerraron, pensando sin duda en las delicias navideñas de no tener más que una pierna, mientras su esposa estaba en otro hospital, tan enferma que ni firmar un documento podía.

La enfermera había envuelto la pierna en dos sábanas. Adam se volvió a vestir de blanco y la cogió, junto con el informe patológico de Helena, aguardó al ascensor y, cuando, por fin, llegó, se metió en él. El Departamento de Patología estaba en el cuarto piso. En el primer piso entraron en el ascensor bastantes personas, y, mientras subían, Adam vio que una dama de mediana edad, el tipo de señora que habla como los niños a los perros de presa, estaba mirando el envoltorio que llevaba en brazos.

—¿Me deja mirar a la criatura? Sólo un poco —preguntó, alargando la mano hacia la parte superior de la sábana.

—No —respondió Adam, dando rápidamente un paso hacia atrás—; podría despertarse.

«De este niño me encargo yo, Wordswoorth.» A lo largo de todo el trayecto hasta el cuarto piso acarició tiernamente la pantorrilla del señor Stratton.

No sabía nada de Gaby. Telefoneó una y otra vez, y siempre era Susan Haskell quien se ponía al aparato, separándole de ella; ya le tenía verdadero odio.

Se sentía culpable por causa de Liz Meomartino, dándose cuenta de que la había utilizado en su sucio juego de rivalidad con su marido, exactamente igual que en otros tiempos había usado a la griega. No quería volver a telefonearle, se decía a sí mismo, con alivio. Era un episodio indigno de él. No era una cualquiera, tenía educación, belleza, buen gusto, dinero, y era tan maravillosamente sensual...

—Sí —dijo la voz de Liz.

—Es Adam —dijo él, cerrando la portezuela de la cabina telefónica.

Hicieron la misma maniobra. Se vieron en el Parlor, y anduvieron por entre la nieve sucia, hasta el Regent. Adam pidió la misma habitación.

—¿Piensa quedarse mucho tiempo, señor? —preguntó el empleado.

—Sólo esta noche.

—Es que dentro de tres o cuatro horas vamos a estar completamente llenos. Una convención nacional de la Legión Norteamericana, que se reúne en el Auditorio del Memorial de la Guerra, al otro extremo de la calle. Pensé que sería mejor advertírselo, por si pensaba quedarse la habitación el resto de la semana.

Se abrió la puerta del lavabo de señoras y la vio salir de nuevo al vestíbulo. ¿Y por qué no? No tenía ninguna obligación de permanecer en el hospital cuando no estaba de servicio.

—Bueno, resérvemela para toda la semana —dijo.

Aquella tarde estuvieron acostados en la habitación 314 acompañados por una orquestación de gritos y risas procedentes de los hombres invisibles tocados con gorros azules y dorados, que se gritaban insultos y recados por los pasillos del hotel y tiraban botellas vacías y bolsas de plástico llenas de aire por el tubo de la ventilación.

—¿De qué color era antes? —preguntó él, acariciándole el pelo color pajizo.

—Negro —respondió ella, frunciendo el entrecejo.

—No debieras habértelo teñido.

Liz movió la cabeza.

—Calla. Es lo que siempre me está diciendo él.

—Eso no quiere decir necesariamente que no tenga razón. Deberías dejarlo de su color natural —dijo Adam, con suavidad—. Es tu único defecto.

—Tengo otros —dijo ella.

Y poco después añadió:

—No creía que me telefonearas.

En el vestíbulo se oía ruido de desfiles: estaban pasando lista a los reunidos. Adam, que estaba fumando, miró al techo.

—No pensaba hacerlo —dijo, encogiéndose de hombros—, pero no conseguí olvidarte.

—A mí me pasa lo mismo. He conocido a muchos hombres. ¿Te molesta eso? No —le tapó la boca con la punta de los dedos—, no contestes.

Adam besó los dedos.

—¿Has estado en México? —preguntó ella.

—No.

—Cuando yo tenía quince años, mi tío me llevó con él a un congreso médico —dijo.

—¿Sí?

—En Cuernavaca. En las montañas. Casas de vistosos colores. Un clima maravilloso, y flores todo el año. Una plaza pequeña y bonita. Si no limpian las aceras, la policía les reconviene.

—No hay nieve —dijo él.

Fuera, nevaba.

—No. Está a muy poca distancia de Ciudad de México, sólo ochenta kilómetros. Muy internacional, como París. Grandes hospitales. Mucha vida social. Un doctor norteamericano con talento puede ganar allí muchísimo dinero. Tengo dinero suficiente para comprarte cualquier tipo de clientela que te interese.

—¿Qué estás diciendo?

—Tú y yo y Miguel.

—¿Quién?

—Mi hijo.

—Estás loca.

—No. Mi hijo no te importaría. No podría dejarle.

—No… no es que me importe, es que es imposible.

—Prométeme que lo pensarás.

—Mira, Liz…

—Por favor. Piénsalo, nada más.

Se le acercó y le besó; su cuerpo era un verano en el que Adam jugaba: melones, moras, melocotón, almizcle.

—Te enseñaré el palacio de Cortés —dijo ella.

El domingo, temprano, Kender devolvió a la sala de operaciones el caso de peritonitis, y cuando lo reabrieron encontraron que las medidas que habían tomado el sábado por la mañana habían, evidentemente, estimulado la circulación. Suficiente tejido estaba ahora libre de gangrena para permitirles hacer una resección. Extrajeron la mayor parte del intestino delgado y parte también del grueso. Durante la operación, el paciente durmió el sueño del comatoso permanente.

El lunes por la mañana, mientras desayunaba, Adam se enteró de que el hombre había sufrido dos ataques cardíacos más. Estaba siendo objeto de intensos cuidados. Kender recurría a todo cuanto estaba en su mano para mantenerle técnicamente vivo. Siempre tenía al lado, como mínimo, a dos médicos, observando signos de vida, administrándole oxígeno y medicamentos, respirando por él, vertiéndole líquidos revitalizadores en las venas.

Aquella tarde Adam pasó por la cocina de la sala de operaciones y vio a Kender sentado en una silla, en un rincón, dormido o simplemente reposando con los ojos cerrados, era difícil saberlo con exactitud. Procurando no hacer ruido, se preparó una taza de café.

—Una para mí, por favor.

Adam se la pasó al segundo jefe de Cirugía y los dos bebieron en silencio.

—Profesión curiosa, esta de cirujano —dijo Kender—. He pasado años trabajando como un negro en esto de los trasplantes. El año que viene habrá una nueva Facultad de Cirugía en el Colegio Médico y quieren dársela a un especialista en trasplantes, pero no seré yo. Para entonces seré jefe de Cirugía.

—¿Y lo lamenta? —preguntó Adam.

Kender sonrió, fatigado.

—La verdad es que no. Pero me estoy dando cuenta de que el doctor Longwood no tenía una sinecura ni mucho menos. Ahora soy yo quien le lleva los casos.

—Ya lo sé —dijo Adam.

—¿Y sabe también el promedio de mortalidad en los casos de los doctores Longwood y Kender en estos tres últimos meses?

—Si me hace la pregunta, será porque es elevado. No lo sé. ¿El cincuenta por ciento?

—Diga el ciento por ciento —respondió Kender, en voz baja, metiéndose la mano en el bolsillo y sacando un puro— durante tres meses. Es mucho tiempo sin que un solo paciente salga vivo. Muchas operaciones.

—¿Y por qué ha ocurrido eso?

—Demonios, pues porque las operaciones fáciles se las pasamos a ustedes. En un lugar como éste, los jefes sólo se ocupan de aquellos que ya tienen un pie en la tumba.

Por primera vez en su vida Adam se dio cuenta de esto.

—La próxima vez que me toque una hernia o una apendicectomía le pediré ayuda.

Kender sonrió.

—Se lo agradecería —dijo—, y mucho.

Encendió el puro y exhaló el humo hacia el techo.

—Hace unos momentos perdimos a ese hombre del estómago gangrenado —dijo.

La compasión que sentía Adam se desvaneció.

—En realidad, le perdimos cuando se le paró el corazón durante seis minutos. ¿No le parece, doctor?

Kender le miró.

—No, yo no diría eso —repuso. Se levantó y se dirigió hacia la ventana—. ¿Ve ese mausoleo, al otro lado de la calle, grande, de ladrillos rojos?

—El laboratorio de experimentación de animales.

—Fue construido hace muchísimo tiempo, antes de la Guerra de Secesión. Allí Oliver Wendell Holmes solía experimentar con gatos.

Adam esperó, nada impresionado.

—Bueno, pues usted y yo y Wendell Holmes no somos los únicos que hemos trabajado allí. Durante largo tiempo, el doctor Longwood y el doctor Sack y alguna otra gente han estado experimentando con perros que morían de gangrena en sus partes vitales, y haciendo con ellos lo que hicimos con ese hombre que teníamos en la sala de operaciones se ha podido salvar a algunos de esos perros.

—Pero éste era un hombre —dijo Adam—, no un perro.

—Durante estos dos últimos años hemos tenido dieciséis pacientes de este tipo. Todos ellos han muerto, pero cada uno vivió un poco más de tiempo que el anterior. El último ha vivido cuarenta y ocho horas. En su caso, los procedimientos experimentales dieron resultado. Convirtieron un estado gangrenoso inoperable en uno que podía ser resuelto quirúrgicamente. ¿Quién sabe si el próximo paciente tendrá más suerte y no se le parará el corazón?

Adam miró al veterano cirujano. Diversas impresiones sintió simultáneamente en aquel momento.

—Pero ¿y cuándo se dice uno a sí mismo: «Éste la palmó; como no podemos volverle a la vida, dejémosle morir en paz y con dignidad»?

—Eso lo tiene que decidir por sí mismo cada médico. Yo nunca lo digo.

—¿Nunca?

—¡Diablos, joven amigo! —exclamó Kender—. Eche una ojeada a lo que ocurrió a bien poca distancia de este hospital. Hay gente que trabaja aquí y que todavía lo recuerda. En 1925, un joven médico llamado Paul Dudley White comenzó a tratar a una niña de quince años, de Brockton. Tres años después, la niña estaba muriéndose porque tenía el corazón oprimido por una bolsa pericárdica como de cuero. White la envió ocho o nueve veces al Hospital General de Massachusetts, y todos la miraron y la trataron, pero nadie podía hacer nada por ella. La mandó a su casa, a sabiendas de que moriría si no se conseguía extraerle el pericardio de la forma que fuese. Pensando en esto, se le ocurrió enviar a Katherine al Hospital General de Massachusetts una vez más, la última, esperando que se pudiese encontrar alguna manera de salvarla. Entonces, por pura suerte, o como quiera usted llamarlo, un joven cirujano llamado Edward Delos Churchill había vuelto al Hospital General de Massachusetts de un viaje por Europa, después de un año o dos de prácticas avanzadas de cirugía torácica, en el transcurso de los cuales tuvo la oportunidad de trabajar una temporada bajo la dirección del gran Ferdinand Sauerbruch, de Berlín. Naturalmente, Churchill iba a ser más tarde jefe de Cirugía del Hospital General de Massachusetts.

»Bueno, pues el doctor White topó con él en el viejo pasillo de ladrillo y le convenció de que fuera con él a ver a Katherine. Nadie en Estados Unidos había conseguido hasta entonces curar la pericarditis constrictiva, ni con el bisturí ni con medicamentos. El doctor White propuso al doctor Churchill que hiciera la prueba y... —Kender se encogió de hombros— la niña estaba muriendo lentamente.

»Bueno, en fin, pues que la operó. Y vivió. De hecho, hoy en día ya es abuela. Y mucha gente con pericarditis constrictiva ha sido intervenida con éxito en estos últimos cuarenta años.

Adam no dijo nada. Se limitó a seguir sentado, bebiendo el café.

—¿Quiere otro caso? El doctor George Minot, brillante investigador médico de Boston, casi murió de diabetes cuando no había cura para esa enfermedad. Un día, poco antes del fin, recibió una de las primeras remesas de una hormona nueva descubierta por dos canadienses, los doctores Frederick C. Banting y Charles H. Best: la insulina. Y no murió. Y como no murió se dedicó a ganar el Premio Nobel por haber descubierto una manera de curar la anemia perniciosa, y, además, muchísima gente se salvó de paso, quién sabe cuántos de ellos justo antes de una muerte que parecía inevitable. —Dio una fuerte palmada a Adam en el muslo y le echó humo del puro en el rostro—. Por eso, amigo mío, no me gusta rendirme así como así ante la muerte, por eso prefiero luchar hasta el fin, aunque sea feo y duela.

Adam movió la cabeza. No estaba convencido.

—Queda sin resolver la cuestión de si conviene prolongar unos terribles dolores y una existencia absurda cuando la derrota es inevitable.

Kender le miró, sonriente.

—Es usted joven —dijo—; será interesante ver si no cambia de idea con el tiempo.

—Lo dudo.

Kender le disparó una nube de apestoso humo de puro.

—Veremos —dijo.

En plena noche, envuelto en un jersey, enguantado y con bufanda y botas, corriendo sobre la blanda nieve recién caída, que relucía bajo la luz de las farolas como cristal molido, dando la vuelta una y otra vez, como una órbita, en torno al hospital, hasta que el frío del espacio exterior comenzó a corroerle los pulmones y a punzarle en su centro vital, Adam se decía que Spurgeon Robinson tenía razón: el gran plan cósmico de Silverstone era pura mierda. Liz Meomartino le ofrecía ahora el gran plan cósmico de Silverstone en bandeja de plata, y era evidente que no era aquello lo que él quería. Lo que deseaba desesperadamente era llegar a ser, en veinte años o así, una mezcla de Lobsenz, Sack, Kender y Longwood, y la transformación no iba a tener lugar en Cuernavaca, ni en ningún otro sitio en compañía de Liz Meomartino.

Le telefoneó por la mañana y le dijo, lo más delicadamente que le fue posible, que todo había terminado.

—¿Estás seguro?

—Sí.

—Quiero verte, Adam.

«Pensaba poder hacerle cambiar de idea», se dijo él.

—No, mejor que no, Liz.

—Rafe estará en casa esta noche, pero, no obstante, saldré. Lo único que quiero es despedirme.

—Adiós, Liz. Buena suerte.

—Ven donde siempre, por favor —dijo ella, y colgó.

Adam trabajó todo el día como un negro que ha recibido la libertad y trabaja por su propia cuenta. Quedó libre a las seis, cenó con buen apetito y pasó varias horas en el laboratorio de experimentación de animales.

Fue al sexto piso, se duchó, se echó en la cama en calzoncillos y leyó tres revistas médicas; luego, se vistió de calle. Estaba buscando un pañuelo cuando sus manos tocaron algo que había en el cajón, y lo estuvo mirando y dándole vueltas, como si no hubiese visto un guante de cabritilla negro en toda su vida.

Esta vez, el Regent estaba abarrotado de miembros de la Legión Norteamericana y sus mujeres, por lo que Adam tuvo que abrirse paso a codazos por el vestíbulo.

—Félix, ¿tienes los billetes? —gritó una mujer gorda que vestía un arrugado uniforme de servicios auxiliares.

—Sí —repuso el marido, hincándole a Adam en el trasero una aguijada de ganado.

Adam dio un salto, que provocó risotadas generales, pero por fin, empujado por la gente, consiguió entrar en el ascensor.

Había gente en el pasillo, en las escaleras, por todas partes. A Adam le parecía tener gente incluso entre los dedos.

Introdujo la llave en la cerradura, y al abrir la puerta de la habitación 314 el letrero luminoso que había junto a la ventana se agitó, mostrándole otra fotografía surrealista, cuyo objeto central era el gorro azul y oro de los veteranos de ultramar que estaba sobre el tocador.

Adam cogió el ridículo gorro. El hombre que estaba en la cama le miró con recelo. Vietnam, no. Y demasiado viejo incluso para Corea. «Segunda Guerra Mundial», pensó Adam. Los viejos soldados, no se sabe por qué, parecen más asequibles que los viejos marinos. Hawthorne.

Evidentemente, aquel hombre estaba asustadísimo.

—¿Qué quiere usted? ¿Dinero?

—Que se vaya de aquí. Nada más.

Adam le tendió el gorro y abrió la puerta, mientras el otro se ponía los pantalones y huía con manifiesto alivio.

Ella le miró. Se veía que había estado bebiendo.

—Pudiste haberme salvado —dijo.

—No sé siquiera si podré salvarme a mí mismo.

Recogió sus medias y las metió, con el guante negro, en el bolso.

—Vete —dijo ella.

—Tengo que llevarte a casa, Liz.

—Es demasiado tarde —sonrió—. Les dije que iba a comprar cigarrillos.

Tenía puesta la combinación, pero el vestido resultaba difícil. Adam no recibió la menor ayuda y tardó un rato en poner las cosas en su sitio. A mitad de camino, la cremallera se atascó. Sudando, forcejeó con ella, pero era inútil, no quería ni retroceder ni seguir cerrando.

«El abrigo lo cubrirá», pensó.

Cuando le puso los zapatos y la hizo ponerse en pie, Liz se tambaleó. Rodeándole la cintura con el brazo, mientras ella se le asía al cuello, se dirigió hacia la puerta, como quien ayuda a andar a un paciente.

En el pasillo, los generales distribuían cerveza y copas.

—No, gracias —dijo Adam, cortésmente, inclinándose sobre el timbre del ascensor.

Cuando llegaron al vestíbulo de abajo miró al individuo de la aguijada de ganado, dispuesto a hacer reír a la gente.

—Félix, si nos toca usted con eso —dijo—, le prometo que se lo pongo de collar.

Félix pareció ofendido.

—¿Oíste a ese desgraciado? —preguntó a la mujer gorda.

—Ya te dije que aquí la gente es tan fría como el clima —respondió ella, mientras Adam seguía adelante, con su peso a cuestas—. A ver si otra vez me hacen caso y nos reunimos en Miami.

Fuera, la nieve seguía cayendo, como gachas. Adam no se atrevía a dejarla apoyada contra la pared; sujetándola bien, marcharon los dos, tambaleándose, sobre el fango nevoso.

—¡Taxi! —gritó.

Los coches, varios de los cuales eran taxis, pasaban a su lado.

—Me fallaste —dijo ella.

—No te quiero —contestó Adam—, lo siento.

Tenía ya el pelo empapado; la nieve se le fundía en el cuello y le mojaba el de la camisa.

—Y, además, no sé cómo puedes pensar que me quieres, si apenas nos conocemos.

—Eso no importa.

—¡Pues claro que importa! Tenemos que *conocernos*, por Dios bendito. ¡TAXI! —aulló, a un bulto que pasó a su lado.

—Me refiero al amor. Se exagera su importancia. Me gustas mucho.

—Dios mío —exclamó él.

Volvió a gritar, dándose cuenta esta vez de que iba a quedarse ronco. Milagrosamente paró un taxi, pero, antes de que Liz se moviera, un ex cabo astuto, con gorro y todo, saltó y cerró la portezuela. El vehículo arrancó.

Se acercó otro taxi, que, a tres metros de distancia, paró y bajaron de él dos hombres.

—Anda, anda —dijo Adam, tirando de ella—, antes de que se vaya.

Gritó, tratando de acercarse de cualquier manera, pero los dos ocupantes ya iban hacia él y Adam vio que uno era Meomartino y el otro el doctor Longwood. «El viejo no debiera salir en una noche como ésta», pensó.

Dejó de tirar de Liz. Se pararon y esperaron. Meomartino les miró, pero no dijo nada.

—¿Dónde has estado? —preguntó el doctor a Liz—. Te estuvimos buscando por todas partes. —Echó una ojeada a Adam—. ¿Dónde la encontró?

—Aquí —respondió Adam.

Se dio cuenta de que Liz tenía aún el brazo en torno a su cuello y él el suyo en torno a su cintura. Se desasió y se la pasó a Meomartino, que estaba silencioso como una piedra.

—Muchas gracias —dijo Longwood, con sequedad—. Adiós.

—Buenas noches.

Compartiendo el peso, su marido y su tío la subieron al taxi. La portezuela se abrió y volvió a cerrarse. El motor rugió y giraron las ruedas traseras. Al pasar, le salpicó, como un castigo, manchándole la pernera derecha de fango y nieve, pero ya estaba empapado, de modo que le daba igual. Se acordó de la cremallera atascada.

—Taxi —murmuró, al echársele encima un vehículo ocupado, que había salido de pronto de la oscuridad.

Durante los días siguientes, agobiado por un tremendo resfriado, Adam esperó la embestida de Longwood contra el seductor de la sangre de su sangre. El viejo podía, de bastantes maneras, destruirle. Pero, dos días después de la catástrofe a la entrada del hotel, Meomartino le paró en la sala de cirujanos.

—Mi mujer me ha dicho que estando enferma tuvo usted la bondad de tomarse muchas molestias por conseguirle un taxi.

Sus ojos eran desafiantes.

—Pues yo…

—Fue buena cosa que diera con usted. Quiero darle las gracias.

—¡Por Dios…!

—Estoy seguro de que ya no volverá a necesitar su ayuda.

Meomartino le saludó con un movimiento de cabeza y se fue, victorioso en cierto modo. Nunca había sentido Adam tanto rencor y al tiempo tanto respeto. «¿Qué habrá sido de su venganza?», se preguntó.

La cólera de Longwood no cayó sobre él. Adam trabajó mucho, sin apenas salir del hospital, pasando las horas libres en su cuarto o en los laboratorios de patología o de experimentación de animales. Heredó una serie de casos quirúrgicos, una apendicectomía, una extracción de vesícula biliar, varias gastrectomías, más injertos epidérmicos para el señor Grigio.

La señora Bergstrom recibió un regalo de Navidad: un riñón. La penúltima noche de diciembre, una súbita tormenta dominguera descargó diez centímetros de limpia blancura sobre la sucia ciudad. Al otro lado del río, en Cambridge, el hijo, de dieciséis años, de un renombrado erudito, embrutecido por las drogas, robó un automóvil y, huyendo de la policía que le perseguía en coche, con cuidado para no derrapar por la nieve, chocó contra una masa de cemento armado y murió instantáneamente. Sus afligidos padres, que sólo pidieron un anonimato protector contra la publicidad, hicieron donativo de las córneas del muchacho al Hospital de Ojos y Oídos de Massachusetts y de un riñón a los hospitales de Brigham y Suffolk.

Adam discutió con Kender el difícil problema de qué dosis inmunosupresora había que administrar a la señora Bergstrom con el riñón nuevo.

Kender se decidió por ciento treinta miligramos de imurán.

—Su función renal es muy baja —dijo Adam, dubitativo—. ¿Por qué no bastaría con cien miligramos?

—Le di noventa miligramos la última vez —respondió Kender— y el rechazo del riñón fue total. No quiero que vuelva a ocurrir.

La operaron después de medianoche, y el riñón estaba ya emitiendo orina cuando la sacaron de la sala de operaciones.

El día de Año Nuevo Adam estaba también en la sala de operaciones, preparándose para hacer una esplenectomía a uno de los conductores borrachos que habían tenido el buen sentido de romperse el brazo en plena carretera, a dos manzanas de distancia del hospital. Estaba esperando a Harry Lee, con las manos ya enguantadas cruzadas sobre el pecho, porque iba a ser su asistente. Norm Pomerantz aplicaría la anestesia general, que sería ligera, pero complicada, porque el paciente ya se había anestesiado a sí mismo a fuerza de alcohol. En la sala de operaciones reinaba absoluto silencio.

—Son las doce, Adam —dijo Lee.

—Pues feliz Año Nuevo, Harry.

A la noche siguiente, inquieto por la dosis que Kender había administrado a la señora Bergstrom, pasó revista al programa, pero no halló en él nada que le tranquilizase, y acabó rindiéndose y quedándose dormido con la cabeza entre las manos. Soñó con la habitación 314 y con la mujer, y el recuerdo de ésta ofreciéndosele se fundía con otro, que iba volviéndose más sazonado, hasta verse haciendo el amor con Gaby, en lugar de un acto ritual con Liz Meomartino.

Cuando despertó se rio de sí mismo.

En cierto modo, pensó, había adquirido la experiencia de que el hombre que acabase conquistando a Gaby Pender no tendría que preocuparse cuando mandase a otro médico a su casa a recoger unas placas.

Pero, claro es, Gaby tenía otros problemas. Menos mal que se había quitado de encima a aquella pájara loca.

Una hora después fue al teléfono y marcó su número. Esperaba oír la voz de Susan Haskell, pero en su lugar oyó la de Gaby.

—¿Gaby?

—Sí.

—Soy Adam.

—Ah.

—¿Cómo estás?

—Bien. Bueno, no lo estuve durante algún tiempo, pero ahora ya estoy bien.

—¿De verdad? —preguntó él, pensativo.

—Sí.

—Pues yo no. Feliz Año Nuevo, Gaby.

—Feliz Año Nuevo, Adam.

—Gaby, yo…

—Adam…

Habían hablado al mismo tiempo, y ahora los dos aguardaron.

—Tengo que verte —dijo él.

—¿Cuándo?

—Esta noche trabajo. Escucha, ven al aparcamiento del hospital a las nueve. Si no aparezco a esa hora, espérame.

—¿Y por qué te crees que voy a ir corriendo en cuanto me lo mandes tú? —dijo ella, fríamente—. ¿Y encima esperar?

Adam sintió alarma, inquietud, arrepentimiento.

—Adam, tampoco yo estoy bien —explotó ella. Estaba riendo y llorando al mismo tiempo. Adam no conocía a ninguna otra chica capaz de hacer ambas cosas a la vez—. Iré querido, querido Adam.

Y colgó.

LIBRO TERCERO

Primavera y verano, se cierra el círculo

12

Adam Silverstone

Adam había hablado con Gaby serena y largamente, sentados ambos en el Plymouth azul, con la calefacción en marcha, en el aparcamiento del hospital. Fuera, la nieve iba cayendo y el faro de las ambulancias pestañeaba ante ellos, hasta que una capa de nieve cubrió el parabrisas de tal manera que les aisló del resto del mundo.

—Fue todo culpa mía —dijo él—. No volverá a ocurrir nunca más.

—Casi acabaste conmigo. No podía siquiera hablar con ningún hombre.

Adam guardó silencio.

Pero había que hacer frente a otras cosas desagradables.

—Mi padre es alcohólico. En este momento parece no ir mal, pero ya otras veces se ha derrumbado y probablemente se volverá a derrumbar. Cuando esto ocurra necesitaré todo el dinero de que dispongo para cuidar de él. No puedo casarme hasta tener la posibilidad de ganar un poco de dinero.

—¿Y cuándo será eso?

—El año que viene.

Gaby no tendría nunca la impulsiva sensualidad de Liz, esto él lo sabía, pero, sin embargo, le atraía más. La quería mucho. Había puesto buen cuidado en no tocarla, y aún ahora seguía sin tocarla.

—No quiero esperar hasta el año que viene, Adam —dijo ella, con firmeza.

Adam pensó que sería conveniente hablar con alguien del

Departamento de Psiquiatría del Hospital, y entonces se acordó de Gerry Thornton, que había sido condiscípulo suyo en el Colegio Médico y ahora estaba en el Centro de Salud Mental de Massachusetts. Le telefoneó y estuvieron cinco minutos saludándose y contándose chismes sobre otros condiscípulos.

—Ah..., ¿querías algo? —preguntó, por fin, Thornton.

—Pues te diré —respondió Adam—. Una amiga mía, una amiga muy íntima, tiene un problema, y pensé que no estaría de más hablar de esto con una persona que, además de haber sido sicoanalizada, es amigo de uno.

—La verdad es que todavía me faltan varios años de mi propio sicoanálisis —dijo Thornton, escrupuloso.

Y aguardó.

—Gerald, si estás muy ocupado no tenemos por qué vernos esta semana...

—Adam —le reprochó el otro—, si yo viniera a verte con apendicitis aguda, ¿me pedirías esperar a la semana que viene? ¿Qué te parece el jueves?

—¿Comemos juntos?

—Mejor en mi despacho —propuso Thornton.

—De modo que ya ves —concluyó—; lo que me preocupa es la posibilidad de que nuestras relaciones la perjudiquen.

—Bueno, claro es que no conozco a la chica. Pero yo diría que se puede afirmar que si ella se siente seriamente comprometida mientras tú te dedicas a ligar, y perdona...

—No es ésa la cuestión. Lo que yo querría saber, so freudiano, es qué efecto puede tener una larga relación amorosa en una chica que sufre de lo que parece ser hipocondría.

—Ejem... Bueno, no puedo formular un diagnóstico por la misma razón que tú tampoco podrías saber, con sólo hablar por teléfono con él, si un paciente tiene carcinoma. —Thornton cogió la bolsa del tabaco y se puso a llenarse la pipa—. ¿Dices que sus padres están divorciados?

Adam asintió.

—Lleva bastante tiempo separada de ellos.

—Eso podría influir, por supuesto. Estamos empezando a

aprender algo, poco a poco, sobre enfermedades imaginarias. Algunos médicos han calculado que ocho de cada diez de sus pacientes les consultan por razones psicosomáticas. Su dolor es igual de real que el de los otros pacientes, claro, pero es la mente la que se lo causa, no el cuerpo. —Encendió una cerilla y dio una chupada a la pipa—. ¿Has leído las poesías de Elizabeth Barret Browning?

—Alguna.

—Pues fíjate en los versos que escribió a su perro, *Fluff*.

—Me parece que el perro se llamaba *Flush*.

Thornton pareció molesto.

—Sí, justo, *Flush*.

Se dirigió a una estantería y sacó un libro que hojeó.

—Aquí está.

> Pero de ti se dirá que
> vigilaste la cama
> día y noche sin descanso,
> en una alcoba cerrada
> sin sol que rompiera el cerco
> en torno al enfermo solo.

»Todo parece indicar que durante cuarenta años esta mujer fue un caso clásico de hipocondría. En realidad, una inválida, tan grave que tenía que ser bajada y subida en brazos por la escalera. Entonces fue Robert Browning y se enamoró primero del espíritu de su poesía y después de ella, entrando como un bólido en la fortaleza del viejo Barrett, en la calle de Wimpole. Resultado: a la hipocondría se la llevó el viento, o quizá fuera la noche nupcial quien se la llevó, no lo sé. Elizabeth tuvo un hijo con Robert cuando ya contaba cuarenta años. ¿Cómo se llama tu amiga? —preguntó bruscamente.

—Gaby, Gabrielle.

—Bonito nombre. ¿Y cómo se encuentra ahora?

—Ahora bien, sin síntomas.

—¿Ha sido psicoanalizada?

—No.

—La gente con inquietudes, como ella, puede ser tratada perfectamente, ¿sabes?

—¿Quieres verla tú?

—No, yo no. Creo que sería mejor que la viera un sujeto muy brillante que hay en el Bet Israel y que está medio especializado en hipocondríacos. Dime si ella quiere, y lo arreglaré.

Adam le dio la mano.

—Gracias, Gerry.

«Gerald, acabarás hecho un pedante», profetizó al salir del despacho entre el humo de la pipa. Luego sonrió. Sin duda, Thornton toleraría pacientemente esta observación, calificándola de «transferencia negativa».

Gaby veía con frecuencia a Doroty. Se cogieron simpatía desde el principio, y a menudo, cuando Adam y Spurgeon estaban de servicio, las dos chicas se visitaban. Fue Dorothy quien llevó a Gaby al vecindario de la colina de Beacon donde encontró el apartamento.

—Mi hermana vive cerca de aquí —dijo Dorothy—, mi hermana Janet.

—¿Sí? ¿Vamos a verla?

—No, no nos llevamos bien.

Gaby notó que Dorothy estaba preocupada y no hizo más preguntas. Dos días después, yendo con Adam a la colina de Beacon, la emoción le había hecho olvidar por completo el incidente.

—¿Adónde me llevas? —preguntó Adam.

—Ya verás.

El sobredorado de la Casa del Estado parecía, al sol matinal, un arbusto ardiente, pero sin dar calor. Un momento después ella le cogió de la mano y le sacó de los vientos del espacio abierto hacia el relativo refugio de la calle de Joy.

—¿Queda mucho? —preguntó él.

Su aliento se condensaba en el aire helado.

—Ya verás —repitió ella.

Gaby se había puesto una chaqueta roja de esquiar y pantalones elásticos azules que ceñían lo que él, la noche anterior, acariciándola había llamado la zona glútea más bonita que jamás había sido vista dentro o fuera de una sala de operaciones quirúrgicas. Llevaba también gorro azul de esquiar, de lana, con una borla blanca de la que Adam tiró, a mitad de la cuesta de Beacon, para que se detuviera.

—No me muevo. No doy otro paso hasta que me digas adónde vamos.

—Por favor, Adam, ya casi hemos llegado.

—Júralo eróticamente.

—Por tu cosa.

En la calle de Phillips ya habían dado casi la vuelta a la manzana cuando se detuvieron ante un edificio de apartamentos de cuatro pisos con paredes agrietadas.

—Cuidado con los escalones —dijo ella, indicando la entrada descendente.

—Esto es suicida —murmuró Adam.

Los escalones de cemento estaban cubiertos por casi diez centímetros de hielo sucio, sobre el que había que andar con mucho cuidado. Al llegar al fondo, Gaby sacó una llave del bolsillo y abrió la puerta.

La única ventana dejaba pasar muy poca luz al cuarto.

—Espera un momento —dijo ella apresuradamente, encendiendo las tres luces al tiempo.

Era una especie de estudio. El papel de las paredes había sido pintado de un marrón demasiado oscuro para tan débil iluminación. Bajo el polvo que cubría el suelo había un suelo de asfalto color ladrillo, agrietado en algunos sitios. Había también un sofá relativamente nuevo, que indudablemente se podía convertir en cama, una silla demasiado mullida, tapizada de damasco desvaído, y otra que había sido salvada de un juego de muebles de mimbre de jardín.

Gaby se quitó los guantes y se mordió el dedo gordo. Adam había notado este ademán característico suyo, indicio de que estaba nerviosa.

—Bueno, ¿qué te parece?

Adam le sacó el dedo de la boca.

—¿Qué me parece qué?

—Le dije a la patrona que a las diez le daría una respuesta si me interesa alquilarlo.

—Es un sótano.

—Un piso bajo.

—Hasta el suelo está sucio.

—Lo lavaré y enceraré hasta que reluzca.

—Gaby, ¿hablas en serio? No es ni la mitad de bonito que tu piso de Cambridge.

—Además de esta habitación sala de estar hay un baño y una cocina. Míralo.

—No me vas a decir que a Susan Haskell le va a gustar este sitio más que donde vive ahora.

—Susan Haskell no va a vivir aquí.

Adam lo pensó un momento.

—¿No?

—Viviremos nosotros. Tú y yo.

Se miraron.

—Cuesta setenta y cinco dólares al mes. Me parece barato, Adam —dijo ella.

—Sí, desde luego —convino Adam—. Lo es.

La cogió por la cintura.

—Gaby, ¿estás segura de que es esto lo que quieres?

—Completamente. A menos que no quieras tú.

—Pintaré las paredes —dijo él, al cabo de un momento.

—Son feas, pero la situación es estupenda. La estación del ferrocarril elevado está a sólo dos manzanas de distancia —dijo Gaby—, y también la cárcel de la calle de Charles. La patrona me dijo que en tres minutos justos se puede ir de aquí al apartamento de la calle de Bowdoin, donde solía vivir Jack Kennedy.

Adam besó su mejilla y notó que estaba húmeda.

—Eso sí que nos vendrá bien —dijo.

Adam tenía poco equipaje. Reunió sus cosas del escritorio en un saquito. Había algo de ropa en los colgadores del armario, y también algunos libros, que metió en un bolso de papel. Al cabo de la calle. El cuarto parecía ahora igual que la noche en que lo había usado por primera vez. No dejaba nada de sí mismo en aquella pequeña celda.

Spurgeon estaba de servicio, de modo que no había nadie de quien despedirse en el sexto piso.

Fueron al apartamento de Cambridge, y Susan Haskell ayudó

a Gaby a hacer la maleta, mientras él vaciaba el contenido de dos estanterías en cajas de cartón.

Susan estaba muy triste, pero trató a Adam con gélida cortesía.

—El cubo de plástico es mío —dijo Gaby, culpable—. Compré una serie de cosas, pero se me olvidó comprar un cubo. ¿Te importa que me lo lleve?

—No, mujer, llévate todo lo que es tuyo y no seas tonta.

—Dentro de un par de días comeremos juntas —dijo Gaby—. Ya te telefonearé.

Los dos fueron en silencio hacia el puente de Harvard y luego siguieron a lo largo del río Charles. El cielo estaba ceniciento y su estado de ánimo había bajado algo, pero cuando llegaron a la calle de Phillips la actividad física de descargar el coche les reanimó.

Adam realizó una especie de enérgico ballet por la helada escalera, pero, a pesar del peligro, se las arregló para no caer. Cuando dejaron en el suelo del apartamento la última caja de cartón, Gaby había ya limpiado con desinfectante los cajones del escritorio y estaba forrándolos con papel corriente.

—No hay más que esta cómoda —le dijo—. ¿Te importa dónde ponga tus cosas?

—Donde quieras —respondió él, sintiéndose súbitamente mejor—. Yo voy a limpiar de hielo los escalones.

—Excelente idea —dijo Gaby, haciéndole sentirse orgulloso de ser tan hombre de su casa.

Cuando volvió al apartamento, helado pero tras vencer las fuerzas de la naturaleza, Gaby le dijo que no se quitara el abrigo.

—Vamos a necesitar sábanas para la cama —explicó.

Adam fue entonces a la tienda de Jordan, donde estuvo un momento indeciso entre sábanas blancas o de color, sencillas o con reborde. Finalmente se decidió por el color beige y los rebordes, comprando cuatro, dos para usar y dos para lavar.

Volvió y la encontró a gatas, limpiando el suelo.

—Ponte junto a la pared, querido —dijo—. Dejé sitio para que pasaras.

Adam circunnavegó el cuarto.

—¿Puedo hacer alguna otra cosa?

—Sí; hay que lavar el suelo del retrete y de la cocina —dijo Gaby—. Hazlo tú mientras termino esto.

—¿Hace falta realmente? —preguntó él, inquieto.

—No podemos vivir en un sitio sin limpiarlo antes —respondió ella, sorprendida.

Entonces, Adam cogió el cubo de plástico, tiró el agua sucia, lo lavó, volvió a llenarlo de agua jabonosa, se puso a gatas y fregó lo que hizo falta. Los dos suelos eran más grandes vistos de cerca, pero él trabajó, cantando.

Cuando terminó ya había oscurecido y los dos tenían hambre. Adam dejó que ella encerara el suelo del cuarto de baño, y aunque estaba sudando a mares permitió que la fuerza de la gravedad llevara sus exhaustas piernas cuesta abajo, por el lado norte y ventoso de la colina de Beacon, hasta el puesto donde vendían rosbif, junto a la cárcel de la calle de Charles. Compró bocadillos y cerveza, y tuvo la clara sensación de que el del puesto sabía que era para dar de comer a un preso.

Tras haber comido, Adam se disponía a limpiar el armario, pero Gaby le dijo que lavara antes las alacenas de la cocina, mientras ella terminaba el cuarto de baño.

Esta vez no cantó. Hacia el final, los dos trabajaron con mecánica seriedad. Gaby terminó la primera y, mientras se duchaba, Adam se sentó en la silla de jardín, demasiado cansado para hacer otra cosa que respirar. Cuando salió Gaby, en bata, Adam fue a ducharse bajo el fino y caliente chorro, que comenzó a enfriarse rápidamente y le obligó a lanzarse a una carrera contra la temperatura descendente, enjabonándose y frotándose bien en una milésima de segundo, antes de que el agua se volviese insoportablemente fría.

Gaby había desplegado el sofá y hecho la cama, y ahora estaba echada en ella, en camisón azul, leyendo una revista y marcando las recetas de cocina que le gustaban.

—Mala luz; te vas a estropear los ojos —dijo él.

—¿Por qué no la apagas?

Dio la vuelta por el cuarto, apagando las tres tenues luces, y, al volver, tropezó en la oscuridad, con los zapatos de ella. Se metió en la cama a su lado, conteniendo un gemido porque los músculos se le habían puesto terriblemente rígidos; ya se había vuelto hacia Gaby cuando, en algún sitio, una mujer dio un chillido largo y aterrado, seguido por un golpe sordo, justo a la entrada del apartamento.

—¡Dios mío!

Adam se bajó de la cama de un salto.

—¿Dónde pusiste mi maletín?

—En el armario.

Gaby fue corriendo a buscarlo y se lo tendió a Adam, quien metió los pies descalzos en los zapatos, se echó encima la bata y salió afuera. Hacía mucho frío y no se veía nada. En algún sitio, escalera arriba, la mujer volvió a chillar. Adam subió por la escalera delantera que conducía a la parte superior del edificio y entró en el vestíbulo; la puerta del apartamento número 1 se abrió y se asomó una mujer.

—¿Qué desea?

—He oído ruido. ¿Sabe lo que era?

—No he oído nada. ¿Quién es usted?

—El doctor Silverstone. Acabamos de mudarnos. Abajo.

—Ah, sí. Me alegro de conocerle. —La puerta se abrió más, poniendo al descubierto un cuerpo bajo y chaparro y una cabellera gris en torno a un rostro redondo y fofo, con leves signos de vello en el labio superior—. Soy la señora Walters. La patrona. Su mujer es una chica preciosa.

—Gracias —dijo él, y, al instante, volvió a oírse arriba el chillido.

—Ah, ésa es Bertha Krol —dijo la mujer.

—Ah, Bertha Krol.

—Sí, no se preocupe. Se callará enseguida.

La mujer le miró. Adam estaba allí, en pie, con zapatos y sin calcetines, en pijama y una vieja bata, con el maletín en la mano; notó que a la vieja empezaban a temblarle los hombros.

—Buenas noches —dijo, con sequedad.

Al bajar los escalones de la entrada, cayó algo como un bólido y se oyó otro ruido seco. Un saco de basura se rompió contra el suelo en plena calle. Asombrado, Adam observó ahora a la luz de la farola el sucio contenido del primer saco que, pocos minutos antes, había oído caer y romperse. Levantó la vista justo a tiempo para ver una cabeza que se retiraba a toda prisa de la ventana de arriba.

—¡Esto es una vergüenza! —gritó—. ¡Haga el favor de parar, Bertha Krol!

Algo pasó silbando cerca de su cabeza, yendo a chocar metálicamente contra el escalón.

Era una lata de cerveza.

Dentro, Gaby, sentada en la silla, estaba asustada.

—¿Qué era?

—Nada, Bertha Krol. La patrona dijo que se callará enseguida.

Volvió a poner el maletín de las medicinas en el armario, apagó las luces, se quitó la bata y los zapatos y ambos volvieron a acostarse.

—Adam.

—¿Qué?

—Estoy rendida.

—También yo —dijo él, aliviado—, y me duele todo.

—Mañana te compraré linimento y te haré fricciones —dijo ella.

—Okay. Buenas noches, Gaby.

—Buenas noches, querido.

Arriba, la mujer seguía chillando. Afuera, se oyó el choque de otra lata de cerveza contra el helado pavimento. Gaby se estremeció ligeramente y Adam se volvió hacia ella y le pasó la mano por los hombros.

Un momento después la sentía temblar bajo su brazo, de la misma manera que habían temblado los hombros de la patrona poco antes, pero no sabía si era de tristeza o de alegría.

—¿Qué te pasa? —preguntó con suavidad.

—Estoy cansadísima y no hago más que pensar: «Esto es lo que es ser una mujer caída».

Adam rio con ella, aunque le dolía en muchos sitios.

Un pie pequeño y frío se frotó contra su empeine. Arriba, la mujer —Adam se preguntó si estaría borracha, o loca de atar— había dejado de chillar. De vez en cuando pasaba un coche por la calle, rompiendo el hielo y hendiendo la basura de la señora Krol y lanzando reflejos breves contra la pared. Gaby levantó la mano, que cayó, cálida y ligera, sobre el muslo de él. Estaba dormida y Adam notó que roncaba, pero el sonido sibilante, suave y rítmico, era musical y atractivo, como el gemido de las palomas en los olmos inmemoriales y el murmullo de innumerables abejas*. Era un ruido que ya le gustaba mucho.

A la mañana siguiente se despertaron temprano y, a pesar de los dolores musculares y óseos que les atenazaban, en aquel frío y tranquilo cuarto, bajo las gruesas mantas, hicieron deliciosamente el amor; luego, como aún no tenían provisiones en las alacenas de la cocina, se vistieron y fueron cuesta abajo, sobre el suelo que la noche había cubierto de blanca y suave nieve, a desayunar por todo lo alto en una cafetería de la calle de Charles.

Gaby le acompañó a la estación del ferrocarril elevado y le dio un beso de despedida hasta dentro de treinta y seis horas. En los rostros de ambos se podía ver lo bien que les parecía aquel nuevo estado de cosas; pero ni él ni ella trataron de expresarlo con palabras, quizá por superstición.

Gaby fue de compras, tratando de ser sensata y frugal, porque la acomplejaba la idea de tener que vivir de su sueldo del hospital, y sabía que no daría mucho de sí si seguía ahora comprando con su generosidad habitual.

Pero cuando vio los aguacates maduros no pudo resistir la tentación y compró dos. A pesar de su prudencia en comprar y de que no eran más que dos personas, Gaby decidió sentar las bases de su despensa y acabó con cinco bolsas grandes llenas. Pensó ir a casa a por el coche, pero luego decidió pedir prestado al tendero una carretilla de mano. Estaba prohibido, pero al hombre le conmovió que hubiera tenido el valor de pedírselo y hasta la ayudó a cargar los bultos. Parecía una buena solución, hasta que tuvo que enfrentarse con el problema de empujar la carretilla cuesta arriba. La nieve dificultaba la tarea, y la carretilla resbalaba, y ella también.

---

* Alusión a dos famosos versos de Tennyson: *The moan of doves in inmemorial elms,* y *The murmur of innumerable bees,* muy citados en la literatura inglesa por su acertada aliteración. *(N. del T.)*

Una chica negra, salida de no se sabía dónde, con nieve en el pelo, se ofreció a ayudarla.

—Usted empuja por un lado y yo por otro —dijo.

—Gracias —jadeó Gaby.

Entre las dos consiguieron llevar los bultos hasta la calle de Phillips.

—Me salvó usted la vida. ¿Quiere una taza de té?

—*Okay* —respondió la chica.

Llevaron los bultos al apartamento y se quitaron los abrigos, dejándolos sobre la cama. La chica llevaba pantalones largos de un azul desvaído, y una blusa vieja. Tenía los pómulos salientes y la piel de un precioso marrón aterciopelado. Tendría unos diecisiete años.

—¿Cómo te llamas? —preguntó.

—Ah, sí, dispensa. Gabrielle…

Se interrumpió, preguntándose si añadir Pender o Silverstone.

La chica no pareció darse cuenta.

—Bonito nombre.

—¿Y tú?

—Janet.

Gaby, de puntillas, trataba de alcanzar la tetera.

—No serás la Janet de Dorothy.

—Tengo una hermana que se llama Dorothy.

—¡Pues somos amigas!

—¿Sí? —dijo la chica, sin apenas interés.

Gaby preparó el té en la cocina por primera vez y abrió un paquete de galletas, y las dos tomaron té y varias galletas cada una y charlaron. Janet vivía en la calle de Joy.

—El nombre de la calle fue uno de los motivos de que me fuera a vivir allí. A esa casa tan enorme.

Gaby rio.

—Lo dices como si fuera inmensa.

—Lo es.

—¿Cuántas habitaciones?

—Nunca las conté. Dieciocho, quizá veinte. Necesitamos el sitio. Vivo con una familia muy numerosa.

—¿Cuánta gente?

Se encogió de hombros.

—Depende. A veces unos se van y a veces otros vienen y se quedan. No sé cuántos somos ahora. Bastantes.

—Ah —dijo Gaby, comprendiendo lo que quería decir.

—Funciona bastante bien —dijo Janet, cogiendo otra galleta—. Cada uno hace su cosa.

—¿Qué clase de cosa?

—Pues eso. Carteles. O flores, o sandalias, lo que uno quiera hacer.

—¿Y tú qué haces?

—Merodear. Salgo a por comida.

—¿Y dónde la encuentras?

—En todas partes. En las tiendas y los mercados. Nos dan verdura picada y cosas así. No sabes la sustancia que queda después de eliminar la parte mala. Y la gente de por aquí nos conoce y nos da cosas. Somos cinco los merodeadores de mi familia. Nos va bien.

—Ya —dijo Gaby.

Un poco después cogió las tazas y lo demás y lo dejó en la pila de la cocina.

—Tengo que llevar la carretilla —dijo.

—Ya lo haré yo. Tengo que pasar por ahí.

—No, mujer…

—¿No te fías de mí?

—Sí, claro.

—Pues entonces te la llevo yo.

Gaby fue a la cocina y cogió una jarra de manteca de cacahuete y dos de mermelada y un panecillo y, ¿quién sabe por qué motivo?, uno de los aguacates, metiéndolo todo en una bolsa de papel.

—Te doy esto —le dijo a la chica, sintiéndose avergonzada, sin saber por qué.

Janet se encogió de hombros, con indiferencia.

—Tienes muchos libros —dijo, señalando los volúmenes que había en montones en el suelo—. Las cajas de naranjas sirven muy bien como estanterías. Pintadas de distintos colores.

Saludó con la mano y se fue. El apartamento quedó silencioso y vacío. Gaby puso la compra en la alacena, diciéndose que ahora tendría que volver a la tienda a por más manteca de cacahuete, mermelada y pan. Cortó dos pedazos de cinta adhesiva y en uno puso a máquina GABRIELLE PENDER, y en otro ADAM R. SILVERSTONE, DOCTOR EN MEDICINA. Luego los pegó en la puerta, sobre la negra y oxidada estafeta metálica.

En el supermercado compró lo que había dado a la merodeadora y pidió seis cajas vacías de naranjas. Llenaron el Plymouth. Camino de casa, paró ante la ferretería y compró dos brochas, pintura y latas de esmalte negro, blanco y color calabaza.

El resto del día lo dedicó a sus proyectos de decoración. Extendió en el suelo el periódico de la mañana, y trabajó cuidadosa y afanosamente pintando dos cajas de cada color, esforzándose en que quedaran bien, porque quería dar una sorpresa a Adam. Cuando las seis estuvieron pintadas lavó las brochas y las puso bajo la pila de la cocina, con los botes de pintura. Luego se duchó largo rato y se puso el pijama. No estaba contenta de la distribución de las cosas en los cajones de la cómoda, por lo que se puso a sacar la mitad del cajón de él y la mitad del de ella, poniéndolo en el otro cajón, de modo que todos los compartimientos resultaron bisexuales. Los calcetines de Adam puritanamente junto a sus medias, y las bragas de ella junto a los calzoncillos. Bajo las blusas y junto a las camisas puso la cajita redonda de madreperla falsa que contenía las píldoras en que se basaban sus relaciones, las pociones mágicas que hacían posible su vida conyugal.

Estudió hasta las diez, luego cerró la puerta con llave, sujetó bien la cadena de la cerradura, tomó una de las píldoras, apagó las luces y se acostó.

Echada en la oscuridad se sentía más solitaria que nunca, pensó al cabo de un rato.

El apartamento apestaba a pintura. La señora Krol chilló tres veces, pero esta vez no parecía hacerlo con mucho interés, ni tampoco tiró nada por la ventana que hiciera ruido al caer. Del lado del Hospital General de Massachusetts llegó el bramido de la sirena de una ambulancia, lo que la hizo sentirse más cerca de Adam. Al pasar los coches por la calle de Phillips los faros seguían dibujando monstruos, que se perseguían unos a otros por las paredes.

Ya había comenzado a dormirse cuando alguien llamó a la puerta.

Saltó de la cama y se puso junto a la puerta, en la oscuridad, abriendo sólo un poquitín, lo que daba de sí la cadena.

—¿Quién es?

—Vengo de parte de Janet.

Por la rendija, a la luz de la farola, Gaby vio un hombre, no, un muchacho. Era muy alto, con el pelo rubio y largo, que en la oscuridad parecía casi del mismo color que el de Janet.

—¿Qué quiere?

—Le manda una cosa —respondió, mostrando un paquete informe.

—¿Quiere dejarlo ahí? No estoy vestida.

—De acuerdo —dijo él, afablemente.

Lo dejó en el suelo y su sombra osuna se fue a grandes zancadas. Gaby se puso la bata, encendió todas las luces y aguardó mucho tiempo hasta reunir suficiente valor para descorrer rápidamente la cadena, recoger el bulto y cerrar de golpe, volviendo a atrancar la puerta. Luego se sentó en la cama, con el corazón latiéndole aceleradamente. Envuelto en una amplia crisálida de periódicos viejos había un ramo de flores de papel de colores. Eran flores grandes, negras, amarillas y de color naranja, de diversos matices. Precisamente los colores que necesitaba.

Volvió a acostarse con las luces encendidas, y estuvo así, admirando el cuarto, menos asustada. Finalmente, dejó de imaginar que oía pasos y no tardó en quedarse dormida, sintiendo por primera vez que estaba en su propio hogar.

13

Rafael Meomartino

Cuando Meomartino era pequeño solía acompañar a Leo, el factótum familiar, a San Rafael, una pequeña iglesia enjalbegada de blanco, rodeada por todas partes por campos de caña de su padre, para recibir en la lengua la hostia de manos del padre Ignacio, sacerdote obrero guajiro*, a quien confesaba periódicamente los pecados de su temprana adolescencia y recibía las respetuosas penitencias de los privilegiados.

He tenido malos pensamientos, padre.
Cinco avemarías y cinco actos de contrición, hijo mío.
Me he tocado, padre.
Cinco avemarías y cinco actos de contrición. Lucha contra
    las debilidades de la carne, hijo mío.

Para bodas y funerales la familia prefería la pompa de la catedral de La Habana, pero en circunstancias ordinarias Rafe se sentía más a gusto en la pequeña iglesia, que los obreros de su padre habían empezado a construir el día en que nació él. Arrodillado en el oscuro y húmedo interior, ante la estatua de yeso de su santo patrón, rezaba la penitencia y luego pedía al arcángel que intercediera por él contra un maestro tiránico, que le ayudara a aprender latín, o le protegiera de Guillermo.

Ahora, acostado junto a la dormida esposa a quien una hora antes había dado un amor frío y desesperanzado, Rafe pensaba en

* En castellano en el original. *(N. del T.)*

San Rafael y deseaba fervientemente volver a tener doce años.

Estando en Harvard había dejado de creer. Hacía mucho tiempo que no se confesaba, años y años que no había hablado con un sacerdote.

San Rafael, dijo, silencioso, en la habitación oscura.

Muéstrame cómo puedo ayudarla.

Ayúdame a ver en qué le he fallado, por qué no la satisfago, por qué se va con otros hombres.

«Silverstone», pensó.

Él era mejor hombre y mejor cirujano, y, sin embargo, Silverstone amenazaba su existencia en ambas direcciones.

Sonrió sin alegría al pensar que Longwood había decidido que hay cosas peores que tener un cubano en la familia. El viejo había quedado totalmente desconcertado al ver a Liz en compañía de Silverstone. Desde aquella noche se había mostrado bastante cálido y amistoso con él, como si tratara de hacerle ver que se hacía cargo de lo difícil que era su sobrina.

Pero ahora Longwood estaba presionando a diario para conseguir que fuese él, y no Silverstone, el que se llevara el puesto de la facultad.

Meomartino estaba perplejo.

«San Rafael —dijo—. ¿Es que no soy bastante hombre? Soy médico, me doy cuenta de que cuando terminamos ella queda satisfecha. Hazme ver lo que tengo que hacer. Prometo confesarme, comulgar, volver a ser un buen católico.»

En la oscura alcoba reinaba el silencio; sólo se oía el ruido de la respiración de ella. Recordó que, a pesar de tanto arrodillarse ante la imagen, le habían suspendido en latín, y que su cuerpo estaba normalmente negro por las palizas que le daba Guillermo, hasta que creció y se hizo lo bastante fuerte para vencer a su hermano mayor.

Tampoco en esto san Rafael le había ayudado.

Por la mañana, con los ojos soñolientos, fue al hospital y trabajó como pudo. Estaba de pésimo humor cuando, a la cabeza de los cirujanos, fue a hacer las visitas, y se puso peor aún cuando vio a James Roche, un caballero de sesenta y nueve años con carcinoma del colon en estado avanzado, que iba a ser operado a la mañana siguiente.

Mientras las enfermeras y los dietéticos iban por la sala con bandejas, Meomartino, sereno, explicó el caso, que casi todos sus oyentes conocían, e iba a hacer unas cuantas preguntas docentes.

Pero se detuvo a media frase.

—Cristo. No puedo creerlo.

El señor Roche estaba comiendo. En el plato había pollo, patatas, judías.

—Doctor Robinson, ¿por qué está comiendo este hombre lo que está comiendo?

—No tengo la menor idea —respondió Robinson—. La orden de cambiarle de régimen está en el libro. La escribí yo mismo.

—Por favor, tráigame el libro.

Cuando lo abrió lo vio allí, escrito de puño y letra de Robinson, pero esto no calmó su ira.

—Señor Roche, ¿qué desayunó usted?

—Lo de siempre. Zumo de fruta, un huevo y un poco de gachas. Y un vaso de leche.

—Borren este nombre del programa de operaciones de mañana —dijo Meomartino—. Pónganle en el de pasado mañana. ¡Diablos!

—Ah —dijo el paciente—, y una tostada.

Meomartino miró a sus oyentes.

—¿Se imaginan ustedes lo que hubiera ocurrido si llegamos al colon de este hombre con tanta materia dentro? ¿Se imaginan lo que sería tratar de contener la sangre con tanta basura? ¿Se imaginan la infección? Háganme caso, no se lo podrán imaginar hasta que no lo hayan visto.

—Doctor —dijo el paciente, inquieto—, ¿dejo el resto de la comida?

—Coma a gusto y que le aproveche —respondió él—. Mañana por la mañana comenzará usted el régimen que debiera haber empezado hoy, régimen líquido. Si alguien trata mañana de darle algo sólido, no lo coma, mándeme llamar inmediatamente. ¿Comprende?

El otro asintió.

Misteriosamente, ninguna de las enfermeras sabía quién había servido al señor Roche el desayuno y la comida.

Veinte minutos después, Meomartino fue a su despacho y

preparó una queja oficial contra la enfermera desconocida que había servido las dos bandejas, la cual firmó con una airada rúbrica.

Aquella tarde, Longwood le llamó por teléfono.

—Estoy descontento con el número de permisos de autopsia de usted.

—Hago lo que puedo por conseguirlos —dijo él.

—Los encargados del servicio de Cirugía de otros departamentos han conseguido hasta el doble de permisos que usted.

—Es posible que en esas secciones haya más defunciones.

—En el servicio de usted, este año hay otro cirujano que ha conseguido muchos más permisos que usted.

No hacía falta que Longwood dijera el nombre del cirujano en cuestión.

—Haré lo que pueda —dijo.

Un rato después, Harry Lee entró en su despacho.

—Acabo de recibir un rapapolvo, Harry. El doctor Longwood quiere más permisos de autopsia en mi servicio. Voy a pasar la buena noticia a todos los que trabajan en mis casos.

—Siempre que perdemos a un paciente hemos presionado cuanto nos ha sido posible a los parientes —dijo el residente chino—. Eso lo sabes de sobra. Cuando aceptan, siempre tenemos su firma. Si aducen poderosos motivos personales para rehusar...

Y se encogió de hombros.

—Longwood me dio a entender que Adam Silverstone ha conseguido muchos más permisos que yo.

—No sabía yo que estuvieseis compitiendo —dijo Lee, mirándole con curiosidad.

—Pues ahora ya lo sabes.

—Sí, ya lo sé. ¿Sabes cómo consiguen permisos en algunos servicios?

Rafe aguardó.

—Asustan a los parientes, debilitando su resistencia con insinuaciones de que la familia entera puede tener alguna tara hereditaria que fue causa de la muerte del paciente, y que lo único que se persigue con la autopsia es salvar la vida de todos.

—Eso es repugnante.

—De acuerdo. ¿Quiere que también nosotros usemos ese método?

Rafe le miró y sonrió.

—No, simplemente que hagáis lo que podáis. ¿Cuántos permisos entregaste este mes?

—Ninguno —repuso Lee.

—Diablos. Eso es exactamente lo que quería decir.

—No sé cómo íbamos a conseguir permisos de autopsia —dijo Lee, con suavidad.

—¿Y por qué demonios no?

—Pues porque el mes pasado no perdimos ningún paciente.

«No me excusaré», pensó.

—Eso quiere decir que te debo un convite.

Lee asintió.

—Así es. Tú o Silverstone.

—Pues pagaré mi deuda —dijo Meomartino—. Tengo un apartamento.

—Al parecer, también Adam tiene ahora un apartamento —dijo Lee—. Por lo menos ya no vive en el hospital.

«De modo que allí es a donde va Liz», pensó, con amargura, Meomartino.

Lee sonrió.

—*Une necessité d'amour*, quizás. Incluso en Formosa recurrimos a estos métodos.

Meomartino se dio cuenta, con irritación, de que estaba frotando de nuevo los ángeles del reloj de bolsillo con el dedo gordo.

—Puedes difundir la noticia por ahí —dijo—. El convite corre de mi cuenta.

Liz se mostró encantada.

—¡Con lo que me gustan a mí los convites y las fiestas! Ya verás, seré el tipo de anfitriona que le consigue a su marido el puesto del tío Harland cuando se retire —dijo.

Dobló las largas piernas sobre el sofá, y empezó a hacer en el cuaderno de notas la lista de las cosas necesarias: licores, canapés flores, servicio…

Meomartino, repentina e incómodamente, se sintió consciente de que la mayor parte del personal de su servicio no estaba acostumbrado a gastar dinero en flores y servidumbre cuando daba una fiesta.

—No exageremos —dijo.

Por fin, se pusieron de acuerdo: un barman y Helga, la mujer que trabajaba de interina en el apartamento.

—Liz —dijo—, te agradecería mucho que no...

—No beberé lo que se dice ni una gota.

—No tanto, mujer; basta con que te moderes.

—Ni una gota, digo. Eso soy yo quien tiene que decidirlo. Quiero demostrarte de lo que soy capaz.

La tregua con la muerte no duró. El viernes, el día antes de la fiesta, Melanie Bergstrom enfermó de pulmonía. Ante la temperatura cada vez más alta y la evidencia de que estaban afectados ambos pulmones, Kender la atiborró de antibióticos.

Peggy Weld estuvo junto a la cama de su hermana, dándole la mano, bajo la tienda de oxígeno. Meomartino buscó excusas para entrar en el cuarto, pero Peggy no mostró interés por él. Tenía los ojos fijos en el rostro de su hermana. Sólo una vez oyó él su conversación.

—Aguanta, niña —ordenaba Peggy.

Melanie se lamía los labios resecos por su fatigosa respiración.

—¿Cuidarás de ellos?

—¿De qué?

—De Ted y de las niñas...

—Escucha —la interrumpió Peggy—, he tenido que sacarte las castañas del fuego toda mi vida. Vas a ser tú quien cuide de ellos.

Melanie sonrió.

—¡No vas a rendirte así como así!

Pero murió a la mañana siguiente, en la clínica de tratamiento intensivo.

Descubrió el cadáver Joan Anderson, la pequeña enfermera rubia. Estaba serena y lúcida, pero después de informar a Meomartino comenzó a temblar.

—Que la manden a casa —dijo él a Miss Fultz.

Pero la jefa de enfermeras había visto a cientos de muchachas jóvenes descubrir de pronto a la muerte. Durante el resto del día asignó a la señorita Anderson el cuidado de los pacientes menos agradables de la sala, hombres y mujeres saturados de amargura que se quejaban de la vida.

Meomartino estaba esperando a Peggy Weld cuando ésta llegó corriendo al hospital.

—Hola —dijo.

—Buenos días. ¿Sabe cómo se encuentra mi hermana?

—Siéntese un momento y hablemos.

—Ha ocurrido, ¿no? —preguntó ella, en voz baja.

—Sí —respondió él.

—¡Pobre Mellie!

Dio media vuelta y se alejó.

—Peg —dijo él, pero ella movió la cabeza y siguió alejándose.

Unas horas más tarde volvió para recoger las cosas de su hermana. Estaba pálida, pero Meomartino vio que tenía los ojos secos, lo que le preocupó. Estaba seguro de que era el tipo de mujer capaz de esperar todo el tiempo que hiciera falta, semanas incluso, hasta verse sola, y entonces volverse completamente histérica.

—¿Se encuentra bien? —preguntó.

—Sí. He estado dando un paseo.

Estuvieron sentados un rato juntos.

—Merecía un fin mejor —dijo ella—, de verdad. Debiera haberla conocido cuando estaba bien.

—Lástima no haberla conocido entonces. ¿Y qué va a hacer ahora? —preguntó, con voz suave.

Ella se encogió de hombros.

—Lo único que sé hacer. Después… de todo… Llamaré a mi agente y le diré que estoy lista para volver a trabajar.

—Eso está bien —dijo él, con cierto alivio en la voz.

Ella le miró con curiosidad.

—¿Qué quiere decir?

—Lo siento. Entreoí una conversación.

Ella le miró y sonrió pensativa.

—Mi hermana era muy poco práctica. Mi cuñado no me querría ni regalada —dijo—. Piensa que soy una mujer perdida.

Y, si quiere que le diga la verdad, yo a él tampoco le aguanto.

Se levantó y le alargó la mano.

—Adiós, Rafe Meomartino —dijo, sin tratar siquiera de ocultar la pena que sentía.

Él le tomó la mano y pensó que las vidas humanas se cruzan en ritmos carentes de sentido, preguntándose al mismo tiempo qué habría ocurrido si hubiese llegado a conocer a esa mujer antes de la noche en que Liz había salvado de la lluvia a un extraño ebrio.

—Adiós, Peggy Weld —dijo, dejando que se fuese.

Aquella tarde, con el doctor Longwood ausente y el doctor Kender presidiendo, el servicio se reunió en la Conferencia de Mortalidad y dedicó la sesión entera a examinar el caso de Melanie Bergstrom.

El doctor Kender examinó la cuestión serenamente, atribuyendo la muerte a una infección producida por exceso de fármacos inmunosupresores.

—El doctor Silverstone sugirió dosis de cien miligramos —dijo—, pero yo opté por dosis de ciento treinta miligramos.

—En su opinión, ¿se habría presentado la pulmonía de haberse administrado la dosis de cien miligramos propuesta por el doctor Silverstone? —preguntó el doctor Sack.

—Probablemente no —respondió Kender—, pero tengo una razonable seguridad de que con sólo cien miligramos habría rechazado el trasplante. El doctor Silverstone ha estado realizando estudios con animales y les dirá que no se trata sencillamente de X unidades de peso corporal contra Y unidades de medicamentos. Intervienen en el problema otros factores: la resistencia del paciente, el vigor de su corazón, su energía vital, y, sin duda, también, otras cosas que aún no conocemos.

—¿Y qué deducimos de esto, doctor? —preguntó Sack.

Kender se encogió de hombros.

—Hay una sustancia que se produce inyectando caballos con nódulos linfáticos triturados procedentes de cadáveres humanos. Se llama suero antilinfocito; abreviado, es «ALS». Hay ya informes preliminares de que, en casos como el que nos ocupa, es muy eficaz. Creo que deberíamos comenzar enseguida a experimentarlo con animales.

—Doctor Kender —preguntó Miriam Parkhurst—, ¿cuándo piensa dar un riñón a Harland Longwood?

—Estamos buscando un cadáver —dijo Kender—. Su tipo sanguíneo es B negativo. En cualquier caso, hay pocos donantes, pero aquí tenemos la complicación extra del tipo de sangre poco frecuente.

—Es un terrible obstáculo —dijo Joel Sack—. Menos del dos por ciento de los donantes que acuden a nuestro banco de sangre son B negativos.

—¿Ha advertido a otros hospitales de que buscamos un cadáver con tipo de sangre B negativo? —preguntó Miriam.

Kender asintió.

—Hay otra cosa que creo deberían saber ustedes —dijo—. Podemos conservar físicamente al doctor Longwood gracias a la máquina de diálisis, pero, psicológicamente, el tratamiento no le va. Por razones psiquiátricas no podrá seguir usando la máquina mucho más tiempo.

—Eso es precisamente lo que yo quería decir —dijo Miriam Parkhurst—. Tenemos que hacer algo. Desde hace años, algunos de nosotros conocemos a este hombre, a este gran cirujano, como maestro y amigo.

—Doctora Parkhurst —dijo Kender, con suavidad—, estamos haciendo todo lo posible. Ninguno de nosotros puede hacer milagros.

Evidentemente, el doctor Kender decidió volver a dar un tono profesional a la reunión, porque se volvió hacia Joel Sack.

—¿Se ha hecho ya la autopsia de la señora Bergstrom?

El doctor Sack denegó con la cabeza.

—No he recibido permiso para la autopsia.

—Yo hablé con el señor Bergstrom —dijo Adam Silverstone—. Se niega a permitir la autopsia.

Kender frunció el entrecejo.

—¿Y cree que cambiará de idea?

—No, doctor —respondió Silverstone.

—Me gustaría tratar de convencerle —dijo Meomartino de pronto.

Todos le miraron.

—Naturalmente, si el doctor Silverstone no se opone a ello.

—Por supuesto que no. No creo que haya fuerza humana capaz de hacerle firmar el documento, pero si quiere usted intentarlo…

—No se pierde nada con probar de nuevo —dijo Kender, echando una ojeada de aprobación a Meomartino.

Miró a los cirujanos allí reunidos.

—Si no podemos estudiar los resultados de una autopsia, será inútil votar en este caso. Pero parece evidente que, dados nuestros conocimientos actuales sobre el fenómeno del rechazo, esta muerte no podía preverse.

Aguardó por si alguien tenía algo que objetar, y luego, ante el acuerdo general, indicó con un movimiento de cabeza que la reunión había terminado.

Meomartino hizo la llamada telefónica desde su despacho.

—¿Sí? —dijo Ted Bergstrom.

—¿Señor Bergstrom? Soy el doctor Meomartino, del hospital.

—¿De qué se trata? —preguntó Bergstrom.

Y en su voz Meomartino percibió el odio subconsciente del pariente hacia los cirujanos que habían perdido la batalla.

—Es acerca de la autopsia —respondió.

—Ya he dicho bien claro cuando hablé con el otro médico que esto se acabó. Ya hemos sufrido bastante. Está muerta, y asunto terminado.

—Hay una cosa que querría decirle —dijo Meomartino.

—Pues desembuche.

—Tiene usted dos hijas.

—¿Y qué?

—No creo, en absoluto, que corran peligro. No tenemos pruebas serias de que la predisposición a enfermedades del riñón sea hereditaria.

—¡Dios mío! —exclamó Bergstrom.

—Estoy seguro de que una autopsia revelará que no tiene motivo alguno para preocuparse.

Bergstrom guardó silencio. Luego, del otro extremo de la línea, llegó el gemido de un animal dolorido.

—Mandaré enseguida a su casa el documento. Lo único que tiene que hacer es firmarlo —dijo.

Meomartino siguió allí sentado, escuchando el terrible gemido durante mucho tiempo, o tal le pareció. Luego, con suavidad, colgó el auricular.

Aquella tarde, a las ocho y veinte cuando sonó el timbre indicando la presencia del primer invitado, él mismo fue a abrir la puerta.

—Hola, doctor —dijo Maish Meyerson.

Meomartino hizo pasar al conductor de ambulancia y le presentó a Liz. Aquella mañana Liz había ido a la peluquería, y le había sorprendido volviendo a casa con el pelo negro.

—¿Te gusta? —había preguntado, casi tímidamente—. Dicen que volverá a crecer con su color natural, de modo que apenas se notará la diferencia.

—Sí, mucho.

Le asustaba un poco. Le parecía aún más ajena, casi como una completa desconocida. Pero había estado instándola a ello desde hacía tiempo y le agradó mucho que por fin hubiese accedido, diciéndose, esperanzado, que era buen signo.

Meyerson pidió bourbon. Brindaron.

—¿Y nada para usted, señora Meomartino?

—No, gracias.

Los dos apuraron sus copas, y la impresión les dejó un instante silenciosos.

—¿Qué pasa, Maish? —preguntó Meomartino.

—¿Qué?

—Nada, todo este asunto.

—No tengo la menor idea.

Ambos se sonrieron. Meomartino llenó primero el vaso de Maish y luego el suyo.

Volvió a sonar el timbre y el rostro de Liz expresó alivio, pero sólo un instante. Esta vez era Helen Fultz. Helga le quitó el abrigo y ella se unió al grupo en el cuarto de estar, pero se obstinó en tomar zumo de tomate, sin nada. Los cuatro se sentaron, mirándose y tratando de hablar, hasta que, menos mal, el timbre comenzó a sonar con frecuencia y el cuarto de estar a llenarse. Poco después había gente por todas partes, y el ruido era el que suele haber en las fiestas. Meomartino se preguntó si Peggy Weld habría tenido ya oportunidad de echarse a llorar; luego, como buen anfitrión, comenzó a ahogarse en un mar de gente.

Algunos de los cirujanos estaban casados y llegaron con sus mujeres.

Mike Schneider, de cuyo matrimonio se decía que estaba a punto de disolverse, se presentó con una pelirroja obesa, diciendo que era su prima de Cleveland, estado de Ohio.

Jack Moylan estaba con Joan Anderson, «cuyos ojos parecían relucir demasiado», pensó Meomartino, aunque su disgusto anterior no había dejado en ella mucha huella.

—Nunca me he emborrachado, Rafe —dijo Joan—. ¿Puedo empezar hoy?

—Haz lo que quieras.

—«Empezar» es la palabra justa; abajo con el orden establecido —dijo Moylan, llevándola al bar.

Harry Lee, a quien nadie había visto nunca con mujeres, apareció con Alice Tayakawa, la anestesista.

Spurgeon Robinson, acompañado por una Venus negra, a quien presentó fríamente a Meomartino, había llegado con Adam Silverstone y una rubia pequeña, de piel atezada. Meomartino la observó mientras hablaba con la anfitriona.

Liz la miró con curiosidad.

—Encantada —dijo.

—Encantada.

Las dos mujeres se sonrieron.

A las diez y media, Meyerson había ya convencido a Helen Fultz de que se tomase un destornillador, porque el zumo de naranja contenía vitamina C. Harry Lee y Alice Tayakawa estaban sentados en un rincón, discutiendo acaloradamente sobre los peligros del hígado enfermo en relación con cierto tipo de anestesia.

—Toma otro —le decía Jack Moylan a Joan Anderson.

Ésta iba ya lo bastante adelantada en su programa para estar imitando bastante bien el nirvana bajo un cortinaje que quedaba a tres palmos del suelo, mientras Moylan y Jack Schneider la observaban clínicamente.

—Pelvis estrecha —observó Moylan.

—Masters y Johnson deberían escribir un ensayo sobre la receptividad fálica de las enfermeras jóvenes como consecuencia de una experiencia inicial con la muerte —dijo Schneider, mientras la chica, arqueando la espalda, pasaba por debajo de la cortina.

Moylan se apresuró a ir al bar a llenarle de nuevo el vaso.

—¿Puedo traerle una copa? —preguntó Meyerson a Liz Meomartino.

Ella le sonrió.

—No, gracias —repuso.

—Y entonces le suturé la herida del deltoides —estaba diciendo Spurgeon—. Fui y le dije: «Claro, en la confusión resultó herida». Y ella a mí: «No, doctor, en el hombro».

Esto dio comienzo a una ronda de anécdotas sobre descripciones de pacientes de sus propias enfermedades: fibroides del útero que se convertían en bolas de fuego, anemia avanzada en anemia desatada, viejas solteronas con glándulas hinchadas que insistían en que tenían indigestión, y niños con sarpullido que era, según ellos, carne de gallina. Meyerson dio otro sesgo a la conversación contando el caso de una señora que había ido a la tienda de comestibles de un tío suyo pidiendo harina para tortitas marca «Tía Vagina».

—¿Piensa volver a Formosa? —preguntó Alice Tayakawa a Harry Lee.

—En cuanto termine mis prácticas.

—¿Cómo es la vida allí?

Él se encogió de hombros.

—Bajo muchos aspectos sigue siendo algo chapada a la antigua. Los hombres y las mujeres respetables, si no están casados, nunca se encuentran en reuniones de este tipo.

Alice Tayakawa frunció el entrecejo. Había nacido en Darien, Connecticut.

—Eres un hombre muy serio —dijo.

Él volvió a encogerse de hombros.

—Querría hacerte una pregunta —prosiguió ella, con tímida seriedad.

—¿Qué es?

—¿Es cierto eso que se dice de los hombres chinos?

Harry la miró sorprendido. Luego, parpadeó.

Con gran sorpresa se dio cuenta de que estaba sonriendo.

«Lo del pelo ha sido un completo fracaso», pensó Elizabeth Meomartino, deprimida. Cuando su pelo fue rubio no podía compararse con el bronceado suave y soleado de aquella chica Pender, y ahora que había recobrado su color verdadero el lustre de la muchacha negra lo dejaba en lo que realmente era, paja teñida. Miró con resentimiento a Dorothy Williams; luego, se fijó en que Adam Silverstone y Gaby Pender estaban bailando muy juntos. Gaby sonrió a algo que Adam le estaba susurrando y le rozó la mejilla con los labios.

—Después de todo, voy a tomar un martini, pero muy pequeño —le dijo a Meyerson.

—Aquí hace mucho calor —dijo Joan Anderson.

—Te traigo otra copa —dijo Moylan.

—Estoy mareadísima.

—Vamos a otro cuarto que esté más ventilado.

Cogidos de las manos se dirigieron a la cocina, y de allí a una alcoba.

Había un niño dormido en la cama.

—¿Dónde podemos ir? —murmuró ella.

Él la besó, sin despertar al niño, y fueron por el pasillo a la alcoba grande.

—Creo que deberías echarte —dijo Moylan, cerrando la puerta.

—Pero hay abrigos en la cama.

—No los estropearemos.

Se echaron sobre su nido de abrigos y la boca de él encontró el rostro de la chica, la boca, la garganta.

—¿Deberías hacer esto? —dijo ella, al cabo de un rato.

Él ni siquiera se molestó en contestar.

—Sí, debes —dijo Joan, como en sueños—. Jack —llamó ella al cabo de unos instantes.

—¿Qué, Joannie? —respondió Moylan, ya completamente seguro de sí mismo.

—Jack…

—No estropeemos las cosas dándonos demasiada prisa —dijo él.

—Jack, no entiendes, es que voy a vomitar.

Y vomitó.

Sobre su abrigo, vio Moylan, horrorizado.

—¿Hay muchos japoneses en Formosa? —preguntó Alice Tayakawa, apretando la mano de Harry Lee.

Rafe fue al cuarto de Miguel y lo arropó en torno a los hombros pequeños y finos.

Se sentó en la cama y contempló al niño mientras del cuarto de estar llegaban ruidos de risa y música y la voz cargada de whisky de la pelirroja, que estaba cantando.

Alguien entró en la cocina. Por la puerta abierta oyó ruido de hielo al caer en vasos, y luego de líquido que se escanciaba.

—¿Estás solo aquí?

Era la voz de Liz.

—Sí, preparándome un par de copas de repecho.

«Spurgeon Robinson», pensó Meomartino.

—Eres demasiado guapo para estar solo.

—Gracias.

—Eres muy grande, ¿verdad?

Oyó que ella le murmuraba algo.

—Todo el mundo conoce el talento principal de los negros.

—La voz de él se había vuelto de pronto algo monótona—. Eso que dices y el taconeo.

—De taconeos yo no sé nada —dijo ella.

—Señora Meomartino. Tengo una dama más dulce y suave en una tierra más verde y limpia.

Hubo un momento de silencio.

—¿Dónde? —preguntó ella—. ¿En África?

Meomartino entró en la cocina.

—¿Tiene todo lo que necesita, Robinson? —dijo.

—Absolutamente todo, gracias.

Robinson se fue de la cocina con las copas.

Meomartino la miró.

—Bueno, ¿qué? ¿Me hiciste ya jefe de Cirugía? —preguntó.

Más tarde, cuando se hubo ido todo el mundo, Rafe no podía echarse junto a ella. En lugar de esto, lo que hizo fue coger una almohada y mantas y tumbarse en el sofá, entre la confusión que apestaba a posos de whisky y humo. Cuando estaba ya medio dormido vio el cuerpo de Liz, los muslos maravillosamente pálidos tapados por una serie de espaldas masculinas de diversos colores, algunas de extraños, otras de hombres a quienes Rafe reconocía sin dificultad. Medio despierto aún la mató en su imaginación, pero se dijo que no podía matarla, como tampoco podía irse sin más del apartamento.

«Si fueran drogas —argumentó consigo mismo—, ¿podría abandonarla?»

Ahora estaba completamente despierto.

«San Rafael», dijo, como hablando con el cuarto oscuro.

Lo estuvo pensando toda la noche, y a la mañana siguiente, después de buscado el número, telefoneó desde el hospital.

—Señor Kittredge al habla —dijo una voz sin inflexiones.

—Me llamo Meomartino. Querría que me consiguiese usted cierta información.

—¿Quiere venir a mi oficina y hablaremos? ¿O prefiere que nos veamos en algún sitio?

—¿No podemos concretar ahora?

—Nunca aceptamos clientes nuevos por teléfono.

—En fin… pero lo que pasa es que no podré ir a su oficina hasta eso de las siete.

—De acuerdo —dijo la voz.

Pidió a Harry Lee que le sustituyese de nuevo durante la hora de cenar y fue a la dirección que constaba en la guía telefónica. Resultó ser un edificio muy viejo de la calle de Washington, en el que había varias empresas de joyería al por mayor. Las oficinas eran de lo más corriente, y hubieran podido pertenecer a una compañía de seguros. El señor Kittredge tendría unos cuarenta años, vestía convencionalmente y llevaba un anillo masónico en el dedo. Daba la impresión de no haber puesto nunca los pies sobre la mesa.

—¿Se trata de un problema doméstico? —preguntó.

—Mi mujer.

—¿Tiene una foto de ella?

Sacó una de la cartera. Había sido hecha poco después de nacer Miguel, una foto de la que siempre se había sentido orgulloso, en la que se veía a Liz riendo, con la cabeza echada hacia atrás. Un excelente logro de los efectos de sol y sombra.

El señor Kittredge la miró.

—¿Quiere usted divorciarse, doctor?

—No. Bueno, depende de la información que usted me consiga —dijo, fatigado.

Era su primera confesión de derrota.

—Se lo pregunto —informó Kittredge— porque necesito saber si le van a hacer falta informes por escrito.

—Ah.

—Ya sabe usted, supongo que no hacen falta fotos de cama y tonterías de ésas.

—La verdad es que sé muy poco de estas cosas —dijo Meomartino, con sequedad.

—Lo único que la ley exige es prueba de la hora, el lugar y la oportunidad de cometer adulterio. Y por eso hacen falta informes por escrito.

—Ya —respondió Rafe.

—No cobro nada por los informes.

—Por ahora, bastan informes orales —dijo—. Luego, ya veremos.

—¿Sabe los nombres de algunos de sus amigos?

—¿Es necesario?

—No, pero podrían serme útiles —respondió Kittredge.

Meomartino sentía náuseas. Las paredes empezaban a echársele encima.

—Un tal Adam Silverstone. Es médico del mismo hospital.

Kittredge tomó nota.

—Cobro diez dólares a la hora, diez más al día por alquiler de coche, y diez centavos por milla. Doscientos dólares como mínimo por adelantado.

Por eso no aceptaba clientes por teléfono, pensó Meomartino.

—¿Le puedo dar un cheque? —preguntó.

—Sí, perfectamente, señor —respondió el señor Kittredge cortésmente.

Cuando volvió al hospital, Helen Fultz estaba esperándole. «Sin el estímulo del alcohol, vuelve a ser de nuevo la mujer avejentada, oprimida por las preocupaciones. Una mujer fatigada», pensó él, mirando más allá del uniforme y fijándose en la persona.

—Querría devolverle esto, doctor Meomartino —dijo.

Él cogió el papel y vio que era la queja que había presentado contra la enfermera desconocida que había servido dos comidas al señor Roche el día antes de ser operado, en contravención de órdenes escritas.

—¿Y qué quiere que haga con esto?

—Espero que tenga la bondad de tirarlo al cesto de los papeles.

—¿Por qué?

—Sé quién es la chica que sirvió las comidas —dijo—, y puedo ajustarle las cuentas a mi manera.

—Merece un rapapolvo —repuso Meomartino—. Ese viejo está acabado, pero la cirugía puede aliviar un poco el dolor de sus últimos días. Como la fulana esa no se tomó la molestia de leer las órdenes, le ha añadido dos días de tortura a su sentencia.

La señorita Fultz asintió, mostrándose completamente de acuerdo.

—Cuando yo empecé de enfermera nadie la hubiera contratado. Es un zorrón.

—Entonces, ¿por qué la defiende?

—Porque hay escasez de enfermeras y necesitamos hasta las zorras de que disponemos. Si la queja de usted es aceptada, se irá, y encontrará trabajo a la media hora.

Rafe se quedó mirando el papel que tenía en la mano.

—Hay noches en que me quedo completamente sola —explicó ella, sin alzar la voz—. Hasta ahora hemos tenido suerte porque no nos ha cogido un caso de urgencia en esas circunstancias, pero no debemos tentar a la suerte. Ese zorrón tiene brazos y piernas; no agotemos a las enfermeras que lo son de verdad.

Rafe rompió el papel y tiró los pedazos al cesto.

—Gracias —dijo Helen Fultz—, ya me encargaré yo de que, de ahora en adelante, lea bien las instrucciones antes de servir las comidas.

Le sonrió, contenta.

—Helen —dijo él—, no sé, la verdad, lo que sería de este hospital sin usted.

—Pues funcionaría como siempre —contestó ella.

—Trabaja demasiado. Hace mucho tiempo que cumplió usted los dieciséis años.

—No es usted muy galante, doctor.

—¿Cuántos años tiene? En serio.

—¿Y eso qué más da? —replicó ella.

Rafe se dio cuenta de que estaba demasiado cerca de la edad del retiro para querer hablar de aquel tema.

—No, nada, es únicamente que tiene aspecto fatigado —dijo él, con suavidad.

Helen Fultz hizo una mueca.

—La edad no tiene nada que ver. Probablemente, lo que me pasa es que me está saliendo una úlcera.

Rafe la vio, de pronto, no como Helen Fultz, sino más bien como una vieja cansada, una paciente.

—¿Y por qué piensa eso?

—He tratado suficientes úlceras para conocer bien los síntomas. Ya no puedo comer lo que me gusta y a veces sangro un poco por el recto.

—Vamos a examinarla —dijo él.

—No. Nada de eso.

—Mire, si el doctor Longwood hubiera tomado las precauciones más elementales, ahora estaría bien de salud. El hecho de que sea usted enfermera no la exime de la responsabilidad de cuidarse. Vamos a examinarla, se lo mando.

Rafe, sonriendo, la siguió, dándose cuenta de que estaba enfadada con él.

El reconocimiento resultó difícil, pero no le deparó ninguna sorpresa. Tenía hipertensión, 19 y 9.

—¿Siente dolores en el pecho? —preguntó, auscultándole el corazón.

—Hace nueve años que sé que noto ruido sistólico basilar —contestó ella, con sarcasmo—. Como dijo usted muy bien, hace mucho tiempo que cumplí los dieciséis años.

Durante el examen del recto, que ella soportó en irritado silencio, Rafe vio que tenía almorranas, lo que, indudablemente, era la causa de la sangre.

—¿Qué es? —preguntó ella, recobrada la ropa y la dignidad.

—Probablemente se ha diagnosticado usted bien —respondió Rafe—. Yo diría que es úlcera de duodeno, pero voy a ponerla en la lista para efectuar un examen general.

—¡Cuánta lata! —Helen Fultz movió la cabeza, incapaz de darle las gracias, pero volvió a sonreírle—. Lo pasé muy bien anoche, doctor Meomartino. Su mujer es muy guapa.

—Sí —dijo él.

Inexplicablemente, por primera vez desde la muerte de Guillermo, sintió en el interior de los párpados una súbita punzada salada, de la que hizo caso omiso, hasta que, como pasa con todo, desapareció.

14

Spurgeon Robinson

Cuando Adam se fue al piso de la colina de Beacon, Spurgeon se quedó solo y solitario en el sexto piso, y comenzó a tocar la guitarra para las paredes de su dormitorio. La música era como un espejo amañado que deformaba los reflejos del alma. Estaba desesperadamente enamorado, como en éxtasis. Pero las canciones que tocaba reían con una especie de júbilo tan triste que ni siquiera podía pensar en ello. Para tocar música más optimista habría tenido que comprarse un banjo e ir a trabajar al campo.

Estaba en torno a él, por todas partes, y cada día lo veía con más claridad.

—¿Puede decirme —le preguntó Moylan, una mañana— cómo es posible que ocurran aquí tales cosas?

Estaba mirando a un niño muy pequeño con un interés mezcla de horror y de miedo, con esa expresión que Spurgeon recordaba haber visto en el rostro de los estudiantes de medicina que miran por primera vez en libros de texto fotografías de fetos anormales.

El niño era negro. Era difícil adivinar su edad, porque la depauperación había acabado con la grasa infantil que tenía por derecho propio, dejando una especie de rostro viejo y arrugado. Sus músculos se habían atrofiado, y allí estaba, echado, débil y moribundo. Sus miembros, como palillos, acentuaban la hinchazón del vientre.

—Esto puede ocurrir en cualquier parte —comentó Spurgeon—, en cualquier parte donde los niños no reciban suficiente alimento.

—No, yo diría que cosas así se encuentran más fácilmente en las chozas de los aparceros de Misisipí —repuso Moylan.

—¿Usted cree?

—Diablos, ya entiende lo que quiero decir. Pero aquí, en esta ciudad...

Movió la cabeza y se fue, desapareciendo completamente de su campo visual.

Spurgeon no pudo huir lo suficientemente lejos.

En cuanto terminó su turno de treinta y seis horas, cogió, casi contra su voluntad, el ferrocarril elevado hasta Roxbury y se apeó en la estación de la calle de Dudley; luego, pasando junto al As Alto, pero sin entrar, siguió adelante, sin dirección fija, hasta que no vio un solo rostro blanco; sólo pieles que variaban de marrón claro a negro, pasando por todos los matices intermedios.

Se dijo que estaba viviendo de nuevo momentos de su niñez entre aquellos olores, ruidos y escenas, ante aquellas casas fatigadas, con escalones gastados, la basura y los desperdicios de carne en la calle, los gritos salvajes de los niños, las ventanas rotas, y con plantas en tiestos de latas de conserva vacías en los alféizares.

¿Qué habrá sido de Fay Hartnett, la de los rollizos muslos, y de Petey y de Ted Simpson y de Tommy White y de Fats McKenna?

Si le fuera posible volver a ver a la gente que había participado en su niñez, tales y como eran ahora, en este mismo momento, ¿querría verles?

Se dijo que de seguro que no.

Probablemente habrán muerto, o peor aún: serán putas, alcahuetes, drogadictos, delincuentes, basura humana fichados por la policía, seguramente atrapados... si no acabados, en la red de evasión fácil de las drogas.

Un muchachito de pelo corto llegó corriendo por la esquina y se hizo rápidamente a un lado para evitarle, tocándole casi, al pasar junto a él con una maldición breve y burlona. Spurgeon se paró y le miró con una triste sonrisa, mientras el muchachito desaparecía a todo correr.

«Por mucho que corras, hijo —pensó—, como no tengas la

suerte de dar con un Calvin J. Priest, eres una mosca cogida en alquitrán, con la apisonadora ya encima.» Calculando sus propias posibilidades de fuga en tales circunstancias, Spurgeon miró a su alrededor con una consciencia nueva y asustada de lo milagrosa que había sido su propia salvación.

Cuando volvió al hospital miró el correo y sólo encontró un catálogo gratis de un fabricante de productos farmacéuticos, que abrió en el ascensor, mientras el viejo armatoste luchaba contra la fuerza de la gravedad. Alguien le estaba esperando a la entrada de su cuarto. Un hombre bajo y de rostro colorado, con abrigo negro de cuello de terciopelo, y tocado, notó Spurgeon con incredulidad, con un sombrero hongo.

—¿El doctor Robinson?

—Sí.

El otro le tendió un sobre.

—Para usted.

—Ya miré el correo.

El otro sonrió.

—Esto es reparto especial —dijo.

Spurgeon cogió el sobre, notando que no llevaba sello. Buscó una moneda en el bolsillo, pero el otro se volvió a poner el sombrero hongo y, sonriendo, rehusó.

—No soy recadero —dijo—, soy delegado del sheriff.

¿Delegado del sheriff?

Dentro, sentado en la cama, Spurgeon abrió el sobre.

COMMONWEALTH DE MASSACHUSETTS
TRIBUNAL SUPERIOR DE SUFFOLK

A Spurgeon Robinson, de Boston, en la jurisdicción de nuestro condado de Suffolk. Arthur Donnelly, de Boston, en la jurisdicción de nuestro condado de Suffolk, cita a juicio de agravio a usted por auto fechado el veintiuno de febrero de 1968, a oír en nuestro condado de Suffolk el vigésimo día de mayo de 1968 en cuyo juicio se le reclamará, en concepto de daños y perjuicios, la suma de doscientos mil dólares, en virtud de lo siguiente:

AGRAVIO Y/O CONTRATO POR TRATAMIENTO ERRÓNEO
como se verá debidamente por la declaración que obra en poder del mencionado tribunal cuando se vea la causa en él:

LE ORDENAMOS, si tiene alguna defensa que exponer en la mencionada causa, que el citado día vigésimo de mayo de 1968, o dentro del límite de tiempo permitido por la ley, haga acto de presencia por escrito o cualquier otra alegación legal en la oficina del escribano del tribunal de que depende el mencionado auto según manda la ley.

Por lo tanto, su abstención supondrá que el referido juicio será resuelto en contra suya sin más advertencias.

Sus propiedades pueden ser embargadas en garantía de cualquier fallo contra usted en el mencionado juicio.

Testigo, R. HAROLD MONTANO, de Boston, el vigésimo primer día de septiembre del año de gracia de mil novecientos sesenta y siete.

Homer P. Riley
Escribano

Lo primero que hizo fue telefonear al tío Calvin, tratando de explicarle la cosa con calma, sin excusarse ni omitir ningún detalle importante.

—Déjalo de mi cuenta —dijo Calvin.

—No, no es eso lo que quiero —le contestó Spurgeon.

—Yo me dedico a seguros, conozco a mucha gente y puedo resolver este asunto sin líos ni complicaciones.

—No, quiero resolverlo yo.

—¿Para qué me llamaste entonces?

—Por Dios, Calvin, ¿es que no me quieres comprender? Quiero tu consejo, no que me saques las castañas del fuego. Sólo que te hagas cargo de mi problema y me digas lo que tengo que hacer.

—La compañía de seguros debe de tener en Boston un buen procurador. Ponte en contacto con él inmediatamente. ¿Qué cantidad cubre tu póliza?

—Por ese lado no hay cuidado. Doscientos mil dólares, el doble que la mayoría de mis colegas.

Recordó que fue Calvin quien insistió en que, como mínimo, se asegurara por esa cantidad contra procesos por tratamiento erróneo.

—Muy bien. ¿Necesitas algo más?

Calvin se sentía rechazado. Spurgeon lo notó en el tono de voz.

—No, nada. ¿Cómo está mi madre?

—¿Roe-Ellen? —La voz de Calvin se hizo más suave—. Está muy bien. Se pasa las mañanas en la tienda de las Naciones Unidas. Lo pasa en grande vendiendo tam-tams a los blancos de Dubuque.

—No le cuentes nada.

—No te preocupes. Cuídate, muchacho.

—Adiós, Calvin —dijo Spurgeon, preguntándose por qué sería que, después de haber llamado a Calvin, se sentía más deprimido que nunca.

Cuatro días después llegaron los dos a Boston.

—Calvin tenía que venir por negocios —le dijo Roe-Ellen, que le telefoneó al hospital—. Dijo que sería una buena oportunidad para que yo viniera también a ver a mi hijo —añadió, significativamente.

—Siento no haber podido ir a casa con más frecuencia, mamá.

—En fin, si la montaña no viene a Mahoma… —estaban en el Ritz-Carlton—. ¿Puedes cenar hoy con nosotros?

—Sí, claro.

—Entonces, a las siete.

Spurgeon hizo rapidísimos cálculos, para ver cuánto tardaría en ir a Natick y volver.

—Sería mejor a las ocho. Me gustaría traer a una persona.

—Ah.

—Una chica.

—¡Qué bien, Spurgeon, hijo!

«Al diablo —se dijo, resignado—. Adelante.»

—Pensándolo mejor, querría traer a tres personas.

—¿Tres chicas? —dijo, esperanzadamente, ella.

—Es que la chica tiene padres.

—Estupendo.

Spurgeon notó el deje de recelo que sonaba en la voz de su madre al decir esta palabra.

Pero cuando Roe-Ellen vio a Dorothy, Spurgeon se dio cuenta del alivio inmediato que sintió, y se dijo que su madre había tenido miedo de que estuviera liado con alguna chica blanca. Los Priest la vieron con su sencillo vestido de seda oscura y su corto pelo africano, y enseguida le cogieron simpatía. También sus padres les cayeron simpáticos. Los Williams nunca habían estado en un sitio como el Ritz, pero tenían una dignidad innata y Calvin y Roe-Ellen eran gente sencilla. Cuando llegaron al postre, los cuatro se habían hecho amigos y los neoyorquinos habían prometido que la próxima vez que pasaran por Boston irían a Natick a cenar con ellos.

—¿Puedes volver a tomar una copa? —le dijo Calvin, cuando Spurgeon se levantó para llevar a Dorothy y a sus padres a casa en el coche.

—¿Estaréis despiertos?

Calvin asintió.

—Tu madre no, pero yo aún tengo trabajo.

—Sí, claro que vuelvo —dijo Spurgeon.

Cuando llamó a la puerta, Calvin abrió inmediatamente y se llevó un dedo a los labios.

—Está dormida —dijo, en voz baja.

Había un cuarto de estar, pero decidieron bajar e ir al jardín público.

El aire nocturno era lo bastante frío para hacerles subirse el cuello del abrigo. Encontraron un banco junto a un parterre de jacintos que relucía a la luz de la farola, y se sentaron frente a la calle de Boyston, viendo pasar el tráfico.

—Simpática chica —dijo Calvin.

Spurgeon sonrió.

—Eso creo yo.

—Tu madre estaba preocupada contigo.

—Lo siento —dijo Spurgeon—. El año de internado es el peor; he tenido poquísimo tiempo libre.

—Podrías llamarla por teléfono de vez en cuando.

—Ahora lo haré con más frecuencia.

Calvin asintió.

—Bonito parque. ¿Hay peces en el estanque?

—No lo sé, la verdad. En verano hay botes de remo, y grandes cisnes blancos.

—¿Viste al abogado?

—Sí. Me dijo que no me preocupara, que ahora los procesos a médicos por tratamiento erróneo son pura rutina, como eso que se dice que no se es hombre hasta que se tienen purgaciones.

Calvin le miró.

—¿Y qué contestaste a eso?

—Le dije que había visto casos de purgaciones bastante serios, y a veces en personas que no merecían apenas el calificativo de hombre.

Calvin sonrió.

—No eres tú quien me preocupa —dijo él.

—Gracias.

—Me preocupo más yo mismo —prosiguió—. ¿Por qué me rechazas constantemente, Spurgeon?

Al otro lado, en la calle de Boyston, se oían voces que cantaban y reían y el ruido de portezuelas de coche al cerrarse de golpe.

—Es el Playboy Club —dijo Spurgeon—. Ya sabes, chicas bien rellenas, con rabo de conejo en el trasero.

Calvin asintió.

—He estado en el de Nueva York —dijo—, pero gracias por la definición.

—Es difícil expresarlo con palabras —comentó Spurgeon.

—Pues ya es hora de que lo intentes —dijo Calvin—. No podría quererte más de lo que te quiero si fuera tu padre de verdad.

Spurgeon asintió.

—Nunca en tu vida me has pedido nada, ni siquiera cuando eras niño.

—Siempre me lo dabas todo antes de que tuviera tiempo de pedirlo. ¿Te acuerdas de lo que decían Rap Brown y Stokley sobre que los blancos nos tienen castrados?

Calvin le miró y asintió.

—¿Te tengo yo castrado? —dijo, en voz baja.

—No, no es eso lo que quiero decir. Me has salvado la vida. Lo tengo siempre presente. Me salvaste la vida.

—No soy un salvavidas, quiero ser tu padre.

—Pues entonces escúchame y trata de comprenderme. Tú eres una persona muy especial. Sería lo más fácil del mundo dejar que tú me resolvieras las papeletas. Tan fácil como ahogarme.

Calvin le miró, asintiendo.

—Sí, me hago cargo de eso.

—Déjame ser hombre, Calvin. No me ofrezcas más ayuda.

Calvin seguía mirándole.

—¿Telefonearás a tu madre? ¿Vendrás a verla siempre que tengas tiempo?

Spurgeon sonrió y afirmó con la cabeza.

—Y si te hago falta alguna vez, falta de verdad, ¿me pedirás ayuda? ¿Como si fuera tu verdadero padre?

—Te lo prometo.

—¿Y qué hubieras hecho si no llego a caerles bien? —le preguntó Dorothy unos días después de la vuelta de Roe-Ellen y Calvin a Nueva York.

—Les caíste bien.

—Pero ¿y si no?

—De sobra lo sabes —respondió él.

Sin necesidad de muchas palabras había comenzado a existir entre ellos una comprensión de interdependencia, pero Spurgeon encontraba cada vez más difícil tratar a Dorothy como si ambos fueran adolescentes, dificultad que aumentaba cuando visitaban a Adam Silverstone y a Gaby Pender, que, evidentemente, estaban saciándose de goce carnal y a veces le hacían sentirse como un *voyeur* entre ellos.

Por la tarde, los cuatro se dedicaban a explorar la colina de Beacon, compartiendo sus descubrimientos y paseando por ella como si fuera propiedad suya.

Lo admiraban todo, la elegancia ordenada y bostoniana de la plaza de Louisburg, los guijarros lisos, anteriores a los contratos políticos de construcción de calles y carreteras, la gente pomposa que discutía en la tienda de detrás de la Casa del Estado, las farolas tan bien conservadas de la calle de Reveré, la sensación, én las noches oscuras, de que al otro lado de la cima estaba esperándoles el año de 1775.

Siempre que volvían a la bohemia parte norte de la colina, su parte, habitada principalmente por gente trabajadora y por una colonia cada vez más numerosa de gente barbuda y estrafalaria, se decían que era la mejor de las dos, la más viva y alegre.

Una mañana, salieron los cuatro bajo una fría lluvia de primavera, fina como neblina; siguiendo la dirección que Gaby había preguntado a su patrona encontraron la casa: era de aspecto corriente, el número 121 de la calle de Bowdoin, donde había vivido un gran presidente de Estados Unidos, y se preguntaron lo que habría pasado en el mundo si aquel joven hubiera podido ir haciéndose viejo y prudente con el paso del tiempo.

De pronto, Dorothy dio media vuelta y echó a correr.

Spurgeon la siguió y la alcanzó en la calle de Beacon, a la entrada misma de la Casa del Estado; la abrazó y besó su rostro húmedo, que tenía sabor a sal.

—El gobernador del estado puede vernos desde cualquiera de esas ventanas —dijo ella.

—Pues démosle un buen espectáculo —respondió él, apretándola más.

Y los dos siguieron así, balanceándose suavemente, en los escalones, bajo la lluvia.

—Perdona —dijo ella.

—No te preocupes. Fue un gran hombre.

—No, no es eso; no estoy triste por Kennedy. Lloraba porque me has hecho tan feliz y te quiero tanto, y porque Adam y Gaby son tan bellos y serenos, y porque sé perfectamente que estos días tan felices no van a durar mucho.

—Durarán —dijo él.

—Pero las cosas cambiarán; nada sigue siempre igual.

Había perlas de humedad en su piel oscura, sobre el labio superior, y Spurgeon las secó con el dedo gordo, de la misma manera que le había quitado la sal seca aquel primer día, en la playa.

—Yo quiero que las cosas cambien entre nosotros.

—Pobre Spurgeon —dijo ella—. ¿Es difícil para ti?

—Saldré de ésta, pero quiero desesperadamente que las cosas cambien.

—Pues casémonos —dijo ella—. Por favor, Spurgeon.

—No puedo. Por lo menos hasta que termine el internado, en julio.

Ella miró la cúpula dorada, apagada por la lluvia, de la Casa del Estado.

—Entonces podríamos usar a veces el apartamento de la calle de Phillips. Gaby y yo hemos hablado de eso.

Spurgeon cogió entre las manos la cabeza húmeda y lanosa.

—Podría comprarles un perro e ir a visitarles cuando hayan salido a pasear al animal en torno a la manzana.

Ella le sonrió.

—Podrían darle dos vueltas a la manzana.

—Y al perro le llamaríamos «El rápido» —dijo él.

—Oh, Spurgeon.

Dorothy volvió a echarse a llorar.

—No, gracias, señora —dijo él, hundiendo su rostro en la lana negra—. Nos casaremos en julio —añadió, como hablando al pelo húmedo de Dorothy.

Un momento después la cogió de la mano, se despidieron del gobernador y volvieron por donde habían venido, hasta dar con Gaby y Adam.

No se habían puesto de acuerdo, pero, por tácita y mutua decisión, ninguno de ambos dijo nada a los otros dos sobre el notable cambio que se había producido en el mundo.

A la mañana siguiente fue a buscarla y la llevó consigo al gueto de Roxbury. Aparcó el Volkswagen y los dos fueron despacio por las calles, sin sentir necesidad de hablar. Durante la noche había cesado de llover, pero el sol era implacable.

—¿Por qué me trajiste aquí? —preguntó ella por fin.

—No lo sé —le respondió él—. Vine aquí en una ocasión.

—No me gusta este sitio; por favor, vámonos.

—De acuerdo.

Se volvieron y fueron hacia el coche.

En la calle, unos muchachos jugaban al béisbol, enterrando al invierno.

—Eh, Charlie —dijo el que tenía el bate al lanzador, en tono sarcástico—, que no eres el jodido Jim Lonborg. Tienes el culo demasiado oscuro.

—Vete al garete —gritó el lanzador, tirando la pelota con gran fuerza.

—Tampoco tú eres el jodido Looey Tian; ni siquiera eres Jim Wyatt.

Volvieron al coche y salieron de Roxbury sin hacer rodeos.

—No podría educar a un niño en ese sitio —dijo ella.

Spurgeon tarareaba melodías alegres.

—No sólo gente pobre vive allí. También hay profesionales, y se las componen para educar a sus hijos.

—Yo preferiría no tenerlos.

—Bueno, no te preocupes —dijo él, con irritación—, no tendrás que educar a los tuyos en un sitio así.

—Una vez me prometiste una isla y flores para el pelo.

—Pues cumpliré la promesa.

—¿Y por qué no podemos ir?

—¿Adónde? ¿A una isla desierta?

—A Hawai.

Él la miró, pensando que no podía estar hablando en serio.

—Allí no hay conflictos raciales. Es la clase de sitio donde me gustaría educar a mis hijos.

—Tus nietos tendrían ojos oblicuos.

—Me encantaría, pero también tendrán tu nariz.

—Es que si no...

—Hablo en serio, Spurgeon —dijo ella, un momento después.

Era evidente. Spurgeon estaba empezando a acostumbrarse a la idea, comenzando a buscarle defectos.

—Tengo que hacer tres años de residente —explicó.

—¿Y no podríamos ir cuando termines? Después de casada, yo seguiría trabajando y ahorraríamos dinero. Quizá podríamos hacer un viaje de exploración dentro de un año o dos, para preparar el terreno y trazar planes.

Estaba emocionada, segura de que aquello era lo que les reservaba el futuro.

—A lo mejor sale bien —dijo él, cauto, cogido en su felicidad como en una trampa.

Al llegar a Natick descubrió que, mientras el coche había estado aparcado en Roxbury, alguien había robado el tapacubos de la rueda izquierda de atrás. Todo el trayecto, hasta llegar al hospital, condujo cantando a voz en cuello.

15

Adam Silverstone

$\mathcal{A}$ Adam le encantaron los estantes confeccionados con las cajas de naranjas. Inspirado, compró pintura y un rodillo y, antes incluso de que los viejos dolores se le hubiesen calmado, ya había comenzado a sentir otros nuevos. Las paredes blancas dieron más animación al cuarto, volviéndolo por completo diferente. Gaby en la calle de Newbury compró dos grabados baratos: una reproducción de un dibujo de Kathe Kollwitz, una madre campesina con su hijo en brazos, y uno, abstracto, de globos y cubos que hacían juego con las flores de papel.

Gaby guardó una pepita de aguacate, la cubrió de palillos hincados y la metió en un vaso de agua, como había leído en una revista, aguardando, impaciente. No pasó nada durante tres semanas, pero luego, cuando ya había pensado tirarla, germinó, produciendo una hojita, que, después de trasplantarla a tierra espesa y negra que había comprado en el supermercado, se volvió de un verde oscuro y reluciente. El aguacate, bien alimentado al sol que caía sobre la única ventana del cuarto, adquirió dos hojas más, llenas de brillo.

El apartamento del sótano se convirtió en el marco de sus vidas; no lo hubieran cambiado por la Casa Blanca. Hacían el amor llenos de felicidad y con mucha frecuencia no sintiendo más que una ligera sensación de culpabilidad y conociéndose cada vez mejor el uno al otro. Gaby se sentía fuerte y libre, como una exploradora, y sabía que ellos dos eran los primeros y únicos amantes del mundo, aunque Adam le había dicho que, a pesar de todas sus fantasías y de todos los libros que había leído en el Colegio Médico, no les iba a ser posible crear un pecado original.

Por primera vez, se sentía preocupada por su propio cuerpo. La única incomodidad que sentía debíase a las presiones hormonales de la píldora, a las que aún no se había ajustado y que, a veces, por la mañana, le causaban terribles ataques de mareo y náuseas. Adam le prometió que los síntomas irían desapareciendo.

Se sentía orgullosa de lo que habían hecho en el apartamento, y le hubiera gustado invitar a él a todos los amigos y conocidos de los dos, pero sólo se decidió por invitar a Dorothy y Spurgeon. Susan Haskell fue, un día, a comer con ellos; se sentía deprimida e incómoda y, evidentemente, esperaba oír chismes sobre lo mal que Adam trataba a Gaby, la cual, en vista de ello, decidió no volverla a invitar más. Pero comprobó que el apartamento estaba convirtiéndose en una especie de salón de tertulia de algunos de los vecinos de la calle de Joy. Janet Williams iba a verla con frecuencia, pero no tanto como para ponerse pesada. Varias veces se presentó acompañada de otro merodeador, el chico grande y rubio que le había traído las flores de papel y que resultó llamarse Carl, tener modales corteses y saber mucho de música y arte. En otra ocasión, fue con ella un individuo barbudo que se llamaba Ralph y parecía no haberse bañado en mucho tiempo; como aturdido y distante, estaba sin duda ebrio de alguna droga. Janet no parecía darse cuenta y le trataba justo igual que a Carl. O que a Gaby. Cuando los merodeadores se iban se llevaban siempre parte de la despensa.

Inevitablemente, cayeron de visita un día en que estaban allí Dorothy y Spurgeon.

—Hola —saludó Janet a su hermana.

—Hola —contestó Dorothy. Esperó un poco mientras se hacían las presentaciones y luego añadió—: ¿No quieres saber cómo están Hormiguita y papá y mamá?

—¿Cómo está Hormiguita?

—Muy bien.

—¿Y mamá y papá?

—Están muy bien.

—Fenómeno —dijo Janet.

Todo el mundo estuvo muy cortés. Adam ofreció copas y

mezcló las bebidas, pasó el plato de las almendras saladas y participó en la conversación. El problema surgió cuando Spurgeon dijo algo sobre las elecciones nacionales.

Ralph frunció el entrecejo y parpadeó. Se había subido a la silla y ahora estaba sentado en el respaldo, con los pies en el asiento, como en un trono, dominando la sesión.

—Si se nos hiciera caso —dijo— y se acabara con esta farsa... Los condenados no tendrían entonces a nadie que gobernar. Estamos tratando de explicarlo, pero nadie hace caso.

—Usted no cree realmente que eso funcionara —dijo Spurgeon, sin alzar la voz.

—No me diga usted a mí lo que creo, porque eso lo sé yo mejor que nadie —dijo el otro—. Yo creo que la gente debiera irse a los bosques y tomar drogas y dedicarse a sus cosas.

—¿Y qué le pasaría al mundo si todos tomásemos drogas?

—¿Y qué le está pasando al mundo ahora, que es tan estupendo, con todos ustedes, so burgueses, pasándolo en grande?

—Sin nosotros, los burgueses, como dice usted, no existirían ustedes —replicó Adam—; sin nosotros no podrían ustedes hacer lo que les gusta. Somos nosotros quienes les damos de comer, amiguito, y quienes les proporcionamos ropa y les edificamos las casas en que viven. Ponemos cosas en las latas de conserva que compran ustedes cuando han vendido suficientes flores y posters para comprar latas de conserva, y les enviamos a domicilio el combustible que les calienta la guarida en el invierno. Y les curamos los desperfectos que ustedes mismos se hacen en esos cuerpos que Dios les ha dado —miró a Ralph y sonrió—, y, en cualquier caso, si todos nos volviéramos como ustedes, ustedes querrían ser de otra manera, porque no podrían soportar la idea de que son como los demás.

—Chorradas, hombre.

—Pues entonces, ¿por qué diablos está sentado de esa manera, como un gran sacerdote, contemplando el mundo a sus pies?

—Me gusta sentarme así, y no hago daño a nadie.

—Nos hace daño a Gaby y a mí —dijo Adam—. Con las suelas de los zapatos está poniendo perdido el asiento de la silla.

—A mí no me venga con psicoanálisis —le recriminó Ralph—, puedo volver fácilmente ese razonamiento del revés. Es usted muy agresivo. Probablemente estaría trabajando de carnicero en vez de ser cirujano, curándose el complejo de agresividad hincando cuchillos en vacas en lugar de en personas, si no llega a tener padres ricos que le enviaron a la universidad y al Colegio Médico. ¿Se le ha ocurrido pensar eso?

Gaby y Adam no pudieron contener la risa, y no trataron siquiera de explicar el porqué.

Janet no volvió a llevar a los merodeadores al apartamento, pero dejó de ir de visita por las tardes, aunque seguía yendo por la mañana, a tomar café. Un día estaba sentada en el sofá cuando a Gaby le acometió un ataque de náuseas y tuvo que irse del cuarto. Cuando volvió, con el rostro blanco y pidiendo excusas, Janet la miró con expresión de Mona Lisa:

—¿Estás embarazada?

—No.

—Yo sí.

Gaby se quedó mirando a la chica y contestó con gran cautela:

—¿Estás segura, Janet?

—Completamente.

—¿Y qué vas a hacer?

—Que lo cuide mi familia.

—¿Como a Hormiguita?

La chica la miró, fríamente.

—No, mi verdadera familia, aquí, en la calle de Joy. Todos serán sus padres. Pensamos que será estupendo.

Esta conversación la preocupó. La chica necesitaba cuidado médico. ¿Sería Carl el padre? ¿O Ralph? O, pensamiento aún más grave: ¿sabría siquiera Janet quién era el padre?

Pero una cosa era cierta. La chica necesitaba cuidado médico, inmediatamente. Cuando se lo dijo a Adam, éste cerró los ojos y movió la cabeza:

—Diablos, alguien que no sabía hacer bien la cosa.

—La verdad es que buenos somos nosotros para hablar.

—¿No te das cuenta de lo diferente que es? —dijo él.

Ella le miró.

—Claro que me doy cuenta, Adam. Pero no voy a poder pegar el ojo hasta que hagamos algo por esa tonta. ¿Se lo digo a Dorothy?

—No creo que debieras. Por lo menos, todavía no. Si viene al hospital, me encargaré de que la examinen y le den vitaminas y cuanto necesite.

Gaby le besó y esperó, impaciente, la visita siguiente de Janet, pero la chica no volvió a aparecer por el apartamento. Seis días después, subiendo cuesta arriba con un paquete de comestibles, vio a Ralph que venía en dirección contraria.

—Hola, ¿cómo está Janet? —preguntó.

Los ojos de él estaban vidriosos.

—¿Quién? ¿La chica? —respondió—. Su familia cuida de ella.

Y siguió su camino, envuelto en su propio mundo.

Dos días más tarde vio a Carl, que estaba distribuyendo posters, y le preguntó por la chica.

—Ya no vive con nosotros.

—¿Dónde está?

—Creo que en Milwaukee.

—¿Milwaukee? —repitió Gaby, inquieta.

—El chico ese que conoció, vino y se la llevó.

—¿Sabes su dirección?

—La tengo apuntada en algún sitio, en casa.

—¿Me la quieres dar? Me gustaría escribirle.

—Sí, cómo no. Pero no lo hizo.

Gaby echaba de menos sus visitas matinales. La señora Walters habría querido ir a verla y cotillear, si la hubiese invitado, pensaba Gaby, pero la patrona no le era simpática, y la eludía. Estaba interesadísima en otro morador del edificio, una mujer pequeña y encorvada que de vez en cuando pasaba junto a ella como una ardilla y volvía siempre con un solo paquete. Su rostro era tenso y como permanentemente a la defensiva contra un mundo hostil. «La pobre parecía una bruja», pensaba Gaby; se dio cuenta enseguida de quién era.

Un día, abrió la puerta y le salió al paso.

—Señora Krol —dijo.

Bertha Krol tembló al sentir la mano de Gaby tocarle el codo.

—Soy su vecina, Gabrielle Pender. ¿Quiere entrar y tomar una taza de té conmigo?

Los ojos asustados otearon la calle de Phillips como pájaros que buscan la forma de escapar de la jaula.

—No —murmuró.

Gaby la dejó ir.

La primavera era húmeda y lluviosa. Las náuseas causadas por la píldora iban cesando. La Tierra giraba y los días iban siendo más largos y menos fríos; la lluvia caía con frecuencia y fluía cuesta abajo, por los arroyos empedrados de guijarros, formando pequeñas cascadas en las viejas alcantarillas y los sumideros. En el hospital, Adam intervino en una serie de casos torácicos, y la cirugía cardíaca le tenía cogido como una droga. Una noche, acostados y hablando en la suave oscuridad, le dijo a Gaby lo que era poner la mano en la incisión pectoral y sentir, a través de la fina goma de los guantes, el palpitar de la pequeña bomba rosada, el corazón vivo.

—¿Cómo es? —preguntó ella.

—Como tocarte a ti.

Adam había dejado ya de poner nombres a los perros. Una cosa era ir al laboratorio de experimentación de animales y oír a Kazandjian que el procedimiento quirúrgico número 37 había fallado, y otra muy distinta ser informado de la muerte de un ser vivo llamado *Preciosidad*, o *Max*, o *Wallace*, o *Flor*. Se obligó a sí mismo a hacer caso omiso de las lenguas caninas que trataban de besarle la mano, y en su lugar concentró su atención en las guerras microscópicas que, dentro de los animales, estaban librándose entre los antígenos y los anticuerpos.

Después de meses de dejarle trabajar solo, Kender había comenzado a ir al laboratorio y estaba siguiendo cuidadosamente sus actividades.

—En eso del puesto docente los cosas deben estar empezando a ponerse bien —dijo Adam a Gaby una noche, hablándole de Kender, mientras ella se ungía con crema para la piel bajo la lámpara solar.

—A lo mejor no es eso —dijo ella, volviéndose y tendiéndole la crema—. A lo mejor es que Kender está tan interesado en los experimentos que no puede dejarte solo.

—Siempre ha estado interesado en los experimentos sin venir a observarlos —dijo Adam.

Su mano, llena de crema, hacía pequeños ruidos como de succión al frotarla en su lugar favorito, el hoyuelo que había entre el final de la espina dorsal y el comienzo de la prominencia glútea. Aspiraba el olor de la crema sobre la carne cálida, y ninguno de ambos se pudo contener cuando se puso a frotarle la parte posterior de la rodilla. Cuando, finalmente, ella se volvió, Adam se manchó de crema la ropa. Al día siguiente, al ir a trabajar, la camisa le escocía contra la leve quemadura que se había hecho en la espalda y el cuello.

Dos noches después, Kender le pidió que le explicase un experimento que Adam estaba seguro de haber descrito ya en el cuaderno de notas.

Adam se lo explicó oralmente; luego, miró al cirujano veterano y sonrió.

—Por lo que a mí se refiere, aprobado —dijo Kender.

—¿Y cómo cree que me saldrá con los demás? —preguntó Adam, arriesgándose, con una sensación intuitiva de que había llegado el momento de la franqueza.

Kender sacó un puro.

—Es difícil decirlo. Lo que sí puedo asegurarle es que el campo es pequeño; sólo hay dos candidaturas: usted y otra persona. Supongo que ya sabe a quién me refiero.

—Estoy prácticamente seguro.

—Los dos tienen mucha fuerza.

—¿Y cuándo lo sabremos?

Kender movió la cabeza.

—La cosa no funciona así. Sólo se le notifica a uno de los médicos, al que es nombrado para el puesto. El otro candidato se entera de la manera normal, oyéndolo. Nunca se le dice por qué no fue él el escogido, ni tampoco quiénes votaron contra él.

Kender se encogió de hombros.

—Éste es el sistema —dijo—. Por lo menos permite al candidato suspendido consolarse pensando que algún desgraciado, cargado de prejuicios, le tenía antipatía porque no le gustaba el color de sus corbatas, o el color de sus ojos.

—¿Y esa posibilidad es también parte del sistema?

Kender dio una chupada, la punta del puro se encendió como una luz de neón y el laboratorio se puso apestoso de humo.

—Supongo que habrá ocurrido alguna vez —dijo.

Aquella misma noche, el doctor Longwood entró en el laboratorio de experimentación de animales y Adam se dispuso, algo irritado, a aguantar nuevos exámenes y observaciones.

Pero el viejo se limitó a pedirle permiso para examinar el libro del laboratorio sobre la serie de suero antilinfocítico.

Estuvo un rato sentado, como una trágica caricatura, leyendo; la mano que tenía sobre el regazo temblaba y Adam tuvo que apartar la vista. Quizá Longwood percibió esto, porque la mano se puso a juguetear con el llavero mientras él leía, y las llaves hacían un suave tintineo metálico como... ¿como qué?

«Las campanillas del Arlequín», pensó Adam.

—¿Tienen aquí los caballos, en otra parte del edificio? —preguntó Longwood.

—No, doctor —respondió Adam—. El hospital es propietario de los animales, pero se guardan en los laboratorios biológicos del Estado. Extraemos nódulos linfáticos de cadáveres humanos y los trituramos y los mandamos a los laboratorios del Estado, donde se inyectan a los caballos para producir el suero.

El doctor Longwood tocó con un delgado dedo el cuaderno de notas.

—Ha conseguido algún resultado.

Adam asintió.

—El suero retarda el mecanismo del rechazo. Cuando lo usamos, podemos administrar potentes fármacos inmunosupresores, como imurán, en dosis lo bastante pequeñas para dejar al animal cierta protección contra la infección.

Longwood asintió, enterándose de lo que, al parecer, quería saber.

—¿Le gusta este trabajo con animales?

—Creo que me está haciendo mejor cirujano de lo que era.

—Eso sí.

Adam sintió de pronto la fuerza de aquellos ojos.

—¿Y adónde piensa ir el año que viene, cuando se vaya de aquí?

Esta pregunta le deprimió, dándose cuenta al oírla de que Longwood había decidido prescindir de él. Pero luego se consoló pensando que Kender no estaba, evidentemente, de acuerdo en esto.

—Todavía no lo sé.

—¿Por qué no decide el lugar y me lo dice? Me alegraría ayudarle a encontrar algo.

—Gracias —consiguió decir Adam.

—Querría que leyese una cosa —dijo el doctor Longwood, cogiendo su cartera de negocios y sacando una caja—. Es parte de un libro en manuscrito, dos tercios del total. Para un texto de cirugía general.

—No sé el valor que mi opinión pueda tener —dijo Adam, asintiendo con un movimiento de cabeza—, pero cuente con que se la daré.

—Algunos renombrados cirujanos de otras partes del país han leído fragmentos. Me gustaría conocer la reacción de uno que ha salido del Colegio Médico hace aún relativamente poco tiempo.

—Es un honor.

—Una cosa —los ojos le volvieron a sujetar—: no quiero que nadie se entere de esto. No puedo consentir que se me racionen las horas de trabajo por causa de mi enfermedad. No tengo tiempo que perder.

«Dios —pensó Adam—, ¿qué digo a esto?» Pero no era necesario decir nada, porque Longwood le saludó con un movimiento de cabeza y se levantó.

—Buenas noches, doctor —dijo Adam.

El viejo no pareció haberlo oído.

Siguió tratando a algunos de los animales, examinó síntomas vitales y puso al día el libro del laboratorio. Era ya muy tarde cuando terminó y se sentía tentado a dejar para otro día la lectura del manuscrito, pero luego se dijo que si no empezaba por lo menos a leerlo, ahora que se le presentaba la oportunidad, no lo haría nunca. Llamó y dijo al encargado de hacer las llamadas que si preguntaban por él, estaría en el laboratorio. Luego se sentó al viejo escritorio de roble y sacó el manuscrito de la caja. El café hervía en el mechero Bunsen. El viejo edificio crujía. En las jaulas, algunos de los perros estaban espulgándose, otros gemían y gañían en sueños, persiguiendo, quizá, lentos conejos oníricos o montando a perras que, en el frío pasado de la realidad, les habían rechazado mostrándoles los colmillos. El ruido despertó a algunos de los animales, y a los pocos momentos sus ladridos habían ya despertado a los demás. El laboratorio resonaba con protestas caninas.

—No pasa nada —les dijo—, volveos a dormir.

Hablaba absurdamente con ellos, como si fueran pacientes humanos y comprendieran sus tranquilizadoras palabras.

Se sirvió una taza de café muy caliente, volvió a sentarse, bebió a pequeños sorbos y comenzó a leer.

La mayor parte de los capítulos le produjeron una tremenda impresión. El estilo era tajante y engañosamente sencillo, la especie de estilo científico fácil de leer y que resulta difícil de escribir. Longwood había destilado toda una vida de experiencia quirúrgica de primera clase y no había vacilado en recurrir a las obras de otros destacados cirujanos. Cuando llevaba ya leídas un centenar de páginas del manuscrito sonó el teléfono, y le invadió de temor ante la idea de que pudieran llamarle. Por fortuna era Spurgeon, que le pidió un consejo que pudo darle por teléfono. Inmediatamente reanudó la lectura.

Estuvo leyendo la noche entera.

Cuando hubo terminado los tres últimos capítulos las ventanas del laboratorio estaban iluminadas por una luz gris sucia.

«Quizá —pensó— sea que estoy fatigado.» Se frotó los ojos, calentó el café y tomó otra taza, releyendo despacio los tres últimos capítulos.

Era como si hubieran sido escritos por otra persona distinta.

Incluso con su limitada experiencia le era posible encontrar errores tremendos. El estilo era oscuro, y la construcción de las frases tortuosa y difícil de seguir. Aparecían grandes lagunas en el material.

Leyó las páginas por tercera vez y comenzó a ver con claridad una especie de sombría evolución, la visión de la decadencia de un formidable intelecto.

«La desintegración de una mente», se dijo impresionado.

Trató de dormir un poco, pero no le fue posible, cosa poco frecuente en él. Salió del laboratorio, y aquella mañana fue el primer cliente de Maxie's. Desayunó temprano, luego dio un paseo por el laboratorio de experimentación de animales y volvió a poner cuidadosamente el manuscrito en su caja.

Estaba aún esperando, cuando, tres horas después, entró Kender en su despacho.

—Hay aquí una cosa que creo debe usted leer —le dijo.

A la noche siguiente, echado, a oscuras, con Gaby, le dijo que Longwood había dimitido como jefe de Cirugía.

—Pobre hombre —dijo ella.

Y un momento después, preguntó:

—¿No se puede hacer nada por él?

—Las probabilidades de dar con un cadáver con un tipo de sangre poco frecuente son escasas. Puede ser mantenido vivo con diálisis, pero Kender dice que el aparato está siendo la causa de su desintegración psiquiátrica.

En un mar negro y mirando al cielo negro, ambos estaban como suspendidos, uno junto a otro.

—No creo que tampoco me sentara bien a mí la máquina durante mucho tiempo si lo estuviera —dijo ella.

—¿Si estuvieras qué? —preguntó Adam, medio adormilado.

—Condenada a muerte.

Él se durmió.

Un momento después Gaby le rozó con las uñas de los pies, dos veces, hasta que se despertó y se volvió hacia ella. Sus gritos entrecortados enviaron ondas sonoras sobre la superficie del mar negro.

Después Gaby flotó, con la cabeza contra su pecho, mientras él dormía de nuevo y su corazón le hablaba al oído.

Vivo, decía.

Vivo.

Vivo…

16

Spurgeon Robinson

Era negro y estaba encorvado, llorando, nada de lo cual era cosa infrecuente en el hospital, pero Spurgeon se detuvo junto al banco.

—¿Está usted bien, amigo?

—Le mataron.

—Lo siento —dijo, con suavidad, preguntándose si se referiría a un hijo o a un hermano, si sería accidente u homicidio. Al principio no entendió el nombre.

—Le cerraron la boca para siempre. Nuestro jefe, el rey.

—¿Martin Luther King? —preguntó Spurgeon, en voz baja.

—Los blancos. Con el tiempo, acabarán con todos nosotros.

El viejo negro siguió agitándose y llorando. Spurgeon le censuró mentalmente por haber inventado tan monstruosa falsedad.

Pero era verdad. Las radios y los televisores no tardaron en difundirlo por todo el hospital.

Spurgeon quiso sentarse también en el banco y llorar.

—Dios mío, lo siento de verdad —le dijo Adam.

Otros le dijeron cosas parecidas. Tardó algún tiempo en darse cuenta de que la gente le daba el pésame igual que él se lo había dado al viejo negro, pensando que era una pérdida que, en cualquier caso, les dejaría a ellos más o menos igual que antes. No sintió verdadera rabia por esto hasta más tarde.

Sin embargo, no había tiempo para permitirse el lujo de experimentar el shock. El doctor Kender llamó a todo el personal libre. En el Hospital General del condado de Suffolk sólo habían habido conflictos raciales en una ocasión, el año anterior, y entonces la situación les había cogido desprevenidos. Ahora, las salas del hospital disponían de un mínimo de personal permanente, y las salas de operaciones estaban listas para funcionar. Cada ambulancia fue equipada con camillas y medicamentos suplementarios.

—Que haya un médico extra en cada vehículo —dijo el doctor Kender—. Si estalla la revolución, no quiero que vuelvan ustedes con un solo paciente si hay dos o incluso tres. —Se volvió a Meomartino y a Adam Silverstone—. Uno de ustedes se queda aquí, en la clínica de urgencia. El otro puede ir con las ambulancias.

—¿Qué prefiere usted? —preguntó Meomartino a Adam.

Silverstone se encogió de hombros y movió la cabeza, mientras Moylan llegaba con noticias de tiroteos desde tejados, localizados por la radio de la Policía.

—Me quedo en la clínica de urgencia —respondió Meomartino.

Adam dispuso las tripulaciones de las ambulancias y se asignó a sí mismo con Spurgeon, la de Meyerson. El primer incidente fue decepcionante: una colisión de tres coches en la carretera; dos heridos, ninguno grave.

—Han escogido ustedes un pésimo momento para hacer esto —dijo Meyerson a uno de los conductores cuando volvían en la ambulancia.

De vuelta al hospital, comprobaron que seguía reinando el orden. Las noticias de tiroteos habían resultado falsas. Las fuerzas tácticas de la policía seguían movilizadas, pero no ocurrió nada.

La vez siguiente que salieron fue a Charlestown, a por una chica que había pisado una botella rota.

Pero el tercer aviso procedía de Roxbury, donde había habido tiros en un bar.

—Yo no voy —dijo Meyerson.

—¿Por qué?

—Lo que gano no lo justifica. Deja que esos cabrones se maten, si quieren.

—Venga, mueve el culo —apremió Spurgeon.

—Allá tú —dijo Adam, sin alzar la voz—; si no conduces, esta noche te echan de aquí, de eso me encargo yo.

Meyerson les miró.

—Boy scouts... —dijo.

Se levantó y salió despacio de la clínica. Spurgeon se dijo que a lo mejor se iba a casa, pero abrió la portezuela de la ambulancia y se puso al volante.

Spurgeon dejó que Adam se sentara en medio.

Algunos de los escaparates de las tiendas de la Blue Hill Avenue estaban entablados. Los que seguían iluminados habían sido defendidos con letreros pintados a toda prisa en el cristal: HERMANO DEL ALMA, PROPIEDAD DE NEGRO. EL PROPIETARIO ES UN HERMANO. Pasaron ante una tienda de bebidas que ya había sido saqueada hasta no dejar casi una botella, una carroña mondada por hormigas, niños que salían de los escaparates sin cristales con botellas en las manos.

A Spurgeon se le encogió el corazón al verlos. «¿Acaso no sabéis lo que es estar de luto?», les preguntó, sin hablar.

No lejos de Grove Hall tropezaron con la primera muchedumbre; eran tantos que se extendían, cortando la calle, hasta la manzana siguiente, como ganado, grupos que corrían de un lado a otro de la calle, empujando. El ruido que salía de las ventanas abiertas era carnavalesco; se oían insultos y risas brutales.

—Por aquí no pasamos —dijo Meyerson, haciendo sonar el claxon.

—Lo mejor será que salgamos de la avenida y demos la vuelta —propuso Adam.

Detrás de ellos, la calle ya estaba cerrada por la gente.

—¿Qué solución se os ocurre? —preguntó Meyerson.

—Ninguna.

—Boy scouts...

A la luz de la farola, algunos hombres y muchachos comenzaron a volcar un coche aparcado, negro, de cuatro puertas. Era un modelo pesado, «Buick», pero en poco tiempo lo levantaron como un juguete, dos ruedas al aire a cada empujón, volviendo luego a caer ruidosamente, hasta que, por fin, dio la vuelta entre vítores y todo el mundo quiso escapar de allí a tiempo.

Meyerson hizo sonar la sirena con el pie.

—¡El hombre! —gritó alguien.

Otras voces repitieron esto, e inmediatamente se vieron convertidos en una isla en un mar de gente. Comenzaron a oírse golpes contra los lados metálicos de la ambulancia.

Meyerson cerró la ventanilla.

—Nos van a matar.

Poco después la ambulancia comenzaba a tambalearse.

Spurgeon soltó la portezuela y empujó con el hombro, tirando a alguien al aire. Se apeó del vehículo, luego subió a la capota y estuvo allí en pie, protegiendo a los otros dos con su cuerpo.

—Soy un hermano —gritó a los rostros extraños.

—¿Y ésos qué son? ¿Primos? —gritó alguien, entre risotadas.

—Somos médicos, que vamos a por un hombre herido. Necesita nuestra ayuda y nos estáis impidiendo ir.

—¿Es un hermano?

—¡Claro que lo es!

—¡Dejadle pasar!

—¡Que pasen!

—¡Médicos que van a salvar a un hermano!

Se iban pasando la voz.

Spurgeon siguió en la capota: nueve años de educación superior para acabar siendo un ornamento. Dentro, Meyerson le enfocó la luz. Muy despacio, la ambulancia fue avanzando, y la gente se apartaba ante ellos, como si Spurgeon fuera Moisés y ellos el agua.

Pronto salieron de allí.

Meyerson dejó pasar hasta media docena de manzanas antes de parar la ambulancia y decir a Spurgeon que subiera.

Encontraron el bar. El herido yacía cara al suelo y tenía los pantalones empapados en sangre oscura. No había indicios de quién pudiera ser el que le disparó, ni tampoco se veían armas. Los que había allí aseguraron no saber nada.

Spurgeon cortó los pantalones y los calzoncillos ensangrentados.

—La bala atravesó limpiamente el glúteo mayor —dijo un momento después.

—¿Seguro que no está aún allí? —preguntó Adam.

Tocó la herida con la punta del dedo y asintió, mientras el herido gemía.

Pusieron al herido en la camilla, cara abajo.

—¿Es grave? —gimió.

—No —respondió Spurgeon.

—Un tiro en el trasero —dijo Meyerson, al levantar la camilla.

En la ambulancia, Adam administró oxígeno al paciente, y Spurgeon se sentó al lado de Meyerson. Maish no hizo funcionar la sirena. Unos minutos después de iniciar el regreso, Spurgeon se dio cuenta de que estaban acercándose a territorio «fronterizo», en Dorchester Norte, vecindario inquieto donde la población negra se extendía ya a zonas hasta entonces blancas.

—Vas por la ruta más larga —dijo a Meyerson.

—Es la más corta para salir de Roxbury —dijo Meyerson. Hizo girar el volante y la ambulancia dio la vuelta a una esquina y paró en seco al poner Meyerson el pie en el freno—. ¿Qué diablos pasa? —preguntó.

Un coche aparcado, con la portezuela abierta, bloqueaba la estrecha calle. Al otro extremo la taponaban dos muchachos que tendrían quince o dieciséis años, uno negro y otro blanco, estaban pegándose.

Meyerson hizo sonar el claxon y luego la sirena. Ajenos a todo lo que no fuese el enemigo, los chicos seguían zurrándose. No lo hacían con arte; simplemente, se atizaban con toda la fuerza que tenían. No se sabía cuánto tiempo habría durado la lucha. El blanco tenía el ojo izquierdo cerrado. El negro sangraba por la nariz y gemía nerviosamente.

Meyerson suspiró.

—Tendremos que separarlos, o mover el coche —dijo.

Los tres se apearon de la ambulancia.

—Tened cuidado —advirtió Meyerson.

—Separémosles —dijo Adam, al tiempo que los dos se aga-
rraban uno a otro y forcejeaban.

Resultó facilísimo. No ofrecieron más que la resistencia mínima compatible con su amor propio. Evidentemente, los dos se
alegraban de que hubiese terminado la pelea. Spurgeon había
cogido al blanco, sujetándole ambos brazos a la espalda.

—¿Ése es tu coche? —le preguntó.

Él denegó con la cabeza.

—Es suyo —dijo, señalando al otro combatiente.

Spurgeon se dio cuenta entonces de que Adam tenía cogido
al chico negro por los brazos, mientras las largas y pálidas manos de Meyerson aferraban el pelo negro y ensortijado, como el
de Dorothy, echándole la cabeza hacia atrás.

—Eso no es necesario —dijo, con aspereza.

El chico blanco gimió. Mirando hacia abajo, Spurgeon vio sus
propios dedos negros hincados en la carne pecosa. Asombrado,
abrió la mano y el chico, como un animal puesto en libertad, dio
unos pasos, erguido, con fingida indiferencia.

El negro, con aire retador, puso en marcha el motor, mientras ellos se subían a la ambulancia.

Spurgeon se sintió de nuevo como el viejo negro que lloraba
en el banco.

—Tomamos partido —le dijo a Adam.

—¿Cómo dices?

—La impaciencia que sentía yo por comer al matón blanco,
y vosotros dos, valientes, os echasteis sobre el de color.

—No seas tan paranoico, por Dios bendito —cortó Adam.

De regreso al hospital, el herido gemía de vez en cuando, pero
ninguno de los que iban en la ambulancia volvió a decir una palabra.

En la clínica de urgencia había tres policías que habían sido
apedreados, pero, aparte de esto, no se notaba signo alguno de
catástrofe inminente. La ambulancia tuvo que volver a Roxbury a recoger a un carpintero que se había cortado la mano con
una sierra automática cortando tablas con que proteger su car-
pintería. Luego tuvieron que ir a por un individuo que había

sufrido trombosis coronaria a la salida de la Estación del Norte. A las nueve y veintidós minutos salieron de nuevo, en busca de alguien que se había caído de una escalerilla pintando el techo de su apartamento.

La llamada siguiente fue a un complejo de edificios de pisos en construcción, en la parte sur. Esperándoles cerca de una gran piscina llena de agua, había un muchacho que tendría más o menos la misma edad que los luchadores callejeros, pero muy delgado y con una sucia chaqueta estilo hindú.

—Por aquí, caballeros —dijo, moviéndose en la oscuridad—. Les llevaré a donde está. Realmente, parece encontrarse muy mal.

—¿Llevamos la camilla? —preguntó Spurgeon.

—¡Eh! —gritó Adam al chico—. ¿Qué piso es?

—El cuarto.

—¿Hay ascensor?

No funciona.

—¡Diablos! —exclamó Meyerson.

—Quédate aquí —le dijo Silverstone, cogiendo su maletín—. Es demasiado lejos para llevar la camilla, si no nos va a hacer falta. El doctor Robinson y yo vamos a echar una ojeada. Si necesitamos la camilla, viene uno de nosotros a ayudarte a llevarla.

El complejo en construcción consistía en una serie de estructuras de cemento en forma de cajas. El edificio número 11 se levantaba junto a la piscina; era nuevo y ya parecía viejo. Las paredes de la entrada estaban cubiertas de frases y dibujos a tiza anatómicamente improbables.

A causa de la oscuridad reinante no se veía el descansillo superior, y las bombillas habían sido robadas o rotas. En el segundo piso, la oscuridad estaba empapada de olor a basura y a cosas peores.

Spurgeon escuchó a Adam respirar y contener enseguida el aliento.

—¿Qué apartamento es? —preguntó.

—Síganme.

Alguien, arriba, estaba tocando algo salvaje, como caballos desbocados al ritmo de un jazz borracho. Se volvía más y más alto a medida que iban subiendo. En el cuarto piso, el muchacho fue por el corredor hasta llegar a la puerta de donde salía la música. Apartamento D. Llamó y alguien desconectó inmediatamente el gramófono.

—Abre, soy yo.

—¿Vienen contigo?

—Sí, dos médicos.

Se abrió la puerta y el chico de la chaqueta hindú entró, y Adam con él. Spurgeon le siguió justo al oír la advertencia de Adam:

—¡CORRE, SPUR!, ¡SAL…!

Pero ya estaba dentro y la puerta se había cerrado de golpe a sus espaldas. Había una sola luz. En el charco luminoso vio a cuatro hombres: no, cinco, se dijo, al ver a otro que salía de la oscuridad hacia su campo visual, tres blancos y dos negros, sin contar al muchacho. Reconoció sólo a uno de ellos, un hombre delgado y de tez marrón, con el pelo como un zulú y un bigotito fino como un lápiz, que tenía en la mano un cuchillo de cocina afilado hasta quedar reducido a una hoja delgadísima.

—Hola, Speed —saludó.

Nightingale sonrió.

—Entra, doctor —le instó.

En el centro del cuarto se enfrentaron con ellos.

—No sabía que ibas a ser tú, melenudo. No hay por qué perder el tiempo. Lo único que quiero es el maletín de tu amigo.

—¡Qué estupidez! —exclamó Spurgeon—. Una persona que toca el piano tan bien como tú…

Speed se encogió de hombros, pero sonrió, halagado.

—Tenemos un par de colegas en muy mal estado. Necesitamos algo rápidamente. Y, a propósito, tampoco a mí me vendría mal, llevo mucho tiempo sin probarlo.

—Dale el maletín, Adam —dijo Spurgeon.

Pero Adam fue hacia la ventana.

—No hagas tonterías —advirtió Spurgeon—, dales el dichoso maletín. —Vio, atemorizado, que Adam estaba mirando a la piscina—. No te arriesgues —dijo—, es demasiado.

Alguien rio.

—Anímate —dijo una voz, en la oscuridad.

—Esa piscina es para patos, amigo —dijo el muchacho. Speed fue hacia Adam y le quitó el maletín de las manos.

—¿Habéis terminado de perder el tiempo? —preguntó, en tono benévolo.

Dio el maletín a Spurgeon.

—Tú nos lo encuentras, doctor.

Lo abrió, encontró un botellín de ipecacuana y lo sacó. Nightingale lo abrió, metió la punta de la lengua en el botellín y escupió.

—¿Qué es? —preguntó alguien.

—Algo para hacernos vomitar, me figuro.

Miró a Spurgeon, esta vez sin sonreír y se le acercó.

Adam ya estaba pegando, al azar.

Spurgeon trató de asestar un puñetazo, pero se daba peor maña incluso que los chicos que habían visto pegarse en la calle. Varias manos le sujetaron los brazos y se sintió dominado por una sensación familiar. Mientras los puños negros se le acercaban, el mundo parecía girar en torno suyo y se vio de nuevo a los catorce años, tirando al suelo a un borracho en la calle 171 Oeste, con sus amigos Tommy White y Fats McKenna, situándose él detrás de la víctima. El que iba a hacer ahora el papel que entonces desempeñó Fats McKenna era un experto en estas lides, pensó, mientras el poderoso puño chocaba contra su estómago, cortándole la respiración. Algo le golpeó en un lado de la cabeza, y apenas sintió el resto. Vio, como en sueños, al hombre que él sería ahora, de no haber sido por la gracia de Dios y por Calvin, arrodillado, registrando el maletín y tirando finalmente su contenido al suelo.

—¿Lo tienes, chico? —preguntó una voz.

Spurgeon no llegó a oír si Speed Nightingale lo tenía o no.

Alguien volvió a poner el disco en el gramófono y los caballos desbocados lo atronaron de nuevo todo en torno a él.

Por dos veces recobró el conocimiento.

La primera vez que abrió los ojos vio a Meyerson.

—No sé —estaba diciendo Maish—, se está volviendo cada vez más difícil conseguir recetas en blanco. Tendré que cobrarle un dólar más. Seis dólares por receta no es excesivo.

—No estamos regateando —repuso Speed—. Suéltelas, nada, más; suéltelas de una vez.

—Va a echarlo todo a perder por pegar a esos dos, Meyerson.

—Me tienen sin cuidado —intervino una voz, con un tono algo despectivo.

Estaba preguntándose cómo saldrían de allí, y mientras las voces iban apagándose sintió una irritada punzada de arrepentimiento.

El rostro que vio la segunda vez era grandote, irlandés y feo.

—El negrazo está bien —decía.

—También el otro, pero me parece que el amor propio lo tiene en muy mal estado.

Cuando se incorporó vomitó débilmente y vio que tenía delante a dos policías.

—¿Estás bien, Adam? —preguntó.

Le dolía la cabeza.

—Sí, ¿y tú, Spur?

—Saldré de ésta.

Speed y sus amigos habían sido detenidos.

—Pero ¿quién les llamó? —preguntó Adam a uno de los policías.

—Un sujeto que decía que era conductor de ustedes, y me dijo que las llaves de la ambulancia están bajo el asiento.

Los dos policías les llevaron al hospital. En la entrada, Spur se volvió para darles las gracias y lo que les dijo le dejó sorprendido incluso a él mismo.

—Y no me vuelva a llamar negrazo, so bestia.

Despertó tarde, entre magulladuras y rigideces y la sensación de haber olvidado algo.

El motín.

Pero la radio le informó de que no había verdadero motín, ni tiroteos siquiera. Unas pocas tiendas incendiadas, un mínimo de saqueo. Jimmy Brown estaba en Boston, y el alcalde le había dicho que hablase por la televisión. Por eso la gente que, de otra manera, habría salido a incendiar casas ajenas, estaba ahora en la suya propia, viendo a Jimmy por televisión. Los demás estaban ya celebrando mítines, calmándose.

Pasó casi una hora duchándose y secándose la piel. De pronto sonó el teléfono. La Policía había detenido a Meyerson. Podía ser puesto en libertad bajo fianza de doscientos dólares. Necesitaba veinte dólares, el diez por ciento del fiador.

—Allá voy —dijo Spurgeon.

En la comisaría, en la calle de Berkeley, entregó el dinero y le dieron un recibo.

—Pareces cansado —observó al ver a Maish.

—¡Malditos colchones!

En la mañana se percibía un poco de calor primaveral, y el aire, a fuerza de sol, era de color limón, pero anduvieron en incómodo silencio hasta llegar a la plaza del Parque.

—Gracias por llamar a la policía —dijo Spurgeon.

Meyerson se encogió de hombros.

—No lo hice por vosotros. Si os llegan a matar, yo habría sido cómplice.

Eso no se le había ocurrido.

—Te devolveré los veinte dólares —dijo Maish.

—No hay prisa.

—Tengo dinero guardado en mi cuarto, el dinero de las apuestas. Me estaban esperando anoche cuando fui a recogerlo. Te lo mandaré por correo.

—¿Piensas fugarte? —preguntó Spurgeon.

—Tengo historial; esta vez no me libro de ir a la cárcel.

Spurgeon asintió.

—¡Vaya filósofo! —dijo, con tristeza.

Meyerson le miró.

—Soy un vagabundo, ya te lo dije. Pero si tú fueras un negro de verdad, no habrías dicho eso.

Iban por la calle de Boylston, hacia Tremont. Se pararon y miraron a un profeta barbudo y descalzo que, desde el jardín central, se acercó a ellos diciéndoles que si no le daban un dólar, no podría desayunar.

—Pues muérete de hambre —dijo Meyerson.

El otro se fue como había venido, sin parecer ofendido.

—No sabes tú lo que es querer tanto ciertas cosas, que harías lo que fuese por conseguirlas —dijo Maish—. Tú eres un *shvartzeh** blanco; por eso no comprendes a los negros. Esto te sitúa en la misma categoría que nosotros, los blancos, a quienes todo da igual porque vamos a lo nuestro. O quizá seas peor incluso.

«No, no lo soy», se aseguró Spurgeon a sí mismo.

Ni tampoco lo es ninguno.

—¡NO TODOS SON COMO TÚ, MEYERSON! —gritó—, ¡NO LO SON! Pero Meyerson ya había desaparecido escaleras abajo.

Una vieja con el pelo gris azulado le asestó una mirada anglosajona dura como una roca.

—Hippies —dijo, moviendo la cabeza.

Contra su voluntad, se sintió atraído por el gueto.

El viento soplaba del sur, y antes de cruzar la frontera percibió en el Volkswagen el amargo perfume de los incendios. No todos se habían quedado en casa para ver a Jimmy Brown por televisión.

Conducía muy despacio.

Los tableros que cubrían los escaparates de las tiendas parecían, a la luz del sol, muy poco eficaces. Algunos habían sido arrancados. En una tienda, una puerta metálica protectora había sido desencajada de sus goznes. La luna estaba rota, dentro se veían las alacenas vacías, y el suelo estaba cubierto de ruinas. Un letrero en la fachada decía HERMANO DEL ALMA, pero había sido tachado con una gran equis y sustituido por otro: MENTIROSO.

El primer incendio se produjo no lejos del As Alto, una casa de apartamentos pobres, sin duda incendiada por alguien que estaba ya harto de ratas y cucarachas.

El segundo incendio que vio estaba a unos tres kilómetros más allá y ya había sido apagado. Media docena de bomberos tenían dos mangueras apuntadas a la escena de una batalla perdida. Lo único que quedaba era el cimiento de ladrillo ennegrecido y algunas ruinas chamuscadas.

Paró y fue andando hacia la ruina.

—¿Qué era esto? —preguntó a un bombero.

* Negro, en lengua yiddish. *(N. del T.)*

El aludido le miró fríamente, pero no dijo nada. «Lástima que no esté aquí Maish», pensó.

—Una tienda de muebles —dijo uno de los bomberos.

—Gracias.

Se sentó en cuclillas y miró un rato los restos humeantes; luego, se levantó y se fue.

Lo mismo ocurría más allá, manzana tras manzana de tiendas entabladas para protegerse del huracán. La mayor parte de las tiendas que no tenían tableros estaban desiertas. Una ostentaba un letrero que le hizo sonreír: CLÍNICA DE URGENCIA. La puerta estaba abierta y él entró, sonriendo, pero al entrar su sonrisa desapareció. No era una broma. En una caja de cartón había rollos de vendas improvisadas, muy poco asépticas, hechas, sin duda, con tela de camisa y delantales viejos por mujeres negras en sus tugurios, parte del gran plan de algún Napoleón negro, probablemente algún veterano del Vietnam, que estaría ya planeando su próxima campaña. Se preguntó si tendrían antibióticos, donantes de sangre, gente ducha en cosas médicas, y decidió con tristeza que probablemente no dispondrían más que de unas pocas tiendas vacías, armas escondidas y vendas de artesanía. Era un local espacioso. Situado en el centro del barrio negro.

Se acordó de Gertrude Soames, la prostituta del pelo teñido de rojo, que, con carcinoma hepático, había pedido ser dada de alta del hospital porque no se fiaba de las manos blancas que tocaban y hacían daño, y de los ojos de hombres blancos que se mostraban indiferentes.

Pensó en Thomas Catlett, Jr., cuyo pequeño trasero negro él había acariciado en la ambulancia, aparcada en el puente, que tenía ocho hermanos y cuyo padre, en paro forzoso, habría ya sembrado indudablemente la semilla de su décimo hijo en el vientre fláccido de Martha Hendricks Catlett, porque el orgasmo era gratis y nadie se había molestado en enseñarles a hacer el amor sin germinar hijos. Se preguntó si gente echada innecesariamente a perder, como Speed Nightingale, podría ser redimida por alguien del vecindario que estuviese dispuesto a ayudar a los drogadictos a liberarse de su vicio.

El que había escrito el letrero había dejado pedazos de tiza en el suelo. Spurgeon recogió uno y se puso a hacer un pequeño juego, dibujando compartimientos y creando así una sala de espera junto a la puerta, una mesa, una clínica de urgencia, un rincón de rayos X y, en el excusado, habitado por espesas telas de araña y tres polillas muertas, una cámara oscura.

Luego volvió a sentarse en cuclillas y se puso a estudiar las líneas blancas en el sucio suelo de la tienda vacía.

Aquella tarde anduvo por el Departamento del Servicio de Cirugía hasta que dio con una persona que conocía, representante de productos farmacéuticos.

Se llamaba Horowitz, simpático y lo bastante ducho en su oficio para saber que los internos jóvenes tenían tendencia a convertirse, a los pocos años, en clientes importantes. Se sentaron a tomar café en Maxie's y escuchó lo que estaba diciéndole Spurgeon.

—No es tan fantástico —dijo después—. Frank Lahey comenzó la Clínica Lahey en el año 1923 con sólo una ayudante de cirugía.

Frunció el entrecejo y comenzó a escribir cifras en una servilleta de papel.

—Te podría conseguir algunas cosas gratis, porque la industria farmacéutica apoya este tipo de planes. Cierta cantidad de medicinas, vendas. Parte de los instrumentos los podrías comprar de segunda mano. No te harían falta rayos X, porque podrías enviar a los pacientes al hospital.

—Sí que nos harían falta rayos X —dijo Spurgeon—. La idea es tener en el barrio negro una clínica a la que la gente iría voluntariamente, fiándose completamente de ella, porque es suya. Y esa gente tiene tuberculosis, enfisema, toda clase de problemas respiratorios. Diablos, viven en el aire contaminado de la ciudad. Hemos de tener rayos X.

Horowitz se encogió de hombros.

—De acuerdo, rayos X. Para la sala de espera, podrías comprar muebles viejos. Ya sabes, sillas plegables, una mesa, cosas así, ¿no?

—De acuerdo.

—Te haría falta una mesa de examen y otra de operaciones. Instrumentos quirúrgicos y un autoclave para esterilizarlos. Lámparas para examinar, EKG, diatermia, un par de estetoscopios, un otoscopio, un microscopio, un oftalmoscopio. Cámara oscura y material para revelar. Y probablemente algunas cosas más que ahora no se me ocurren.

—¿Cuánto costaría todo?

Horowitz volvió a encogerse de hombros.

—Es difícil saberlo. No siempre se encuentra todo esto de segunda mano.

—Déjate de segundas manos. Esa gente no tuvo nunca en su vida nada de primera mano. Sillas viejas, de acuerdo. Pero el material médico ha de ser nuevo.

El representante hizo unas sumas y dejó a un lado el bolígrafo.

—Nueve mil dólares —dijo.

—Hum...

—Y una vez que hayas abierto deberá seguir estándolo. Algunos de tus pacientes tendrán sin duda seguro médico, pero la mayoría no. Unos pocos podrán pagar algo por el tratamiento.

—Y luego tenemos el alquiler y la electricidad —dijo Spurgeon—. ¿Crees que con doce mil saldríamos adelante el primer año?

—Yo creo que sí —respondió Horowitz—. Si puedo serte útil en algo, dímelo.

—De acuerdo, gracias.

Estuvo allí sentado un rato más y tomó otra taza de café, y luego una tercera. Finalmente, pagó y pidió a Maxie un dólar en moneda fraccionaria. Canturreaba mientras marcaba el número, pero tenía el estómago tenso a causa del nerviosismo.

No tuvo ninguna dificultad en establecer comunicación, hasta que llegó al último bastión, la secretaria inglesa de voz gélida, que defendía a Calvin Priest de los mortales.

—El señor Priest tiene ahora visita, doctor Robinson —le dijo con una voz que siempre parecía estar riñendo—. ¿Es muy importante?

—No, no —dijo, e inmediatamente se sintió descontento de sí mismo—. Bueno, en realidad sí, es importante. ¿Quiere decirle que su hijo está al teléfono y necesita su ayuda?

—Sí, señor. ¿Cuelga o le digo al señor Priest que le llame a usted?

—Esperaré a mi padre —dijo él.

Y

Al día siguiente llevó a Dorothy a ver el local. Ya había tenido toda la noche para esclarecer sus dudas e inventar muchos obstáculos, bastantes de los cuales no habían sido superados aún con razones. La casa y el local parecían más deprimentes aún que cuando los había visto por primera vez. Alguien había usado parte de la tiza para pintar en la acera una pareja en diversas posturas sexuales, o quizá fueran varias parejas, una orgía callejera. El artista había dejado allí la tiza, y ahora dos niñas, haciendo caso omiso de la bacanal, estaban jugando con gran seriedad. Dentro, el local parecía menos espacioso, y más sucio.

Ella le escuchó y miró las líneas de tiza del interior.

—Parece una cosa permanente —dijo.

—Sí, claro.

—Comprendo que no podrías hacerlo provisionalmente —prosiguió Dorothy.

Guardaron silencio y se miraron con mutua inquietud, y él veía que Dorothy estaba diciendo adiós a Hawai y a los pequeños nietos con ojos oblicuos.

—Te prometí coronas de flores de franchipán —dijo él, sintiéndose culpable.

—Spurgeon, no las conocería si las viese.

Se echó a reír y un momento después también Spurgeon reía.

—¿Tienes miedo? —le preguntó Dorothy.

—Sí, ¿y tú?

—Muchísimo.

Se arrojó en sus brazos buscando consuelo, y él cerró los ojos y enterró su cabeza en la lana negra. Las dos niñas les miraban por el escaparate.

Cuando terminaron de besarse, Spurgeon fue al As Alto y pidió al barman una escoba, con la que Dorothy barrió el suelo. Mientras él eliminaba las telas de araña y las polillas de la cámara oscura, ella humedeció su pañuelo y borró las figuras de la acera. Luego dio a las niñas una lección de dibujo. Cuando Spurgeon salió, el sol ya había secado el cemento y la acera estaba decorada con flores de tiza. Un campo de lirios.

17

Adam Silverstone

Cuando llegó abril, fue como si un reloj interior de Gaby estuviese necesitado de cuerda. Jadeaba un poco al subir la cuesta, parecía menos deseosa de hacer el amor, y comenzó a echar prolongadas siestas por la tarde. Un año antes, las preocupaciones le habrían provocado insomnio y hubiera ido al médico. Ahora se decía a sí misma con firmeza que todo aquello había pasado, que ya no era una hipocondríaca.

Aquel invierno le había parecido excesivamente largo y creía que con la llegada de la primavera había cogido la gripe. No dijo nada a Adam ni al simpático siquiatra del Bet Israel, al que visitaba una vez a la semana, y que ahora estaba escuchando la interesante historia de la boda de sus padres, haciendo de vez en cuando alguna pregunta con un tono de voz adormilado y casi indiferente. A veces, una sola respuesta llevaba semanas y dolía increíblemente, ocasionando cicatrices de cuya existencia ella no había estado enterada hasta entonces. Comenzó a odiar menos a sus padres y a compadecerles más. Prescindió de unas pocas clases y esperó a que el buen tiempo cambiase los jardines públicos y los patios de las viviendas de la colina, imprimiendo más verdor a los arbustos y a las flores y más vigor a ella misma. En el apartamento, la planta del aguacate se estaba volviendo amarilla, por lo que Gaby la abonó, y la regó y cuidó solícitamente de ella. Un día, al hacer la cama se dio un golpe en la espinilla y le quedó un cardenal, que no desaparecía por mucho que lo frotase con crema.

—¿Te encuentras bien? —preguntó Adam una mañana.

—¿Es que me has oído quejarme?

—No.

—Claro que estoy bien. ¿Y tú?

—Nunca estuve mejor.

—Me alegro, cariño —dijo Gaby, en tono de orgullo.

Pero cuando llegó la fecha de la regla y ésta no se presentó, descubrió, con gélida certidumbre, lo que la tenía tan inquieta.

La condenada píldora había fallado y ahora estaban cogidos.

A pesar de que tenía la sensación de sentirse fatigada, pasó la noche sin dormir. Por la mañana, fue al servicio médico de estudiantes y pidió fecha para una consulta.

El médico se llamaba Williams. Tenía el pelo gris y el vientre prominente, y llevaba dos puros en el bolsillo del pecho.

«Más paternal que mi propio padre», pensó Gaby. Por lo tanto, cuando le preguntó lo que le pasaba, le dijo con gran tranquilidad que sospechaba haber quedado embarazada.

El doctor Williams había sido médico universitario durante diecinueve años, habiendo trabajado antes otros seis de médico en un colegio de chicas. Por espacio de un cuarto de siglo siempre había acogido esta noticia con simpatía.

—Bueno, veamos —dijo.

Con una gota de su orina, mezclada con una gota de antisuero y dos gotas de antígeno y aglutinada contra un cristal, al cabo de un par de minutos pudo decir a Gaby que no iba a ser madre.

—Pero la regla… —dijo ella.

—A veces se retrasa. Espere y ya verá cómo acaba teniéndola.

Gaby sonrió, aliviada, y ya se marchaba cuando él hizo un ademán.

—¿Adónde va tan deprisa?

—Doctor —respondió ella—, me siento idiota. Soy una de esas tontas que ustedes los médicos llaman a veces galantemente «pacientes demasiado nerviosos». Creí que ya no me asustaba de nada, pero evidentemente no es así.

El doctor Williams vaciló. La había visto ya en varias ocasiones y sabía que lo que estaba diciendo era verdad. Su ficha en su mesa de trabajo, estaba llena de enfermedades imaginarias que se remontaban a seis años antes, a su primer curso universitario.

—Dígame qué otras cosas ha sentido recientemente —dijo—. Ya que está aquí, podríamos hacerle un pequeño reconocimiento.

—Bueno —dijo Gaby, casi una hora más tarde—, ¿puedo confesarle al psiquiatra que caí otra vez?

—No —dijo él—, se siente fatigada porque está anémica.

Ella sintió alivio, porque parecía ser que, después de todo, no era tan neurótica como había pensado.

—¿Y qué tengo que hacer? ¿Comer mucho hígado crudo?

—Voy a hacer un examen más.

—¿Tengo que desnudarme?

—Sí, haga el favor.

Llamó a la enfermera, y Gaby no tardó en sentir el frío beso de un trapo empapado en alcohol en la cadera, sobre la nalga izquierda, y el pinchazo de una aguja.

—¿Nada más? —preguntó.

—Aún no lo hice —dijo él, y la enfermera rio—. Le he administrado un poco de novocaína.

—¿Por qué? ¿Dolerá?

—Voy a extraer un poco de médula; la molestará un poco.

Cuando lo hizo, Gaby gimió y se le humedecieron los ojos.

—Hija —dijo él sin alterarse, administrándole un poco—, vuelva dentro de una hora.

Gaby fue mirando escaparates, fijándose en muebles, pero sin ver nada que le gustase. Compró una felicitación de cumpleaños y se la mandó a su madre.

Cuando volvió a la clínica del doctor Williams le vio muy ocupado con papeles.

—A ver, quiero que se haga transfusiones de sangre.

—¿Transfusiones?

—Sufre usted de una anemia que se llama aplástica. ¿Sabe en qué consiste?

Gaby se cruzó las manos sobre el regazo.

—No.

—La médula de sus huesos, por la razón que sea, ha dejado de producir suficientes hematíes y se ha vuelto grasienta. Por eso le van a hacer falta las transfusiones.

Gaby lo pensó un momento.

—Pero si el cuerpo no produce hematíes…

—Tenemos que proporcionárselos por medio de transfusiones.

Su propia lengua le parecía como ajena.

—¿Es grave esa enfermedad?

—A veces.

—¿Cuántos años puede vivir una persona en mi situación?

—Pues… años y años.

—¿Cuántos años?

—Eso no se puede predecir así como así. Trataremos de curarla en los primeros tres o seis meses, y luego todo irá como sobre ruedas.

—¿Y la gente que muere, muere en tres o seis meses en la mayor parte de los casos?

Él la miró, molesto.

—Hay que mirar el lado positivo de estas cosas. Mucha gente, pero mucha, se cura completamente de la anemia aplástica. No hay motivo para que no sea usted una de esas personas.

—¿Qué porcentaje se cura? —preguntó ella, a sabiendas de que estaba dificultándole la tarea.

—El diez por ciento.

—Vaya.

«Dios mío», pensó Gaby.

Volvió al apartamento y estuvo allí sentada sin encender ninguna luz a pesar de que por la única ventana no entraba suficiente claridad.

Nadie llamó a la puerta. El teléfono no sonó. Al cabo de largo rato se dio cuenta de que la pequeña mancha solar que, tres horas todas las tardes, caía sobre el aguacate, había desaparecido. Miró de cerca la planta amarillenta y pensó darle algo más de abono y regarla, pero luego decidió no hacer ninguna de ambas cosas. Eso era lo malo, se dijo, que la había alimentado demasiado y empapado en agua con exceso; en el fondo del tiesto las raíces debían de estar pudriéndose.

Un momento después vio a la señora Krol acercarse a la escalera de la entrada, y entonces cogió la planta de aguacate y corrió a su encuentro.

Bertha Krol la miró.

—Tenga, cuídela, a lo mejor sigue creciendo. Póngala al sol, ¿me entiende?

Bertha Krol no dio muestras ni de entender ni de no entender. Se limitó a quedarse mirando a Gaby, hasta que ésta dio media vuelta y volvió al apartamento. Se sentó en el sofá, preguntándose por qué habría regalado la planta.

Finalmente, se dio cuenta de que, aunque un momento antes deseaba que llegase la mañana, era evidente que cuando Adam volviese a casa ella no estaría allí para recibirle.

Hizo la maleta, llevándose la ropa, pero dejando todo lo demás. Cuando la hubo cerrado, se sentó y escribió a toda prisa una nota, por miedo a no ser capaz de escribir nada si lo hacía despacio. La dejó en el sofá, sujetándola con el tiesto de flores de papel, para que no pudiera dejar de verla.

Salió en coche de la ciudad, y cuando miró a su alrededor se encontraba ya en la carretera 128, pero en dirección contraria, hacia el norte, hacia Nueva Hampshire. ¿Una tendencia instintiva de ir a ver a su padre? «No, gracias», pensó. Dio la vuelta en Stoneham y fue de nuevo hacia el sur, con el pie bien firme sobre el acelerador. Ni el duro policía que les paró una vez en esta misma carretera, ni ninguno de sus colegas, aparecieron para humillarla, y el Plymouth se convirtió en un verdadero proyectil, marchando velozmente por entre los enormes pilares de cemento de los pasos superiores.

Se veían fotografiados en los periódicos y en las pantallas de la televisión, objetos inamovibles, junto con los restos de los vehículos y de la gente que mataban periódicamente, pero Gaby sabía que ella tenía la vida garantizada, condenada a ir goteando poco a poco, no a terminar en un relámpago o en un trueno; si trataba de volver ligeramente el volante al acercarse a un paso superior, su mano no obedecería.

Más tarde, a velocidad vertiginosa por entre el intenso tráfico de la carretera 24, se dio cuenta de lo tonta que había sido regalando la planta a la señora Krol. Casi con seguridad, Bertha Krol se emborracharía, chillaría y tiraría la planta por la ventana. La tierra fertilizadora, comprada en la tienda a buen precio, se esparciría por la calle de Phillips, junto con la basura de Bertha, y la planta nunca crecería hasta convertirse en árbol.

Adam llamó al ver la puerta cerrada, y luego gruñó, sorprendido, porque el periódico de la mañana no había sido recogido. El apartamento estaba oscuro, pero Adam vio enseguida la nota bajo el tiesto de las flores.

> Adam:
> Decir que lo he pasado bien sería un insulto a nosotros dos. Recordaré estos días mientras viva. Pero nos habíamos puesto de acuerdo en que si alguno de los dos quería poner fin a esto, lo haría, sin más. Y me temo que tengo necesidad, pero verdadera necesidad, de romper. Llevaba algún tiempo queriendo hacerlo, pero no tenía el valor de decírtelo a la cara. No pienses demasiado mal de mí, pero acuérdate de mí de vez en cuando. Sé feliz, querido doctor,
>
> Gaby

Se sentó en el sofá y volvió a leer la nota; luego telefoneó al siquiatra del Bet Israel, que no supo decirle nada.

Notó las pocas cosas que se había llevado. Sus libros seguían allí. El televisor, el tocadiscos. La lámpara solar. Todo seguía allí. Sólo se había llevado su ropa y su maleta.

Poco después llamó a Susan Haskell y le preguntó si estaba Gaby allí.

—No.

—¿Me avisarás si sabes de ella?

Una pausa.

—No, no creo.

—¿Qué quieres decir?

—Te ha dejado, ¿no? —En su voz se notaba un deje de triunfo—. Si no, no me vendrías con esas cosas. Bueno, pues si viene aquí, no seré yo quien te lo diga.

Le colgó, sin más, pero eso daba igual. Gaby no estaba allí. Pensó un rato más, luego cogió de nuevo el teléfono y llamó a la universidad.

Cuando le respondieron de la centralita, dijo que le pusieran con el servicio médico de estudiantes.

Pidió prestado a Spurgeon el Volkswagen. Cuando iba ya por el puente de Sagamore, sentía miedo de lo que encontraría al apearse del coche. Una vez pasado Hyannis, apretó el acelerador, conduciendo como lo hacía ella. Era demasiado temprano para que hubiera mucho tráfico. La carretera estaba prácticamente desierta.

Al norte de Truro se metió en la carretera 6 y fue luego, después de pasar junto al faro, por el camino de arena que conducía a la playa.

Cuando el Volkswagen llegó a la cima del promontorio, Adam vio el, Plymouth azul aparcado junto a la puerta.

La choza estaba abierta, pero vacía. Salió y se encaminó hacia el acantilado. Desde la altura se veía la playa blanca, extendiéndose varios kilómetros en ambas direcciones, azotada por el viento y cubierta con los restos de las tormentas invernales. Faltaba el banco de arena. No se veía a nadie.

¿Estaría Gaby allá abajo, bajo el agua? Ahuyentó tal idea de su muerte.

Luego, al volverse hacia la choza, la vio que iba, despacio, siguiendo la cima del acantilado, a cosa de medio kilómetro de distancia. Sintiéndose débil de puro alivio, corrió a su encuentro; antes de alcanzarla, ella pareció intuir su presencia y se volvió.

—Hola.

—Hola, Adam.

—¿Qué le pasó al banco de arena?

—Se ha movido unos centenares de metros. Hacia Provincetown. A veces, las mareas de invierno hacen esto.

Ella comenzó a andar en dirección a la choza, y Adam se puso a su lado. Más adelante, allí habría bayas. Las plantas que ahora pisaba llenarían el aire de aroma de arándano.

—Adam, ¿por qué viniste? Deberías haber dejado la ruptura como estaba, sin… esto.

—Vamos a la casa y charlaremos.

—No quiero ir a la casa.

—Entonces sube al coche e iremos a dar una vuelta.

Se dirigieron hacia donde estaba el Plymouth. Adam abrió la portezuela para que ella subiese por el lado del pasajero y él se puso al volante.

Durante algún tiempo condujo sin hablar volviendo a la carretera y luego al norte.

—Estuve hablando con el doctor Williams —dijo, por fin.

—Ah.

—Tengo una serie de cosas que decirte, y quiero que escuches con mucha atención.

Pero no supo qué decir. Hasta entonces, nunca había estado enamorado, y ahora se daba cuenta súbitamente de que el amor creaba diferencias en la idea de la muerte inminente, de la misma forma que las creaba en la cama. «Dios —rezó, lleno de pánico—, he cambiado de opinión. En adelante, pensaré en mis pacientes como si los amase, pero ahora ayúdame a escoger bien las palabras.»

Ella miraba por la ventanilla.

—Si supieras que yo podía ser víctima de un accidente de automóvil, ¿te negarías por ello a ti misma el tiempo precioso que te quedaba de estar conmigo?

Esto le pareció flojo, incluso a él mismo, algo arrogante, y no, en absoluto, lo que había estado tratando de decir. Vio que los ojos de ella relucían, y que estaba haciendo esfuerzos por no llorar.

—El doctor Williams me dijo que trataste de obligarle a hacerte poco menos que una profecía. En casos como el tuyo no es raro que el paciente viva todo el tiempo normal de una vida. Podíamos pasar cincuenta años juntos.

—O uno, Adam, o ninguno.

—Eso es, o uno. A lo mejor, no te queda más que un año de vida —dijo él, tajante—, pero, caramba, Gaby, ¿no ves lo que eso quiere decir hoy en día? Estamos al borde de la edad de oro. Ya se ha extraído el corazón humano para trasplantarlo a otra persona. Y riñones, y córneas. Y ahora pulmones e hígados. Están inventando una maquinita que dentro de muy poco tiempo hará las veces de corazón. Para un paciente, cada semana es, en la actualidad, muchísimo tiempo. En algún lugar del mundo hay ahora un grupo de investigadores estudiando todos los problemas importantes.

—¿Incluso la anemia aplástica?

—Incluso la anemia aplástica, y los resfriados. ¿No te das cuenta? —dijo, con desesperación—. En realidad, la esperanza es la base misma de la medicina. Me enteré de eso este año.

Ella movió la cabeza.

—No puede ser, Adam —dijo, con serenidad—. ¿Qué clase de matrimonio iba a ser el nuestro, con eso cerniéndose siempre sobre nosotros? No sólo para ti, sino para mí también.

—Tenemos siempre cosas como ésas cerniéndose sobre nosotros, lo mires por donde lo mires. Yo podría morir el año que viene, o que una condenada bomba explote mañana a mi lado. No hay garantías de ninguna clase. Lo que hay que hacer es vivir mientras se está vivo, apurarlo todo, apurar hasta la última gota.

Gaby no respondió.

—Para eso hace falta tener valor. Quizá te parezca mejor la solución de Ralph: desconectarse. Eso, desde luego, es más fácil.

No tenía más argumentos. Se sentía exhausto e inútil. Siguió conduciendo en silencio, sin saber cómo conseguir que ella comprendiera.

Poco después vieron algo frente a ellos, una convención de gaviotas, girando y graznando y cayendo hacia el suelo como si se creyeran halcones. Había coches aparcados a lo largo del lado derecho de la carretera.

—¿Qué pasa? —preguntó Adam.

—¿Dónde estamos? ¿En Brewster? Ah, los sábalos, me parece —dijo Gaby.

Aparcaron, se apearon y fueron hacia el río. Adam no había visto nunca nada parecido. Los peces estaban apretujados casi como en lata, de orilla a orilla, e iban corriente arriba; una fantástica flotilla de aletas dorsales hendiendo la superficie del agua. Bajo las aletas dorsales, se veían los cuerpos de un verde grisáceo plateado iridiscente, cuyas aletas ventrales abanicaban graciosamente; las colas hendidas, cientos de miles de ellas, se agitaban en suave ritmo. Estaban esperando, pero ¿a qué?

—¿Qué son? —preguntó él.

—Sábalos. Mi abuelo solía traerme a verlos todas las primaveras.

Las gaviotas graznaban y estaban dándose un banquete. En la orilla, los seres humanos, con redes y cubos que no podían dejar de llenarse, sacaban del agua los inquietos peces. Algunos niños se tiraban peces vivos unos a otros.

En cuanto se producía un vacío en la masa casi compacta de peces, se llenaba al instante de nuevos y plateados cuerpos que, nadando lentamente, llegaban del mar.

—¿De dónde vienen esos peces? —preguntó Adam.

Gaby se encogió de hombros.

—De Nueva Brunswick, probablemente. O de Nueva Escocia. Vienen a desovar en el agua dulce donde nacieron.

—Piensa en la cantidad de enemigos naturales con que tienen que enfrentarse para llegar aquí —dijo él, aterrado—: ballenas, tiburones, toda clase de peces grandes.

Ella asintió.

—Anguilas, gaviotas, seres humanos.

Fue orilla arriba. Adam la siguió, y vio el motivo de que la mayor parte de los peces estuvieran inmóviles. El río se levantaba en una serie de gradas, como una docena, cuyos remansos caían en pequeñísimas cataratas que permitían dejar pasar solamente un pez a la vez. Los sábalos nadaban hacia el chorro de agua, entrando por él en los remansos superiores; y cada grada era más trabajosa de pasar porque los saltos anteriores les habían costado esfuerzo y energía.

—Mi abuelo y yo solíamos escoger un pez y subir con él río arriba.

—¿Por qué no hacemos nosotros lo mismo? —propuso él—. Escoge tú.

—De acuerdo. Éste.

Su pez tendría unos veinticinco centímetros de longitud. Le observaron esperar pacientemente la oportunidad, saltar entonces y avanzar luego por el agua que caía del remanso inmediatamente superior, donde volvía a esperar. Así subió las primeras seis gradas con aparente facilidad.

—Escogiste un campeón —dijo Adam.

Quizá fuera esta frase lo que dio mala suerte al sábalo. Cuando trató de subir al remanso siguiente, el agua que caía resultó demasiado torrencial para él: lo frenó en pleno salto y lo llevó de nuevo, aleteando torpemente, al remanso de donde había saltado.

La vez siguiente lo consiguió, pero la otra le costó tres saltos.

—¿Y por qué se esfuerzan tanto, sólo por desovar? —preguntó él.

—La preservación de la especie, me figuro.

Ahora, su pez se movía más lentamente entre salto y salto, como si incluso nadar le resultara fatigoso. Cada vez que acertaba, a Adam y Gaby les parecía que era gracias a la fuerza de voluntad de ellos, pero el cuerpo, en forma de torpedo, estaba casi exhausto. Cuando llegó al penúltimo remanso se quedó en el fondo, descansando casi inmóvil, y sólo las agallas, con su movimiento rítmico, indicaban que seguía vivo.

—Ay —dijo Gaby.

—Ánimo —dijo él.

—Anda, pobrecillo.

Le vieron hacer cuatro intentos vanos de salvar el obstáculo final, y cada vez el intervalo era más largo.

—Me parece que no va a poder —le dijo Adam—. Creo que si alargo la mano, podría cogerlo y ponerlo arriba.

—Déjalo en paz.

Una gaviota descendió y, pasando junto a ellos, fue hacia el pez.

—¡No, no, no! —gritó Gaby, amenazando al ave con la mano. Estaba llorando—. ¡Déjalo en paz, condenada!

La gaviota se remontó, graznando indignada, y fue río abajo en busca de más fácil presa. Como sintiendo el peligro recién pasado, el sábalo saltó adelante, pero chocó y cayó grotescamente. Al instante volvió a intentarlo, saltando una vez más y remontándose contra el agua que caía. Se cernió en el aire un momento, ya en la cima, y luego, aleteando, cayó por fin en el agua quieta del remanso más alto.

Gaby seguía llorando.

Un momento después, en un movimiento de éxtasis triunfante, la cola se levantó, y el sábalo desapareció en las aguas profundas del remanso.

Adam tenía a Gaby muy apretada contra sí.

—Adam —dijo ella, como hablando a su hombro—, quiero tener un hijo.

—No sé por qué no lo vas a poder tener.

—¿Me dejas?

—Casémonos enseguida, sin más. Hoy.

—¿Y tu padre?

—Nosotros tenemos nuestras vidas que vivir. Hasta que me sea posible manteneros a los dos, él tendrá que arreglárselas como pueda. Debiera haberme dado cuenta de esto antes.

La besó. Otro sábalo salvó de un salto, como un atleta, el obstáculo, cayendo en el remanso final como en ascensor.

Gaby estaba otra vez riendo y llorando al mismo tiempo.

—No tienes idea —dijo a Adam—. Para casarse hay que esperar tres días.

—Tenemos tiempo de sobra —dijo él, dando gracias a Dios y al magullado pez.

El martes por la mañana Gaby bajó la cuesta de Beacon y por el puente de Fiedler fue a la Explanada, donde había comenzado todo. Al borde del río abrió el bolso y sacó la cajita de las píldoras. La tiró todo lo fuerte que pudo, y la madreperla falsa relució al sol antes de tocar el agua. La había tirado muy mal, pero era lo mismo. Se sentó en un banco, junto al agua, y le agradó la idea de que la cajita, en el agua lenta del Charles, sería quizá tanteada curiosamente por algún pez o alguna tortuga. Tal vez la marea la llevase al puerto de Boston, y, en tiempos futuros, alguien la encontrara en la orilla, entre almejas y erizos de mar y un caparazón de cangrejo y la mandíbula de una lija y un botellín de Coca-Cola pulido por la arena, y acabara siendo puesta en una vitrina, como reliquia del *homo sapiens* antiguo, del ya lejano siglo xx.

Aquella tarde, como intuyendo que iba a ser un regalo de boda, Bertha Krol llamó por primera vez a su puerta y devolvió la planta de aguacate con el mismo silencio con que la había aceptado.

No había tirado el aguacate por la ventana. Además, el follaje ya no estaba agostado, aunque fue imposible conseguir que dijera una palabra cuando Gaby le preguntó si le había dado algo. Adam pensaba que la había regado con cerveza.

Se casaron el jueves por la mañana, siendo los padrinos Spurgeon y Dorothy.

Al volver a casa desde el Ayuntamiento, lo primero que hizo Gaby fue arrancar del buzón la cinta que llevaba su apellido de soltera. En su lugar quedó una marca pálida, no pintada por el tiempo, que ella contempló con afecto mientras siguieron viviendo en el apartamento de la calle de Phillips.

Poco después, estando Adam una noche en el laboratorio de experimentación de animales, entró Kender a tomar una taza de café.

—¿Recuerda usted una conversación que tuvimos una vez acerca de mantener con vida al paciente condenado a morir? —preguntó Adam.

—Sí —respondió Kender.

—Pues quería decirle que he cambiado de opinión.

Los ojos de Kender expresaron interés, y asintió, pero no le preguntó el motivo. Siguieron allí sentados, tomando café en amigable silencio.

Adam se contuvo y no le preguntó sobre el puesto de la facultad; ahora no sólo lo deseaba desesperadamente, sino que lo necesitaba para poder seguir donde gente mejor que él podría defender la vida de Gaby con cuanto fuese necesario.

18

Rafael Meomartino

$\mathcal{M}$eomartino tenía la sensación de que, sutilmente y de maneras que él no comprendía, los átomos de su vida estaban reagrupándose de otra forma, sin que él pudiera hacer nada por controlarlos. Recibió al detective privado en una pizzería situada en un segundo piso, en la plaza de Washington, y hablaron de sus cosas tomando *linguini marinara* salados con vino que sabía a resina.

Kittredge había visto a Elizabeth Meomartino entrar varias veces en una casa de apartamentos del Memorial Drice, en Cambridge.

—Pero ¿sabe usted si se vio allí con alguien?

—La seguía sólo hasta el edificio —respondió Kittredge—. Seis veces esperé fuera, y la vi entrar. Un par de veces subí en el ascensor con ella, como si viviese en la casa. Es un hermoso edificio. Gente profesional, nivel de vida de burguesía acomodada.

—¿Cuánto tiempo suele quedarse?

—Depende.

—¿Sabe el número del apartamento que visita?

—Todavía no, pero siempre se baja en el cuarto piso.

—Algo es algo —dijo Meomartino.

—No necesariamente —replicó Kittredge, paciente—. Por ejemplo, podía subir a pie al quinto, o bajar a cualquier otro piso de abajo.

—¿Se da cuenta de que la está usted siguiendo?

—No, de eso estoy seguro.

—Bueno, pues supongamos que va efectivamente al cuarto

piso —dijo Meomartino, algo asqueado, comenzando a despreciar el profesionalismo del detective—. Después de todo, no es una espía internacional.

—De acuerdo —convino Kittredge—. ¿Quiere que le lea los nombres de la gente que vive en este piso, y así veremos si alguno le suena?

Meomartino esperaba, tenso.

—Harold Gilmartin.

—No.

—Peter D. Cohen, marido y mujer.

—Siga.

—En el apartamento siguiente hay dos chicas solteras, Hilda Conway y Marcia Nieuhaus.

Meomartino movió la cabeza, algo irritado.

—V. Stephen Samourian.

—Pues ya sólo queda uno: Ralph Baker.

—No —dijo él, deprimido por tener que recurrir a tales métodos.

Kittredge se encogió de hombros. Sacó del bolsillo una lista escrita a máquina y se la dio a Meomartino.

—Éstos son los nombres de todos los demás inquilinos del edificio.

Era como leer una página de la guía de teléfonos de una ciudad extraña.

—No —dijo Meomartino.

—Uno de los inquilinos del cuarto piso, Samourian, es doctor.

—Eso da igual; es la primera vez que oigo su nombre. —Hizo una pausa—. ¿Hay alguna posibilidad de que vaya allí a cosas perfectamente normales, como ir al dentista?

—En dos ocasiones, estando usted de servicio en el hospital, volvió a casa aproximadamente a la hora de cenar, y luego de nuevo al edificio del Memorial Drive a pasar el resto de la velada.

—Ya.

—¿Quiere informes por escrito? —preguntó Kittredge.

—No, no me atosigue —replicó Meomartino.

A petición del detective, firmó un cheque por 178 dólares. Cada trazo de la pluma le resultó más duro que el anterior.

Y

Aquella noche, a las once, fue a verle Helen Fultz.

—Doctor Meomartino —dijo la vieja enfermera.

Él vio que estaba pálida y sudorosa, como si hubiera sufrido un ataque o un shock.

—¿Qué pasa, Helen?

—Estoy sangrando mucho.

La hizo echarse y poner las piernas en alto.

—¿La examinaron por Rayos X?

—Sí, he estado yendo a la clínica de aquí —respondió ella.

Mandó a por hematíes y pidió su historial y las placas de Rayos X. Las placas no mostraban úlcera, pero revelaban un ligero aneurisma aórtico, una ligera inflamación en el tronco principal procedente del ventrículo izquierdo. El personal de la clínica había pensado que el aneurisma era demasiado pequeño para ser causa de la hemorragia, que, según ellos, era debida a una úlcera que los Rayos X no podían detectar. La habían sometido a una dieta blanda.

Le examinó el abdomen, sirviéndose del tacto como de la vista, y se dio cuenta de que estaban equivocados.

Quiso consultar a un cirujano veterano. Miró en el tablero y vio que el cirujano externo era Miriam Parkhurst, pero cuando telefoneó le contestaron que había ido al hospital de Monte Auburn, en Cambridge.

Llamó a Lewis Chin, y le dijeron que estaba en Nueva York. El doctor Kender estaba asistiendo a una convención médica sobre trasplantes, en Cleveland, donde esperaba encontrar a su sucesor. No había ningún otro cirujano veterano disponible.

Silverstone estaba en el hospital.

Le mandó llamar y la examinaron juntos. Meomartino guio la mano de Adam hasta dar con el aneurisma.

—¿De qué tamaño diría usted que es?

Silverstone silbó silenciosamente.

—Por lo menos nueve centímetros, diría yo.

Llegó la sangre, y Silverstone preparó una intravenosa, mientras Meomartino trataba de nuevo de dar con Mirian Parkhurst, consiguiéndolo esta vez. La habían sacado de la sala de operaciones, en Monte Auburn, y estaba enojada por haber perdido cuatro minutos, pero se calmó cuando él le dijo lo de Helen Fultz.

—Dios, esa mujer era ya enfermera cuando estaba yo empezando —dijo.

—Bueno, pues lo mejor es que venga lo antes posible —repuso él—. El aneurisma puede fallar en cualquier momento.

—Usted y el doctor Silverstone tendrán que empezar a repararlo solos, doctor Meomartino.

—¿No viene usted?

—Es que no puedo. Tengo aquí mi propio problema. Uno de mis pacientes particulares, con una gran úlcera que sangra, y con el duodeno y el píloro afectados. Iré en cuanto me sea posible.

Le dio las gracias y advirtió a la sala de operaciones que iba con un caso de aneurisma. Luego, rápidamente, llamaron a un médico y un anestesista.

Helen Fultz sonrió cuando Meomartino se lo dijo.

—¿Usted y el doctor Silverstone?

—Sí.

—Pues podría estar en peores manos —comentó.

Después de preparados, tuvieron que esperar mientras Norman Pomerantz la anestesiaba con angustiosa lentitud. Pero, por fin, Meomartino pudo comenzar. Practicó una larga incisión, cortando la piel entre el conducto rectal. En cuanto comenzaba a sangrar, sujetaba, mientras Silverstone ligaba.

Exploró cuidadosamente el peritoneo, y una vez en el abdomen vio el aneurisma, una gran inflamación, que pulsaba, situada en la parte izquierda de la aorta.

—Aquí está la madre del cordero —murmuró Silverstone.

Estaba enviando sangre al intestino, y de ahí las hemorragias.

—Extraigámoslo —dijo.

Se inclinaron sobre la gran aorta de Helen Fultz, que seguía latiendo.

Miriam Parkhurst llegó a toda prisa a la sala de operaciones cuando ya Silverstone había llevado a Helen a la sala de recuperación. Escuchó a Meomartino, tratando de no mostrar satisfacción.

—Me alegro de que hayamos podido ser útiles a alguien del personal. ¿Usaron suturas de refuerzo?

—Sí —respondió él—. ¿Cómo fue su operación de Monte Auburn?

Ella le sonrió.

—Los dos lo pasamos bien.

—Me alegro.

—Rafe, ¿qué va a ser de Harland Longwood?

—No lo sé.

—Le quiero mucho —dijo ella, fatigada.

Se despidió de él y se fue.

Meomartino siguió allí, escuchando, a través de la puerta abierta, a las enfermeras que estaban limpiando la sala de operaciones.

No había otro sonido.

Cerró los ojos. Estaba sudoroso y maloliente, pero se sentía casi como después de un coito, sereno, contento de sí mismo, justificado, por un acto de amor, para reclamar un lugar en la Tierra. Se le ocurrió que era verdad lo que Liz le había dicho en cierta ocasión: el hospital le retenía más que una amante humana.

«Qué ramera más sucia y más vieja», pensó, divertido.

Cuando volvió a abrir los ojos la idea le inquietó y no la siguió explorando. Se quitó de la cabeza el gorro verde y lo dejó caer al suelo. Había en la mesa un magnetófono. Rafe cogió el micrófono, se retrepó en la silla y puso los pies, aún calzados con las botas de operar, estáticas y negras, sobre la mesa que había junto a la máquina.

Apretando el botón del micrófono se puso a dictar el informe de la operación.

Llovía. Todo el día siguiente, hasta bien entrada la tarde, siguió cayendo esa especie de lluvia que los granjeros de Nueva Inglaterra reciben con júbilo al principio, con temor después y finalmente con rabia, al ver sus brotes inundados y arrancados por el agua. Aquella noche estuvo echado, escuchando la lluvia, mientras ella, envuelta en un batín de seda amarilla, entraba, como una sombra reluciente, en el oscuro cuarto.

—¿Qué te pasa? ¿Estás enfadado, conmigo? —le preguntó.

—No —respondió él.

—Rafe, tengo que cambiar o morir —dijo ella.

—¿Cuándo llegaste a esa conclusión? —preguntó él, sin mala intención.

—No te culpo por odiarme.

—No te odio Liz.

—Si pudiéramos volver a empezar y evitar nuestros errores...

—Estaría bien, ¿verdad?

Fuera, la lluvia comenzaba a tamborilear con creciente intensidad.

—Me ha vuelto casi a crecer el pelo; quiero decir mi pelo natural.

—Es suave —dijo él, acariciándolo.

—Has sido muy bueno, me has tratado muy bien, y siento todo esto.

—Silencio —dijo él, volviéndose y cogiéndola en sus brazos.

—¿Te acuerdas de aquella primera noche de lluvia?

—Sí.

—Finjamos. ¿Quieres que hagamos como si fuera ahora?

—¿Qué?

—Que eres de nuevo un muchacho y yo una chica joven, y los dos vírgenes.

—Liz...

—Por favor, por favor, hazme creer que ninguno de los dos sabe nada.

Jugaron como niños, y Rafe conoció de nuevo una vaga imitación del descubrimiento y el temor.

—Amoroso —le llamó ella finalmente—, delicioso, mágico, marido*.

Eran las palabras de amor que él le había enseñado en las primeras semanas de su vida matrimonial.

Después, él rio, y ella se apartó y lloró amargamente. Rafe se levantó, abrió la puerta del balcón y salió a la lluvia. Rompió

---

* En castellano en el original. *(N. del T.)*

el tallo de una flor que había en el tiesto, una caléndula, volvió
y se la puso a ella en el ombligo.

—Está fría y húmeda —se quejó Liz, pero le dejó y cesó de
llorar.

—¿Me perdonas? ¿Volvemos a empezar? —preguntó ella.

—Te quiero —dijo Rafe.

—Pero ¿me perdonas?

—Duérmete.

—Di que sí.

—Sí —dijo él, sintiéndose feliz.

Pensó que al día siguiente llamaría a Kittredge para decirle
que ya no necesitaba sus servicios.

Se quedó dormido con la mano de ella en la suya, y cuando
despertó era ya la mañana. Durante la noche, ella había dado la
vuelta y la flor estaba magullada. En las sábanas había una confusión de pétalos color naranja. Estaba completamente dormida, con los brazos abiertos, el pelo negro y revuelto, y el rostro sereno, lavado en la sangre del Cordero.

Se levantó y se vistió sin despertarla; salió del apartamento y fue al hospital, sintiéndose un hombre nuevo en un día
nuevo.

Al mediodía telefoneó, pero no obtuvo respuesta. Por la
tarde estuvo muy ocupado. El doctor Kender había vuelto trayendo consigo de Cleveland a dos profesores llamados Powers
y Rogerson. Fueron todos juntos a hacer visitas, lo que resultó
largo y protocolario.

A las seis volvió a telefonear. En vista de que tampoco le
contestaban, pidió a Lee que le sustituyera y fue en coche al
apartamento de la calle de Charles.

—Liz —llamó al entrar.

No había nadie en la cocina, ni tampoco en el cuarto de estar.
También el despacho estaba desierto. En la alcoba, vio que algunos de los cajones estaban abiertos y vacíos. Sus vestidos habían
desaparecido de los armarios.

Y sus joyas.

Sombreros, abrigos, maletas.

—Miguel —llamó, en voz baja, pero su hijo no le contestó. Evidentemente, se había ido con su madre, dondequiera que fuese, y sus cosas.

Bajó y fue en coche al apartamento de Longwood. Le abrió la puerta una desconocida, una mujer de pelo gris.

—Le presento a la señora Snyder, vieja amiga mía —dijo Longwood—. Marjorie, el doctor Meomartino.

—Elizabeth se ha ido —dijo Rafe.

—Ya lo sabía —dijo Longwood, sin alterarse.

—¿Sabe dónde está?

—Se ha ido con otro hombre. Eso es lo único que me dijo. Se despidió de mí esta mañana y me dijo que me escribiría.

Longwood miró a Meomartino con odio.

Rafe movió la cabeza. No había más que decir. Iba a irse ya cuando la señora Snyder fue hacia él, en el vestíbulo.

—Su mujer me telefoneó antes de irse —dijo.

—¿Sí?

—Por eso vine aquí. Me dijo que Harland tenía que ir al hospital hoy para un tratamiento con una especie de máquina.

Él asintió, mirando el rostro viejo y preocupado, sin comprender realmente lo que estaba diciéndole.

—Bueno, pues no quiere ir —dijo ella.

«Y a mí qué me importa todo eso», pensó Rafe, con irritación.

—Se niega terminantemente —prosiguió ella—. Me parece que está muy enfermo. A veces me confunde a mí con Frances. —Le miró—. ¿Qué hago?

«Déjele que se muera de una vez», pensó. ¿O es que no sabía que su mujer le había dejado, que su hijo había desaparecido?

—Llame al doctor Kender al hospital —contestó.

Se fue, dejándola allí, en el vestíbulo, con los ojos abiertos de par en par.

A la mañana siguiente le llamaron desde el interior del hospital, y cuando respondió le dijeron que un tal Samourian estaba abajo, en la recepción, y preguntaba por él.

—¿Quién?

—Señor Samourian.

«Ah», pensó, recordando la lista de Kittredge de inquilinos del cuarto piso.

—Enseguida bajo.

El señor Samourian resultó decepcionante. Tendría entre cuarenta y cincuenta años, con ojos inquietos de perro de aguas, calvo y con un bigote moteado de pelos grises; era increíble que un hombre así, rechoncho y chaparro, hubiera podido destruir su hogar.

—¿El señor Samourian?

—Sí. ¿El doctor Meomartino?

Se dieron la mano protocolariamente. Eran ya más de las diez y tanto la cafetería como Maxie's estaban demasiado llenos para poder hablar con tranquilidad.

—Podemos hablar aquí —dijo Rafe, señalando uno de los cuartos de consulta.

—He venido para hablar con usted sobre Elizabeth —le informó Samourian, cuando se hubieron sentado.

—Ya lo sé —dijo Rafe—. Les tuve vigilados por un detective durante bastante tiempo.

El otro asintió, mirándole fijamente.

—Ya.

—¿Cuáles son sus planes?

—Está con el niño en la costa occidental. Yo voy a reunirme allí con ellos.

—Me dijeron que es usted doctor —dijo Rafe.

Samourian sonrió.

—Doctor en filosofía. Enseño economía en el MIT, pero en septiembre me paso a la Universidad de Stanford —dijo—. Ella quiere pedir el divorcio inmediatamente y esperamos que usted no se oponga.

—Quiero a mi hijo —declaró Rafe.

Sintió como si algo se le agolpase en la garganta. Nunca hasta entonces había comprendido lo mucho que le quería.

—También ella lo quiere. En general, los jueces suelen pensar que es mejor que los hijos sigan con sus madres.

—Quizás esta vez no ocurra así. Si trata de quitármelo, me opondré y pediré también el divorcio por mi cuenta. Tengo suficientes pruebas. Informes escritos —dijo, pensando, sombríamente, que el único que iba a salir ganando de todo aquello era Kittredge.

—Debiéramos tener en cuenta ante todo lo más conveniente para el niño.

—Llevo mucho tiempo teniéndolo en cuenta —respondió Rafe—. He tratado de impedir el divorcio precisamente para que él tuviera un hogar.

Samourian suspiró.

—Lo que a mí me interesa es facilitarle esto a ella lo más posible. Está muy nerviosa. No podrá aguantarlo si las cosas se complican. La enfermedad de su tío la ha afectado enormemente, como sin duda ya sabe usted. Le quiere mucho.

—Pues entonces la verdad es que escogió buen momento para irse —replicó Rafe.

El otro se encogió de hombros.

—Cada uno expresa su amor a su manera. No podía seguir aquí, viéndole sufrir. —Miró a Meomartino—. Tengo entendido que apenas hay esperanza.

—No.

—Cuando muera, me temo que va a ser muy difícil impedir que pierda el equilibrio mental.

—Estoy completamente de acuerdo —convino Rafe, mirándole con interés—. No sabía que la conociese tan bien.

Samourian sonrió.

—Conozco a Beth —dijo, en voz baja.

—¿Beth?

—Es como yo la llamo. A cambio de vida, cambio de nombre.

Rafe asintió.

—En todo esto sólo hay un fallo —señaló—. Tiene en su poder al niño, y es mío.

—Sí —dijo Samourian—, esto probablemente llevará tiempo, porque abogados y jueces trabajan despacio. Le doy mi palabra de honor que hasta que se decida todo esto Miguel vivirá en una casa decente. En cuanto tengamos dirección fija en Palo Alto le escribiré dándosela.

—Gracias —dijo Rafe, encontrando imposible odiarle—. ¿De qué es inicial la «V»? —le preguntó, levantándose.

—¿La «V»?

—Sí, en su nombre, V. Stephen.

—Ah. —Samourian sonrió—. Vasken. Es un viejo nombre de familia.

Salieron juntos. En la acera, el sol les asestó golpes gemelos y se dieron la mano, parpadeando.

—Buena suerte, Vasken —dijo Rafe—. Cuidado con los jardineros mexicanos, sobre todo los jóvenes.

Samourian le miró como si estuviera loco.

Aquella tarde, hallándose presentes los profesores de Cleveland, se celebró una reunión sobre las complicaciones quirúrgicas de la semana. Rafe apenas escuchaba el vaivén de las voces. Estaba sentado, pensando en muchas cosas, pero no tardó en darse cuenta de que ahora hablaban del caso Longwood.

—Me temo que esto es el fin —decía Kender—. La máquina puede seguir manteniéndole a flote, pero él se niega a seguir usándola, y esta vez no hay manera de hacerle cambiar de opinión. Prefiere la uremia y después la muerte.

—Eso no se puede permitir —protestó Miriam Parkhurst.

Sack gruñó.

—Sería otra cosa, Miriam, si tuviéramos alguna alternativa —dijo—, pero por desgracia no la tenemos. Podemos ofrecer al paciente diálisis, pero lo que no podemos es obligarle a que la acepte.

—Harland Longwood no es un paciente cualquiera —objetó ella.

—Es un paciente —dijo Sack, a quien molestaban las actitudes emotivas—. Hay que considerarle única y exclusivamente como paciente. Es la mejor manera de ayudarle.

La doctora Parkhurst evitaba la mirada de Sack.

—Aun cuando olvidemos todo lo que Harland ha hecho por todos y cada uno de nosotros y por la cirugía, hay una razón importante para no permitir que se haga esto a sí mismo. Algunos de nosotros hemos leído el manuscrito de un libro que está escribiendo. Es una verdadera aportación, el tipo de libro de texto que influirá, de manera importantísima, en generaciones enteras de jóvenes cirujanos.

—Doctora Parkhurst —dijo Kender.

—Quiero decir que si permitimos que este hombre muera, resultarán perjudicadas vidas de gente que no está en este cuarto.

«Tenía razón», recordó Meomartino.

Miriam miró a los dos profesores visitantes de Cleveland.

—Ustedes son urólogos —dijo—. ¿Se les ocurre alguna solución?

El llamado Rogerson se inclinó hacia delante.

—Ante todo, hay que esperar a tener un cadáver adecuado con sangre B negativa.

—Pero es que no podemos —dijo ella, con desdén—. ¿No han estado escuchando?

—Miriam —intervino el doctor Kender—, tenemos que aceptar la situación tal y como es. No podemos conseguir un cadáver B negativo, y sin un cadáver B negativo no podremos salvar a Harland Longwood.

—Yo soy B negativo —dijo Meomartino.

Lo discutieron demasiado tiempo, pensaba él, sobre todo por lo que se refería a la influencia que pudiera tener en la duración de su vida.

—Tengo riñones de caballo —dijo Rafe—. Uno me durará tanto como dos.

Kender y Miriam Parkhurst hablaron con él en privado dándole repetidas oportunidades de retirar honorablemente su ofrecimiento.

—¿Está seguro? —le preguntó Kender por tercera vez—. Lo normal es que el donante sea pariente.

—Es mi tío político —contestó Meomartino.

Kender dio un resoplido, pero Rafe sonrió. Ya habían hablado bastante y era evidente que se les habían acabado los argumentos. Tenían la conciencia tranquila y ahora aceptarían el riñón encantados.

Kender confirmó esto.

—Un donante, aunque no sea pariente, siempre es mucho mejor que un cadáver —dijo—. Tendremos que hacer ciertas pruebas con los dos. —Miró a Rafe—. La operación no debe preocuparle, todavía no se ha muerto un solo donante vivo.

—No me preocupa eso —dijo Rafe—, pero existe una condición: que no sepa de quién es el riñón.

La pobre Miriam le miró, perpleja.

—No lo aceptaría; él y yo no nos llevamos bien.

—Le diré que el donante insiste en el anonimato —sugirió Kender.

—¿Y si ni aun así lo acepta? —preguntó Miriam.

—Repita entonces su discurso sobre la obra genial que será su libro cuando lo termine —respondió Meomartino—. Ya verá como entonces lo aceptará.

—Esta vez usaremos suero antilinfocítico —dijo Kender—. Adam Silverstone ha calculado las dosis.

El único obstáculo posible fue resuelto cuando se compararon muestras de tejido de su cuerpo y el del viejo, comprobándose que estaban dentro del margen de compatibilidad. En un tiempo que a él le pareció aterradoramente corto, Meomartino se vio en la sala de operaciones número 3, diciéndose que era una cosa extraña que él estuviera allí así, a pesar de la anestesia que Norman Pomerantz le había aplicado, amistosamente y sin dolor, en la nalga.

—Rafe —dijo Pomerantz, como vertiéndole las palabras en la oreja.

»Rafe, ¿me oyes, amigo?

«Claro que te oigo», trató de decir.

Veía a Kender, que se acercaba a la mesa, y a Silverstone.

«Corta bien, enemigo», pensó.

Contento, por una vez, de dejar a los otros la operación, cerró los ojos y se durmió.

La convalecencia fue lenta e irreal.

La ausencia de Liz se hizo más y más notoria y ahora la gente parecía dar por supuesto que su matrimonio había terminado.

Tuvo muchos visitantes, que fueron haciéndose menos numerosos a medida que la cosa iba perdiendo novedad. Miriam Parkhurst le dio un breve beso y un cesto de fruta que era demasiado grande. Con el paso de los días, los plátanos se iban ennegreciendo, los melocotones y las naranjas criaban un moho blanco y olían de tal manera que acabó tirándolo todo menos las manzanas. Su riñón estaba funcionando perfectamente en el cuerpo del viejo. Él no hizo ninguna pregunta a ese respecto, pero era debidamente informado del desarrollo de la operación.

La televisión le servía de refugio temporal. Un día, estaba hojeando la *TV Guide* cuando entró en su cuarto Joan Anderson con agua helada.

—El partido de hoy, ¿es en la televisión o en la radio? —preguntó.

—En la televisión. ¿Oyó lo de Adam Silverstone?

—¿Qué es?

—Le dieron el puesto de la facultad.

—No, no lo sabía.

—Profesor de Cirugía.

—Vaya, me alegro. ¿Por qué canal dan el partido?

—El quinto.

—¿Me lo quiere poner? Vaya, buena chica —dijo.

Pasó mucho tiempo echado y pensando. Una tarde, vio un anuncio en el *Massachusetts Physician* y lo leyó varias veces con creciente interés, mientras la idea iba cobrando forma en su mente.

El día que le dieron de alta del hospital cogió un taxi y fue al Edificio Federal, donde tuvo una grata conversación con un representante de la Agencia Norteamericana de Desarrollo Internacional, al término de la cual firmó los documentos necesarios para ser cirujano civil durante dieciocho meses.

De vuelta al vacío apartamento, se detuvo en una joyería y compró una caja de terciopelo rojo bastante parecida a la que, siendo él niño, usaba su padre para guardar el reloj. Al llegar a casa se sentó en el silencioso despacho, cogió papel y pluma y comenzó varios borradores, poniendo «Mi querido Miguel», y luego cambiándolo por «Mi querido hijo», decidiéndose finalmente por un término medio.

Mi querido hijo Miguel:

Quiero empezar dándote las gracias por haberme dado más felicidad que ninguna otra persona en este mundo. En el corto tiempo de tu vida me has demostrado que posees todas las mejores cualidades de mi familia y ninguna de sus torpes debilidades que, por desgracia, descubrirás tú por ti mismo en el mundo, y en nosotros, sus habitantes, también.

Si en el futuro, cuando seas lo bastante mayor para comprender esta carta, te la dan a leer, será porque no habré vuelto del viaje que ahora voy a emprender. Porque, si vuelvo, moveré todos los recursos legales del mundo para conseguir que me devuelvan a mi hijo, y, si esto resultase imposible, veré la forma de visitarte periódicamente y con frecuencia.

Es posible, sin embargo, que leas estas líneas. Por lo tanto, me gustaría convertirlas en código de conducta, en la esencia misma de lo que un padre da a su hijo en el transcurso de su vida, o, por lo menos, en prudencia quintaesenciada que le alivie el precioso dolor de la vida. Por desgracia, esto no me es posible. Lo único que te aconsejo es que trates de vivir de modo que causes el menor daño posible a los demás. Trata de hacer o de reparar, antes de morir, alguna cosa que, sin tu paso por la tierra, no hubiera podido existir.

Por lo que a mí se refiere, he aprendido que cuando se tiene miedo lo mejor es enfrentarse con lo que le asusta a uno y avanzar hacia ello con resolución. Me doy cuenta de que a un hombre desarmado que se ve las caras con un tigre hambriento este consejo puede parecerle bastante dudoso. Voy a Vietnam a enfrentarme con el tigre y a descubrir si poseo o no armas morales como ser humano y como hombre.

El reloj que te mando con esta carta ha sido pasado de mano en mano a lo largo de muchas generaciones, siempre al hijo mayor. Te ruego, por tanto, que, por intermedio tuyo, continúe pasando de mano en mano muchas veces. Saca brillo a los ángeles de vez en cuando y echa un poco de aceite en el mecanismo. Sé bueno con tu madre, que te quiere mucho y necesitará tu cariño y tu apoyo. Recuerda de qué familia procedes y que tuviste un padre que sabía las cosas buenas que vas a hacer.

Con todo mi cariño,

Rafael Meomartino

Envolvió cuidadosamente el reloj, llenando primero la caja con papel del *Christian Science Monitor*, para protegerlo contra los golpes. Luego escribió una nota breve a Samourian, explicándole el envío.

Cuando hubo terminado estuvo un rato sentado en el cuarto, fresco y grato, pensando en subarrendar el apartamento pensando en depositar los muebles en un almacén. Pocos minutos después fue al teléfono y llamó a Ted Bergstrom, en Lexington, preguntando por un número de teléfono en Los Ángeles, que el otro le dio, aunque con cierta frialdad. Pidió inmediatamente la conferencia, pero no había contado con la diferencia de tres horas que hay entre Boston y Los Ángeles.

Hasta las diez de la noche no sonó el teléfono y le contestaron.

—¿Peg? —dijo—. Aquí, Rafe Meomartino. ¿Cómo estás…? Bien… Estoy bien, estupendo. Me he divorciado, o me divorciaré de un momento a otro… Sí, bien… Mira, tengo que pasar por California dentro de un par de semanas, y me gustaría muchísimo verte…

»¿Sí? ¡Estupendo! Oye, ¿te acuerdas que una vez me dijiste que tú y yo no teníamos nada en común? Bueno, pues no sabes la gracia que te va a hacer cuando te diga…

19

Adam Silverstone

La inminente paternidad había convertido a Adam en un experto palpador de estómagos.

—Vamos a la plaza a ver gente —dijo a su mujer un domingo por la mañana, tocándole el vientre.

Gaby llevaba sólo tres meses de embarazo y apenas se le notaba. Ella decía que era gas, pero Adam sabía que no. El embarazo la había convertido en una mujer rubensiana en miniatura, dando, por primera vez en su vida, un matiz de pesadez y grosor a sus pequeños pechos y cierta prominencia a sus caderas y nalgas, y creando en la tripa, donde estaba el cargamento, una curva elíptica demasiado bonita para ser gas. La cariñosa palma amante de Adam no notaba otra cosa que la piel de la carne inmaduramente florecida de su esposa, rota por el hoyuelo del ombligo, pero en su mente veía a través de las capas la diminuta cosa viva y flotante en líquido amniótico, ahora pez insignificante, pero a punto de ir desarrollando sus facciones y las de ella, brazos, piernas, órganos sexuales.

—No quiero ir a la plaza —dijo ella.

—¿Por qué no?

—Ve tú. Paséate y mira a las chicas y mientras vuelves yo hago el desayuno.

En vista de ello bajó de la cama, se lavó, se vistió y, en plena bella mañana de verano, se fue de paseo por la cuesta. San Francisco era historia. Este año era la plaza de Boston. Algunas de las personas que se paseaban por allí eran veteranos y otros recién llegados, o seudohippies, que de vez en cuando se vestían estrafalariamente, pero que, así y todo, tenían gracia. Los hombres eran menos interesantes que las mujeres, y no siempre por razones físicas, se dijo Adam a sí mismo, puritanamente; los varones tendían a ser muy convencionales dentro de su anticonformismo, juntándose en grupos y compartiendo una limitada variedad de marcas tribales. Las mujeres demostraban tener más imaginación, pensó, tratando de no mirar a la pelirroja que, envuelta en una manta gris y a pesar del calor que hacía, tocaba el tambor a la manera hindú; llevaba una pluma en la cinta con que se sujetaba el pelo y, al pasar junto a él, con unos pies descalzos maravillosos, Adam leyó las letras ARMADA NORTEAMERICANA, que se movían al ritmo del tambor, en la parte posterior de la manta.

Adam dio una vuelta por la plaza, pero ni las más bellas hippies le parecían comparables a su esposa.

Ahora pasaba mucho tiempo sintiéndose agradecido en su fuero interno por lo que poseía; cada día que transcurría tenía mejor suerte.

Cuando él y Gaby se enteraron de que le había sido concedido el puesto de profesor los dos se sintieron súbitamente ricos. Una de las chicas que ella conocía del colegio iba a dejar su apartamento, en un primer piso de la avenida de la República, mucho mejor, desde cualquier punto de vista, que el sótano de la calle de Phillips, más grande, y, además, en una casa convertida en apartamentos, con una venerable magnolia al otro lado de la pequeña verja de hierro. Pero decidieron no aprovechar la oportunidad; acabarían mudándose, porque los dos pensaban que, para el niño, estaría bien disponer de más espacio y conocer la hierba, cosa que en la ciudad era imposible. Pero como tenían la choza de Truro para cuando quisieran ir a respirar aire puro ahora preferían seguir en la cuesta de Beacon. Gaby decidió ahorrar y que cada mes pondría en la hucha el dinero de más que les hubiera costado el apartamento de la avenida de la República («¿no es eso lo que llaman una canastilla?»), de modo que cuando hiciera falta ropa para el niño tendrían dinero con qué comprarla.

Por su parte, Adam encontró la excusa que buscaba para dejar de fumar. En lugar de acumular complejos de culpabilidad porque era médico y consumía tabaco, lo que hacía ahora era dejar, a intervalos razonablemente regulares, en una caja de cartón diseñada para muestras de patología, el precio de una cajetilla, ahorrando así para comprar al niño un cochecito de fabricación inglesa como uno que él y Gaby habían admirado en el Jardín Público. El aspecto financiero del embarazo había sido resuelto. Gaby estaba siendo cuidada por el doctor Irving Gerstein, jefe del Servicio de Obstetricia y Ginecología del hospital, que no solamente era el mejor obstétrico que Adam conocía, sino además se daba muy buena maña con padres inminentes. Un día, Adam fue con él a la cafetería del hospital y se pusieron a hablar de la pelvis estrecha de Gaby, tomando el café y Gerstein melón. Cogiendo una gran semilla negra entre el índice y el pulgar, Gerstein la había roto en la punta, de modo que el contenido saliese de golpe.

—Así de fácil será el nacimiento de tu hijo —le había dicho.

Y ahora, de vuelta al apartamento, Adam se sentía feliz y hambriento. Comió toronja, huevos y jamón frito, que Gaby le había preparado, alabando inmoderadamente los panecillos del supermercado; pero Gaby parecía reservada y curiosamente reticente.

—¿Ha pasado algo? —preguntó él, comenzando su segunda taza de té.

—No quería estropearte el desayuno, cariño.

«Un aborto», se dijo, como embotado.

—Tu padre, Adam —dijo ella.

Gaby quería ir con él, pero Adam insistió en ir solo. Entregó a las Líneas Aéreas Allegheny casi todo el dinero del cochecito inglés y voló a Pittsburgh. El humo que antes lo cubría todo había sido ahora disuelto por la tecnología, y el aire parecía allí igual de puro que en Massachusetts. No había nada nuevo bajo el sol: el tráfico era parejo al de Boston; el taxi le llevó a un hospital muy parecido al General del condado de Suffolk; en el tercer piso, encontró a su padre en una cama pagada por los contribuyentes, muy parecido a los otros despojos humanos que el doctor Silverstone veía a diario en su hospital.

Le habían administrado calmantes en abundancia, porque sufría de *delirium tremens* y no saldría de él en bastante tiempo. Adam se sentó en una silla junto a la cama, mirando el rostro demacrado, cuya palidez era acentuada por el revelador matiz de la ictericia. Las facciones, notó con horror, eran iguales que las suyas.

«Qué desperdicio de energía humana», pensó. Uno podía hacer cosas, o deshacerlas. Y, sin embargo, el naufragio humano recibía con frecuencia larga vida sin merecerla, mientras que otros...

Pensó en Gaby, diciéndose que era una lástima no poder limpiar un cuerpo de enfermedad y pasársela a otro.

Avergonzado, cerró los ojos y escuchó el ruido de la sala, un gemido, una risita delirante llena de desdén, una respiración ruidosa, un suspiro. Llegó una enfermera y Adam pidió ver al residente.

—El doctor Simpson vendrá después, cuando haga las visitas —dijo ella—. ¿Es usted pariente?

—Sí.

—Cuando lo trajeron no hacía más que decir que se había dejado algunas cosas donde vivía. ¿Sabe usted algo de ellas?

«¿Cosas?» ¿Qué podía poseer de valor?

—No —respondió Adam—. ¿Sabe su dirección?

No la sabía, pero un cuarto de hora después volvió y le dio un papel.

Algo que hacer mientras esperaba. Bajó y tomó un taxi, no sintiendo la menor sorpresa cuando el taxista le dejó ante un edificio de tres pisos, de viejo ladrillo rojo, una antigua casa de apartamentos convertida ahora en pensión.

Por la rendija que dejaba la puerta entreabierta habló con la patrona, que, a pesar de ser ya por la tarde, seguía con el pelo en rizadores metálicos. Preguntó por el cuarto del señor Silberstein.

—No vive aquí nadie que se llame así.

—Es mi padre. ¿No le conoce?

—No dije eso, fue superintendente aquí hasta hace unos pocos días.

—Vine a por sus cosas.

—Era basura, trapos. Lo quemé. Esta mañana vino un nuevo superintendente.

—Ah.

Dio media vuelta para irse.

—Me debía ocho dólares —dijo ella, mirándole mientras Adam sacaba la cartera y los contaba.

Cuando se los tendió, salió una mano y cogió los billetes.

—Era un borracho y un vagabundo —gritó, como a modo de recibo, por la rendija.

Cuando volvió al hospital vio que su padre ya había recobrado el conocimiento.

—Hola —dijo.

—¿Adam?

—Sí. ¿Cómo estás?

Los ojos azules, inyectados en sangre, trataron de enfocarle. La boca sonrió.

Myron Silberstein carraspeó.

—¿Cómo quieres que esté?

—Ponte bien.

—¿Vas a estar aquí mucho tiempo?

—No, pero volveré pronto. Tengo que irme hoy mismo. Mañana es mi último día de jefe de cirujanos residentes.

—¿Eres ya un gran hombre?

Adam sonrió.

—Todavía no.

—¿Vas a ganar mucho dinero?

—Lo dudo, papá.

—No importa —dijo Myron, tímidamente—. Aquí tengo todo lo que necesito.

Su padre pensaba que estaba respondiendo con cautela sobre sus posibilidades económicas para protegerse de su codicia, pensó Adam con pena.

—Fui a por tus cosas, a tu cuarto —dijo, sin saber lo que había perdido e incierto de si convenía contárselo todo.

—¿Te las dieron? —preguntó su padre.

—¿Qué tenías?

—Cosas viejas.

—La patrona las quemó.

Myron asintió.

—¿Qué cosas eran? —preguntó Adam, curioso.

—Un violín. Un *siddur*.

—¿Un qué?

—*Siddur*. Un libro de oraciones hebreas.

—¿Rezas?

La idea, no sabía por qué, le parecía increíble.

—Lo compré en una librería de segunda mano. —Myron se encogió de hombros—. ¿Vas a la iglesia?

—No.

—Te engañé.

No era una excusa, se dijo Adam; era, simplemente, la afirmación tajante de un hombre que ya no tiene nada que ganar contando mentiras. «Sí, me engañaste, y de muchas maneras», pensó. Quería decirle que le compraría las cosas perdidas, pero vio que el *delirium tremens* estaba comenzando de nuevo. Su padre fue sacudido como por un vendaval, el endeble cuerpo se curvó bajo el dolor precordial y comenzó a agitarse, y la boca se abrió, dando un grito silencioso.

Durante un rato siguió allí sentado, mirando al hombre acostado, un viejo que había pedido a gritos su violín y su viejo libro de rezos. Notó que las manos de su padre no habían sido limpiadas debidamente. Grasa, o algo parecido, se había incrustado en la piel tiempo atrás, y en el hospital no habían tratado de limpiarla.

Cogió un cuenco de agua caliente, fisohex y guata, dejando que las manos se empapasen y lavándolas suavemente hasta que quedaron limpias.

Al secarle la mano derecha la examinó casi con curiosidad, notando los arañazos y las uñas rotas, las magulladuras y las callosidades; los dedos, antes finos y largos, se habían embrutecido y engrosado. Contra su voluntad, recordó otras cosas, y sintió, con la memoria, los dedos acariciándole el cabello y cogiéndole por el cuello, tenso de amor y dolor.

«Papá», pensó.

Se cercioró de que su padre estaba dormido antes de tocarle la mano húmeda con los labios.

Y

Cuando entró de nuevo en el apartamento de Boston encontró a su mujer a gatas, pintando una cuna que no había visto hasta entonces.

Ella se puso en pie y le besó.

—¿Cómo está? —preguntó.

—No muy bien. ¿De dónde has sacado eso?

—La señora Kender vino esta mañana a preguntarme si podía ayudarla en la tienda de beneficencia. Cuando llegué se me echó encima y me enseñó esto. El colchón estaba horrible, y lo tiré, pero lo demás está perfectamente.

Se sentaron.

—¿Está de verdad muy mal? —preguntó ella.

Adam explicó lo que le había revelado el historial clínico de su padre, que le había mostrado el residente. Un hígado con cirrosis, que funcionaba pésimamente, anemia, posible daño en el bazo, *delirium tremens* complicado con depauperación e insomnio.

—¿Qué se puede hacer por una persona que está en tal situación?

—No pueden darle de alta, porque una borrachera más acabaría con él. —Movió la cabeza—. Su única esperanza estriba en un tratamiento psicoterapéutico concentrado. Los hospitales del Estado tienen buen personal, pero están saturados. Es dudoso que le admitan.

—No deberíamos ir a buscar el niño —dijo ella.

—No tiene nada que ver.

—Si no nos hubiéramos casado…

—Habría sido lo mismo. No tiene derecho al seguro médico hasta dentro de año y medio, y un tratamiento probablemente costaría más de cuarenta dólares diarios. Yo no voy a ver tanto dinero junto ni aun con el puesto de profesor —dijo, retrepándose en el asiento y mirando a su mujer—. La cuna es bonita —añadió, fatigado.

—Tengo que seguir pintándola. No tiene más que una capa de pintura. ¿Le das tú una mano final?

—De acuerdo.

—Y le pondremos calcomanías graciosas, de niños.

Adam se levantó, fue a sacar una camisa y ropa blanca del cajón y se dirigió al cuarto de baño a ducharse y mudarse. La oyó marcar un número en el teléfono y luego, al abrir el agua, oyó las distintas inflexiones de su voz.

Cuando volvió al cuarto de estar, anudándose la corbata, la vio sentada, esperando.

—¿Hay por aquí algún buen hospital particular para él?

—No vale la pena hablar de esto.

—Sí que vale la pena —replicó ella—. Acabo de vender la tierra de Truro.

Adam dejó la corbata.

—Vuelve a llamar.

—Era el corredor de fincas de Provincetown —dijo ella, tranquila—. Me ha dado, creo yo, muy buen precio. Veinticuatro mil dólares. Dice que él sólo conseguirá tres mil dólares de ganancia, y le creo.

—Pues llámale otra vez y dile que has estado hablando con tu marido y has decidido no vender.

—No —dijo ella.

—Sé perfectamente lo que significa para ti ese sitio y que quieres que tus hijos lo conozcan.

—Que se busquen ellos sus guaridas —dijo ella.

—Gaby, no te lo puedo permitir.

Ella le comprendía perfectamente.

—No estoy manteniéndote, Adam. Soy tu mujer, has aprendido a darme, pero aceptar cosas de mí es más difícil, ¿no?

Ella le cogió la mano y tiró de él hasta que logró que se sentara a su lado. Adam puso la cara entre sus pechos; el jersey viejo de Gaby olía a pintura y sudor y al cuerpo que él tan bien conocía. Mirando hacia abajo, Adam vio en su pie descalzo un círculo imperfecto de pintura blanca reseca, y alargando la mano se la limpió. «Dios mío, la quiero», pensó, perplejo.

La piel de ella estaba aclarándose, había dejado de usar la lámpara solar al quedar embarazada, y ahora, a medida que el verano iba transcurriendo, su mujer se volvía más y más blanca de tez, en proporción inversa al atezamiento de los demás.

Palpó el estómago cálido, redondo.

—¿No te están prietos los pantalones?

—Todavía no. Pero no podré seguir usándolos mucho más tiempo —dijo, con cierta arrogancia en la voz.

«Por favor —pensó—, que me sea posible seguir dándole y recibiendo de ella durante mucho más tiempo.»

—Ya sé que no será lo mismo, pero algún día te compraré otra casa en ese sitio.

—No hagas promesas —dijo ella, acariciándole la cabeza, y por primera vez se sentía inclinada a protegerle maternalmente—. Querido Adam, crecer duele, ¿no?

Llegó algo tarde al hospital, pero aquel día no había mucho trabajo y pasó la primera hora en su despacho. Había estado preparándose para aquel día desde hacía semanas y estaban ya terminando casi todos los informes clínicos. Ahora estaba anotando la última de las fichas clínicas y pensando que en aquellos papeles había doce meses de su vida.

Detrás de la puerta esperaban cuatro cajas de latas de sopa en conserva que había pedido en el supermercado de la calle de Charles, tres días antes, para guardar los libros y revistas que tenía en la estantería de su despacho. Ahora pensaba con terror en la tarea que le esperaba: despejar y limpiar el escritorio, cuyos cajones, debido a su desbarajuste habitual, estaban atiborrados de cosas. La decisión de cuáles había que guardar y cuáles tirar era difícil de tomar, pero Adam resolvió ser inexorable y el cesto de los papeles comenzó a llenarse. El objeto final que salió del último cajón era una roca blanca, pequeña, muy pulida, que le había regalado uno de sus pacientes cuando dejó de fumar. Se llamaba «piedra de nervios» y, por lo visto, frotándola menguaba la tensión nerviosa cuando acuciaba el deseo de la nicotina. Estaba seguro de que no valía para nada, pero le gustaban su peso y su color; también su mensaje: que las cosas sobreviven al tiempo.

Pero ahora resultó contraproducente, porque le recordó el tabaco, dándole deseos de fumar un cigarrillo.

Le vendría bien un poco de aire fresco, pensó, ahora que tenía tiempo.

Abajo, en el patio de ambulancias, Brady, el individuo alto y delgado que había reemplazado a Meyerson, estaba limpiando su vehículo con un trapo.

—Buenas tardes, doctor —dijo.

—Buenas tardes.

Estaba oscureciendo. Entre las luces que se encendían, Adam vio las grandes polillas salir de sus éxodos y bailar en torno a las bombillas. De los barrios cercanos llegaba el ruido de película de guerra de los cohetes, un tableteo como de ráfagas de ametralladora de sectores lejanos del frente, y pensó con cierta culpabilidad en Meomartino, que ya estaría camino de algún lugar llamado Ben Soi, o Nha Hoa, o Da Nang.

—Aún faltan cuatro días para el Cuatro de Julio —dijo el conductor de ambulancias—. A juzgar por esos idiotas, nadie lo diría. Por otra parte, los cohetes son ilegales.

Adam asintió. Durante el resto de la semana, el censo de pacientes de la clínica de urgencia subiría a causa de la fiesta, se dijo, con indiferencia.

—Hola —le saludó Spurgeon Robinson, saliendo del edificio y dirigiéndose hacia la ambulancia.

—¿Qué sabes, Spur?

—Pues sé que voy a dar el último paseo de mi vida en esta condenada ambulancia.

—Mañana ya serás todo un residente —dijo Adam.

—Sí, claro, pero tengo que decirte algo sobre ese asunto. Camino de la residencia, me ha pasado una cosa la mar de graciosa: me voy del servicio de Cirugía.

Esto le desconcertó, porque había depositado en Spurgeon gran parte de su fe profesional.

—¿Y a qué te vas a dedicar?

—A Obstetricia. Ayer hablé con Gerstein y, afortunadamente, tenía un puesto para mí. Kender me dejó irme con su bendición.

—¿Y por qué? ¿Estás seguro de que es eso lo que realmente quieres?

—Me es necesario. Tengo que aprender cosas que la cirugía no me puede enseñar.

—¿Como qué, por ejemplo? —preguntó Adam, dispuesto a discutir.

—Como, por ejemplo, todo lo que hay que saber sobre medios anticonceptivos, y sobre el embrión.

—¿Para qué?

—Pero, hombre, es en el feto donde se perpetúa toda esta confusión. Cuando las madres están depauperadas, los cerebros fetales no se desarrollan lo suficiente para admitir más tarde, cuando nace el niño, suficiente instrucción. Y entonces hay un aumento general en el número de proletarios, condenados a serlo toda la vida. Decidí que si quiero ayudar a poner en orden este asunto, lo mejor es ir a la raíz del problema.

Adam asintió, confesándose que lo que decía Spurgeon tenía sentido.

—Oye, Dorothy nos ha encontrado apartamento —dijo Spurgeon.

—¿Bonito?

—No está mal. No es caro y, además, está cerca de la clínica de Roxbury. Vamos a dar una gran fiesta de inauguración, el 3 de agosto por la noche. Toma nota.

—Pues ahí nos tendrás, si antes no pasa algo que me retenga en este sitio. Ya me entiendes…

—De acuerdo —dijo Spurgeon.

En la ambulancia sonó la radio, crepitante.

—Nosotros, doctor Robinson —dijo Brady.

Spurgeon se subió a la ambulancia.

—¿Sabes de qué me acabo de dar cuenta? —dijo, sonriendo, asomado a la ventanilla—. Pues de que a lo mejor puedo yo ayudar a nacer a tu hijo.

—Si lo haces, silba un poco de Bach —dijo Adam—. A Gaby le gusta Bach.

Spurgeon pareció molesto.

—A Bach no se le silba.

—A lo mejor, si le pides permiso a Gerstein, te deja poner un piano en el cuarto —dijo Adam cuando la ambulancia comenzó a moverse.

La risa del interno se perdió más allá del patio.

Al verle irse, Adam sonrió, demasiado cansado y demasiado contento para dar un paso. Iba a echar de menos a Spurgeon Robinson como compañero de trabajo, se dijo. Cuando las cosas comenzaban a ponerse difíciles en un gran hospital docente, era como si el personal que trabajaba en los diversos servicios se hallara en otros continentes. Se verían de vez en cuando, claro, pero no iba a ser lo mismo: habían llegado al final de una fase de sus relaciones.

Para ambos era también el comienzo de algo nuevo, que, de esto Adam estaba seguro, iba a ser muy bueno.

Mañana, los nuevos internos y residentes caerían sobre el hospital.

La administración del viejo había terminado, pero la de Kender comenzaba ahora, y Kender sería tan buen jefe y tan duro como Longwood, y plantearía parecidos problemas y exigiría las mismas responsabilidades cuando se reuniera la Conferencia de Mortalidad. Mañana, todo el resto del personal estaría también allí y él sería uno de tantos. Enseñaría cirugía, en la sala y en la sala de operaciones, hasta septiembre, cuando llegarían sus primeros alumnos del Colegio Médico.

Siguió en el patio de ambulancias, vacío, frotando la «piedra de nervios» y pensando en la importante primera clase y en las otras clases que seguirían, un cable lanzado al futuro que le uniría con gente como Lobsenz, Kender y Longwood. Recordó, algo molesto, que había prometido a Gaby realizar grandes proezas en medicina, encontrar soluciones a problemas como la anemia aplástica, el hambre y el resfriado. Y, a pesar de todo, él sabía que, por intermedio de los jóvenes médicos anónimos en cuyas vidas iba a influir, era muy probable que hiciera grandes descubrimientos. No le había mentido, pensó, dando media vuelta y regresando al edificio.

Arriba, en el despacho vacío, se sentó ante la mesa con la cabeza reposando en el escritorio y durmió durante unos minutos.

No tardó en despertar. Se oyó de nuevo el ruido de los cohetes, esta vez una explosión ilegal más larga, y el estallido final coincidió con el quejido de una sirena lejana; una ambulancia que volvía.

Pero no era eso lo que le había despertado.

En el bolsillo superior el aparato llamador volvió a sonar, y cuando llamó le dijeron que una de las pacientes de Miriam Parkhurst sentía dolores y pedía calmantes no autorizados.

—Llamen al doctor Moylan y que vaya a examinarla —dijo, curiosamente reacio a salir de aquel despacho y diciéndose que el interno estaba de servicio y era él, por tanto, quien debía ir.

Cuando colgó el teléfono se sentó otra vez en la silla. Sus libros estaban ya en las cajas de cartón. Los ficheros clínicos estaban cerrados, y las baldas metálicas vacías. El despacho estaba exactamente como lo había encontrado al llegar; incluso la vieja mancha de café seguía en su sitio.

Volvieron a llamarle. Esta vez hacía falta en la clínica de urgencia para una consulta quirúrgica.

—Allá voy dijo.

Echó una última ojeada.

En el suelo había una bola de papel. La recogió y la puso en el cesto, donde quedó medio en equilibrio, porque estaba lleno.

Luego abrió el cajón del centro, vacío, y dejó allí la «piedra de nervios», a modo de regalo para Harry Lee, que a partir del día siguiente sería jefe de residentes.

El aparato llamó de nuevo, Adam se puso en pie y se estiró, dolorido. Ahora estaba ya completamente despierto. Era un ruido que él asociaría siempre con este despacho, pensó, más fuerte que el de las sirenas, más fuerte que el de los fuegos artificiales, tan fuerte que incluso, Dios mediante, acallaría el tintineo burlón de los cascabeles y las campanillas del Arlequín.

Sus dedos hicieron involuntariamente el signo de los cuernos y sonrió al salir y cerrar la puerta. «Scutta mal occhio, pu pu pu», pensó, aceptando la ayuda que le ofrecía su abuela para espantar al enemigo. Se dirigió hacia el ascensor, se metió en el lento y chirriante monstruo y subió en él a la clínica de urgencia.

Agradecimientos

Muchas personas se han mostrado amables conmigo durante el tiempo que pasé escribiendo este libro.

Los médicos que tuvieron la paciencia de aguantar mis interminables preguntas y me dieron tanta información y tanto estímulo no pueden ser considerados en modo alguno responsables de mis opiniones ni de los errores que puedan encontrarse en mi obra. Siempre han merecido mi respeto; ahora tienen también mi gratitud.

Quiero dar aquí las gracias a Andrew P. Sackett, doctor en medicina, presidente de la Junta directiva del Departamento de Hospitales y Salud Pública de Boston, y a James V. Sacchetti, doctor en medicina, vicepresidente de la misma Junta, por permitirme entrar en el Hospital de Boston en calidad de técnico quirúrgico voluntario; a la señorita Mary Lawless, enfermera profesional, supervisora de la Sala de Operaciones del Hospital de Boston, por enseñarme a conducirme debidamente en dicha Sala, y al señor Samuel Slattery, empleado médico de la Sala de Operaciones, gracias al cual de esta experiencia mía guardaré un memorable recuerdo.

En respuesta a la pregunta que se me hará inevitablemente, diré que el Hospital General del condado de Suffolk es un producto de mi imaginación y no imitación de ningún hospital del mundo, como tampoco el Colegio Médico mencionado en esta novela ha sido trasunto de ningún otro.

Estoy agradecido a Lawrence T. Geoghegan, doctor en medicina, ex jefe residente de los cirujanos del Hospital de Boston, por permitirme seguir a sus subordinados en sus visitas de la tarde, y, por el mismo favor, doy las gracias también a Mayer Katz, doctor en medicina, que sucedió al doctor Geoghegan como jefe residente de los cirujanos cuando éste fue a Vietnam, adonde también el doctor Katz le siguió más tarde.

Por permitirme asistir a las conferencias sobre mortalidad en sus respectivos hospitales, estoy agradecido a Paul Russell, doctor en medicina, director de Cirugía de Trasplante del Hospital General de Massachusetts; a Samuel Proger, doctor en medicina, jefe de médicos de los hospitales del Centro Médico de Nueva Inglaterra, y a Ralph A. Deterling Jr., doctor en medicina, cirujano jefe de los hospitales del Centro Médico de Nueva Inglaterra y director del Primer Servicio de cirugía del Hospital de Boston.

Como fueron tantos los que me ayudaron, y dado que mis notas y mi memoria son imperfectas, quiero pedir perdón a aquellos cuyo nombre debiera ser mencionado en esta página y no lo ha sido.

Richard Ford, doctor en medicina, examinador médico del condado de Suffolk, que hace largo tiempo, con tacto y sensibilidad, mostró a un joven periodista una autopsia por primera vez, me permitió más tarde asistir junto a él a otras y, a lo largo de los años, se mostró conmigo un asesor paciente y hábil.

Mi agradecimiento especial a Jack Matloff, doctor en medicina, y a John Merrill, doctor en medicina, que me dispensaron generalmente su tiempo y sus conocimientos y que junto con Susan Rako, doctora en medicina, tuvieron, además, la amabilidad de leer mi manuscrito.

Por su ayuda en la preparación del manuscrito quiero darlas gracias a la señora Ernest Lamb; por su ayuda en general, a la señorita Lise Ann Gordon, y, por su cooperación y cortesía, al personal de las bibliotecas públicas de Framingham, la biblioteca del colegio estatal de Framingham, la biblioteca médica de Boston y la biblioteca Francis A. Countway de medicina.

Por su constante e incondicional ayuda y valiosas sugerencias quiero dar las gracias a mi agente literario, la señorita Patricia Schartle, y a mi supervisor literario, el señor William Goyen. Gracias a ellos, y a Lorraine Gordon, pudo escribirse este libro.

NOAH GORDON
1966-1968